BERLIN UNDERGROUND

Oliver G. Wachlin, Jahrgang 1966, lebt und arbeitet seit über zwanzig Jahren hauptberuflich als freier Autor und Dramaturg in Berlin. Er schrieb zahlreiche Texte, Konzepte und Drehbücher für Film und Fernsehen sowie diverse Image- und Werbekampagnen.

OLIVER G. WACHLIN

BERLIN UNDERGROUND

KRIMINALROMAN

emons:

Bibliografische Information der Deutschen Nationalbibliothek
Die Deutsche Nationalbibliothek verzeichnet diese Publikation in der Deutschen Nationalbibliografie; detaillierte bibliografische Daten sind im Internet über http://dnb.d-nb.de abrufbar.

FSC www.fsc.org
MIX
Papier aus verantwortungsvollen Quellen
FSC® C083411

Umschlagmotiv: joexx/photocase.de
Umschlaggestaltung: Nina Schäfer
Gestaltung Innenteil: César Satz & Grafik GmbH, Köln
Lektorat: Lothar Strüh
Druck und Bindung: CPI – Clausen & Bosse, Leck
Printed in Germany 2017
ISBN 978-3-7408-0005-5
Originalausgabe

Dieser Roman wurde vermittelt durch die
Literaturagentur Behrens & Richter GbR, Berlin.

Wir haben einen Krieg überlebt, manche Kinder wissen noch immer nicht, ob ihre Eltern noch leben, haben nichts zu essen, keine Schulbücher.

Majlinda Kelmendi, Olympiasiegerin aus dem Kosovo, im August 2016 – über siebzehn Jahre nach Kriegsende

Prolog

Dichtes Schneetreiben. Wie eine Bildstörung im Fernsehen. Die Landschaft verschwand hinter weißem Gekrissel. Keine Konturen mehr erkennbar. Nur noch Flocken, weißes Nichts, Kälte. Dazu der Wind. Fauchend fuhr er ins Geäst froststarrer Bäume und Sträucher, trieb helle Schleier vor sich her und türmte immer wieder mannshohe Schneewehen auf. Sie machten einer kleinen Gestalt zu schaffen, die sich gebeugt, in einen dicken Lammfellmantel gehüllt und mit einem Rucksack auf dem Rücken durch den Winter kämpfte. Ein winziger Punkt in einer endlosen Schneewüste.

Schwachsinn, dachte Amra verzweifelt, was mach ich hier?

Inzwischen gestand sie sich ein, dass ihr Vorhaben nicht durchdacht war. Spontan und unüberlegt. Kovač hatte recht gehabt, als er sie abhalten wollte. Zu gefährlich, Mädchen, hatte er gesagt, die Sicherheitskräfte sind nervös. Sie werden dich nicht durchlassen.

Tatsächlich war Amra schon sechzehn Kilometer vor dem Kontrollpunkt von einer Streife der Sonderpolizei aufgehalten worden. Die Grenze sei geschlossen, hieß es, sie müsse umkehren.

Doch so leicht gab Amra nicht auf. Sie hatte den Wagen abgestellt und sich zu Fuß auf den Weg gemacht. Immer querfeldein durch den Wintersturm, weit abseits von der Passstraße auf die albanischen Berge zu. Inzwischen war sie völlig erschöpft und konnte sich kaum noch auf den Beinen halten.

Umkehr, hämmerte es in ihrem Hirn, dreh um, Amra, das hat hier keinen Sinn. Und trotzdem stapfte sie weiter. Eine mechanische Vorwärtsbewegung, die, nur durch gelegentliches Stolpern unterbrochen, einem im Hirn festgesetzten Befehl folgte, der sich nicht mehr rückgängig machen ließ. Dazu hätte es eines wachen Geistes bedurft, doch zu klaren Gedanken war Amra kaum noch in der Lage. Kälte und Erschöpfung hatten ihr Hirn stumpf gemacht. Ihr fehlte jede Kraft zum Denken, und deshalb lief sie weiter. Taumelnd durch knietiefen Schnee. Immer geradeaus.

Sechs tote Soldaten in den Trümmern eines Armeehubschraubers bei Mitrovica, abgeschossen durch eine Luftabwehrrakete. Damit hatte niemand gerechnet. Woher kamen solche Waffen? Zwar gab es Gerüchte, dass es Schmuggler in den Bergen gäbe, die mit Eseln Sprengstoff und Pistolen auf versteckten Pfaden über die Grenze brachten, Handfeuerwaffen, Gewehre und Granaten. Aber Luftabwehrraketen?

Wahrscheinlich war es eine Stinger, hatte Kovač erklärt, die feuert man von der Schulter ab wie eine Panzerfaust. Du visierst das Flugzeug an, ziehst den Abzug und – zisch, bäng, Absturz.

Trotzdem, dachte Amra, da muss mehr dahinterstecken.

Kovač wusste nicht, dass sie keine einfache Studentin war, die, aus Belgrad kommend, ihre ersten Gehversuche als Journalistin in Priština machen wollte. Er konnte nicht ahnen, dass sie im Auftrag des Innenministeriums unterwegs war, dass man sie schon auf der Universität ausgesucht und gelockt hatte mit tollen Angeboten für die Zukunft. Auslandskorrespondentin wollte sie werden. Die Welt bereisen, Westeuropa, Asien, Amerika ... Aber vorher sollte sie sich bewähren.

Gehen Sie ins Kosovo, hatte man ihr gesagt, Sie kennen ja die Lage in der Provinz. Angespannt, ein Krisenherd. Wir müssen wissen, woher die Waffen der Separatisten kommen, wer sich von wem für was rekrutieren lässt und, und, und ...

Außerdem galt Kovač mit seiner Zeitung als liberaler Bourgeois, vielleicht sogar als Rugova-Anhänger – und war er nicht auch Albaner? Behalten Sie ihn im Auge und berichten Sie!

Das tat Amra jetzt seit drei Monaten. Inzwischen war sie der Ansicht, dass ihr albanischer Chef zwar perfekt die Attitüde des westlich-bürgerlichen Intellektuellen pflegte, ansonsten aber harmlos war. Er hatte sein Handwerk Mitte der Achtziger in Deutschland gelernt, in Hamburg als Austauschstudent an der Henri-Nannen-Schule. Und er zitierte gern deutsche Journalisten; Rudolf Augstein zum Beispiel, Wolf Schneider oder Hanns Joachim Friedrichs: Ein guter Journalist müsse objektiv berichten. Er dürfe sich nie mit einer Sache gemeinmachen. Auch nicht mit einer guten.

Insofern war Kovač als Verfechter westlicher Pressefreiheit vielleicht ein unbequemer Berichterstatter, aber nicht zwingend gefährlich. Und das wussten sie wohl auch in Belgrad, sonst würden sie ihn nicht so lange machen lassen. Kovač ergriff nicht Partei, beleuchtete betont wertfrei die Interessen aller Seiten und achtete auch sonst penibel darauf, dass er mit seinem Blatt niemandem auf die Füße trat.

So beschrieb er in seiner Zeitung zwar in drei aufeinanderfolgenden Teilen detailliert die Entstehung der UÇK – dieser sogenannten »Befreiungsarmee des Kosovo« –, die Frage aber, wovon das Kosovo eigentlich befreit werden sollte, kam in den Artikeln nicht mal rhetorisch vor. Auch wie diese paramilitärische Truppe es geschafft haben sollte, sich heimlich und von der Obrigkeit unbemerkt zu bewaffnen, wurde nicht erwähnt. Dabei mehrten sich schon vor dem Hubschrauberabschuss in Mitrovica die Indizien, dass die Separatisten inzwischen auch über schwereres militärisches Gerät verfügten: ein Artillerieangriff auf eine Kaserne in Orahovac, ein Überfall auf eine Polizeistation mit Mörsergranaten, der Beschuss mehrerer von Serben bewohnter Dörfer mit Boden-Boden-Raketen. Alles Waffen, die man nicht mal eben nachts mit Eseln über verborgene Pfade über die albanischen Berge transportieren konnte.

War es möglich, dass korrupte Grenzer größere Waffenladungen unkontrolliert durchließen? Gegen ein üppiges Handgeld? Zufällig hatte Amra vor zwei Tagen ein Kneipengespräch mitgehört, das auf so etwas hindeutete. Da war es um den abgelegenen Gebirgspass von Morina gegangen. Zweiundzwanzig Kilometer hinter Gjakova. Und dass dort heute etwas passieren sollte.

Nur was?

Dicke Flocken stoben Amra ins Gesicht. Auf allen vieren kroch sie durch den hohen Schnee eine steile Anhöhe hinauf. Hier, nahe am Grenzpass, ragten die Albanischen Alpen wie ein Keil in die kosovarische Ebene hinein. Ein Ausläufer der sogenannten »Verwunschenen Berge«, des Prokletije mit seinen steilen Hängen, zwang die Passstraße kurz vor dem Kontrollpunkt in eine scharfe Kehre. Und darüber am Hang, Amra bemerkte es erst im letzten Moment, lauerte kaum wahrnehmbar zwischen Tannen, die unter ihrer Schneelast fast zusammenbrachen, wilden Wacholderbüschen und knorrigem Gestrüpp eine versteckte Maschinengewehrstellung. Männer, fast unsichtbar in ihren weißen Schneeanzügen, kauerten hinter ebenso weißen Sandsäcken, rauchten und unterhielten sich leise.

Shit! Erschrocken warf sich Amra der Länge nach in den Schnee. Schlagartig war sie hellwach. Du lieber Himmel, was waren das für Leute? Albaner? UÇK? Dann wäre sie den Separatisten ja fast direkt in die Arme gestolpert.

Hatten sie etwas bemerkt?

Amra spürte ihren rasenden Herzschlag und wagte kaum, zu atmen. Würde sie entdeckt, da war sie sich sicher, wäre sie verloren.

Angespannt wartete sie ab. Ohne sich zu rühren, während der Schnee unaufhaltsam auf sie niederging.

Nichts passierte. Kein Laut bis auf ein gedämpftes Husten und die leise wahrnehmbaren Stimmen der Männer an der MG-Stellung. Verdammt, die waren kaum zwanzig Meter von ihr entfernt. Was hatten die vor?

Vorsichtig hob Amra den Kopf und sah sich um: Von hier oben hatte man trotz des dichten Schneefalls einen guten Blick auf den Grenzübergang unten am Pass. Der Schlagbaum war heruntergelassen. Quer auf der Straße parkte mit laufendem Motor ein schwerer Radpanzer der Armee. Gelangweilte Soldaten mit Maschinenpistolen standen vor der niedrigen gemauerten Zollbaracke herum und rauchten. Offenbar hatte sich herumgesprochen, dass der Pass geschlossen war, denn bis auf den Panzer war die Straße leer. Kein Auto, kein einziger Mensch wartete darauf, den abgelegenen, im Schnee versunkenen Kontrollpunkt zu passieren.

Vorsichtig und darauf bedacht, von den Männern in der MG-Stellung nicht gesehen zu werden, zog Amra ihre Kameraausrüstung aus dem Rucksack. Nur zwei, drei Fotos und dann weg. Das war lebensgefährlich hier. Die Typen von der UÇK fackelten nicht lange. Dafür waren sie bekannt. Die machten kurzen Prozess. Vor allem, wenn sie dahinterkämen, dass Amra Serbin war.

Mit klammen Fingern steckte sie das Teleobjektiv auf die Kamera und visierte zunächst den Kontrollpunkt an. Die Lichtverhältnisse waren mäßig, dazu kam der Schnee. Wählte sie eine zu lange Verschlusszeit, waren verwackelte Schlieren auf dem Foto. Belichtete sie zu kurz, wurde die Aufnahme zu dunkel. Amra probierte daher unterschiedliche Einstellungen und betätigte mehrmals den Auslöser. Eine der Aufnahmen würde schon brauchbar sein.

Die Soldaten am Grenzübergang schienen plötzlich unruhig zu werden, sich aber ausschließlich auf die albanische Seite zu konzentrieren. Als würden sie von dort Gefahr erwarten. Und war nicht auch ein merkwürdiges Geräusch zu hören, so ein seltsames trockenes Flappen, noch ziemlich weit entfernt, doch unaufhaltsam näher kommend?

Woher kannte sie dieses Geräusch? Flapp, flapp, flapp ... Irgendetwas fehlte. Musik, Trompeten und Posaunen, etwas Klassisch-Pompöses wie eine Wagner-Oper, der Walkürenritt vielleicht, oder die Götterdämmerung würde auch passen ... In Belgrad hatte sich Amra ihr Studium nebenher abends als Kellnerin im Kasino des Opernhauses finanziert, und die Lautsprecher übertrugen immer, was gerade auf der Bühne lief, damit die Sänger ihren Einsatz nicht verpassten.

Trotzdem war der Gedanke absurd! Amra schüttelte unwillkürlich den Kopf und nahm mit der Kamera die MG-Stellung der Separatisten ins Visier. Auch dort war plötzlich Bewegung, und das Maschinengewehr wurde auf den Kontrollpunkt gerichtet. Was passierte hier, verdammt?

Amra drückte den Auslöser ihrer Kamera und wechselte erneut die Belichtungszeit. Das trockene Flappen war jetzt zu einem Knallen geworden, wie schnell aufeinanderfolgende Peitschenhiebe. Dann krachte es dumpf. Gleichzeitig fing das Maschinengewehr der UÇK-Stellung zu feuern an. Leuchtspurmunition fauchte direkt über Amras Kopf hinweg. Entsetzt sah sie, wie der Schnee am Kontrollpunkt unter den Schüssen aufspritzte. Soldaten fielen getroffen zu Boden, Rauchschwaden stiegen auf. Der Radpanzer stand in hellen Flammen. Offenbar war er von einer Rakete getroffen worden. Eine zweite Explosion zerstörte die Zollbaracke. Die Raketen hatte ein Hubschrauber abgefeuert, der wie aus dem Nichts hinter den albanischen Bergen aufgetaucht war und im Tiefflug herandonnerte.

Amra nahm ihn ins Visier ihres Teleobjektivs und drückte den Auslöser, bis der Film voll war. Jetzt wusste sie, woher sie dieses trockene Knallen kannte. Und warum ihr dazu das Täterää des Walkürenrittes von Richard Wagner eingefallen war: Das war einer dieser amerikanischen Hubschrauber mit nur zwei Rotorblättern, ein Huey, ein klassischer Bell-UH-1-Helikopter. Und wie in Coppolas Vietnamkriegsdrama »Apocalypse Now« hockten die GIs mit entsicherten Waffen im Anschlag an der breiten, weit geöffneten Schiebetür und warteten auf ihren Einsatz.

Die Maschinengewehrstellung der Separatisten stellte das Feuer ein. Jetzt war nur noch das trockene Knattern des Hubschraubers zu hören. Er landete, weichen Pulverschnee hoch aufwirbelnd, neben dem brennenden Kontrollpunkt, die GIs sprangen heraus, sicherten mit ihren Waffen im Anschlag das Terrain und öffneten den Schlagbaum. Von der albanischen Seite her näherten sich mehrere Fahrzeuge über den Pass. Große Lastzüge, mindestens drei Stück. Sie zogen lange Schneefahnen hinter sich her.

Unglaublich, dachte Amra erschüttert. Aber das war genau die Story, die sie brauchte. Hastig legte sie einen neuen Film ein und fotografierte weiter.

Die GIs winkten die Lastzüge zügig durch den Kontrollpunkt und sprangen zurück in ihren Huey, der mit knatterndem Dröhnen im dichten Schneegestöber wieder abhob und sich über die albanischen Berge entfernte. Die Laster verschwanden röhrend über die Passstraße. Dann war es vorbei. Die ganze Aktion hatte keine zwei Minuten gedauert.

Amra war wie erstarrt. Fassungslos starrte sie auf die toten

Soldaten am Grenzübergang. Da war kein Leben mehr. Blut versickerte im Schnee. Zwei schwarze Rauchsäulen standen in der Luft, wie von verbranntem Öl. Radpanzer und Zollbaracke brannten lichterloh.

Und keine zwanzig Meter neben ihr, in der versteckten Maschinengewehrstellung der UÇK, fielen sich die Separatisten triumphierend in die Arme.

Jetzt erst merkte Amra, dass sie am ganzen Leibe zitterte.

1 »IHR BLUTDRUCK IST ZU HOCH, Herr Knoop.«

Ich weiß. Was soll man auch erwarten? Ich bin zweiundfünfzig, da kann der Druck schon mal steigen. Fast entschuldigend sehe ich die Ärztin an.

»Haben Sie heute schon Ihre Medikamente genommen?«

Natürlich nicht. Dann hätte ich auf dem Weg zum Arzt mindestens dreimal aufs Klo gemusst. Bei einer Strecke von etwa fünfzehn Fußminuten! Die wirken entwässernd, diese Scheiß-Tabletten. Man kann gar nicht so viel trinken, wie man davon pissen muss.

»Es geht mir gut«, antworte ich ausweichend, »vielen Dank.«

»Zu hoher Blutdruck bedeutet nicht, dass man sich schlecht fühlt.« Der Blick der Ärztin zeigt deutliche Anzeichen von Missbilligung. »Im Gegenteil: Es ist wie eine Droge. Aber auch genauso gefährlich. Rauchen Sie noch?«

Auch das, ja. »Es ist nicht so einfach, sich das abzugewöhnen.«

»Ich kann Ihnen ein Mittel verschreiben, das Ihnen dabei helfen könnte.«

Nein, bitte nicht. Nicht noch ein Mittel. »Ich habe mich heute Morgen ein wenig aufgeregt. Vielleicht rührt daher der hohe Blutdruck.«

»Ach.« Die Ärztin setzt sich hinter ihren Schreibtisch und signalisiert ehrliches Interesse. »Worüber haben Sie sich denn aufgeregt?«

»Mein Sohn hat seinen Schulranzen verloren.« Schon steigt erneut der Ärger in mir hoch. »Im Bus! Den ganzen Ranzen, stellen Sie sich das mal vor! Mit all dem Schulzeug drin!« Ich schüttele den Kopf. »Ich meine, wenn man seinen Schlüssel irgendwo liegen lässt oder den Schirm oder so, dann kann ich das ja noch verstehen. Aber einen ganzen Schulranzen?« Ich tippe mir gegen die Stirn. »Das gibt's doch nicht.«

»Mhm«, macht die Ärztin mit hochgezogenen Augenbrauen. »Wie alt ist denn Ihr Sohn?«

»Sieben. Der verliert dauernd was. Vor zwei Wochen seinen Anorak. Obwohl es geregnet hat. In Strömen! Ich meine, wie kann man da seinen Anorak verlieren?« Ich will mir erneut gegen die Stirn tippen, lasse es aber, damit die Ärztin nicht denkt, ich halte meinen Sohn für einen Idioten. Nein, das ist er nicht. Im Gegenteil, in der Schule kommt er gut mit. Er scheint sich überhaupt für alles zu interessieren. Diese Welt ist ja so aufregend, alles ganz furchtbar spannend. So sehr, dass er elementare Dinge vergisst. »Und vor ein paar Monaten ist er mit Hausschuhen los. Das ist ihm erst aufgefallen, als ihn die Schulkameraden deswegen ausgelacht haben.«

»Und darüber regen Sie sich auf?«

»Natürlich. Kostet ja Geld, das ganze Zeug. Der Schulranzen war so gut wie neu. Hat er zu Weihnachten bekommen. Es musste ja unbedingt ein 4You-Ranzen sein. Weil angeblich alle einen 4You-Ranzen haben!« Schon bin ich wieder auf hundertachtzig. Wütend springe ich auf und starre die Ärztin an. »Wissen Sie überhaupt, wie teuer so ein bescheuerter 4You-Ranzen ist?«

»Oh ja«, nickt die Ärztin mitfühlend, »ich habe ja selbst zwei Söhne. Sie machen gerade ihr Abitur.«

»Das ist eine Unverschämtheit, dass so elementare Dinge wie Schulranzen so ein Heidengeld kosten!« Atemlos setze ich mich wieder. »Welche Familie kann sich so etwas auf die Dauer leisten? Frechheit!«

»Wir haben diese Sachen immer gebraucht gekauft«, erklärt die Ärztin.

»Ja, aber das sieht man doch!« Ich wehre mich gegen den Impuls, erneut aufzuspringen. »Gerade bei Schulranzen. Ich meine, wie gehen die Kinder damit um? Die werden in die Ecke gefeuert, liegen auf dem Boden rum, die kriegen ganz schnell abgewetzte Kanten und Ecken. So was kann man einem Kind doch nicht zu Weihnachten schenken!«

»Kommt drauf an, was man sonst noch so schenkt.« Die Ärztin tippt etwas in ihren Computer ein. »Wir machen mal eine Langzeitmessung, ein sogenanntes Tagesprofil.«

Bitte? – Wovon redet die Frau?

»Da bekommen Sie so ein kleines Gerät«, erklärt sie mir, »das misst den Blutdruck über einen Zeitraum von vierundzwanzig Stunden, und Sie protokollieren währenddessen genau, was Sie den Tag über so machen. Wann Sie essen, wann Sie schlafen, wann Sie Ihre Medikamente nehmen. In Ordnung?«

»Hören Sie, ich bin berufstätig und …«

»Es wird Sie bei der Ausübung Ihres Berufes nicht beeinträchtigen, glauben Sie mir.« Die Ärztin lächelt mich beruhigend an. »Und wir haben ein Tagesprofil von Ihnen, das uns erlaubt, Ihren Blutdruck optimal anzupassen.« Sie erhebt sich und geht zur Tür, um sie zu öffnen. »Lassen Sie sich einen Termin von der Schwester geben. Wiedersehen, Herr Knoop!«

Auf der Straße zünde ich mir erst mal eine Zigarette an. Was für ein herrlicher Frühlingstag. Man kann die erwachende Natur förmlich riechen. Die Bäume am Straßenrand zeigen ihr erstes zartes Grün. Alles beginnt zu sprießen und zu blühen, die Sonne wärmt, die Allergiker niesen. Aber ich war noch nie allergisch, und mein Blutdruck ist auch wieder normal. Das spüre ich. Ich fühle mich gut und bin gesund. Vermutlich habe ich nur so etwas wie das Weißkittelsyndrom, einen psychologisch bedingten Anstieg des Blutdruckes beim Anblick von Ärzten. Einfach aus Angst, dass die mir Blut abnehmen, irgendeine gefährliche Krankheit diagnostizieren, einem schlecht verträgliche Medikamente verschreiben oder sonst was. Dann wollen sie einen immer mit ihren Stethoskopen abhorchen, und man muss den Oberkörper frei machen. Habe ich auch ordentlich geduscht, denke ich dann, habe ich Achselgeruch, oder stinkt das Deo zu sehr? Mit anderen Worten: Arztbesuche machen mich nervös. Wenn ich mich krank fühlen will, brauche ich nur zum Arzt zu gehen. Aber jetzt ist es gut. Jetzt stehe ich in der Sonne, rauche eine Zigarette und kann ganz entspannt durchatmen.

Bis mein Handy drauflospiept.

Hünerbein ist dran, mein langjähriger Partner bei der Mordkommission. »Alles gut bei dir?«, erkundigt er sich. »Alles im grünen Bereich?«

»Grüner geht's nicht«, erwidere ich, etwas gerührt ob seiner Sorge, »ich komme gleich zum Dienst.«

»Nur die Ruhe, Sardsch«, mahnt er mich, »hier ist ohnehin nichts los. Matuschka und Beylich sind an der Harteneck-Sache dran, und ich arbeite alte Akten auf. Dabei ist mir aufgefallen, dass du deinen Bericht zum Stellmacher-Fall nicht ordentlich abgezeichnet hast.«

Ah ja, der Stellmacher-Fall. Ein klassisches Beziehungsdrama. Der Ehegatte kam nicht darüber hinweg, dass seine Frau ihn betrog, obwohl er selbst eine andere hatte. Es kam zum Streit, die Eheleute wurden handgreiflich, am Ende lag die Gattin tot im Flur. Eine Tötungsabsicht konnte ihm nicht nachgewiesen werden, und einen Affekt erkannte das Gericht nicht an. So blieb es beim tragischen Unfall, und der Mann konnte als Witwer nach Hause gehen. Das war's.

Die Glocken der nahen Apostel-Paulus-Kirche schlagen zwölf Uhr.

»Ich habe heute noch nichts zu mir genommen«, erkläre ich Hünerbein, »weil ich nüchtern zum Arzt kommen sollte. Ich esse kurz was zu Mittag und schlage dann bei euch auf, ist das in Ordnung?«

»Mach dir keinen Stress, Sardsch, das hat Zeit bis morgen.« Hünerbein klärt mich über mein gnadenlos überzogenes Überstundenkonto auf. »Da kannste heute ein bisschen was abbummeln. Mach dir einen schönen Tag. Wir sehen uns morgen.«

Auch okay, denke ich und stecke mein Handy wieder ein. Aber was fängt man an, an so einem schönen Tag?

2

MEIN HUNGRIGER MAGEN führt mich geradewegs in eine alteingesessene Trattoria in der Nähe, das L'Emigrante. Ein gemütliches Restaurant mit gehobener italienischer Küche. Dessen Besitzer hat bislang noch jeden neuen Trend mitgemacht, und deshalb gibt es inzwischen auch hier den obligatorischen

Business-Lunch zu moderaten acht Mark fünfundsiebzig, wenn man die Getränke weglässt. Ansonsten ist das L'Emigrante ein beruhigend altmodischer Ort in dem sich so rasant wandelnden Berlin. Selbst in meinem eigentlich eher beschaulichen Kiez hat eine Geschäftigkeit eingesetzt, wie man sie den verschlafenen Westberlinern kaum mehr zugetraut hätte. Zwar steht die Mauer schon seit knapp zehn Jahren nicht mehr, doch in Schöneberg war davon lange nichts zu spüren. Das Leben plätscherte dahin, man verließ seinen Kiez nur, wenn es denn unbedingt sein musste, und ließ es sich ansonsten gut gehen. Man hatte ja alles.

Heute dagegen scheint das nicht mehr zu reichen. Ständig machen neue Geschäfte auf, coole Start-ups, Digital-Media-Productions, Bio-Coaching- und Health-Consulting-Firmen, von denen kein Mensch weiß, was sie eigentlich tun. Sie verdrängen alltagstauglichere Läden wie etwa den Bäcker an der Ecke, der seine Brötchen noch selbst aus Teig geformt und in den Ofen geschoben hat, den Waschkiosk, wo man neben frisch gebügelten Hemden auch noch Zigaretten und sein Feierabendbier bekam, oder die stinknormale Frittenbude nebenan. Stattdessen entstehen überall kurzlebige Fingerfood-, Coffee- und Barber-Shops, der Bäcker heißt jetzt weltmännisch Baker, Boulangerie oder Croissanterie, für Intellektuelle und altsprachlich Gebildete gibt es sogar einen Pistor Romano. Döner sind nicht mehr scharf, fett und günstig, sondern vor allem *smooth* und *vegetarian*. Statt Currywurst gibt's die Asiabox in klein, mittel oder groß. Es herrscht permanente Transfusion: Wo gestern noch ein gemütliches Kaffeehaus war, ist heute ein Internetcafé und morgen ein Wettbüro, das später einer Anwaltskanzlei wird weichen müssen, einer internationalen Modekette oder einer voll automatisierten Bank-24-Filiale.

Nichts ist mehr, so scheint es, von Dauer, und da ist die Trattoria L'Emigrante eine wohltuende Insel der Beständigkeit. Mediterranes Flair seit über dreißig Jahren. Kalabrische Küche, sandfarbene Wände und meerblau karierte Tischdecken. Musik rieselt deutlich vernehmbar, aber nie zu laut aus Boxen, die versteckt in die naturbelassene Holzdecke aus sizilianischer Pinie eingelassen sind. Klassiker wie »Il tempo se ne va« von Adriano Celentano oder »Musica è« von Eros Ramazzotti mischen sich mit dezentem Geschirrgeklapper aus der Küche und den Tischgesprächen der Gäste. Am Tresen gurgelt der Zapfhahn und zischt die Espressomaschine, und meistens werde ich vom Patron direkt begrüßt – »*Buongiorno*, Signor Commissario« –, denn ich bin hier seit Jahren Stammgast.

Doch heute ist vom Patron nichts zu sehen. Stattdessen empfängt mich Francesco mit sorgenvoller Miene und einem knappen »*Ciao*«.

»Hey, was ist los?«, frage ich aufgeräumt. »Wo ist Enzo?«

Francesco murmelt etwas von Problemen, und ich beginne, mich zu sorgen. Vincenzo d'Annunzio, wie der Chef dieses Ladens vollständig heißt, ist schließlich nicht mehr der Jüngste. Vor einem Jahr hatte er einen leichten Schlaganfall, von dem er sich aber glücklicherweise schnell erholt hat. Zuletzt stand er trotz seiner bald achtzig Jahre wieder jeden Tag hinter dem Tresen und kümmerte sich am liebsten persönlich um seine Gäste.

»Ist er krank?«

»*Ah no*«, winkt Francesco ab und fragt mich, ob ich etwas essen will. Der Business-Lunch sei heute sehr gut: ein kleiner Rucola-Salat mit Parmesan als Vorspeise, dazu Gnocchi alla Panna und zum Nachtisch wahlweise Tiramisù oder Pannacotta.

Da kann man nicht meckern. »Nehme ich«, nicke ich zufrieden und sehe mich nach einem freien Platz um. »Dazu ein großes Bier, bitte, ja?«

»Kommt sofort.« Francesco beginnt zu zapfen.

Ich schiebe mich zwischen businesslunchenden Krawattenträgern, aufgeregt gestikulierenden Sozialpädagogikstudentinnen und brainstormenden Kreativen aus der PR-Branche zu einem Tisch ganz hinten am Ende des Raumes. Immerhin ein Fensterplatz, wenn auch direkt am Gang zu den Toiletten. Jedes Mal, wenn dort jemand die Tür öffnet, dringt intensiver Limonengeruch zu mir herüber, vermutlich von einem Putzmittel mit künstlichen Zitrusfruchtaromen. Der Gang führt auch zu einem Hinterzimmer, das Enzo als Büro und Besprechungsraum dient.

Neugierig erhebe ich mich wieder und deute Francesco mit einer Geste an, dass ich mir nur kurz die Hände waschen will. Dann öffne ich die Tür, atme tief zitronensaure Hygiene ein und stehe vor einem finsteren Gorilla, der kahlköpfig-muskulös und mit deutlich wahrnehmbarem Pistolenabdruck unter der zu engen Lederjacke vor dem Hinterzimmer wacht.

Zwei Möglichkeiten bleiben mir: Die eine wäre, mir einfach die Hände zu waschen und mich wieder zurück in den Gastraum zu begeben. Aber dann würde ich nie erfahren, was für Probleme hier besprochen werden. Also wähle ich die Offensive und gehe mit einem leutseligen *»Ciao, amico, va bene?«* zügig auf den Gorilla zu.

Der lässt sich natürlich nicht auf mein mäßiges Italienisch ein und stoppt mich mit einer knappen Handbewegung. »Toilette, links, erste Tür.«

»Ich wollte nur Enzo guten Tag sagen.«

Der Gorilla ist wie einbetoniert. »Toilette, links, erste Tür«, wiederholt er heiser und schiebt mich unmissverständlich in die entsprechende Richtung.

Tja. So komme ich hier nicht weiter. Ich zücke meinen Dienstausweis, der mich ganz unzweideutig als Hauptkommissar des Berliner Landeskriminalamtes identifiziert, doch auch das kann den Gorilla nicht beeindrucken. Bevor ich amtlich werde, hat er mich schon am Kragen meines Sakkos gepackt und mit den Worten »Toilette, links, erste Tür« hinter ebenjene befördert.

Also gut. Ich betätige geräuschvoll die Spüle an einem der Pissoirs und wasche mir die Hände, bevor ich zurück in den Gang trete und dem verdutzten Gorilla dreißig Pfennig in die Hand drücke. Mit dem Hinweis, dass Toilettenpapier fehlt und die Seifenspender mal wieder nachgefüllt werden müssten, verlasse ich den Gang und gehe zurück an meinen Tisch im Gastraum.

»Alles gut?« Francesco stellt mir ein großes Bier hin.

»Bis auf die Tatsache, dass eure Klofrau eine ziemlich große Waffe trägt, ja.« Ich trinke mit großen Schlucken. Ah, das tut gut nach dem anstrengenden Arztbesuch.

»Die Waffe ist registriert«, versichert Francesco und tauscht eifrig den Aschenbecher aus. »Alles ganz legal.«

»Nichts anderes«, ich kann mir ein spöttisches Grinsen nicht verkneifen, »habe ich erwartet.«

Es ist ein offenes Geheimnis im Landeskriminalamt, dass Vincenzo d'Annunzio nicht nur mit Pizza und Pasta sein Geld verdient. Der Patron ist stolzer Spross einer uralten Brigantenfamilie aus San Luca, die seit Jahrhunderten im Drogen- und Waffenhandel aktiv ist. Er führt die Berliner Zelle der 'Ndrangheta in dritter Generation seit über vierzig Jahren und herrscht als sogenannter »Pate von Schöneberg« über die organisierte Kriminalität mit eiserner Hand. Freilich kann man ihm nichts nachweisen, und es ist auch nicht meine Aufgabe, in dieser Richtung gegen ihn aktiv zu werden. Ich bin bei der Mordkommission. Insofern gilt zwischen mir und Enzo seit Jahren: Keine Morde in meinem Kiez! Zudem hat er mir bei meinen eigenen Ermittlungen nicht nur ein Mal mit so manchem wichtigen Tipp geholfen, kurz: Es gibt schlechtere Arrangements in der Polizeiarbeit. Wir profitieren voneinander. Oder, wie Enzo es auszudrücken pflegt: *»Patti chiari, amici cari.«*

Dennoch bin ich dann doch ein wenig beunruhigt, dass der alte Brigant plötzlich mit Siggi Meyer, dem Ex-Mann meiner Frau, in den Gastraum tritt. Ich habe nie wirklich verstanden, was Monika an dem Kerl gefunden hat. Er sieht zwar gut aus, ist aber ein windiger, etwas undurchsichtiger Typ. Früher war er bei der Stasi und zwischendurch im Knast, sein Geld verdient er mit schwer durchschaubaren Immobiliengeschäften, was ihm öfter Ärger mit den falschen Leuten einbringt. Vor zwei Jahren haben sie ihm die Kniescheiben weggeschossen, weshalb er jetzt auf einen Gehstock angewiesen ist, den er mit der Würde eines englischen Lords zu handhaben pflegt. Unser Verhältnis zueinander ist, vorsichtig ausgedrückt, ambivalent, und meine drängendste Frage lautet: Was hat Monis Ex-Mann mit dem Patron zu besprechen gehabt?

Siggi ist es sichtlich unangenehm, mich hier anzutreffen, doch Enzo kommt schon mit ausgebreiteten Armen auf mich zu.

»Signor Commissario! *Come sono felice!* Was für eine Freude!«

Er umarmt mich mit ehrlicher Herzlichkeit. »Sage mir, hast du schon bestellt?«

»Ja, den Business-Lunch!«

»Ah no«, Enzo winkt mit weit ausholender Bewegung ab, »das ist für Angestellte und Beamte. Du hast verdient etwas Besseres.«

Wieso, will ich einwenden, ich bin auch nur Beamter, doch Enzo ruft schon seine Söhne heran.

»Giuseppe! Francesco! Für unseren Gast eine *filetto calabrese con risotto ai funghi porcini! Affrettatevi*! – Keine Sorge, Signor Commissario«, wendet er sich wieder mir zu, »geht alles aufs Haus. Aber ich habe bekommen ganz frische *filetto* vom Rind. Dazu Steinpilzrisotto, *l'agricoltura biologica*, alles biologisch einwandfrei, mhm«, er macht eine Geste des Genusses und spitzt seinen Mund, »du wirst nicht genug bekommen davon.«

»Steinpilze?« Ich bin skeptisch. »Im April?«

»Perché no, Signor Commissario, wieso nicht?« Enzo breitet verständnislos die Hände aus. »Steinpilze kann man immer essen! *Ci sono i funghi che crescono nel seminterrato.*« Er verschwindet mit seinen Söhnen in der Küche. *»Andiamo, ragazzi, andiamo!«*

»Na«, wende ich mich Siggi zu, der wieder wie aus dem Ei gepellt aussieht. Er trägt einen nachtblauen Dreiteiler aus der Londoner Herrenschneiderhochburg Savile Row, die Krawatte mit einem echten Windsor-Knoten gebunden, das beneidenswert volle, wenn auch ergraute Haar sorgsam nach hinten geföhnt. Neuerdings trägt er einen Dreitagebart im kunstvoll gebräunten Gesicht, der ihm etwas Verwegenes gibt. »Biste wieder in krummen Geschäften unterwegs?«

»Ach was, Dieter!« Er öffnet sein Jackett, stellt seinen Gehstock an die Wand und setzt sich zu mir. »Ich habe nur einen Tisch bestellt.«

»Einen Tisch? Hier?«

»Ja, warum nicht?« Siggi schnippt mit Daumen und Zeigefinger laut zum Tresen hin und zeigt auf mein Bier. »Mir auch eins, bitte!« Dann schaut er mich aus treuen Dackelaugen durch seine Designerbrille an. »Weißt doch, ich werde nächsten Samstag fünfzig.«

»Ich dachte, du wolltest nicht feiern.«

»Nur im kleinen Kreis«, versichert er. »Ihr seid natürlich eingeladen, du und Monika.«

»Die Kinder nicht?«

»Na, die werden sich langweilen, oder? Ich mein, lauter Erwachsene, die über Krankheiten sprechen. Wie war's übrigens beim Arzt?«

Ach, das weiß er auch schon. »Gut«, antworte ich. »Was heißen soll, ich hab nichts.«

»Ich dachte, du bist Hypertoniker? Hat Moni erzählt.«

»Nur wenn ich zum Arzt gehe. Ist wahrscheinlich so 'n psychisches Ding.«

Siggi lächelt. »Vielleicht solltest du dich mal mit Susanne unterhalten.«

Das ist seine neue Flamme. Blutjung, jedenfalls noch keine vierzig Jahre alt. Eine Psychologin, bei der er sich so lange auf die Couch gelegt hatte, bis sie sich »rettungslos in ihn verliebte«. Darauf ist er besonders stolz. Auf seinen Erfolg bei den Frauen. Denn die Trennung von Monika konnte er nie verwinden, auch wenn das nun schon fast fünfzehn Jahre her ist. Dass ich jetzt mit ihr zusammen bin, empfindet er wohl als besondere Demütigung, denn immer, wenn die Rede auf Monika kommt, sieht er mich anklagend an.

»Geht's ihr denn gut, unserer Moni?«

»Aber sicher doch.« Wenn er sich mit Monika über meinen Bluthochdruck unterhalten hat, müsste er's ja selbst wissen. »Es geht ihr sogar ziemlich gut.«

»Ich meine ja nur, wegen der vielen Kinder. Da ist doch immer Trubel bei euch.«

»Ja, die halten einen ganz schön auf Trab. Aber sie halten auch jung.« Obwohl ich mich durchaus nicht mehr jung fühle. Und mich die Gören manchmal mächtig stressen. Aber das muss ich Siggi ja nicht auf die Nase binden.

Überhaupt, die Kinder. Die müssten bald Schulschluss haben. Ich könnte sie nach dem Essen abholen an meinem freien Tag. Und den Lehrern nebenher erklären, warum mein Sohn heute ohne Ranzen zum Unterricht gekommen ist.

3 DIE GRUNDSCHULE AM BARBAROSSAPLATZ befindet sich in einem pompösen Trutzbau aus der Kaiserzeit. Ein wilhelminisches Gebirge aus Sandstein, das sich majestätisch aus dem Einerlei schlichter Nachkriegsarchitektur erhebt. In der Mitte des Platzes befindet sich eine vermüllte Grünanlage mit alten Bäumen und dem Kinderbrunnen, der allerdings schon seit Jahren kein Wasser mehr spendet, da ja darin Kinder ertrinken könnten. Beim Schwimmunterricht für Grundschüler wird schon seit Jahren gespart. Offiziell heißt es zwar, dass dem Senat die finanziellen Mittel für den ordnungsgemäßen Betrieb öffentlicher Brunnen fehlten, doch als sich eine Bürgerinitiative gründete, um mit privaten Spenden die Sanierung und den Weiterbetrieb des Kinderbrunnens zu finanzieren, wurde das von Amts wegen aus Sorge um die Sicherheit der Schüler aus der nahen Grundschule abgelehnt.

Ich bin früh dran. Der Unterricht läuft noch, als ich das altehrwürdige Schulgebäude betrete. Ich drücke mich ein wenig in den Gängen rum, die mal wieder einen neuen Anstrich vertragen könnten, und schaue mir die gemalten Bilder aus den ersten und zweiten Klassen an. Fast bin ich ein wenig enttäuscht, dass kein einziges Bild meiner eigenen Kinder für würdig befunden wurde, im Gang zu hängen. Aber Kunst ist wohl nicht so ihr Ding. Vielleicht ist das auch besser so, dann müssen sie sich später kein Ohr abschneiden, um bemerkt zu werden.

Das unerwartet laute Klingeln der Schulglocke lässt mich zusammenzucken. Im Nu ist Leben in der Bude. Hunderte von Kindern stürmen aus den Klassenzimmern und toben durch die Gänge dem Ausgang zu. Raus aus der Schule, die Freiheit ruft! Ich verstehe die Begeisterung der Kinder durchaus. Nur müssen sie dabei so einen ohrenbetäubenden Lärm veranstalten?

»Papa! Papa!« Schon hüpfen meine eigenen Kinder um mich herum. Vier an der Zahl, drei Mädchen und ein Junge, Hanna, Anna, Zoé und Liam. »Was machst du denn hier?«, fragen sie durcheinander, »müssen wir heute nicht in den Hort?«

»Ich dachte, ich kläre das mal mit Liams Schulranzen«, antworte ich und verteile Küsschen. »Gab's Ärger deswegen?«

»Ach, das haben die doch gar nicht gemerkt«, winkt Liam ab.

Bitte? »Hattet ihr keinen Unterricht?«

»Doch: Musik, Mathe und Deutsch.«

Ich kann es nicht glauben. Zu meiner Schulzeit wäre ordentlich was los gewesen, wenn man ohne Ranzen in die Schule gekommen wäre. Heute scheint das nicht mehr so wichtig zu sein. Der Unterricht muss sich in den letzten Jahren dramatisch verändert haben, darauf lassen auch die Informationen aus den regelmäßig stattfindenden Elternabenden schließen. Was uns noch klassisch frontal in die Hirne gehämmert wurde, soll heute spielerisch erlernt werden. Was dazu führt, dass Musik offenbar nur noch mit Pfannen und Töpfen und ordentlich Krach erlebbar, die Algebra vor allem in rührend naiven Zahlenbildern verständlich gemacht und Rechtschreibung mit der Sommer-Stumpenhorst-Methode gelehrt wird, dem endlosen Zuordnen von Buchstaben mittels Anlauttabellen und bebildeter Karteikärtchen. Irre! Als wollte man unsere Kinder zu einem Volk von topfschlagenden Halbidioten ausbilden, zu einer Nation von hörgeschädigten Wortsortierern und Erbsenzählern.

»Wo ist denn eure Lehrerin?«, frage ich streng.

»Im Klassenraum.« Die Kinder rennen um die Wette los, und ich folge ihrem glücklichen Jauchzen.

Schon von Weitem sind wummernde Bässe aus dem Klassenraum der 2a zu hören, die groovigen Rhythmen des Earth-Wind-&-Fire-Hits »September«:

»Do you remember the 21st night of September?
Love was changing the minds of pretenders
While chasing the clouds away ...«

Sie kommen aus einem Ghettoblaster auf dem Lehrertisch. Die übrigen Tische sind zu einem Halbrund umgestellt worden, sodass in der Mitte genug Platz zum Tanzen bleibt, was Frau Kraitlinger denn auch zu nutzen weiß. Die blutjunge Klassenlehrerin meiner Kinder hat die hennarote Lockenmähne zu einem Pferdeschwanz gebunden, trägt einen hautengen lilagrünen Gymnastikanzug und gibt sich versonnen mit wiegenden Hüften und ausgebreiteten Armen zackigem Disco-Funk aus längst vergangenen Zeiten hin.

»… our hearts were ringing
In the key that our souls were singing
As we danced in the night
Remember how the stars stole the night away.«

Wow! Ich klopfe vernehmlich an die weit geöffnete Tür, aber das Fräulein – Verzeihung –, Frau Kraitlinger bemerkt mich nicht. Schon fallen die Falsettstimmen meiner Töchter ein …

»Hey hey hey!
Ba de ya, say do you remember
Ba de ya, dancing in September
Ba de ya, never was a cloudy day!«

… und erst als Liam den Ghettoblaster kurzerhand ausschaltet, merkt die Klassenlehrerin auf.

»Was soll das, Liam«, blafft sie den Jungen an, »wieso machst einfach die Musik aus?«

»Weil er Sie um Verzeihung bitten wollte«, antworte ich, »dass er seinen Ranzen heute nicht dabeihatte.«

Irritiert wendet sich Frau Kraitlinger zu mir um. Es dauert einen Moment, bis ein Lächeln des Erkennens über ihr Gesicht fliegt. Strahlend, wenn auch etwas außer Atem, kommt sie auf mich zu und reicht mir galant die Hand.

»Ah, der Herr Knoop! Entschuldigen S' meinen Aufzug, aber wir haben ja bald unser Frühlingsfest. Sie sind natürlich eingeladen.«

Einmal mehr fällt mir auf, was für einen reizenden Wiener Dialekt sie spricht. Voller Schmäh, doch sehr charmant. Mein Groll über Anlauttabellen und Zahlenbilder ist sofort verflogen.

»Wir werden Liams Schulsachen natürlich umgehend ersetzen«, verspreche ich mit schuldbewusster Miene, »doch das geht natürlich nicht von heute auf morgen.«

»Das macht nix«, winkt die Lehrerin ab, »die Kinder haben ja hier alles Wichtige in ihren Stellordnern.«

Ach, richtig, die Stellordner. Sie stehen bunt aneinandergereiht und mit Namensschildchen versehen auf der Fensterbank.

»Da ist alles drin, was die Kinder für den regulären Unterricht brauchen. Aber natürlich ...« Jetzt wendet sie sich mit fürsorglicher Missbilligung meinem Sohn zu, »... braucht man für die Schule auch einen Ranzen, nicht wahr, Liam?«

Das Kind nickt nur mäßig überzeugt.

»Ich hab noch nie was verloren«, kräht Zoé stolz.

»Aber ich«, ruft Anna noch viel stolzer, »meine Federtasche! Mit allen Stiften drin! Und ich hab sie nie, nie, nie wiedergefunden!«

»Aber du hast eine neue gekriegt«, erwidert Hanna neidisch.

In Liam keimt Hoffnung auf. »Krieg ich auch einen neuen Ranzen?«

»Du kannst deinen alten Scout-Ranzen nehmen.« So weit kommt es noch, dass wir seine Unachtsamkeiten noch belohnen.

»Kein Kind geht heute noch mit einem Scout-Ranzen zur Schule«, regt Liam sich auf. »Das ist total out!«

»Damit wird er gemobbt«, pflichten die Mädchen ihm bei.

»Quatsch«, wiegelt Frau Kraitlinger ab, »niemand wird hier gemobbt! Nicht an unserer Schule!«

Na, fein, denke ich, dann können wir ja gehen. Vorher fällt mir noch der mit krakeliger Kinderschrift gemalte Satz an der Tafel auf: »Belämmert kommt von Lamm.«

»Falsch«, sage ich.

»Bitte?« Frau Kraitlinger versteht nicht.

»›Belämmert‹ kommt nicht von ›Lamm‹, sondern aus dem Niederdeutschen, vom ›Lemmer‹, dem ›Hindernis‹. ›Lemmen‹ heißt ›hindern‹. Mit dem ›Lamm‹ hat das überhaupt nichts zu tun. Deshalb wurde es ja früher auch mit ›e‹ geschrieben.«

»Ach, meinen S'?«

»Das meine ich nicht nur, das weiß ich«, bekräftige ich, denn ich hatte, lang ist's her, einen Deutschlehrer, der uns die Rechtschreibung noch vom Wortsinn her erklärte, nicht mit Anlauttabellen. »Wenn Sie ›belemmert‹ gucken, dann nicht wie ein Lamm, sondern eher verwirrt, nicht wahr, etwas«, ich deute mit den Händen Anführungszeichen an, »behindert.« Ich spüre, wie mein Blutdruck steigt, denn auch über diese bescheuerte Rechtschreibreform könnte ich mich jedes Mal schwarzärgern. »Aber das konnten unsere schlauen Kultusminister natürlich nicht wissen. Dafür sind die zu ›belemmert‹.«

»Vieles ist einfacher geworden«, findet die Lehrerin.

»Und vieles nicht«, widerspreche ich wütend, »im Gegenteil. Und daran kann auch Ihr Herr Dr. Sommer-Stumpenhorst nichts ändern.« Ich schalte den Ghettoblaster wieder ein. »Schönes Tanzen noch. Kommt, Kinder!«

Wir verlassen das Klassenzimmer und gehen den Flur hinunter. Beziehungsweise ich, die Kinder rennen natürlich vor.

»Herr Knoop!« Frau Kraitlinger kommt mir hinterher. »Einen Moment noch, bitte!«

Ich stoppe, drehe mich zu ihr um. »Ja?«

»Was ich Sie schon immer mal fragen wollte …« Frau Kraitlinger zwirbelt verlegen ihre hennafarbenen Locken. »Sie sind ja Vater von vier Kindern. Also zwei Zwillingspärchen im selben Jahrgang, und da«, sie lacht unsicher auf, »da fragt man sich natürlich: Wie ist das möglich? Biologisch, meine ich.«

»Was meinen Sie?«, stelle ich die Gegenfrage.

»Also, ähm«, stammelt sie errötend, »also wahrscheins nur mit, ähm, z-zwei verschiedenen Müttern …«

»Na, sehnse. Geht doch.« Ich will mich wieder abwenden, werde aber sanft zurückgehalten.

»Das erklärt die verschiedenen Nachnamen der Kinder.« Die Kraitlinger starrt mich mit vor Erkenntnis geweiteten Augen an. »Aber keines trägt den Ihren.«

»Tja, weil ich mit keiner dieser Mütter verheiratet bin.« Ich kann mir ein Lachen nur mühsam verkneifen. Wenn die wüsste, dass ich noch eine Tochter habe. Melanie. Doch die ist mit vierundzwanzig Jahren schon fast erwachsen und macht als angehende Tierärztin derzeit ein praktisches Jahr in Kenia. Im Serengeti-Nationalpark. Tja! Ich hab sie seit Weihnachten nicht gesehen, aber sie schreibt regelmäßig.

»Wiedersehen, Frau Kraitlinger.«

»Wiedersehn«, echot sie verblüfft, und ich spüre noch lange ihre ratlosen Blicke in meinem Rücken.

Auf dem Heimweg gibt es nicht wenige Verlockungen, die einem das Geld aus dem Portemonnaie rauben können, wenn man Kinder hat und klein beigibt. Erst der Kiosk, wo ich das lautstarke Verlangen der Gören nach Schokoriegeln noch abwehren kann. Dann der Eisladen, den ich auch gekonnt pariere. Doch spätestens an einem dieser Süßigkeitenautomaten, die in Kinderhöhe an Hauswände montiert sind, muss ich ohnmächtig zusehen, wie der Nachwuchs sein Taschengeld gegen hygienisch fragwürdige Kaubonbons und Gummibären eintauscht. Man sollte diese Dinger verbieten. Heute ist es Süßzeug, und morgen sind es Zigaretten.

Apropos: Nervös stecke ich mir eine an.

Zu Hause habe ich kaum die Wohnungstür aufgeschlossen, als das Telefon klingelt. Die Kinder toben herum und machen Krach, ich verstehe nicht, wer dran ist.

»Seid doch mal still, verdammt noch mal!« Ich presse mir den Hörer ans Ohr. »Entschuldigung. Bitte, worum geht es?«

»Ich haben etwas, das Ihnen gehorrt.« Eine weibliche Stimme mit Akzent. Osteuropa vermutlich.

»Und, äh, was soll das sein?« Verblüfft verdrücke ich mich auf die Toilette, weil es der ruhigste Raum in der von meinen lautstarken Kindern okkupierten Wohnung ist. Ein »stilles Örtchen« im reinsten Wortsinn. »Was gehört mir denn?«

»*Školska torba, razumevanje?* Tasch mit Bucherr furr *škola*.«

Die Frau hat ein klassisches Umlautproblem. Und das rollende R klingt irgendwie sexy. Aber was will sie mir sagen?

»*Razumevanje*«, wiederholt sie, »du Li-Am?«

Nee, ich nicht Li-Am. Aber Moment, mein Sohn heißt doch Liam. »Tasch mit Bucherr furr *škola*«, na klar! Endlich fällt bei mir der Groschen. Die hat Liams Schulranzen! Es gibt sie noch, die ehrlichen Finder. Und sie kommen aus dem Osten. Vermutlich eine Russin oder so. »Das ist aber nett, dass Sie anrufen«, freue ich mich, »mein Sohn war schon ganz verzweifelt ...«

»Du brringen Geld, ich geben Tasch, okay?«

»Natürlich gibt es einen Finderlohn, das versteht sich von selbst. Sie ahnen ja nicht, wie ...«

»Du brringen Deutschmarrk mit Piano.«

Ich bringen Deutschmark mit was? – »Moment mal, sagten Sie ›Piano‹? Meinen Sie ein Klavier, einen Flügel?«

»Schto Deutschmarrk. Das ist blaues Schein mit Frrau und Piano.«

»Na, hören Sie mal, diese Frau auf dem blauen Schein ist immerhin Clara Schumann.« Ich atme tief durch. »Das sind hundert Mark!«

»Hunderrt Deutschmarrk, *da*. Du kommen Alexanderrplatz, die zweite Subway. *Ponoć*, okay? *Zero hour.* Mitterrnacht.«

»Sie verlangen wirklich einen ganzen Hunderter von mir?« Ich fasse es nicht. »Das sind keine Rubel, Teufel noch mal!«

»Zweite Subway, *zero hour*«, wiederholt die slawische Stimme, *»ponoć.«*

»Finden Sie nicht auch, dass das ein bisschen viel Finderlohn und ein recht ungewöhnlicher Treffpunkt ist? Mal ganz abgesehen von der Uhrzeit. – Hallo?« Verdutzt starre ich auf den Hörer. »Hallo, sind Sie noch dran?« Offenbar nicht. Die Dame hat schon aufgelegt.

Merkwürdig.

»›Zweite Subway‹«, überlegt Monika laut, nachdem wir zu Abend gegessen und die Kinder ins Bett gebracht haben, »das wird die zweite Tiefebene sein. Diese Ladenzeile zwischen den U-Bahnhöfen.«

»Ja, aber um Mitternacht?« Ich verstehe es nicht. Der Alexanderplatz ist doch schon tagsüber ein ziemlich hartes Pflaster. »Wieso so spät?«

»Nachts ist dort nichts los.« Monika streckt sich gähnend. »Da könnt ihr euch nicht verfehlen.«

Stimmt. »Aber hundert Mark?«

»Wenn man bedenkt, was es kosten würde, wenn wir das ganze Zeug neu besorgen müssten, ist das gar nicht so viel.« Monika erhebt sich und räumt das Geschirr ab. »Vielleicht kannst du sie ja noch runterhandeln.«

»Ich werde den Jungen mitnehmen.«

»Was?« Jetzt starrt sie mich aus kreisrunden Augen an. »Das kann nicht dein Ernst sein!«

»Doch. Immerhin hat Liam den Ranzen verloren und nicht ich. Er kann froh sein, dass ich überhaupt mitkomme.«

»Du spinnst!«

»Nein, ich erziehe unseren Sohn.«

Dann lernt er wenigstens mal was fürs Leben. Das Kind kann ruhig merken, was es für Umstände macht, wenn man seine Sachen liegen lässt und sie dann zurückbeschaffen will. Ich muss mir wegen diesem Mist ja auch die Nacht um die Ohren schlagen.

»Und wir werden nicht mit dem Auto, sondern mit der U-Bahn fahren.«

4 KNAPP DREI STUNDEN SPÄTER bin ich mit einem heulenden Kind an der Hand durch das spätabendliche Berlin unterwegs. Es ist eine Tortur für uns beide. Natürlich hat sich Liam geweigert, überhaupt aus dem Bett zu kommen. Natürlich hat er sich auch geweigert, sich mitten in der Nacht anzuziehen, weshalb er noch immer seinen Schlafanzug trägt. Lediglich Schuhe und Strümpfe konnten ihm unter heftigem Protest aufgenötigt werden, dazu seine Winterjacke. Und natürlich versteht das Kind überhaupt nicht, wieso wir jetzt mitten in der Nacht seinen Ranzen abholen müssen.

»Damit du ihn morgen wieder mit in die Schule nehmen kannst, verdammt noch mal!« Ich weiß nicht, wie oft ich ihm das jetzt erklärt habe. Aber er begreift es nicht. Er will es nicht begreifen. Er heult herum und versucht, mich mit seinen Kindertränen mürbezumachen.

Was ihm durchaus gelingt, aber das lasse ich mir nicht anmerken. Genauso wenig wie ich auf die missbilligenden Blicke der Fahrgäste auf dem U-Bahnhof Eisenacher Straße reagiere.

Die Erziehung von Kindern ist Schwerstarbeit. Der Wunsch aller Eltern ist, den geliebten Nachwuchs vom Kummer und vom Übel der Welt fernzuhalten. Den Kleinen soll es gut gehen, besser jedenfalls als uns damals, auch wenn die eigene Kindheit so schlecht nicht war. Im Gegenteil, rückblickend betrachtet war sie sicherlich eine der schönsten Zeiten in meinem Leben. Dennoch, und das habe ich mit vielen Eltern gemein, wollen wir bei unseren eigenen Kindern alles richtig machen und vor allem die Fehler unserer eigenen Eltern nicht wiederholen. Erschwerend kommt bei mir hinzu, dass meine Mutter alleinerziehend war und ich mithin nie einen Vater hatte, weshalb ich in meiner eigenen Rolle als männlicher Elternteil mächtig improvisieren muss.

Wie ein Schauspieler gebe ich den Papa, den ich mir selbst als Kind gewünscht habe: eine Respektsperson. So wie der Vater von Klaus Jürgen, meinem Banknachbarn von der ersten bis zur sechsten Klasse. Dessen »Daddy«, wie er ihn immer nannte, war Trainer bei Tennis Borussia, hart in der Sache, aber immer fair und ein echter Kumpel, wenn es darauf ankam. Ein wahres Vorbild. Was hab ich den damals bewundert. Genauso ein »Daddy« wollte ich auch sein. Einer, der seine Kinder nicht verhätschelt, sondern zu selbstbewussten Persönlichkeiten heranzieht, die später von den unvermeidlichen Widrigkeiten des Lebens nicht umgehauen werden, sondern daran wachsen. Dazu gehört, dass man den Mist, den man eingerührt hat, auch selbst auszulöffeln lernt.

»Und ich helfe dir dabei, verstehst du das, Liam? Deshalb sitzen wir hier zusammen in der U-Bahn. Um deinen verlorenen Ranzen zurückzuholen.«

Klaus Jürgen wurde übrigens erst Investmentbanker in London und dann Buddhist in einem tibetischen Kloster. Inzwischen ist er tot. Darmkrebs, wie sein »Daddy«. Da kannste nix machen.

Ah, wir sind Möckernbrücke. »Hier heißt's umsteigen, Liam. Komm!«

»Wann sind wir da«, schluchzt das Kind zum Herzerbarmen, »wann sind wir endlich da-ha?«

Gleich. Wir müssen nur die eine Ebene höher auf den anderen Bahnsteig.

»Wann sind wir da? Ich bin müde«, jammert das Kind, »ich will nach Hause in mein Bett!«

Na, an diese Worte werde ich dich morgen erinnern, Sohn, wenn der Abend wieder nicht lang genug werden kann und ich es mit vier Kindern zu tun habe, die alle partout nicht ins Bett wollen.

»Wann sind wir da-ha?«

Wir steigen jetzt in die U-Bahn-Linie 1. »Nur eine Station. Bis Gleisdreieck. Dort steigen wir noch mal um.«

»Sind wir dann da?«

»Nein, ich sage doch, einmal müssen wir noch umsteigen.«

»Dann sind wir da-ha?«

»Ja, dann sind wir da. Irgendwann jedenfalls.« Ich schaue auf die Uhr. Na, das wird knapp, es ist zwanzig Minuten vor Mitternacht.

»Findense nich, dass det Kind ins Bette muss?« Ein bierseliger Mitfünfziger im schmuddeligen NATO-Parka und mit einer Flasche Schultheiss in der Hand setzt sich zu uns und prostet mir zu. »Na, mir sollt ejal sein, wa? Aba icke würde den schnurstracks inne Falle stecken. So wie der Kleene heult, issa sicha müde. Kinda heuln imma, wennse müde sind, wa?« Jetzt beugt er sich zu Liam vor und nickt ihm zu wie einem kleinen Hund. »Bist ein Lieba, wa? Ein janz Lieba biste. Und so müde, wa?«

Liam weicht zurück und drückt sich verschüchtert in meine Ellenbeuge.

»Angst hatta«, stellt der Mitfünfziger fest und lacht. »Musste aba nich. Ick bin der Helmut, und vor Helmütern muss man, jedenfalls wat meine Person betrifft, keene Angst ham. Wir sind im Alljemeinen recht friedvolle Trinka. Prost!«

»Ick hab keene Angst«, widerspricht Liam im Schutze meiner Ellenbeuge. »Und müde bin ick ooch nich.«

Erstaunlich, wie schnell sich Kinder ihrer Umgebung anpassen können. Sogar berlinern kann mein Sohn.

»Übrigens, wir müssen raus!« Der Zug fährt im Gleisdreieck ein. »Komm, Liam!«

»Tschüss, Helmut«, kräht Liam beim Rausgehen und findet, dass der Mann nett war, obwohl er gestunken hat. »Wie du, Papa, wenn du besoffen bist.«

Wieder missbilligende Blicke um mich herum. Ich mache ein unschuldiges Gesicht. Beruhigt euch, Leute! So oft bin ich nicht betrunken. Letztes Mal zu Silvester. Aber waren wir da nicht alle hackevoll? Na eben!

»Wann sind wir da-ha?«

»Einmal umsteigen noch, Liam. Einmal umsteigen.« Wir wechseln in die Linie 2, die, von Ruhleben kommend, nach Pankow fährt. Ein scheinbar endloses Gezuckel, zumal es Liam noch mal mit Geheule versucht. Aber jetzt aufzugeben wäre Blödsinn, so kurz vor dem Ziel. Mendelssohn-Bartholdy-Park, Potsdamer Platz, Mohrenstraße – und nein, Liam, wir sind noch nicht da. Auch nicht Stadtmitte und Hausvogteiplatz. Das dauert noch. Am Spittelmarkt ist das Kind in meinen Armen eingeschlafen. So fest, dass es auch nicht die am Märkischen Museum zusteigenden und schwer in Feierlaune herumgrölenden Jugendlichen wecken können.

»Ey, Alter, wo geht's denn hier zum E-Werk?«

»Andere Richtung«, antworte ich, denn die meinen wahrscheinlich diesen Techno-Schuppen, »Mohrenstraße.«

»Scheiße! Wir sind falsch. Fa-halsch! Andere Richtung!« Diese Feststellung wiederholen sie dauernd und ähnlich repetierend wie mein siebenjähriger Sohn sein »Wann sind wir da-ha?« in verschiedenen Lautstärken und Tonlagen, bis sie an der Klosterstraße richtungswechselnd wieder auf den Bahnsteig taumeln.

Surrend fährt der Zug an und jagt erbärmlich quietschend durch enge Tunnelröhren, bis es aus altersschwachen Lautsprechern quakt: »Nächste Station: Alexanderplatz!«

Na, endlich! »Liam, wir sind da-ha«, wecke ich meinen Sohn, der völlig verwirrt aus der Wäsche guckt. Ich kann mir vorstellen, wie es ihm geht. Vermutlich hatte er sich zurück in sein gemütliches Bettchen geträumt, um nun herausgerissen zu werden in neongrelles Licht und den irritierenden Lärm eines mitternächtlichen Berliner U-Bahnhofs. Da kämpfen Betrunkene laut fluchend mit der Schwerkraft, da streiten sich emotionsgeladene Liebespärchen, da prügeln verfeindete Gangs aufeinander ein, und blecherne Stimmen schmettern zackige Befehle über die kühlen, zugigen Bahnsteige: »Pankow, zurückbleiben!« Ein wahrer Alptraum für das arme Kind, zumal der Papa Schwierigkeiten hat, den Überblick zu wahren.

Von wegen, nachts ist hier nichts los: Tief unter dem Alexanderplatz treffen sich drei U-Bahn-Linien und spucken auch zu fortgeschrittener Stunde noch haufenweise Volk aus. Festlich gekleidete Opernbesucher mischen sich mit Kino- und Theatergängern, vergnügungssüchtigen Nachtschwärmern, übermüdeten Schichtarbeitern und lebenshungrigen Teenagern. Orientierungslose Touristen irren herum, Drogenabhängige suchen ihre Dealer, ausgezehrte Huren halten nach potenziellen Freiern Ausschau, und fast alle haben Flaschen in der Hand, aus denen reihum getrunken wird. Alkoholisches vor allem, Bier, Schnaps, Schampus.

Nachschub kommt aus der zweiten Tiefebene, der sogenannten Ladenstraße mit ihren Döner- und Currywurstbuden, den Spätkaufs und Souvenir-Shops. Letzteren werden gern mal die Schaufenster eingeschmissen. So kann man Ampelmännchen, Gipsbüsten vom ollen Fritz, »Berlin, du bist so wunderbar« singende Flaschenöffner und die unvermeidlichen Brandenburger-Tor-, Wrapped-Reichstag- und Fernsehturm-Kopien aus billigem Plastik auch kostenfrei erstehen.

Im flackernden Neonlicht drücken sich allerlei schräge Typen herum: Kleingangster, Taschendiebe, Hütchenspieler.

Überall liegen Scherben, grellbunte Graffiti zieren die nach Pisse stinkenden Wände, an denen Obdachlose hocken und über ihre in Plastiktüten verstauten Habseligkeiten wachen. Ein einarmiger Artist jongliert erst mit vier, dann mit sechs Bällen, die ihm sein lispelnder Kompagnon zuwirft, bevor er mit einem abgewetzten Zylinder auf uns zukommt und sich theatralisch vor Liam verbeugt.

»Na, Rotzlöffel, da kiekste, wa? Zweiarmig siehste det in jed'm Zirkus, aber einarmig nur bei uns. Willkommen im Bodensatz Berlins!« Der Lispelnde wirft dem Jonglierer noch zwei Bälle zu und wendet sich dann an mich: »Hier verliert det Schicksal jede Ironie. Aba Kumpel Ludo, sichtbar vom Leben jezeichnet, jibt nie uff. Und wenna keen Arm mehr hätte, würda mit de Beene jongliern. Det solltense honorieren, Monsieur!«

Sicher. Ich nestele meine Geldbörse aus der Jackentasche und spende zwei Mark, als mich wer von hinten sachte antippt.

»Du Li-Am?«

»Nee«, wende ich mich langsam um, »ich Hans Dieter.«

Vor mir steht eine seltsam alterslose Treberin mit irritierend klaren, fast violett schimmernden Augen. Pupillen wie ein Amethyst. Sie trägt einen speckig schmuddeligen Daunenmantel über mehreren Wollpullovern, ihr Haar ist lang und fettig. Als wäre es nass.

»Nee, nee, Lumpenjule, machdama janz schnell vom Acka«, nölt der Lispelnde drauflos und will die Treberin von ebendiesem verjagen. Obwohl wir uns ja in einem Tunnel befinden. »Det sind Kunstinteressierte, die lassn sich nich eben mal anhaun, klar?« Er packt sie am Ärmel und schubst sie den Gang hinunter, doch ich gehe dazwischen.

»Stopp, stopp, Moment mal!« Ich sehe mir diese Lumpenjule genauer an. »Alles klar?«

»Nüscht ist klar«, jammert der Lispelnde, »diese Dreckspenner machen einem det Jeschäft kaputt.«

»Šupak«, faucht die Lumpenjule zurück, »Arrschloch!«

»Is det zu fassen«, regt sich der Lispelnde auf und dreht sich empört einmal um die eigene Längsachse, »hamse det jehört? Haste det jehört, Ludo? ›Arschloch‹ hat se zu mir jesacht, Arschloch!«

»Hau se um!« Der Einarmige jongliert ohne Unterlass mit seinen acht Bällen. »Dann is Ruhe.«

»Hier haut niemand jemanden um«, widerspreche ich streng und deute auf meinen Sohn, »sind schließlich Kinder dabei. Das ist übrigens Liam.« Ich lächele die Lumpenjule an. »Und ich vermute, Sie haben seinen Ranzen, richtig?«

»Errst blaues Schein mit Piano.« Die Lumpenjule funkelt mich misstrauisch aus ihren schimmernden Amethystaugen an. »Deutschmarrk.«

»Ja, ja, schon gut.« Ich will einen Hunderter aus meiner Geldbörse holen, doch die Treberin stoppt mich mit einer entschiedenen Handbewegung.

»Nicht hierr! Komm!« Sie marschiert drauflos. Vermutlich befürchtet sie, von den anderen hier ausgeraubt zu werden, wenn sie so öffentlich einen Hundertmarkschein bekommt. Sie läuft zügig vor mir her, sich immer wieder nach mir und möglichen Verfolgern umdrehend. Dann geht es eine Treppe runter in die dritte Tiefebene auf den Bahnsteig der Linie 5. Dort bleibt sie an einem geschlossenen Schalterhäuschen stehen und schaut erneut, ob uns jemand gefolgt ist.

»Wir sind ungestört«, beruhige ich sie, »lassen Sie uns einfach die Sache hinter uns bringen und gut.« Ich will das hier nicht überstrapazieren. Es geht schließlich nur um einen dämlichen Schulranzen. Ungeduldig halte ich ihr den Hunderter hin. »Nun nehmen Sie schon!«

Die Frau versteckt den Schein in den Untiefen ihres speckigen Daunenmantels und zerrt eine Plastiktüte aus einem Mülleimer. »Bucherr furr *škola*, bitt schon!«

»Das ist kein Ranzen.« Ich weiche etwas angewidert vor der Plastiktüte zurück. »Sie hatten mir Liams Ranzen angeboten.«

»Bucherr furr *škola*!« Sie schüttet den Inhalt der Plastiktüte auf einer Wartebank aus. Es scheinen tatsächlich Liams Sachen zu sein. Deutlich erkenne ich seine Federtasche. Aber: »Wo ist der Ranzen?«

»Rrannßen?« Sie scheint nicht zu verstehen. »Nix Rrannßen. *Škola!*«

»Die Schultasche!« Ich beuge mich vor und spreche so deutlich wie möglich. »Da fehlt noch die Schultasche.«

»Nix Tasch!« Sie stopft die Sachen wieder zurück in die Plastiktüte und hält sie mir dann hin. »So finden. Bus.«

»Nein«, widerspreche ich nachdrücklich, »nein, so geht das nicht.« Um zu demonstrieren, dass ich Zeit habe, viel Zeit, und mich auch zu mitternächtlicher Stunde auf zugigen U-Bahnhöfen nicht übers Ohr hauen lasse, setze ich mich auf die Bank. »Sie hatten mir die ganze Tasche versprochen, Mädchen. ›Tasch mit Bucher fur *škola*!‹ Das haben Sie mir am Telefon gesagt, und genauso«, ich tippe mir gegen die Stirn, »habe ich das hier drin auch gespeichert.«

»Nix Tasch«, bedauert sie, »nur Buch.«

»Aber Sie müssen die Tasche gehabt haben, sonst hätten Sie mich nicht anrufen können«, folgere ich, ganz altgedienter Polizist. »Woher haben Sie Liams Anschrift? Die können Sie nur am Ranzen gefunden haben. In diesem kleinen Adressfach außen. Mit meiner Telefonnummer. Also?«

Die faszinierenden Augen der Treberin glänzen feucht. »Ich jetzt gehen.«

»Du bleiben!« Ich springe von der Bank und baue mich drohend vor ihr auf. »Und du geben mir den Ranzen. Jetzt!«

Einen Augenblick lang stehen wir uns gegenüber. Dann wirft sie mir die Plastiktüte vor die Beine und rennt los. Ich brauche einen Moment, um hinterherzukommen, da ich erst noch Liams Schulsachen von den Füßen schütteln muss. Aber dann: Trotz meiner zweiundfünfzig Jahre kann auch ich noch rennen. Ich bin Hypertoniker, und der Hochdruck in meinen Adern ist wie ein Tritt aufs Gaspedal. Von null auf hundert in zehn Sekunden. Noch vor dem Bahnsteigende bin ich an der Lumpenjule dran und werfe mich wie ein hungriger Löwe auf sie. Bäuchlings schliddern wir über den glatten Boden und kommen erst kurz vor der Treppe zum Halt. Die Treberin zappelt unter mir, kann sich aber nicht groß wehren.

»Vorschlag«, zische ich, keuchend wie eine alte Dampflok, und halte ihr noch einen Blauen vor die Nase: »Den kriegst du dazu, wenn du mir noch den Ranzen besorgst.« Ich will hinzufügen, dass das unverzüglich zu passieren hat, als ein beherzter Tritt in meine empfindlichsten Körperteile mich sprachlos werden lässt. Verdammte Scheiße, tut das weh! Mir wird schwarz vor Augen, ich kämpfe mit der Ohnmacht, Blitze des Schmerzes zucken durch meinen ganzen Körper, sodass ich gekrümmt auf dem Bahnsteig hin und her rolle und erst an Liams erschrockenem Kindergesicht realisiere, dass die seltsamen Laute, die von den Tunnelwänden widerhallen, meinem eigenen Gejaule entstammen.

»Auweia, Papa, was ist passiert?«

»Nichts, Spatz, nichts Dolles! Aua, ah!« Nur mit äußerster Mühe komme ich wieder auf die Beine. Aber es hilft nichts. Als Vater muss man Haltung bewahren. Komme, was wolle. Breitbeinig humpele ich auf die Plastiktüte zu und sammele Liams Schulsachen wieder ein.

So ein Miststück! So ein gottverdammtes Miststück!

»Die hat Papa voll in die Eier getreten«, erklärt Liam stolz, als wir eine halbe Stunde später wieder in der Küche bei Monika sitzen. »Aber wir haben meine Sachen zurückerobert!«

»Nur nicht den Ranzen«, knurre ich missmutig und schenke mir erst mal einen guten Scotch ein. Talisker von der Insel Skye. Der hilft in jeder Lebenslage.

»Vielleicht hatte sie ja den Ranzen wirklich nicht.« Monika hebt die Hände. »Kann doch sein!«

»Nee, kann es nicht, denn dann hätte sie unsere Adresse nicht gekannt.«

»Die steht auch in der Federtasche.«

In der Federtasche? Echt? »Auch die Telefonnummer?«

»Die steht in jedem Telefonbuch.«

»Aber Liam hatte doch den Ranzen dabei!« Das passt doch alles vorn und hinten nicht. »Ich meine, der geht doch nicht mit ’ner Plastiktüte zur Schule!«

Monika nippt von meinem Whisky und verzieht angewidert das Gesicht. »Puh, ist der stark. Machst du da kein Wasser rein?« Ohne eine Antwort abzuwarten geht sie mit dem Scotch an die Spüle und verdünnt ihn mit Wasser. Dann setzt sie sich wieder zu mir. »Überleg doch mal! Vielleicht teilen die sich die Fundsachen auf? Der eine vertickt die Schulsachen, der andere den Ranzen.«

»Wieso? Hat noch jemand angerufen?«

»Das nicht.« Monika erhebt sich wieder und schickt den Jungen ins Bett. »Aber vielleicht kommt das ja noch.«

Ja, vielleicht. Nachdenklich starre ich auf den verdünnten Scotch. Vielleicht …

5 AMRA HATTE BEWEGUNGSLOS im Schnee ausgeharrt, während nur knapp zwanzig Meter weiter die Separatisten der UÇK hastig ihre Maschinengewehrstellung abbauten. Sie wagte es nicht, sich zu rühren, solange die Männer in der Nähe waren. Auch als sie längst fort waren und irgendwo im Tal die Automotoren angelassen wurden, lag Amra noch mucksmäuschenstill.

Sie hatte dem Tod ins Auge geblickt. Dem Krieg! Wie sollte man das sonst nennen? Wenn Grenzposten mit Maschinengewehren und Hubschraubern angegriffen wurden, dann war das Krieg. Und die Amis mischten mit. Wie in Vietnam.

Shit, dachte Amra, *shit, shit, shit.*

Über die Passstraße näherten sich schwere Militärfahrzeuge der jugoslawischen Armee. Jetzt musste Amra wirklich weg, denn in wenigen Minuten würden die Soldaten die ganze Gegend durchkämmen, und sie hatte keine Lust, denen in die Hände zu fallen. Dafür war die Story, dafür waren die Bilder, die sie mit ihrer Kamera geschossen hatte, viel zu heiß. Eine echte Sensation, das Ding würde auch international einschlagen wie eine Bombe. Das war Sprengstoff, der den Vertragsverhandlungen von Rambouillet eine völlig neue Richtung geben konnte, ein Skandal, eine Wahrheit, die den ganzen Konflikt ums Kosovo in einem völlig neuen Licht erscheinen ließ. Und diese Wahrheit musste in die Presse, hinaus in die Welt! Bevor jemand anders davon Wind bekam und sie verfälschen konnte.

Amras Atem dampfte, und das Laufen durch den knietiefen Schnee strengte an. Mit der einbrechenden Nacht kam eisiger Frost. Die Wolkendecke riss auf, ein unwirklich heller Mond ließ die weite Winterlandschaft glitzern wie eine Zauberwelt.

Über die Bergflanke krochen jetzt kleine Lichtpunkte. Vereinzeltes Gekläffe war zu hören. Mit Taschenlampen und Hunden fahndeten die Soldaten nach den Hinterlassenschaften der separatistischen Rebellen. Dann tauchten Hubschrauber mit eingeschalteten Suchscheinwerfern auf. Drei oder vier. Ihre gleißenden Lichtkegel wanderten nervös über das Terrain. Vermutlich waren sie mit Wärmebildkameras ausgerüstet. Oder auch nicht, denn sie nahmen Amra nicht wahr und knatterten im Tiefflug über sie hinweg.

Um Mitternacht erreichte sie endlich ihren am Straßenrand in Gjakova geparkten Zastava. Der Kleinwagen war unter einer zentimeterdicken Schneeschicht begraben, sodass ihn Amra erst mühsam freischaufeln musste. Und dann sprang er nicht an. Auch nach dem dritten und vierten Versuch nicht.

»Scheiße«, verzweifelt schlug sie aufs Lenkrad, »so eine Scheiß-Karre!«

Amra lehnte sich erschöpft zurück und schloss die Augen. Sie war so müde und so vollkommen fertig, dass sie am liebsten geheult hätte. Aber vermutlich war sie selbst dafür zu kaputt. Allmählich beschlugen die Scheiben von innen. Dann bildeten sich Eiskristalle, und irgendwann waren die Autofenster regelrecht zugefroren.

»Jingle bells, jingle bells …« Helle Kinderstimmen und das Klingen der Schellen an einem Rentierschlitten. Erst kam es von weit her, näherte sich aber schnell. *»… jingle all the way …«* Ein weißbärtiger alter Mann saß im Schlitten, ein echter Santa Claus in Coca-Cola-rotem Pelzmantel. *»Oh what fun it is to ride«*, sangen die Kinder dazu, *»in a one-horse open sleigh.«*

Nein, dachte Amra, nein, kein Pferd. Rentiere. Das sind Rentiere. Die gibt's weit oben im Norden, in Skandinavien unter dem Polarstern.

Der Schlitten war jetzt neben ihrem Auto, und der Weißbärtige öffnete, »ho, ho, ho«, seinen Rucksack und holte eine gigantische Panzerfaust heraus. Dann feuerte er. Direkt auf Amras Zastava. Bumm!

Erschrocken fuhr Amra hoch und stieß sich den Kopf an der niedrigen Wagendecke.

Schlaftrunken sah sie sich um, fast steif gefroren vor Kälte.

Noch immer war es Nacht, nur ein paar Laternen an der Straße von Gjakova spendeten gelblich trübes Licht. Amra öffnete die Autotür und stieg aus. Einen Moment die Beine vertreten. Die Luft war klar und eisig. Verdammt, sie holte sich hier noch den Tod.

Zitternd kramte sie eine Zigarettenschachtel aus dem Lammfellmantel und steckte sich eine an. Was nicht gleich gelang, auch das Feuerzeug schien in der Kälte gelitten zu haben. Sie musste es erst in den Händen aufwärmen, bis es Feuer spendete.

Amra inhalierte, trat fröstelnd von einem Bein aufs andere und sah sich schlotternd um.

Der Mond war verschwunden. Umso heller glitzerten die Sterne am nachtblauen Winterhimmel. Es war totenstill, kein Mensch auf der Straße, kein Licht in den Häusern. Als wäre der Ort oder die ganze Erde von allen guten Geistern verlassen. Ein froststarrer schneebedeckter Planet auf seiner einsamen Reise durch das endlose Universum.

Amra wandte sich wieder dem Wagen zu und versuchte noch einmal, zu starten. Nichts. Nur das gequälte Rödeln des Anlassers, das auch immer schwächer wurde. Mist!

Sie nahm ihren Rucksack aus dem Auto, trat wütend gegen den Vorderreifen. Aber das machte nichts besser. Davon sprang der Wagen auch nicht an.

Amra schlug die Wagentür zu und lief los. Irgendwohin, keine Ahnung. Hauptsache, Bewegung, das half gegen die Kälte. Und vielleicht gab es hier ja auch eine Busstation oder so etwas.

Nach einer Weile bemerkte sie ein schwaches Flackern. Ein ziemliches Stück die Straße hinunter, vielleicht hundert, hundertfünfzig Meter weiter vor ihr. Als würde sich dort eine entfernte Lichtreklame an den Fassaden der Häuser spiegeln.

Amra lief schneller. Und das Flackern vor ihr wurde deutlicher. Es schien aus einer Seitenstraße zu kommen, einer kleinen Kreuzung oder Einmündung. Wie ein Neonlicht. Vielleicht war das ja eine Autowerkstatt oder so was, ein Pannendienst, der ihr mit dem Wagen weiterhelfen konnte.

Mit dampfendem Atem erreichte Amra die Kreuzung und

spähte vorsichtig nach links. Etwas zurückgesetzt stand hier ein zweistöckiges Haus an einem Platz, auf dem einige Fahrzeuge parkten.

»GJAKOVA MOTEL«, stand auf dem flackernden blau-roten Neonschild über dem Eingang. Und war nicht auch Licht hinter den Fenstern im Erdgeschoss? Die Vorhänge waren zwar zugezogen, ließen aber ein diffuses Schimmern durch.

Amra drückte die Klinke der Haustür herunter. Abgeschlossen. Ein Klingelschild gab es nicht. Sollte sie klopfen?

Vorsichtig schob sie sich hinter den parkenden Autos an der Hauswand entlang. An einem der Fenster war der Vorhang etwas zur Seite gerutscht, sodass es einen kleinen Spalt gab, durch den man in den Gastraum schauen konnte: eine karge Inneneinrichtung. Viel Plastik und ein mit billigem hellbraunem Holzfurnier beklebter Tresen. Die meisten Stühle waren hochgestellt, aber ganz hinten in einer Ecke saßen im kalten Licht einer Neonröhre mehrere Männer. Sie waren alle bewaffnet. Maschinenpistolen hingen über den Stuhllehnen, zwei größere automatische Schnellfeuergewehre lehnten an der Wand. Und auf dem Tisch lagen bündelweise Geldscheine und seltsame, eingeschweißte Päckchen.

Was ging hier vor? Amra glaubte, in einigen der Männer die Kerle von der MG-Stellung am Berghang zu erkennen, aber das konnte Einbildung sein. Auf jeden Fall waren sie nicht von der jugoslawischen Armee, sondern gehörten eher zu den Separatisten von der UÇK.

Amra zog die Fotokamera aus dem Rucksack. Ihr journalistischer Ehrgeiz war geweckt und ließ sie die Kälte völlig vergessen. Mit dem Objektiv ging sie ganz dicht an das Fenster heran und visierte durch den Spalt zwischen den Vorhängen den Tisch mit den Typen an. Die Neonröhre darüber war ja ziemlich hell, da sollte ein gutes Foto drin sein, sofern die Abgelichteten sich nicht zu stark bewegten. Amra konzentrierte sich auf die Geldscheine. Verdammt, das waren Hunderte von Dollars! Und diese Päckchen? Was war das?

In Priština gab es seit Langem Gerüchte, dass die Separatisten ihre Waffen mit illegalen Drogengeschäften finanzierten, und Amra war sich ziemlich sicher, dass sie hier gerade Zeugin eines solchen Deals wurde. Sie drückte den Auslöser, machte zunächst mehrere Aufnahmen vom Tisch, von den Dollars und den Waffen. Aber natürlich brauchte sie auch ein paar Gesichter dazu. Das Problem war, dass die Männer fortwährend rauchten, tranken und leise miteinander sprachen. Um bei dieser Belichtung ein brauchbares Foto schießen zu können, müssten die Kerle einfach mal ein paar Sekunden stillsitzen. Das aber tat nur einer der Männer. Immerhin. Er fiel in der Gruppe auf, war besser gekleidet und ziemlich gut aussehend. Ein blonder Typ um die vierzig, der Amra entfernt an den jungen Robert Redford erinnerte. An den Hauptdarsteller von »The Great Gatsby« oder »Three Days of the Condor«. Unbeweglich schien er den Gesprächen der übrigen Männer zuzuhören. Amra drückte den Auslöser gerade rechtzeitig, denn wenig später beugte sich der Blonde vor und sprach mit einem Bärtigen, der zwar fortwährend mit seinem Feuerzeug spielte, für einen Augenblick aber ebenfalls die Miene nicht verzog.

Klack! Amra war zufrieden. Auch den hatte sie im Kasten. Sie wollte sich gerade auf die übrigen Männer konzentrieren, als sie hinter sich auf dem schneebedeckten Parkplatz eine Autotür klappen und Schritte hörte. Hastig duckte sie sich weg.

»Kommen Sie hoch«, schallte eine Stimme, gefolgt von einem Geräusch, das eindeutig wie das Entsichern einer Waffe klang. »Kommen Sie hoch und legen Sie die Hände an den Hinterkopf!«

Shit! Der Typ kam zwar langsam auf sie zu, konnte sie aber wegen der vor dem Haus parkenden Autos nicht sehen. Hastig spulte sie ihren Film zurück, nahm ihn aus der Kamera und versteckte ihn in der Innentasche ihres Mantels. Dann legte sie einen neuen Film ein, klappte die Kamera zu und verstaute sie in ihrem Rucksack.

»Hochkommen, hab ich gesagt«, bellte die Stimme, »Hände an den Hinterkopf!«

Amra tat wie geheißen und richtete sich auf. »Bitte, nicht schießen«, rief sie mit zittriger Stimme, »ich bin Zivilistin!«

»Kommen Sie her!« Der Typ stand an einem bulligen Toyota-Geländewagen und hatte die Waffe auf sie gerichtet. »Und schön die Hände oben lassen!«

Amra kam langsam zwischen den Autos hervor. »Ich bin Zivilistin«, wiederholte sie. »Nur auf der Durchreise.«

Auch im Motel war man jetzt aufmerksam geworden, denn die Haustür wurde entriegelt, und der Bärtige kam heraus.

»Was ist hier los?«

»Eine Frau. Hat hier rumgeschnüffelt.«

»Ich hab nicht rumgeschnüffelt«, beteuerte Amra, gegen ihre Angst ankämpfend. Jetzt war sie doch noch in die Falle getappt. »Ich dachte, hier kann mir jemand mit meinem Wagen helfen.«

»Schon gut.« Der Bärtige kam heran. »Geben Sie mir den Rucksack!«

»Das ist nur ...«

»Geben Sie mir Ihren Rucksack!« Der Bärtige riss ihn ihr aus der Hand und holte die Kamera heraus. »Was ist das?«

»Wonach sieht's denn aus«, gab Amra schnippisch zurück, »nach einer Waffe? Ich bin Zivilistin, verdammt. Warum werde ich bedroht? Ich denke, das ist ein Motel.«

»Oh yeah, this is a motel.« Aus dem Haus war jetzt auch der Blonde gekommen. Und er sah wirklich aus wie Robert Redford. Sympathisch. Das machte Amra Hoffnung.

»Sie hat eine Kamera dabei«, regte sich der Bärtige auf. »Dieses verdammte Weib schnüffelt hier mit einer Kamera herum.«

»Relax, Udar! No danger, okay?« Er sprach dieses typisch amerikanische Ostküstenenglisch. *»It's just a girl, Udar. I think she has a problem.«* Er nahm die Kamera und betrachtete sie. *»What's going on, baby?«*

»Er will wissen, was los ist«, übersetzte der Bärtige, den der Amerikaner Udar genannt hatte, und stieß Amra auffordernd in die Seite. »Na, los: Antworte!«

»M-mein Wagen«, Amra versuchte ein Lächeln, »mein Wagen springt nicht an.«

»Her car will not start«, übersetzte Udar und sah sich um. »Wo steht denn das Auto?«

Amra machte eine unbestimmte Geste. »Ein Stück weiter die Straße runter. Ich hab hier Licht gesehen und dachte ...«

»Her car is a piece away down the road«, erklärte der Untersetzte dem Amerikaner, *»she has seen the light and thought there is help.«*

»Here's help.« Der Amerikaner öffnete die Kamera und zog den Film heraus, sodass alle etwaigen geschossenen Bilder vernichtet wurden. Dann gab er Amra die Kamera zurück: *»Well, here's help, baby. This is a motel.«* Er wandte sich dem Bärtigen zu: *»Give her a room for the night«*, und schenkte Amra sein gewinnendes Lächeln. Wie einer, der selbstverständlich alles im Griff hatte. *»We take care of your car, baby. Tomorrow morning you can go on, okay? Are you hungry? Do you want to eat something?«*

Amra nickte zitternd. Jetzt bloß nichts falsch machen. Und ja, sie war hungrig.

»Okay boys, bring them into the kitchen«, forderte der Robert-Redford-Verschnitt die Übrigen auf, *»be friendly and make her a few steaks.«*

Wenig später saß sie, in warme Decken gehüllt, in einer Küche am dampfenden Herd, vor sich heißen, stark gezuckerten Tee und einen Teller mit Schweinesteaks und spielte die Ahnungslose aus der Stadt.

»Ich wollte in die Berge zum Skifahren.«

»Skifahren? Mit einer Kamera?«

»Die Berge sind herrlich mit all dem Schnee. Das wollte ich fotografieren.«

»Urlaubsfotos, hä?« Die Männer sahen sich verwundert an. »Mädchen, das ist hier nicht Cortina d'Ampezzo.«

»Früher war ich oft zum Wintersport in den Bergen. Als Kind. Mit meinen Eltern.«

»Früher ist vorbei, Mädchen.« Die Männer lachten bitter. Jetzt sei es gefährlich da draußen. Es solle einen Überfall auf den Grenzposten gegeben haben. Ob sie nichts davon mitbekommen habe?

Amra schüttelte den Kopf. »Ich habe nur ein paar Hubschrauber gesehen. Von der Armee.«

Die Männer nickten und klopften ihr auf die Schulter. Sie habe Glück gehabt, dass ihr nichts passiert sei.

»*Tell me, baby*«, der Amerikaner steckte seinen Kopf zur Tür herein, »*you have a camera, but no skis. Where are your skis?*«

»Ja.« Die anderen Männer starrten sie fragend an: »Wo sind eigentlich deine Skier?«

Amra schluckte. »Die sind weg«, antwortete sie schließlich. »Ich bin in eine Kontrolle geraten. Die Soldaten haben sie mir abgenommen und mich zurückgeschickt. Deshalb bin ich ja hier.«

»*Well done, baby.*« Der Amerikaner grinste spöttisch und verzog sich wieder. »*Well done.*«

Nach dem Essen wurde Amra in ein niedriges Mansardenzimmer unter dem Dach geführt. Gemütlich und rustikal. Ein schmales Bett am Fenster, ein kleiner Tisch, ein Bauernschrank.

Amra legte sich hin, voll angezogen und überzeugt davon, nach der ganzen Aufregung kein Auge zutun zu können. Und dennoch war sie Sekunden später fest eingeschlafen.

6

KRIMINALOBERRAT DR. EDMUND PALITZSCH hat für diesen Dienstagmorgen zum Rapport in sein mit viel Geschmack und Stilsicherheit frisch renoviertes Büro geladen. Ein Arbeitsfrühstück, wie es der Chef gern nennt; es gibt verschiedene Sorten Tee, Cappuccino und Kaffee, Lachs- und Putenbrusthäppchen sowie hart gekochte Eier mit Kresse auf Baguette.

Anlass dieser Zusammenkunft ist der Berliner Kaufmann Albert J. Harteneck. Eine schillernde Rotlichtgröße der siebziger und achtziger Jahre, dessen zahllose Affären und Skandale regelmäßig die Klatschspalten der Westberliner Boulevardpresse füllten, bis er 1987 plötzlich spurlos verschwand. Die Polizei ermittelte damals in alle möglichen Richtungen, ohne Erfolg. Der Mann blieb vermisst. Verschollen seit zwölf Jahren.

Bis vorvergangene Woche: Da wurde auf einem Baugrundstück im vornehmen Charlottenburger Westend bei Baggerarbeiten ein Skelett gefunden, das sich nach genauer DNA-Analyse, Zahnvergleichen und anderem forensischem Pipapo als die sterblichen Überreste ebenjenes Albert J. herausstellte.

Pikant dabei ist vor allem die Tatsache, dass die Genehmigung für das Bauvorhaben auf dem Grundstück, wo jetzt die Leiche gefunden wurde, jahrelang von der Baustadträtin Cornelia Schmidt-Harteneck verzögert worden war, der Gattin des Verblichenen, weshalb diese jetzt im Fokus der Ermittlungen steht.

»Immerhin«, so der den Fall betreuende Oberkommissar Egon Beylich, »hat Frau Schmidt-Harteneck vom Verschwinden ihres Mannes ordentlich profitiert. Allein das Barvermögen des Albert Jay wurde 1987 vorsichtig auf gute zwölf Millionen D-Mark geschätzt. Dazu kommen Immobilien, Aktien und andere Firmenbeteiligungen.«

Albert *Dschey*, überlege ich kopfschüttelnd, wieso sagt Beylich dauernd »Dschey«? »Müsste es nicht eher heißen: ›Jott Punkt‹?«

»›Jott Punkt‹ steht für ›Jay‹«, erklärt Beylich und säubert umständlich seine Hornbrille mit einem Anti-Beschlag-Tuch, »der Mann hörte tatsächlich auf den vollständigen Namen Albert Jay Harteneck.«

»Rotlichtmilieu halt«, sekundiert Matuschka, ebenfalls Oberkommissar und zweiter Ermittler in dem Fall, »diese Luden haben alle solche Namen: Jay, Hal, Will, Bernie and Bogey …«

»Nur dass dieses ›Jay‹ halt auch in der Taufurkunde des Harteneck verzeichnet ist«, Beylich setzt seine Brille wieder auf, »und die Eltern damals vermutlich nicht wissen konnten, welche Karriere dereinst der Sohnemann einschlagen wird. Kommt übrigens nach seinem Großvater. Jay Ludwig Harteneck war ein bekannter Marineoffizier im Ersten Weltkrieg. Hat damals die U-Boot-Flotte mit aufgebaut, wenn ich nicht irre.«

»Fein, fein.« Palitzsch rührt ohne Unterlass in seiner Teetasse. »Also laden wir diese Baustadträtin vor und sehen dann weiter.«

»Das wird nicht möglich sein, Edmund.« Beylich hebt bedauernd die Hände. »Frau Cornelia Schmidt-Harteneck befindet sich gerade auf einer Auslandsreise.«

»Mit der Queen Elizabeth Two. Die müssten«, Matuschka schaut in seinem Notizblock nach, »morgen in Hongkong einlaufen.«

»Dann sollten wir die dortigen Beamten kontaktieren.« Kollege Hünerbein, mit seinen zweieinhalb Zentnern Körpermasse und der Angewohnheit zu kippeln, langsamer Tod eines jeden Sitzmöbels, schenkt sich großzügig Kaffee nach. »Soweit ich weiß, gab es mit der Kronkolonie ein Auslieferungsabkommen.«

»Mit der Kolonie schon«, wende ich ein. »Aber gilt das noch?« Hongkong gehört seit knapp zwei Jahren zu China, hat aber weitgehende Autonomierechte.

»Für eine Festsetzung der Schmidt-Harteneck in Fernost reichen die Beweise ohnehin nicht«, wiegelt Palitzsch ab. »Was haben wir denn? Nur Vermutungen, sonst nichts. Es ist doch noch nicht einmal hundertprozentig gesichert, dass dieser Jay Harteneck überhaupt gewaltsam zu Tode kam.«

»Sein Schädel wurde eingeschlagen«, gibt Beylich zu bedenken.

»Da war *so* ein Loch«, bekräftigt Matuschka und zeigt mit den Händen an, wie groß.

Palitzsch nippt am Tee. »Gibt's dazu auch eine Tatwaffe?«

Da müssen die beiden Ermittler passen. »Wir suchen einen stumpfen Gegenstand, aber das ist nach so langer Zeit natürlich schwierig.«

»Fühlt mal der Familie auf den Zahn«, fordert Palitzsch, »sucht nach möglichen Zeugen, geht die Akten zum Planfeststellungsverfahren auf dem Grundstück im Westend durch und, und, und ... Bis die Schmidt-Harteneck wieder deutschen Boden betritt, möchte ich was gegen die in der Hand haben. Und zwar nicht nur vage Indizien, sondern handfeste Beweise.«

Beylich will etwas erwidern, doch Palitzsch lässt ihn nicht zu Wort kommen.

»Liefern, Egon, liefern! Dann wird's auch was mit der Beförderung.«

Damit spricht Palitzsch einen wunden Punkt an. Egon Beylich war früher als Major der Volkspolizei Leiter der K in Ostberlin. Nach der Wiedervereinigung wurde er wegen Systemnähe zum

Oberkommissar heruntergestuft. Er wartet seit fast zehn Jahren auf eine Beförderung. Bislang vergebens, was nicht an Palitzsch liegt. Der setzt sich schon lange dafür ein, doch irgendwer blockt. Da sind sie sich beide sicher, Palitzsch und Beylich.

»Ich bring dir die Beweise, Edmund. Verlass dich drauf«, verspricht der Oberkommissar zackig und verlässt mit Matuschka den Raum.

»So!« Jetzt wendet sich der Kriminaloberrat Hünerbein und mir zu. »Und mit Ihnen beiden habe ich ein ganz besonderes Hühnchen zu rupfen.«

Na, da bin ich gespannt. Was haben wir denn jetzt wieder falsch gemacht?

»Es geht um Ihre Unterschrift unter ein Dokument, das …«

Du lieber Gott, der Stellmacher-Fall! »Ich zeichne das gleich ordentlich ab«, verspreche ich Palitzsch, »das ist das Erste, was ich heute mache.«

»Es geht mir nicht um den Stellmacher-Fall.« Palitzsch schiebt ein bedrucktes Blatt Papier über seinen Schreibtisch, »sondern um Formen der politischen Einflussnahme, die ich an dieser Behörde unmöglich tolerieren kann.«

Ich schaue mir den Bogen an. Es handelt sich um einen Aufruf der Vereinigung kritischer Polizisten. Darin wird der sofortige Abzug aller Bundeswehrverbände aus der Operation Allied Force gefordert, da es sich hierbei um einen völkerrechtswidrigen Angriff auf einen souveränen Staat handele und die Operation somit grundgesetzwidrig sei. Aus irgendeinem Grund hatte ich meine Unterschrift daruntergesetzt, genau wie Hünerbein. Diese Aufrufe lagen bei einem Betriebsfest herum, und wir hatten viel Alkohol getrunken. »Einerseits«, schiebe ich meiner entsprechenden Erklärung hinterher.

»Ach!« Palitzsch beugt sich vor und sieht uns skeptisch durch seine randlose Brille an. »Und andererseits?«

Tja, Gott, was soll man da sagen? Was sind wir glücklich durch die Straßen geschwebt im letzten September, als nach schier endlosen sechzehn Jahren endlich der dicke Kohl abgewählt worden war. Ein Wahnsinn, dachten wir: Plötzlich hatten wir einen sozialdemokratischen Kanzler Gerhard Schröder und seinen grünen Vize, Außenminister Joschka Fischer. Mit dieser Konstellation schien ein Traum in Erfüllung zu gehen, die völlige demokratische Erneuerung unserer Gesellschaft durch Rot-Grün. Sozialer sollte alles werden, gerechter und umweltfreundlicher. Der Ausstieg aus der Atomenergie schien plötzlich möglich, die gleichgeschlechtliche Ehe, die doppelte Staatsbürgerschaft, all die elenden Verkrustungen jahrzehntelanger konservativer Politik konnten endlich aufgebrochen werden.

Stattdessen gibt es Krieg.

Ausgerechnet die SPD und ihr grüner Koalitionspartner, eine Partei, die bislang als streng pazifistisch galt und lange Zeit den NATO-Austritt im Parteiprogramm stehen hatte, führen die Bundeswehr in einen bewaffneten, durch kein UNO-Mandat gerechtfertigten Konflikt. Vierundfünfzig Jahre nach dem Zweiten Weltkrieg fliegen deutsche Bomber wieder brutale Luftangriffe auf europäische Städte wie Belgrad, Pančevo und Novi Sad.

»Da kann man nicht dafür sein, oder? Chef? Sind Sie etwa für den Krieg?«

»Natürlich nicht«, wiegelt der Kriminaloberrat ab, »für wen halten Sie mich? Aber mir geht es ja auch gar nicht um den Krieg. Es geht darum, dass Sie hier irgendwelche linken Petitionen unterschreiben …«

»Wieso?« Hünerbein schnappt sich noch ein Putenbrustbaguette. »Darf man das nicht mehr in unserer Demokratie?«

»Kommen Sie mir nicht mit Demokratie!« Palitzsch beginnt sich aufzuregen und stellt seine Teetasse so hart auf den Schreibtisch, dass der Henkel abbricht. »Demokratie bedeutet Reden, gedanklichen Austausch, man kann ja über alle Fragen offen diskutieren. Natürlich kann man das, und das muss man auch! Aber was machen Sie? Unterschreiben unausgegorene Pamphlete marxistischer Gruppierungen!«

»Ich wusste nicht, dass die Kritischen Polizisten marxistisch sind.«

»Ach, papperlapapp, natürlich sind die das«, faucht Palitzsch, »sonst wären die ja nicht kritisch.« Er steht empört auf und läuft wütend im Raum auf und ab. »Wenn ich das schon höre: Vereinigung Kritischer Polizisten! So ein Quatsch! Als würden wir unsere Arbeit nicht ständig kritisch hinterfragen.« Er fuchtelt mit den Händen herum. »Das sind keine Kritiker, sondern Nestbeschmutzer, Quertreiber!« Schnaufend sinkt der Kriminaloberrat wieder hinter seinen Schreibtisch. »Kommunisten und Spaltpilze! Missgünstige Querulanten, die immer was zu meckern haben.«

Einen Moment lang herrscht Stille im Raum. Nur das gleichmäßige Kauen von Hünerbein, der genüsslich sein Putenbrustbaguette verzehrt.

»Wenn ich Sie recht verstehe, Chef«, lässt er sich nach einer Weile zwischen zwei Bissen vernehmen, »wollen Sie, dass wir uns von dem Aufruf distanzieren.« Es klingt wie eine Feststellung.

»Ganz recht, mein lieber Hünerbein, und zwar schriftlich und vollumfänglich.« Palitzsch öffnet eine Schreibtischschublade und holt zwei weitere Papiere hervor. »Ich habe da schon mal etwas vorbereitet. Sie müssen nur Ihren Willy druntersetzen.«

Na gut, denke ich, um des lieben Friedens willen: Ich unterschreibe.

Hünerbein dagegen liest sich sein Papier erst genau und mehrfach durch. Dann blickt er auf und fragt: »Was bedeutet ›humanitäre Intervention‹?«

»Dass wir da unten für die Menschenrechte kämpfen«, erwidert Palitzsch, »ist doch klar!«

»Mir nicht.«

»Mensch, Hünerbein!« Palitzsch gestikuliert. »Haben Sie vergessen, was in Kroatien passiert ist? In Bosnien-Herzegowina? Jahrelang wurde da gemordet und gefoltert und vergewaltigt, und die Völkergemeinschaft hat tatenlos zugesehen. Erinnern Sie sich noch an den Beschuss von Sarajevo durch sogenannte Sniper? An das Massaker von Srebrenica? Wo war da die UNO? Und wo ist sie jetzt? Sollen wir wieder nur zusehen, wenn das nun alles von Neuem im Kosovo losgeht?«

»Ich denke drüber nach.«

»Sie denken drüber nach?«

»Ja. Ist das inzwischen verboten?«

»Nein, Hünerbein, das ist nicht verboten.« Palitzsch atmet tief durch. »Ich hätte mir nur gewünscht, dass Sie vielleicht länger über diesen Wisch hier«, er meint den Aufruf der Kritischen Polizisten, »nachgedacht hätten. Aber bitte, bitte, nehmen Sie sich die Zeit, die Sie brauchen. Denken Sie nach!« Er sieht auf die Uhr. »Und jetzt raus hier! Ich warte noch immer auf den Stellmacher-Bericht.«

»Den bekommen Sie gleich«, versichere ich beflissen, »der muss nur noch abgezeichnet werden.«

Wir erheben uns und verlassen Palitzschs Büro, bevor ihm noch irgendeine Strafarbeit einfällt. Bei dem Alten kann man nie wissen.

»Du wechselst die Fronten aber schnell«, knurrt Hünerbein, als wir den Gang hinuntergehen. »Was ist los, Sardsch? Du warst doch früher nicht so 'n Weichei.«

»Der Betriebsfrieden ist mir halt wichtiger als der Konflikt im Kosovo«, erwidere ich. »Und vielleicht hat Palitzsch ja recht. Die Serben konnten da unten jahrelang machen, was sie wollten. Dieser Karadžić und dieser Mladić und der Milošević. Das sind doch wirklich Verbrecher. Vielleicht ist es ja mal ganz gut, wenn die eins auf den Deckel bekommen.«

»Nur, dass die keins auf den Deckel bekommen«, meint Hünerbein. »Hast du keine Nachrichten gesehen?«

Nee. Wie denn? Ich musste mich ja wegen Liam mit 'ner Obdachlosen herumschlagen.

»Gestern wurde ein Personenzug getroffen«, Hünerbein öffnet die Tür zu unserem Büro, »auf einer Brücke im Berufsverkehr. Da waren ausschließlich Pendler im Zug, Väter und Mütter, die zur Arbeit wollten. Schulkinder. Und letzte Woche haben wir ein Kinderkrankenhaus in Belgrad bombardiert, die Säuglingsstation und den staatlichen Fernsehsender. Auch da starben ausschließlich Zivilisten.«

Er setzt sich hinter seinen Schreibtisch und reibt sich über das fette Gesicht. »NATO-Sprecher Jamie Shea spricht in diesen Zusammenhängen von bedauerlichen Kollateralschäden. Aber genau die sind das Problem, Sardsch. Es trifft eben nicht die Verbrecher. Sondern immer nur die Unschuldigen.«

»Du wirst Palitzschs Schreiben also nicht unterzeichnen?«

»Wie gesagt, ich denke drüber nach.« Hünerbein wirft mir die Stellmacher-Akte auf den Tisch. »Ansonsten halte ich es mit Egon Bahr, der mal gesagt hat, dass Kriege nie wegen der Menschenrechte geführt werden. Sondern ausschließlich aus machtpolitischen Interessen.«

Sein Telefon klingelt, und er geht ran. »Mord eins, worum geht's?«

Ich komme nicht mehr dazu, zu überlegen, was für machtpolitische Interessen der Westen in einer bislang völlig vergessenen und abgelegenen Einöde wie dem Kosovo verfolgen mag, denn Hünerbein legt ohne ein weiteres Wort wieder auf und erhebt sich geschäftig.

»Okay, Sardsch, wir haben einen Termin am Landwehrkanal. Da wurde eine Leiche gefunden.«

Bitte nicht, denke ich angewidert. Wasserleichen sind so ziemlich der schrecklichste Anblick, den man sich vorstellen kann.

Vorsichtshalber nehme ich eine Tablette gegen Übelkeit, bevor ich Hünerbein hinaus auf die Straße folge.

7 WENN MAN VOM BAHNHOF ZOO kommend über den Hardenbergplatz zur Straße des 17. Juni will, muss man durch den Tiergarten. Ein kombinierter Fuß- und Radweg führt parallel an den Eisenbahngleisen entlang in den Park. Es riecht hier stark nach exotischen Tieren, denn der Zoo ist gleich nebenan, und manchmal hört man die Löwen brüllen und das Trompeten der Elefanten.

Linker Hand passiert man den Schleusenkrug, einen der schönsten Biergärten Berlins, weshalb man da an sonnigen Wochenenden auch nie einen Platz bekommt. Er liegt direkt an der Unterschleuse, wo Fahrgastschiffe, Lastkähne und Privatboote den Kanal rauf- oder runtergeschleust werden. Besonders gut kann man das von der Unteren Freiarchenbrücke beobachten, wobei »Arche« hier »Passage« bedeutet oder auch »Tor«. Eine Freiarche ist somit eine Durchfahrt, bei der man fürs Schleusen kein Geld bezahlen muss. Das Pendant zur Unterschleuse ist die Oberschleuse in Kreuzberg. Entsprechend gibt es dort eine Obere Freiarchenbrücke, und dahinter geht's hinaus auf die Spree.

Aber zurück zur Unterschleuse. Die Pumpen und die Anlagen zur Steuerung der schweren Stahltore befinden sich auf der Schleuseninsel, einem künstlich aufgeschütteten kleinen Eiland im Tiergarten, das vom Landwehrkanal umspült wird. Folgt man der Freiarchenbrücke weiter, kommt man am Nordufer der Insel über ein Wehr, einen sechs Meter breiten Wasserfall, der eindrucksvoll veranschaulicht, weshalb am Südufer der Insel die Schiffe geschleust werden müssen. Immerhin beträgt der mittlere Höhenunterschied auf dem Landwehrkanal gute zwei Meter, die an zwei Staustufen zu überwinden sind.

Heute blockieren unzählige Polizeifahrzeuge und Feuerwehren die schmale Brücke. Uniformierte Beamte flattern das Terrain ab, wie es im Polizeijargon heißt; sie ziehen Absperrbänder, damit Schaulustige ferngehalten werden und die Einsatzkräfte in Ruhe arbeiten können.

Wir zeigen unsere Dienstausweise herum – es gibt ja immer mehr neue Leute bei der Polizei, junge Hüpfer, die einen noch nicht kennen – und dürfen passieren. Mir fällt auf, wie viele uniformierte Beamtinnen es inzwischen gibt, auch das ist neu. Früher war der Beruf Bulle fast ausschließlich was für Männer.

Auch die Dame vom Bereitschaftsdienst ist jung, noch keine dreißig, schätze ich mal. In Kampfstiefeln und Bomberjacke kommt sie auf uns zu, das Barett keck über den Pferdeschwanz drapiert.

»Sie leiten die Ermittlungen?« Ohne die Antwort abzuwarten, schüttelt sie uns zackig die Hand und stellt sich vor: »Mareike Basler, nett, Sie kennenzulernen. Sie wurden vorab informiert?«

»So halbwegs«, nickt Hünerbein und grient, »Mareike, mhm, schöner Name. Ich bin übrigens Kriminalhauptkommissar Hünerbein, und der unscheinbare Herr hier neben mir« – damit meint er mich – »ist Hauptkommissar Knoop.«

»Freut mich.« Ich lächle die junge Frau an, wohl wissend, dass ich alles andere als unscheinbar und auch für die Jugend noch durchaus attraktiv bin.

Hünerbein feixt, als hätte er meine Gedanken gelesen.

Die junge Polizistin wirkt etwas irritiert angesichts unseres angedeuteten Hahnenkampfs, aber das muss uns alte Säcke ja nicht kümmern.

»Wo ist denn die Leiche?«, frage ich.

»Wenn Sie mir bitte folgen wollen.« Mareike Basler stiefelt uns voran und klärt uns darüber auf, dass es mit der Bergung der Leiche einige Probleme gegeben hat. Nach Aussage eines Feuerwehrmannes befand sie sich in der Strömungswalze des Wasserfalles. »Die tauchte auf, geriet in den Sog und war wieder weg. Immer im Kreis, so ging das dauernd. Die Feuerwehr kam da auch mit Tauchern nicht ran. Am Ende haben sie sie mit einem Fischereinetz rausgeholt.« Sie bleibt vor einem grauen Plastiksarg stehen. »Hier ist sie.«

»Öffnen«, verlangt Hünerbein und sucht in seinem wallenden Trenchcoat nach Zigaretten. »Willst du auch?«, bietet er mir eine an. »Könnte helfen.«

»Ja, danke.« Wir geben uns Feuer, inhalieren tief.

Mareike Basler hat zwei Leichenträger herangebeten und wendet sich ab. Der Sargdeckel wird heruntergehoben, der Leichensack vorsichtig geöffnet.

Ertrunkene sind ein scheußlicher Anblick. Es hängt immer davon ab, wie lange sie im Wasser gelegen haben. Sie quellen dann furchtbar auf, ihre Haut wird gallertartig, die Haare fallen aus, die Gesichter lösen sich vom Schädel und sind kaum noch zu erkennen. Doch das, was ich hier sehe, verschlägt mir aus ganz anderen Gründen die Sprache.

»Vermutlich eine Obdachlose«, erklärt Mareike Basler, »die übernachten hier ganz gern im Park. Papiere hatte sie keine dabei, aber ein Raub scheidet aus, denn sie hatte einen Hundertmarkschein bei sich.«

Ja, denke ich. »Der ist von mir.«

»Der ist von dir?« Hünerbein macht eine verständnislose Miene. »Wie das?«

»›Bucherr furr *škola*‹«, antworte ich. Denn die Tote ist ganz unzweifelhaft die Treberin vom Alexanderplatz. Das erkenne ich sofort. Die mit den tollen Augen. Jetzt sind sie erloschen, die amethystfarbenen Pupillen sind im Wasser gelblich angelaufen, das dunkle Haar und der speckige Daunenmantel sind klatschnass. »Verdammt, Harry, die war heute Nacht noch springlebendig!«

»War sie das?«

»Ja. Lumpenjule haben die sie am Alex genannt. Wieso liegt hier jetzt ihre Leiche?« Ich fasse es nicht. »Wieso?« Plötzlich ist mir schwindlig, und ich muss mich am Geländer der Freiarchenbrücke festhalten, um mich auf den Beinen zu halten.

»Ist dir schon wieder schlecht?« Hünerbein versteht es nicht. »Die sieht doch noch ganz frisch aus.«

»Sie ist wirklich noch nicht lange tot«, erklärt Mareike Basler, »die Forensiker gehen von maximal vier bis sechs Stunden aus. Kommen Sie!«

Wir folgen ihr seitlich an der Brücke vorbei die Böschung hinunter, wo unsere Rechtsmediziner Professor Dr. Hubertus Graber und Dr. Armin Kurzweil einträchtig beieinander am Ufer hocken und fachsimpeln.

Das Wasser rauscht über das Wehr. Wir müssen fast schreien, um gehört zu werden.

»Morgen, die Herren!«

»Ach! Holmes und Watson!« Graber kommt nur mühsam auf die Beine – der wegen seines Nachnamens im Polizeijargon »Totengräber« genannte Professor für forensische Pathologie ist auch nicht mehr der Jüngste – und humpelt mit ausgestreckten Armen auf uns zu. »Die Sonne geht auf.«

»Schön, dass wir Ihren Tag erhellen dürfen«, erwidert Hünerbein. »Was haben Sie für uns?«

»Noch nicht viel.« Der Totengräber zieht sich mit einem schmatzenden Geräusch die Latexhandschuhe von den Händen.

»Die Frau war Mitte, Ende zwanzig und ist sehr wahrscheinlich ertrunken, aber das wird im Labor noch genauer verifiziert.«

»Wir messen gerade die Wassertemperatur.« Auch Kurzweil hat sich erhoben und stellt sich zu uns. »Keine sechs Grad. Muss schnell gegangen sein.«

»Höchstens zwei, drei Minuten«, bekräftigt der Professor, »dann schwindet das Bewusstsein. Man geht unter und ertrinkt, was genau genommen eher ein Ersticken ist.«

»Selbstmord?«

»Wohl kaum«, mischt sich unser kongenialer Leiter der Spurensicherung ein. Jürgen Damaschke trägt den typischen Ganzkörperoverall der Kriminaltechnik, der ihn zusammen mit dem unvermeidlichen Schnauzbart im Gesicht aussehen lässt wie eine traurige Robbe. »Habt ihr euch die Leiche noch nicht angesehen?«

»Nur flüchtig«, gibt Hünerbein zu. »Wieso?«

»Weil ein genauerer Blick nie schaden kann.«

Wir folgen ihm wieder die Böschung hoch auf die Brücke zum Sarg. Jürgen dirigiert einen zweiten Kriminaltechniker heran. »Kollege, können wir mal eben? Einmal auf die Seite drehen, bitte. Aber vorsichtig.«

Die Spurensicherer öffnen den Leichensack ganz und wenden dann die Tote so weit, dass ihre Hände sichtbar werden. Sie sind auf dem Rücken mit Kabelbindern gefesselt worden.

»Na bravo«, macht Hünerbein und schnippt seine Zigarette weg. »Das sieht nach Arbeit aus.«

Tja, wie sollte es auch anders sein.

»Wer hat denn die Tote gefunden?«, erkundige ich mich, und sofort ist die toughe Mareike wieder zur Stelle.

»Zwei Joggerinnen«, erklärt sie eifrig und deutet aufs Brückengeländer, »haben hier heute Morgen ihre Stretching-Übungen gemacht. Dabei fiel ihr Blick auf das Wehr, und da haben sie im Wasser …«

»Können uns das die Joggerinnen selbst erzählen?«

»Sicher.« Mareike Basler deutet mit wippendem Pferdeschwanz zu einem Streifenbulli der Polizei. »Die werden dort von einer speziell geschulten Kollegin psychologisch betreut. Stefanie Kallwei und Leah Holmes, vierundzwanzig und sechsundzwanzig Jahre alt, leben in einer Wohngemeinschaft und sind entsprechend gemeinsam im Hansaviertel gemeldet, in der …«

»Vielen Dank, Mareike«, unterbreche ich ihren Redefluss, »vielen lieben Dank!«

8 DAS CAFÉ SAVARIN in der Kulmer Straße atmete mit Topfpalmen, kristallenen Lüstern und verspiegelten Wänden den Charme der Goldenen Zwanziger und war vor allem für seine exzellenten französischen Quiches und Pasteten bekannt.

Genau der richtige Ort, um sich mit Jacques Martin Lefèvre zu treffen. Der ehemalige Finanzvorstand einer Bank in Montreal war mit einer saftigen Abfindung in Pension geschickt worden und wollte sich als Kunstsammler in der deutschen Hauptstadt niederlassen.

Er liebe Kontinentaleuropa, hatte er stets versichert, vor allem Berlin mit dieser irrwitzig experimentellen Kunst- und Kulturszene. Hier wolle er den Rest seiner Tage verbringen. Das sei schon immer sein größter Wunsch gewesen. Ein Leben als Jünger der europäischen Avantgarde an der Achse zwischen Ost und West. Er brauche nur noch ein geeignetes Domizil für sich, zentral, aber ruhig gelegen und gewissen Ansprüchen genügend, »Sie wissen schon!«.

Natürlich wusste Meyer. Und er roch ein dickes Geschäft. Also investierte er viel Geld in eine prachtvolle Jugendstilvilla mit weitläufigem parkähnlichem Garten im vornehmen Grunewald und ließ sie sehr edel und teuer nach Lefèvres Wünschen renovieren und ausstatten.

Doch plötzlich machte der Frankokanadier einen Rückzieher. Er wollte die Villa nicht mehr, und daran war offensichtlich der Konflikt ums Kosovo schuld.

»Sie müssen verste'en, aber wir 'aben dort eine se'r gefä'rlische

Situation«, erklärte Lefèvre mit seinem französischen Akzent und hob bedauernd die teuer beringten Hände. »Es könnte wieder geben einen großen Krieg in Europa, nischt wa'r? Se'r gefä'rlisch.«

Kein Zweifel, der Mann hatte recht. Die Situation auf dem Balkan drohte in der Tat außer Kontrolle zu geraten, daran gab es nichts zu rütteln.

Entsprechend war Meyer unter Druck. Über sechs Millionen Mark hatte er bei den Banken aufgenommen. Sogenannte Kurzzeitkredite zu günstigen Zinsen, die allerdings binnen eines Jahres zurückgezahlt werden mussten. Und all das drohte jetzt zu platzen.

Aber hätte er anders handeln sollen? Darum ging es doch im Kapitalismus; um den steten Geldkreislauf. Man nimmt einen Kredit auf, steckt das Geld in ein Unternehmen und zahlt von den Gewinnen den Kredit wieder ab. Mit Zins und Zinseszins, die Banken wollen ja auch verdienen. Wenn jetzt aber ein Großkunde wie Lefèvre absprang, der Gewinn also ausblieb, konnte Meyer die Kredite nicht zurückzahlen. Der Geldkreislauf würde unweigerlich ins Stocken kommen, mit bislang noch nicht absehbaren Konsequenzen. Wenn die Banken das Vertrauen verloren, war auch Meyer verloren. Bankrott, pleite, insolvent. Was ganz schlecht war. Auch und vor allem für die Sache des neuen, des reformierten Sozialismus, den es zu finanzieren galt. Ohne Moos nix los, hieß es so schön, und das galt erst recht für den Klassenkampf.

Denn Meyer war ja kein Kapitalist. Zwar beherrschte er die Klaviatur des kapitalorientierten Wirtschaftens perfekt, aber sein ganzes Streben galt nur der einen großen Sache: der Neuauflage des Kommunismus. Das war ein Mal schiefgegangen und durfte nicht ein zweites Mal scheitern. Sonst war nicht nur er, Meyer, sondern auch die gesamte Menschheit verloren.

Zehn Jahre nach dem Ende des Kalten Krieges zeichnete sich ab, dass das wachstumsbesoffene System des kapitalistischen Wirtschaftsliberalismus an seine Grenzen gelangt war. Die Dritte Welt versank in Hunger und Armut, auf eine Umweltkatastrophe folgte die nächste, es wurden immer mehr Kriege um immer weniger Rohstoffe und deren Versorgungswege geführt. Die Finanzmärkte kollabierten, die Industrie taumelte von Krise zu Krise und die Landwirtschaft in den Rinderwahn. Und trotzdem beteten die Politiker weiter das Mantra vom ewigen Wachstum herunter. Dabei war es nur noch eine Frage der Zeit, bis uns der ganze Planet um die Ohren flog.

Also musste ein globaler Neustart gewagt werden, eine grundlegende Änderung der gesellschaftlichen Verhältnisse, ein anderer Umgang mit unserer Erde und deren Ressourcen. Das war das Ziel. Meyer hatte es nie aufgeben, auch nicht in den düsteren Tagen nach dem Zusammenbruch des Sozialismus, ganz im Gegenteil: Jetzt erst recht, war seine Devise, Ärmel hoch und weitermachen! Umbruch statt Reformen!

Seit Jahren handelte er mit Immobilien. Ein gutes Geschäft in einer prosperierenden Stadt wie Berlin, die seit dem Ende des Zweiten Weltkrieges endlich wieder langsam, aber stetig wuchs. Die alte Lady kam allmählich wieder auf die Beine, wie Meyer gern verkündete. Auch waren die Preise moderat, zwar stiegen sie wie überall, aber gemach, das hatte hier alles nichts von einer überhitzten Blase, die irgendwann platzen konnte. In Berlin war das Geld gut angelegt. Noch.

»Sie haben recht«, sagte er betont gelassen, »der Kosovokonflikt hat das Zeug zu einer großen Krise. Aber ein Krieg ...« Meyer verneinte. »Ich denke, so weit wird es nicht kommen.«

»Aber die NATO kommt mit i'ren Luftangriffen nischt weiter«, widersprach Lefèvre. »Es ist ein Gesetz militärischer Kriegsfü'rung, dass man eine Schlacht nischt allein aus der Luft gewinnen kann. Am Ende werden sie Bodentruppen einsetzen. Und das können die Russen unmöglisch zulassen.«

»In dem Fall wären die Russen ebenfalls mit Truppen vor Ort«, nickte Meyer und seufzte.

»Und dann wir 'aben den Krieg«, sagte Lefèvre und lehnte sich zurück, »Krieg zwischen den Supermäschten. Und das Schlachtfeld, es ist 'ier. In Westeuropa. In Deutschland.«

»Und wenn ich Ihnen verspreche, dass es keinen Krieg geben wird?« Meyer sah sein Gegenüber eindringlich an.

»Das können Sie gar nischt verspreschen, Monsieur Meyer.« Lefèvre schüttelte das grau melierte Haupt. »Das ist unmöglisch. Diese Dinge sind außer'alb von unsere 'andeln.«

Na, wenn ihn Lefèvre da nicht mal unterschätzte. Meyer hatte durchaus einen gewissen Spielraum. Es gab sie noch, die alten Seilschaften aus den guten alten Tagen des Ministeriums für Staatssicherheit. Aus einer Zeit, da man einen der effektivsten Geheimdienste der Welt unterhielt, mit Agenten in allen möglichen wichtigen Positionen des Weltgeschehens. Den Untergang der DDR hat man damit nicht aufhalten können. Aber vielleicht einen Krieg?

»Ich habe gute Kontakte in die Politik«, sagte Meyer schließlich, »gewisse versteckte Hebel, die ich aktivieren kann, um das Schlimmste zu verhindern.« Er lächelte. »Es wird keinen Bodenkrieg um das Kosovo geben.«

»Um das zu ver'indern«, antwortete Lefèvre, »müssten Sie Kontakte in die 'öchsten Entscheidungsgremien der amerikanischen wie auch der russischen Administrative 'aben.«

»Richtig«, nickte Meyer.

»Sie müssten Einfluss auf die Befe'lsebene der NATO 'aben.«

»Genau.«

»Und was ist mit den Ge'eimdiensten?«

Meyer zuckte lässig mit den Schultern. Dann hielt er Lefèvre die Hand hin. »Geben Sie mir drei Monate Zeit!«

Der Frankokanadier sah ihn lange nachdenklich an. »Sie sind ein 'audegen, Monsieur Meyer«, sagte er nach einer Weile, »Sie spielen va banque.«

»Als Kaufmann muss man zuweilen gewisse Risiken eingehen.« Meyer hielt ihm noch immer die Hand hin. »Sind wir noch im Geschäft?«

Lefèvre nickte langsam und schlug ein. »Drei Monate.«

»Drei Monate«, wiederholte Meyer und schüttelte die Hand.

9 STEFANIE KALLWEI UND LEAH HOLMES sind zwei hübsche Blondinen in weiten pastellfarbenen Jogginganzügen. Sie sehen einander verblüffend ähnlich und könnten Schwestern sein, sind aber nicht miteinander verwandt. Beide arbeiten eigenen Angaben zufolge als Stewardessen bei der Deutschen BA, einer Fluglinie, die zu British Airways gehört und vor allem innereuropäische Ziele anfliegt. »Meist sind wir auf verschiedenen Routen unterwegs und haben auch unterschiedliche Schichten«, berichtet Leah Holmes. »Deshalb teilen wir uns das kleine Apartment im Hansaviertel. Wozu zwei Wohnungen, wenn normalerweise ohnehin nur eine von uns zu Hause ist?«

Hünerbein räsoniert, dass das keinen Sinn mache. »Deutsche BA! Wer hat sich denn diesen Namen ausgedacht? Deutsche British Airways«, verständnislos wiegt er den Kopf, »ja, was denn nun: deutsch oder britisch?«

»Die DBA ist die deutsche Tochter der British Airways«, schluchzt Stefanie Kallwei, »aber ist das jetzt wichtig?«

Nee, ist es nicht, denke ich.

»In einem Mordfall kann alles wichtig sein«, doziert Hünerbein, »jedes Detail.«

Wir hocken in einem engen Bulli der Bereitschaftspolizei. Die Scheiben sind beschlagen, sodass wir nur schemenhaft wahrnehmen können, was draußen vor sich geht. Hünerbein hat veranlasst, dass der Tiergarten in großem Stil abgesucht werden soll. Inzwischen ist ein Spürtrupp mit Hunden eingetroffen. Irgendein Vorgesetzter erklärt mit schnarrender Stimme den Einsatzplan, aber ich kann nicht verstehen, was genau er sagt.

»Sie haben sich heute die Wohnung geteilt«, stellt Hünerbein fest, »und sind zusammen joggen gegangen.«

Das komme im Jahr vielleicht drei-, viermal vor, winkt Leah Holmes ab, sei also äußerst selten. »Aber wenn wir mal zusammen freihaben, gehen wir auch immer joggen, ja.«

»Wann sind Sie zu Hause los?«

Die Frauen sehen sich nachdenklich an. »Wann wird das gewesen sein? Um sieben? Oder war es schon acht?«

Sie einigen sich auf etwa halb acht, denn sie seien erst kurz vor sieben Uhr aufgestanden. »Wir nehmen immer dieselbe Runde. Ein kurzes Warmlaufen im Englischen Garten, dann geht's über den Großen Stern an der Goldelse vorbei zur Giraffe.«

»Giraffe?« Wir sehen fragend auf.

»Das ist ein Restaurant«, erklärt Leah Holmes. »Den Laden gibt es schon ewig. Aber sie machen um acht Uhr auf, und die haben dort gutes Frühstück.«

»Wir nehmen immer nur leichte Kost zu uns«, setzt Stefanie Kallwei sich dramatisch schnäuzend hinzu, »weil wir ja noch weiterjoggen wollen.«

»Wir laufen danach«, bestätigt Leah Holmes, »einmal um den Neuen See.«

»Um wann haben Sie dann hier die Schleuse erreicht?«

Die Stewardessen zucken mit den Schultern. »Vielleicht so gegen neun?«

»Wir machen dann hier immer noch mal ein kurzes Stretching«, Leah Holms versorgt ihre schluchzende Kollegin mit neuen Taschentüchern, »trinken einen Fruchtjoghurt, und anschließend geht's denselben Weg zurück: Neuer See, Großer Stern, Englischer Garten.«

»Kommen wir zu Ihrem Aufenthalt auf der Brücke.« Ich beuge mich vor. »Was haben Sie da genau gemacht?«

»Dehnübungen.«

»Am Brückengeländer?«

Die Kallwei schreit kurz entsetzt auf.

»Am Brückengeländer, ja.« Leah Holmes nickt. »Da haben wir sie gesehen.«

»Wen? Die Tote?«

»Ich dachte erst, da hat jemand einen Schlafsack oder einen Daunenmantel oder so was reingeschmissen. Der hatte sich im Wasser aufgebläht. Aber dann …«

»… haben Sie gesehen, dass da noch jemand drinsteckte«, Hünerbein schreibt etwas in sein Notizbuch, »im Daunenmantel, meine ich?«

Die Stewardessen schweigen bedrückt.

»Haben Sie gleich die Polizei gerufen?«

»Den Notruf, ja.«

»Wie?«

»Mit meinem Handy.« Leah Holmes schiebt es mir hin. »Sie können das noch im Speicher sehen.«

»Danke.« Ich prüfe es nach. Die Einhundertzehn wurde um acht Uhr dreiundfünfzig gewählt, das Gespräch dauerte eine Minute und fünfundvierzig Sekunden. »Was passierte dann?«

»Wir haben gewartet. Auf die Polizei.«

»Wo?«

»Ein Stückchen weiter weg. Im Park, wo wir die Leiche nicht sehen konnten.«

»Waren hier noch andere Leute unterwegs? Hat außer Ihnen noch jemand die Leiche bemerkt?«

»Wir wollten einen Radfahrer darauf aufmerksam machen, aber der ist einfach weitergefahren.«

»Wie sah der aus, der Radfahrer?«

Leah Holmes beschreibt nur die Kleidung. »Schwarze Jeans, helle Jacke, Basecap.« An Haare und Augenfarbe könne sie sich nicht erinnern. »Das Rad war rosa«, fällt ihr plötzlich ein. »Das hat mich gewundert. Wieso fährt der Typ mit einem rosa Damenrad?«

»Und dann war da noch diese Kindergruppe«, sagt Stefanie zwischen zwei Schluchzern. »Kleinkinder mit ihren Erziehern. Die wollten sicher in den Zoo.«

»Ja, aber die haben die Tote im Wehr nicht gesehen. Wir haben auch nichts gesagt, damit die Kinder keinen Schock kriegen.«

»Mhm«, macht Hünerbein und schreibt eifrig mit, »mhm, mhm. Und dann?«

»Dann kam erst der Krankenwagen. Aber die konnten ja auch nichts machen. Später kam ein Streifenwagen, und die fingen dann an, die Feuerwehr zu alarmieren und alles abzusperren.«

»Mhm.« Hünerbein klappt sein Notizbuch zu. »Das war's fürs Erste, denke ich. Hast du noch Fragen, Sardsch?«

»Haben Sie die Tote schon früher mal hier irgendwo bemerkt? Als sie noch nicht tot war, meine ich.«

»Nein«, die Stewardessen schütteln die blonden Pferdeschwänze, »nicht bewusst jedenfalls.«

»Ja, dann.« Ich öffne die Schiebetür und steige aus. »Vielen Dank.«

Auch Leah Holmes klettert aus dem Bulli und mustert mich neugierig. »Ich wusste gar nicht, dass es bei der Polizei sogar Sergeants gibt.«

»Gibt es auch nicht«, antworte ich, »aber mein Vater war Sergeant. Bei der US-Army. Den habe ich zwar nie kennenlernen dürfen, aber so steht es in meiner Geburtsurkunde. Und das beeindruckt den Kollegen Hünerbein so nachhaltig, dass er mich seit Jahrzehnten ›Sardsch‹ nennt.«

»Ich kannte auch mal einen amerikanischen Sergeant«, sagt die Kallwei, »der ist immer montags von Berlin nach Frankfurt geflogen und freitags wieder zurück.«

»Dann wird er wohl in Frankfurt die Woche über zu tun gehabt haben«, vermute ich und sehe die beiden Frauen an. »Schaffen Sie's allein nach Hause, oder soll Sie jemand begleiten?«

»Das schaffen wir.« Leah Holmes nimmt ihre schluchzende Kollegin an der Hand, und dann traben beide wieder los.

»Was meinst du?« Hünerbein tritt neben mich und steckt sich eine Zigarette an. »Harmlos, was?«

»Sicher.« Aber genau kann man das nie wissen. »Dieser Radfahrer kommt mir seltsam vor. Der mit dem rosa Fahrrad.«

»Ja, das ist bislang unser einziger Anhaltspunkt. Von der Toten mal abgesehen.« Hünerbein bietet mir eine von seinen Zigaretten an. »Weißt du noch was über sie? Außer dass man sie Lumpenjule genannt hat?«

»Osteuropa.« Ich lasse mir Feuer geben. »Die kam irgendwo aus Osteuropa. Russland, sie hatte so einen Akzent. Vielleicht auch Polen. Oder Bulgarien. Irgendwas in dieser Richtung.«

»Wir brauchen ein vorzeigbares Foto von der Frau«, stellt Hünerbein fest. »Und dann sollten wir uns mal auf dem Alexanderplatz umschauen.«

10 AN DER WELTZEITUHR, zwischen dem Alexander- und dem Berolinahaus sowie dem gegenüberliegenden, hundertzwanzig Meter hohen Wolkenkratzer des Park-Inn-Hotels, hat sich eine wütende Menschenmenge versammelt, die lautstark und mit vielen Transparenten und Plakaten gegen die Bombardierung Jugoslawiens protestiert. Viele Serben sind darunter, die zum Teil schon jahrzehntelang in der Stadt leben, Altkommunisten und führende Vertreter der SED-Nachfolgepartei PDS, aber auch sehr viele Leute aus der Friedensbewegung.

Ihnen gegenüber stehen traumatisierte Kriegsflüchtlinge aus dem Kosovo, der Krajina und aus Bosnien, die die Serben mit Sprechchören des mörderischen Rassismus bezichtigen und als Nazis und Faschisten beschimpfen.

Friedensbewegte versuchen, zwischen den verfeindeten Volksgruppen zu vermitteln, vergebens. Aus Diskussionen und Debatten werden erst Streitereien, dann Rangeleien. Die Situation droht zu eskalieren, ein kleiner Balkankrieg auf dem Berliner Alexanderplatz. Erste Steine und Flaschen fliegen, irgendwann gehen die Leute mit Transparenten und Fäusten aufeinander los. Frauen kreischen, Kinder heulen, die Polizei knüppelt die Kontrahenten auseinander und setzt Tränengas ein, kann den Alex aber nicht räumen. Immer wenn irgendwo ein lokaler Konfliktherd befriedet scheint, geht es an anderer Stelle wieder los. Es herrscht das totale Chaos, der Platz gleicht bald einem Schlachtfeld, und wir sind mittendrin.

»Deckung«, schnauft Hünerbein und wirft seinen zentnerschweren Fleischberg von Körper auf der Flucht vor neuen Tränengasgranaten hinter ein Blumenbeet am Brunnen der Völkerfreundschaft, wo er fast zu ersticken droht.

»Ruhig, Harry, ganz ruhig atmen.« Ich halte ihm ein feuchtes Taschentuch vor die Nase, obwohl auch mir die Augen mächtig tränen. Wie oft hat mich der Kollege wegen meiner Vorliebe für Stofftaschentücher verhöhnt. Das seien Bazillenschleudern, die müsse man ja waschen, das sei ja von gestern, und so weiter, hihihi. Jetzt sieht er mal, wozu die Dinger gut sind. In Brunnenwasser getränkt retten sie ihm das Leben.

»Wo ist denn dieser Scheiß-U-Bahnhof?«, keucht er, als es ihm wieder etwas besser geht und sich das Tränengas verzogen hat.

»Noch etwa dreißig Meter weiter links.« Doch nicht die Entfernung ist das Problem, sondern die circa zwei Dutzend junger Männer, die sich mit den Gartenstühlen der Terrasse vor der Zille-Stube eine erbitterte Schlacht liefern. Erst als sie vom starken Strahl eines Wasserwerfers auseinandergetrieben werden, gibt es für uns eine Chance.

»Jetzt oder nie, Harry! Schaffste das?«

»Na, hör mal, ich bin zwar fett, aber nicht lahm!« Schon wetzt er mit der Elastizität eines Vollgummiballs drauflos und ich hinterher. Nichts wie weg hier. Runter in den U-Bahnhof.

Hier haben Rotes Kreuz und die Rettungssanitäter der Berliner Feuerwehr ein notdürftiges Lazarett eingerichtet, um den draußen zu Schaden Gekommenen Erste Hilfe zu leisten. Auch die Einsatzleitung von Polizei und Bundesgrenzschutz hat sich in den U-Bahnhof verzogen. Taktisch unklug, hier unten fehlt der Überblick, und sie sind völlig auf den immer wieder zusammenbrechenden Funkverkehr angewiesen, um die Lage auf dem Platz zu analysieren.

»Zig Hauptverkehrsstraßen laufen aus allen Himmelsrichtungen auf den Alex zu«, regt sich ein völlig überforderter BGS-Mann auf, »und wir sind nicht in der Lage, die Demonstranten mal machtvoll auseinanderzudividieren? Kann doch nicht sein, Mensch! Treibt die Serben in die Karl-Marx-Allee, die Kroaten in die Grunerstraße, die Albaner in die Rosa-Luxemburg- und die Bosnier auf die Karl-Liebknecht-Straße, verdammt noch mal! Das kann doch nicht so schwer sein. – Hallo? – Hallo!« Irritiert starrt er auf sein Funkgerät und schmeißt es dann »So 'ne Scheiße« fluchend auf die Bahngleise. Von dort hören wir es plärren. Offenbar stecken ein paar Räumpanzer in der Münzstraße fest und werden von Autonomen begeistert attackiert.

»Willkommen in der Hauptstadt der Randale«, knurrt Hünerbein und sieht sich um. »Wo fangen wir an?«

»Eine Etage tiefer«, ich zeige ihm die Treppe, »auf der Ladenstraße.«

Auch dort herrscht aggressives Gedränge, Sprechgesänge hallen durch die Gänge, *»Srpska, Srpska«* und *»Kosova, Kosova«*, denn die verschiedenen U-Bahn-Linien spucken immer neue Gruppen kampfwilliger Jugoslawen aus, aber auch vermummte Antifa-Trupps, singende Hertha-Frösche, »Olé, olé, olé-oléese, jetzt jibt's wat uff die Neese«, und Hooligans, die einfach Bock auf ein bisschen Bambule haben. Eine ältere Dame will von uns wissen, ob oben die Straßenbahnen fahren.

»Selbst wenn sie es täten, würde ich warten, bis sich die Lage beruhigt hat«, rät Hünerbein schnaufend der Frau und zeigt ihr dann das Polaroid der toten Treberin. »Kennen Sie die?«

»Nein!« Die alte Dame ist erschüttert. »Ist sie gestorben?«

»Ja, und wir wissen nicht, wen wir verständigen sollen«, nickt Hünerbein. »Denken Sie also lieber noch mal nach! Die muss doch irgendwo Angehörige haben.«

»Ja, aber ich kenne diese Frau nicht«, beteuert die alte Dame fassungslos. »Gott! Reicht das nicht, wenn die sich auf dem Balkan totschlagen? Zeiten sind das, Zeiten …«

»*Mon Dieu*, der Rotzlöffel is aba jewachsen üba Nacht!« Vor uns steht der Lispelnde mit dem Zylinder und schaut mit gespieltem Erstaunen auf den dicken Hünerbein. »Hamse dir Monsanto-Gene ins Turbofutter jemixt, oda wat?«

Im Hintergrund wirbelt der einarmige Jongleur diesmal bunte Plastikringe durch die Luft, die mit einer phosphoreszierenden Flüssigkeit gefüllt sind und in der Dunkelheit leuchten.

»Das ist mein Kollege«, erkläre ich und zücke den Dienstausweis. »Wir sind von der Kripo.«

»Spannend« findet das der Lispelnde. »Und? Will der Kollege von der Kripo wat spenden? Für meinen Ludo, den einarmigen Künstler?«

»Zunächst würden wir gern was über die Lumpenjule wissen.«

»Wen?« Der Lispelnde starrt mich an, als hätte er diesen Begriff noch nie gehört. Dabei hat er die Frau doch gestern noch genauso genannt.

Um seine Erinnerung aufzufrischen, halte ich ihm das Foto der toten Treberin vor die Nase. »Du erinnerst dich?«

»Kommt druff an.« Der Lispelnde atmet geräuschvoll durch die Nase. »Heutzutage sind Informationen reinet Jeld wert, wa? Und nich imma billig.«

»Okay.« Ich stecke ihm einen Fünfer in die Brusttasche seines fadenscheinigen Jacketts. »Und?«

»Ach, die meinense? Na, Lumpenjule hab ick die nur so jenannt. War neu hier, sozusagen. Hatte noch keen festen Platz.«

»Name?«

»Keene Ahnung!«

Ich will ihm noch einen Fünfer geben, doch der Lispelnde winkt ab. »Nee, lassense stecken, weeß ick wirklich nich.«

Ich will das Geld wieder einstecken.

»Aba, wennse die Kohle noch investieren wolln, wüsste ick vielleicht wen, der Ihnen weitahelfen kann.«

»Na los!« Ich drücke ihm das Fünfmarkstück in die Hand. »Raus mit der Sprache!«

»Schaunse ma!« Der Lispelnde nimmt mich am Arm, dreht mich behutsam herum und zeigt mir die Tränke ein Stück die Ladenstraße herunter. Ein paar von den Typen waren heute Nacht schon da und scheinen an den Stehtischen vor ihren Flaschenbieren festgewachsen zu sein. »Die könnten wat wissen!«

»Fein«, ich nicke ihm zu, »danke!« Ich stelle mich zu den Biertrinkern und lege das Polaroid auf den Stehtisch. »Schon mal gesehen?«

»Wer soll det sein?«

»Eine Treberin, die sich hier um Mitternacht herumgetrieben hat.«

»Und? Hatse wat jeklaut?«

»Weiß nicht.« Ich sehe die Typen prüfend an. Da sind bestimmt auch ein paar Kleinhehler dabei. »Hat sie?«

»Wir scheißen hier keen an, klar?«

»Klar.« Ich investiere einen dritten Fünfer. »Kommt schon, Jungs! Die hatte sehr auffällige Augen. Irgendwer muss die doch gesehen haben. Macht mal 'ne Ansage!«

Einer der Männer, er trägt einen knöchellangen Trenchcoat und sieht mit seiner Halbglatze und dem Popenbart wie ein russischer Geistlicher aus, betrachtet das Geldstück eingehend, als wollte er es auf Echtheit prüfen. Dann lässt er es in den Tiefen seines Mantels verschwinden und wendet sich den übrigen Trinkern zu. »Wat meint ihr? Olgagolga?«

Die anderen am Tisch nicken. »Stimmt. Olgagolga könnte wat wissen.«

»Olgagolga?« Wer soll das denn jetzt wieder sein?

»Na, eijentlich heißta Holger«, erklärt mir der Popenbart, »is aba mit 'ner Russin zusammen. Olga.«

Okay, »Olga« und »Russin« könnte passen. »Und weiter?«

Der Popenbart bedient sich großzügig an meinen Zigaretten. »Jetzt könn' die Russen aba keen ›H‹ aussprechen. Da sagense immer 'n ›G‹. Also sacht Olga nicht ›Holger‹, sondern ›Golga‹ zu ihm. Vastehnse? Olga und Golga: Olgagolga! Die treffense nur zusammen an.«

Jetzt vielleicht nicht mehr, denke ich. »Wo treffe ich die denn normalerweise an?«

»Jute Frage.« Der Popenbart lässt sich einen weiteren Fünfer geben und schaut seine Trinkkumpane an. »Irgend 'ne Idee dazu?«

»Ampelmännchen«, überlegen die, »war letztens noch mit Olgagolga unterwegs.«

»Klingt jut.« Der Popenbart grient mich an. »Fragense det Ampelmännchen.«

»Und wo finde ich das Ampelmännchen?«

»Kleistpark«, sagen die Trinker. »Da legta heute die Kreuzung lahm.«

»Na denn: Zum Wohle, wa?« Der Popenbart leert seine Flasche mit großen Zügen. »Und jetzt solltense ma 'n Zacken zulejen, wennse det Ampelmännchen noch in Äktschn sehn wolln.«

11 EINE GEDENKTAFEL weist auf Freislers berüchtigten Volksgerichtshof hin, der hier während des Krieges vom August 1944 bis zur Bombardierung im Januar 1945 tagte.

Später wurde das neobarocke Palais des ehemaligen Preußischen Kammergerichtes aufgrund des Viermächteabkommens vom Alliierten Kontrollrat genutzt, weshalb die von Georg Béla Pniower als Balustraden-Park mit Sandstein- und Graniteinfassungen gestaltete Anlage des Kleistparks der Berliner Bevölkerung lange nicht zugänglich war.

Inzwischen sind die Alliierten fort, und der Park ist als Gartendenkmal für Besucher ganztägig geöffnet. Das Kammergericht ist zurückgekehrt, außerdem haben in dem schlossartigen Gebäude auch der Berliner Verfassungsgerichtshof und die Generalstaatsanwaltschaft ihren Sitz.

Gefährliche Nachbarn, wenn man einen höchst illegalen und wahrscheinlich gefährlichen Eingriff in den Straßenverkehr plant. Einige Meter südöstlich von Park, Kathreiner-Hochhaus und Königskolonnaden liegt über dem U-Bahnhof Kleistpark eine stark befahrene Kreuzung. Hier treffen Haupt- und Potsdamer Straße auf Grunewald- und Langenscheidtstraße, kreuzt also die Ost-West-Achse von Kreuzberg nach Wilmersdorf die Nord-Süd-Achse von Tiergarten nach Steglitz, was für ein erhöhtes Verkehrsaufkommen sorgt. Und genau deshalb ist Andreas »Andi« Goldtmann, genannt das Ampelmännchen, hier.

Dabei sieht er gar nicht aus wie ein Ampelmännchen. Weder trägt er einen so kecken Hut, noch hopst er derart beschwingt bei Grün über die Kreuzung, ganz im Gegenteil: Goldtmann bewegt sich ausgesprochen bedächtig durch die Stadt. Seine Kopfbedeckung ist ein Basecap der Firma Elektro-Blitz, genau wie sein Blaumann und der Werkzeugkoffer aus Plastik, alles trägt das dynamisch gezackte Logo von Elektro-Blitz. Man könnte auch sagen, Andi Goldtmann ist Elektro-Blitz, zumindest war er das bis zum tragischen Unfalltod seiner Frau. Die wurde am Steglitzer Kreisel, auch so eine verdammte Kreuzung, von einem Laster überrollt, obwohl sie Grün hatte, ganz klares Fußgängergrün.

Und trotzdem war sie tot, aus dem Leben gerissen, von einem Tag auf den anderen. Seitdem hat Goldtmann eine Mission. Er legt Kreuzungen lahm. Fußgängergrün ist trügerisches Grün, solange es Rechts- und Linksabbieger gibt, solange sich überhaupt noch Autos bewegen dürfen. Erst wenn alles steht, ist der Passant sicher.

Goldtmann zieht mit seinem Elektro-Blitz-Köfferchen durch die Stadt, von einer Kreuzung zur nächsten, immer aufmerksam nach allen Seiten schauend, ganz der alte Elektrohandwerksmeister. Er schraubt die grauen Schaltkästen der Ampelanlagen auf, steckt ein paar Drähte um, schaltet Intervalle ab, bis alles auf Grün steht. Echtes Fußgängergrün, denn die Autos haben Rot. Egal, aus welcher Richtung sie kommen. Die Autos stehen, die Passanten gehen. Sie können Kreuzungen jetzt sogar diagonal überqueren, es wird ihnen nichts passieren.

Das hat er letztens sogar einer alten Dame demonstriert. Er nahm sie galant am Arm und spazierte mit ihr ganz gemächlich quer über den Kreisverkehr am Ernst-Reuter-Platz. Die Autos hupten wie verrückt, aber was sollten sie machen? Fahren konnten sie nicht, es war schließlich Rot, der Kreisverkehr für sämtliche Fahrzeuge gesperrt und die Oma ganz begeistert. Warum den Verkehrsplanern diese tolle Ampelregelung nicht schon früher eingefallen sei, wollte sie wissen, aber da musste Goldtmann passen. Das fragt er sich auch, was in deren Köpfen vorgeht. Seit Jahren zieht er von Kreuzung zu Kreuzung und schaltet alles auf Fußgängergrün, und wenn er sämtliche Ampelanlagen der Stadt durchhat, muss er wieder von vorn anfangen.

Auch am Kleistpark war er schon dreimal. Man sollte hier besonders aufpassen, weil sie am Gebäude der BVG-Hauptvertretung neuerdings Überwachungskameras angebracht haben, die nicht nur den Eingang, sondern auch genau den grauen Kasten für die Ampelschaltung im Visier haben. Also spricht Goldtmann erst mal ganz amtlich beim BVG-Pförtner vor und lässt sich die Installationen der Kameras zeigen. Um sie dann »aus Wartungsgründen« abzuschalten.

Derart unbeobachtet kann er anschließend draußen die Kreuzung frisieren. Geht ruckzuck: Zwei schmale Drähte umgesteckt, ein Intervall blockiert, und schon steht der Verkehr. Und zwar völlig. Freie Bahn für Fußgänger!

»Kommt Leute«, ruft er die verwundert am Straßenrand

Stehenden an und läuft einladend auf der autofreien Kreuzung herum, »hier fährt jetzt erst mal 'ne Weile gar nichts mehr! Ihr könnt gehen! Kreuz und quer, von links nach drüben, lauft, Leute, flaniert, denn ihr seid frei! – FREI!«

»Das muss er sein«, knurrt Hünerbein. Wir stehen am »Train«, einem alten ausrangierten S-Bahn-Waggon, der schon seit Jahren als Cocktailbar bekannt ist. »Schnappen wir ihn uns?«

»Ja«, stimme ich zu, »schnappen wir ihn uns.«

Was einfacher gesagt ist als getan. Obwohl wir uns um Unauffälligkeit bemühen, um den Eindruck, ganz normale Passanten zu sein, die eben mal die autofreie Kreuzung testen wollen, ergreift das Ampelmännchen die Flucht.

Unglaublich! Steht uns nach dreißig Jahren im Dienst der öffentlichen Sicherheit das Amtliche schon so ins Gesicht geschrieben? Sehen wir aus wie Bullen? Oder ist Ampelmännchen mit einer besonderen Sensibilität gesegnet, die es ihm erlaubt, die Staatsmacht auch dann zu erkennen, wenn sie sich betont harmlos gibt? Na, damit ist es jetzt vorbei.

»Hinterher«, brüllt Hünerbein und rennt wie ein Kugelblitz drauflos.

Ampelmännchen türmt in den U-Bahnhof Kleistpark. Na warte, dir schneide ich den Weg ab! Ich nehme den Eingang zur U-Bahn, der mir am nächsten ist. Wenn Ampelmännchen unter Tage die Richtung nicht ändert, müsste er mir direkt in die Arme rennen.

Aber der Elektro-Blitz schlägt Haken und wetzt noch eins tiefer auf den Bahnsteig.

Ich hinterher. Aus der Gegenrichtung rollt Hünerbein heran. »Stehen bleiben«, brüllt er keuchend, dass es von den Wänden widerhallt, »stehen bleiben! Polizei!«

Ampelmännchen hechtet auf die Gleise und verschwindet im U-Bahn-Schacht.

Mist! Ich sehe mich hektisch um. Nach der Anzeigetafel müsste in einer Minute die Bahn nach Rudow einfahren, doch noch ist kein Zug zu sehen. Also los! Ich springe ebenfalls aufs

Gleisbett und folge in den Schacht, wobei ich argwöhnisch auf die Stromschiene achte. Bloß nicht da rankommen, das wäre das Ende. Wer weiß, wie viele tausend Volt da durchgejagt werden. Immer wieder gibt es Gerüchte von Betrunkenen, die nächtens in U-Bahnhöfen ins Gleisbett pinkeln und dabei versehentlich die Stromschiene treffen. Angeblich raucht's die dann total auf.

»Hey«, rufe ich in den Schacht, »Ampelmännchen! Komm raus da! Wir wollen nur reden.«

Nichts.

Ich stolpere über die Schwellen und versuche, mich an die Dunkelheit zu gewöhnen. Eine Taschenlampe wäre gut, aber wer konnte schon ahnen, wo ich heute landen würde? Immerhin scheint es neben den Gleisen eine Art schmalen Weg zu geben, direkt an der Tunnelwand entlang. Vielleicht für Gleisbauarbeiter. Auch scheint sich der Schacht zu weiten, die Wand zu den Gleisen der Gegenrichtung wird durchlässig, da sind nur noch staubige Säulen, und hinter jeder könnte das Ampelmännchen stecken.

»Mensch, renn doch nicht weg«, versuche ich es noch mal, »wir wollen doch nichts. Nur eine Frage, Mann! Zeig dich!«

Plötzlich wird es merklich heller im Tunnel. Das sind die Lichter der Bahn nach Rudow! Und sie kommen schnell näher, schon spüre ich den Fahrtwind, den der Zug durch den Schacht vor sich herschiebt. Hastig will ich mich zwischen zwei Säulen drücken, trete aber ins Leere. Was verdammt ist das? Ein Loch, ein Keller?

Mit rudernden Armen versuche ich, das Gleichgewicht zu halten, während sekundenlang das helle Licht aus der Bahn an mir vorbeiflimmert, und stürze dann rücklings in ein metertiefes dunkles, staubiges Nichts.

Scheiße, denke ich noch, der Aufprall wird wehtun.

Das wird verdammt wehtun.

Aua! …

12 MEYER FUHR INS KOMPONISTENVIERTEL, stoppte seinen Audi A8 etwas abseits auf der Puccinistraße und sah sich um. Gefolgt war ihm niemand, die Straßen waren wie üblich mit Blech zugeparkt, ein älteres Ehepaar führte seinen Hund spazieren.

Keine weiteren Auffälligkeiten. Alles normal.

Langsam fuhr er weiter, fand eine Parklücke und stellte den Wagen dort ab. Meyer stieg aus, nahm seinen Gehstock und schlug den Kragen seines Mantels hoch. Es waren nur ein paar Schritte bis zum Jüdischen Friedhof, der schon aufgrund seiner schieren Größe ein idealer Platz für ein konspiratives Treffen war.

Bevor er den Haupteingang betrat, setzte er sich eine Baskenmütze auf und prüfte ihren Sitz in einem der Fenster der Friedhofsverwaltung. Beim Pförtner hätte man sich auch eine Kippa leihen können, denn Männern war das Betreten des Jüdischen Friedhofs ohne Kopfbedeckung nicht erlaubt.

Doch bevor sich Meyer eines von diesen verlausten Dingern auf den Kopf stülpte, brachte er lieber seine eigene Kappe mit, und die Baskenmütze stand ihm gut. Er hatte sie sich während eines Sommerurlaubs an der südfranzösischen Atlantikküste zugelegt, um nicht wie ein Tourist zu wirken. Es war für ihn eine Geste des Respekts, wenn er sich im Stile des Landes kleidete, das er besuchte. Außerdem mochte er nicht auffallen. Zwar war man an der französischen Atlantikküste im Sommer als Tourist alles andere als auffällig, und Feriengäste gab es dort sicher mehr als Einheimische, doch lieber würde Meyer tot umfallen, als wie alle anderen Urlauber in ausgeleierten Shorts, von der Sonne gebleichten T-Shirts und Badeschlappen über den Grande Plage von Biarritz zu latschen.

Hinter der Fensterscheibe der Friedhofsverwaltung wurde eine Frau auf ihn aufmerksam und lächelte ihm zu. Meyer lächelte zurück und wandte sich dann nach links, wo der älteste Teil des größten jüdischen Friedhofs in Europa lag. Schnell konnte man sich hier unter den hohen Bäumen und wuchernden Sträuchern völlig verlieren. Viele der Grabstätten waren gänzlich verwildert und von Efeu zugewachsen. Meyer liebte diesen Friedhof, vor allem im Winter, wenn die Äste noch kahl und die Tage trüber waren. Es war ein verwunschener und romantischer Ort der Vergänglichkeit, voller Trauer und Melancholie.

Menschen waren kaum zu sehen, nur ein paar Vögel zwitscherten zwischen versteckten und verfallenden Marmorstelen herum, offenbar damit beschäftigt, sich für die Brutzeit neue Nester zu bauen.

Vor dem Aschrott-Mausoleum, einem wuchtigen Grabtempel aus rotem Granit, wartete ein älterer Herr im grauen Mantel. Auch er hatte sich die Kippa gespart und trug einen eleganten Hut. Er schien es eilig zu haben und sah immer wieder auf die Uhr.

Zügig ging Meyer auf ihn zu. »Ein außergewöhnlicher Tag, nicht wahr?«

»Seltsam, wo es doch hätte regnen sollen«, beantwortete der Herr im grauen Mantel die Parole und drückte Meyer erfreut die Hand. »Ist Ihnen jemand gefolgt?«

»Nein«, Meyer lächelte, »ich bin wohl nicht mehr wichtig genug.«

»Umso besser. Gehen wir ein Stück?«

»Gern«, nickte Meyer und gab die Richtung vor. Dabei erläuterte er kurz, dass er nicht erst seit dem Zusammenbruch des Warschauer Vertrages kompromittierende Unterlagen über verschiedenste politische Akteure sammle. Dabei unterstütze ihn ein gut funktionierendes und verborgenes Netzwerk aus zuverlässigen Genossen, die weiterhin auf ihren Posten seien und hervorragende Arbeit machten. »Das war schon im Rahmen der sogenannten GAU-Planung des Ministeriums für Staatssicherheit aufgebaut worden, um auch aus der Illegalität heraus noch agieren zu können. Wir nutzen diese gute Infrastruktur nun für verschiedene Operationen. Derzeit macht uns die Lage auf dem Balkan große Sorgen. Unserer Ansicht nach rasen dort bezüglich des Kosovo zwei Züge aufeinander zu, die, lassen sie sich nicht rechtzeitig stoppen, unweigerlich kollidieren werden.«

»Mit gravierenden Auswirkungen für uns alle«, pflichtete der Herr im grauen Mantel bei und fügte hinzu, dass er über den jugoslawischen Geheimdienst SDB möglicherweise aktuelle Informationen besorgen könne, die Meyer interessieren dürften. »Sagt Ihnen die Organisation ›Saphir‹ etwas?«

»Durchaus«, antwortete Meyer, »Drogen gegen Waffen. Ein illegales Geschäft, in das höchste amerikanische Regierungskreise verwickelt sein sollen.«

»Saphir war von Anfang an auf dem Balkan aktiv«, erläuterte der Herr im grauen Mantel, »insbesondere auch im jüngsten Fall. Im Kosovo.«

»Das habe ich mir gedacht.« Meyer schnippte mit seinem Gehstock einen kleinen Kiesel beiseite. »Wir haben seit geraumer Zeit Hinweise, dass sich die UÇK mit Drogengeldern finanziert.«

»Nicht nur mit Drogen«, sagte der Herr im grauen Mantel und klang verbittert, »auch Mädchenhandel und Schutzgelderpressung. Dort gibt es Figuren, denen ist nichts zu schmutzig. Ich nehme an, für Sie ist in diesem Zusammenhang vor allem die spezielle Verbindung der CIA zur UÇK interessant.«

»Absolut.« Meyer sah den anderen interessiert an. »Was haben Sie für mich?«

»Den Kopf von Saphir. Er sitzt direkt hier in Berlin. Amerikanische Botschaft. Deshalb wollte ich Sie treffen. Nur Sie können damit etwas anfangen.«

Das war ein Hammer! Meyer spürte, wie Adrenalin durch seine Adern schoss. Als wollte er sich von einer steilen Klippe in unbekannte Tiefen stürzen. Der Kopf von Saphir in Berlin. Unglaublich.

»Ich könnte Ihnen aktuelle Informationen zu einem ganz konkreten Fall zuspielen«, setzte der Herr im grauen Mantel hinzu. »Damit können Sie ihm die Schlinge um den Hals legen. Aber nur, wenn Sie mir versprechen, sie nicht allzu fest zuzuziehen.«

»Natürlich nicht«, erwiderte Meyer, »wir brauchen den Mann noch.« Wichtig war nur, dass er ihn an den Eiern zu fassen bekam. Um zuzudrücken, wenn es notwendig würde. »Wie komme ich an Ihre Informationen ran?«

»Wir schicken Ihnen einen Kurier.« Der Herr im grauen Mantel sah sich genau um, bevor er weitersprach. »Der muss anschließend in Sicherheit gebracht werden. Startkapital, neue Identität et cetera.«

»Wie viel?«

»Hundertfünfzigtausend. Nicht mehr.«

Meyer nickte. Das ließ sich machen. »Wann?«

Der Herr im grauen Mantel wiegte den Kopf. »Das kann ich nicht genau sagen. Es herrscht Krieg im Kosovo, wir wissen nicht, wie schnell der Kurier dort herauskommt.«

»Die Zeit drängt«, mahnte Meyer.

»Ich weiß. Deshalb verzichten wir auf einige Vorsichtsmaßnahmen. Der Kurier dürfte daher, wenn er hier eintrifft, in höchster Gefahr sein. Sie müssen dann schnell handeln.«

»Ich tue, was ich kann«, versprach Meyer. »Wie verbleiben wir?«

»Ich melde mich, sobald der Kurier eingetroffen ist.« Der Herr im grauen Mantel sah erst auf seine Armbanduhr und dann Meyer an. »Oder haben Sie Ihren Briefkasten schon geschlossen?«

»Ich werde ihn für Sie wieder öffnen.«

»Vielen Dank. Ich muss jetzt!« Er hielt Meyer die Hand hin. »Auf Wiedersehen!«

»Ich habe zu danken!« Meyer schlug ein. »Wiedersehen.«

13

»PSST! AUFWACHEN! Na, los!«

Irgendwer rüttelte sie heftig wach. Verwirrt schlug Amra die Augen auf. Sie brauchte einen Moment, um sich zurechtzufinden. Noch immer war sie in der Mansarde des Gjakova Motels. Und noch immer war es Nacht.

»Du musst weg hier«, flüsterte eine Stimme, »schnell!«

Jetzt erst sah sie den jungen Mann an ihrem Bett. Sehr jung, noch keine zwanzig Jahre alt. Hastig richtete sie sich auf. »Was ist los?«

»Du musst weg hier«, wiederholte der junge Mann, »Udar hat herausgefunden, dass du von der Presse bist. Er hat das Schild in deinem Wagen gefunden.«

Oh nein, dachte Amra. Sie musste wirklich vorsichtiger werden. Normalerweise war das Schild ganz nützlich. Ein weißes Plastikteil mit der Aufschrift »ПРЕСА – PRESSE«, das man hinter die Windschutzscheibe klemmen konnte. Damit kam man überall durch. Aber jetzt schien nichts mehr normal.

»Komm endlich!« Der Junge zog sie vom Bett. »Die müssen gleich hier sein.«

Amra nahm den Rucksack mit ihrer Fotoausrüstung und folgte dem Jungen die Treppe hinunter.

Draußen knatterten entfernt Hubschrauber. Dumpfes Krachen, wie von Explosionen.

Von der Straße her waren schwere Fahrzeuge zu hören. Sie stoppten direkt vor dem Haus. Dann fielen Schüsse.

»Wir gehen besser über den Hof«, flüsterte der junge Mann, »übrigens, ich bin Bogdan.«

»Amra«, gab sie zurück.

»Bogdan Stepanović«, er schob sie durch eine schmale Tür auf den Hof, »merk dir den Namen! Nur für den Fall, okay?«

»Okay«, flüsterte Amra, obwohl sie nicht wusste, für welchen Fall sie sich den Namen des Jungen merken sollte. Aber zum Nachfragen war jetzt keine Zeit, denn hinter ihnen stürmten aufgeregt Männer ins Haus, deutlich hörte man ihre Stimmen und immer wieder Schüsse.

Die Hubschrauber kamen dröhnend näher, ihre Bordkanonen ratterten drauflos, zerfetzten Hausdächer und Fassaden. Und wieder gab es Explosionen.

»Teufel noch mal«, fluchte Bogdan, »die werden Gjakova dem Erdboden gleichmachen.«

Eine Leuchtrakete stieg über dem Motel in den sternenklaren Nachthimmel. Für einige Sekunden war der Hof in gleißend helles Licht getaucht. Amra sah windschiefe Ziegenställe, eine offene Garage mit einem altersschwachen Traktor, Stapel von Getränkekisten und leeren Kartons, umherflatternde Hühner, die von den Schüssen aus dem Schlaf gerissen wurden und aufgeregt gackerten.

»Okay, hier lang!« Bogdan zog Amra hinter sich her, immer

im Schatten der Gebäude bleibend, zu einem Moped. »Kannst du damit fahren?«

»Nein!« Amra zuckte zusammen, da im Haus jetzt eine Granate explodierte. Kurz darauf stolperten Männer auf den Hof, einige von ihnen waren verwundet.

»Steig auf!« Bogdan trat den Anlasser durch. »Na los, mach schon!«

Amra setzte sich auf den Sozius, als der Motor aufjaulend ansprang.

»Hey, die hauen ab«, rief irgendwer. Erneut fielen Schüsse.

Bogdan ließ die Kupplung kommen. Mit einem Satz nach vorn schoss das Moped vom Hof auf eine ungepflasterte Seitenstraße.

Eisiger Fahrtwind kniff Amra ins Gesicht. Dann sah sie die Hubschrauber über Gjakova kreisen. Offenbar beschossen sie die verschneite Stadt mit ihren Maschinengewehren und Bordkanonen. Und von unten aus den Häusern wurde wild zurückgeschossen.

»Wer ist Udar?«, rief Amra. »Was passiert hier überhaupt?«

»Udar ist der militärische Chef hier«, gab Bogdan zurück, »du bist praktisch direkt in eine geheime Kommandozentrale der UÇK gerannt! Und jetzt denken sie, du hättest die Hubschrauber hergelockt.«

»Ich hab wirklich gedacht, das wäre ein Motel!«

»Offiziell ist es das auch.« Bogdan bog in einen Feldweg ein und knatterte auf eine Hügelkette zu. »Nur Gäste verirren sich hierher kaum. Und dann kommst du und erzählst, du wolltest zum Skifahren. Dachtest du wirklich, dass dir das jemand glaubt?«

Einer der Hubschrauber richtete seinen Suchscheinwerfer direkt auf ihr ohne Licht über das Feld hoppelndes Moped.

»Runter!« Bogdan stoppte abrupt, zerrte Amra vom Sitz und schob sie vor sich her auf eine Gruppe niedriger schneebedeckter Sträucher zu.

Fast im selben Augenblick gab es eine mächtige Detonation. Ihre Druckwelle schleuderte Amra mehrere Meter weiter in den Schnee, kurz darauf fuhr ein heißer Feuerball über sie hinweg und verglomm in der kalten Nachtluft.

Dann war Stille. Amra hörte nichts mehr, ihre Ohren waren wie taub. Benommen richtete sie sich auf, starrte entsetzt auf das brennende Moped.

Wie in Zeitlupe kam der Lärm zurück, dumpf die fernen Schüsse, das sehr nahe Knattern des Hubschraubers wie durch Wasser.

Und wo war Bogdan? Verdammt, der war doch eben noch direkt hinter ihr?

»Bogdan?« Sie rappelte sich auf, sah sich nach allen Seiten um. »Bogdan!«

Ein paar Meter weiter lag er im Schnee.

»Bogdan!« Amra stolperte zu ihm, doch da war nichts mehr zu machen. Sein Körper, mit dem er sie vor der Explosion hatte schützen wollen, war völlig zerfetzt, der Rücken aufgerissen, eine einzige klaffende Brandwunde.

Erneut fing der Lichtkegel des Hubschraubers Amra ein, er war direkt über ihr und so tief, dass er den Schnee um sie herum aufwirbelte.

»Nicht«, rief sie, hob die Hände und sah verzweifelt auf, »oh Gott, nicht schießen! Wir sind Zivilisten!« Amra schwenkte hilflos die Arme, genau wissend, dass alles verloren war.

Das war nun das Ende. Kovač hatte recht gehabt. Sie hätte nie hierherfahren dürfen. Hier herrschte Krieg, und Amra würde nie begreifen, warum und wer gegen wen.

»Wir sind doch nur Zivilisten«, wiederholte sie schluchzend und sank hemmungslos weinend vornüber in den Schnee, »wir haben nichts getan …«

Doch wen interessierte das noch? Niemanden.

14 »SCHEISSE, MANN!« Durch Staub und Dreck und Dunkelheit starrt mich ein besorgtes Augenpaar an. »Ist Ihnen was passiert?«

Aua, denke ich, aua, aua, aua. Sicher habe ich ein zerschmettertes Rückgrat, wenigstens fühlt es sich so an. Trotzdem kann ich mich etwas aufrichten und mein Feuerzeug aus der Hosentasche ziehen. Ich lasse es aufschnappen und leuchte damit nicht nur das besorgte Augenpaar mir gegenüber an, sondern erhelle auch etwas den finsteren Raum, in dem wir uns befinden. Ich zucke fast zusammen vor Schreck. Von wegen Raum, das ist eine riesige unterirdische Halle.

»Wo sind wir?«

»U-Bahnhof Kleistpark«, erklärt das Ampelmännchen, »wo sonst?«

Alles klar. Das hier ist ein apokalyptischer Traum, denn der vorhin noch so belebte U-Bahnhof hat sich in eine düstere Endzeit-Höhle verwandelt. Hier fahren keine Züge mehr, denn es gibt nicht einmal Schienen im Gleisbett, die Wände sind unverputzt, blanke Kabelstränge sind zu sehen, Anzeigetafeln und Signale sind auch verschwunden, genau wie die Fahrgäste. Wir sind offenbar die einzigen Menschen hier.

»Kleistpark«, wiederhole ich heiser und huste, denn meine Lungen sind voller Staub. »Was ist passiert?«

»Na, Mensch, Sie sind runtergefallen.« Das Ampelmännchen zeigt mir eine staubige Betonschräge, die nach oben ins düstere Nichts führt. »Von der Treppe da.«

Der Begriff Treppe ist übertrieben. Zwar gibt es am Rande der Schräge eine behelfsmäßige Holzstiege, aber die habe ich im Dunkeln wohl verfehlt.

»Ursprünglich sollte da mal eine richtige Treppe hin«, erklärt das Ampelmännchen.

»Ist aber nicht«, stelle ich fest.

»Nee. Die haben den Bahnhof ja nie fertig gebaut.«

»Wieso?« Ich verstehe überhaupt nicht, was los ist. »Vorhin war doch alles ganz in Ordnung. Da fuhren sogar noch Züge.«

»Ja, oben.« Das Ampelmännchen zeigt in die Höhe. Und wie zur Bestätigung hört man tatsächlich eine U-Bahn durch höher gelegene Tunnel röhren. »Das ist hier aber der untere Bahnsteig. ’ne Bauruine sozusagen. Noch nie was von der Phantomlinie gehört?«

Nee. Aber ich bin auch nicht so der U-Bahn-Freak.

»Linie 10 sollte von ganz oben im Nordosten, Weißensee, bis ganz unten in den Südwesten nach Lichterfelde fahren. Das wär's echt gewesen, Mann!« Das Ampelmännchen fängt an zu schwärmen. »Einmal quer durch die deutsche Kapitale. Fast sechzig Kilometer unterirdisch. Irre!«

Wie man's nimmt, denke ich, unter Tage sieht man von der Stadt nicht allzu viel.

»Was die hier wieder für Geld verbaut haben!« Das Ampelmännchen steht auf und breitet die Arme aus. »Millionen, für nichts und wieder nichts. Aber das ist typisch für Berlin, das ist soo typisch.« Er sieht mich prüfend an. »Geht's wieder?«

Na ja. Ich fühle mich zwar völlig zerschlagen, kann mich aber aufrappeln. Staubig stehen wir uns gegenüber, das Ampelmännchen und ich.

»Was rennen Sie mir auch hinterher? Ist ziemlich gefährlich, wenn man sich hier unten nicht auskennt.«

»Ist auch gefährlich, wenn man oben die Kreuzung lahmlegt.«

»Nein, ist es nicht«, erwidert das Ampelmännchen entschieden, »jedenfalls nicht für die Fußgänger. Und die haben ja wohl auch ein paar Rechte!« Fragend sieht er mich an. »Werde ich jetzt verhaftet?«

Ich winke ab. Für Verkehrsdelikte ist eine andere Abteilung zuständig. »Nicht, wenn Sie mir sagen, wo ich Olgagolga finde.«

»Olgagolga? Deswegen machen Sie so 'nen Aufriss?« Das Ampelmännchen weicht skeptisch etwas zurück. »Was haben die denn verbrochen?«

»Nichts. Ich wollte denen nur ein paar Fragen stellen.« Mein Feuerzeug geht aus, und wir sind wieder im Dunkeln.

»Ich bin nicht sicher, ob die Ihnen Fragen beantworten wollen.«

»Das werden wir ja sehen. Also: Wo sind die?«

Keine Antwort.

»Denen passiert nichts.«

Es ist so stockfinster, dass ich das Feuerzeug in meiner Hand nicht mehr sehen kann. Vergeblich versuche ich, ihm noch eine Flamme zu entlocken, aber das Gas ist alle.

»Wie gesagt, ich will nur etwas fragen«, wende ich mich wieder an das Ampelmännchen. »Und ich kann Olgagolga nicht zwingen, zu antworten, verstehen Sie? Wenn die nicht wollen, gehe ich wieder. Ganz einfach.«

Stille.

»Ampelmännchen?«

Keine Reaktion.

»Hey! Was ist los?« Ich tappe im Dunkeln umher. »Wo sind Sie?«

Das Ampelmännchen antwortet nicht. Stattdessen höre ich plötzlich entfernt Hünerbein rufen.

»Sardsch? Bist du hier irgendwo?«

»Ja. Hier unten.« Ich will noch hinzufügen, dass er auf die nicht oder nur halb vorhandene Treppe aufpassen soll, da poltert und flucht es auch schon mächtig, und der Kollege kommt mir direkt vor die Füße geplumpst.

»Autsch! Was, verdammte Scheiße, ist das hier?«

»Die Phantomlinie.«

Ein fetter Sack wie Hünerbein fällt immer weich. Als ich ihm aufhelfen will, ist er schon wieder auf den Beinen.

»Eine was?«

Sieh an, er hat sogar eine kleine Taschenlampe dabei. So eine Art Schlüsselanhänger. Hektisch leuchtet er damit herum.

»Sieht aus wie ein nicht fertiggestellter U-Bahnhof.«

»Ja, für die Linie 10«, gebe ich meine frisch erworbenen Kenntnisse weiter. »Von Weißensee bis Lichterfelde.«

»Die reinste Geldverschwendung.«

»Hat Ampelmännchen auch gesagt.« Ich sehe mich um, aber er ist nirgends zu entdecken. »Offenbar ist er mir entwischt.«

»Sag bloß, du hattest ihn!« Man sieht Hünerbein an, wie sehr er es missbilligt, wenn man einen schon gestellten Delinquenten wieder entkommen lässt. »Was hat er gesagt?«

»Nicht viel.«

»Wissen wir, wo Olgagolga steckt?«

»Nein.« Ich hebe bedauernd die Hände. »Herrgott, Harry! Es ist stockdunkel hier drin, und das Gas von meinem Feuerzeug ist alle. Die Gelegenheit hat er genutzt.«

»Du solltest dir auch so eine kleine Lampe besorgen«, rät Hünerbein. »Für alle Fälle.«

»Mach ich.«

»Wir sind genauso schlau wie vorher.« Hünerbein kann so vorwurfsvoll klingen.

Aber er hat unrecht. »Wir wissen, was die Phantomlinie ist.«

»Aber das nutzt uns nichts, Sardsch.« Er läuft herum und leuchtet jeden Winkel ab. »Du hättest Ampelmännchen nicht laufen lassen dürfen.«

»Ich sage doch, er ist mir entkommen.«

»Das ist genauso schlimm.« Der Lichtstrahl seiner kleinen Taschenlampe bleibt an einem Haufen Gerümpel hängen. Plastiktüten, Essensreste, leere Schnapsflaschen. Daneben in einer unverputzten Nische liegen eine abgewetzte, völlig verdreckte Matratze und darauf ein alter Daunenschlafsack.

»Ah«, macht Hünerbein, »ist da jemand drin?« Interessiert geht er näher heran und tritt mit dem Fuß gegen den Schlafsack. »Hey! Aufwachen!«

Und tatsächlich bewegt sich der Schlafsack ein wenig.

»Aufstehen«, insistiert Hünerbein. »Hier spricht die Polizei!«

Es grunzt und stöhnt. Ein Ruck geht durch den Schlafsack. Dann taucht ein verschmutztes, runzliges Gesicht daraus hervor und blinzelt müde in das Licht der Taschenlampe. »Wat? Polizei?«

»Polizei«, bekräftigt Hünerbein, »Kriminalpolizei.«

Der Runzlige setzt sich auf und zieht die Beine unters Kinn. »Kripo?«

»Kripo«, nickt Hünerbein.

Der Runzlige greift, hektischer werdend, nach seinen Schnapsflaschen, doch die sind alle leer.

»Wir hätten nur ein paar Fragen«, beruhige ich ihn.

»Kripo, so 'ne Scheiße!« Der Runzlige schnappt sich seine Plastiktüten und erhebt sich. »Ick bin weg. Tschüss!«

»Hiergeblieben!« Hünerbein stellt sich ihm streng in den Weg.

»Wat wollnse denn von mir?« Der Runzlige fühlt sich in die Enge getrieben und presst verzweifelt seine Tüten an sich. »Jehnse weiter, ick bin jar nicht da.«

»Sie stehen ziemlich real vor uns.«

»Da täuschense sich jewaltig«, erwidert der Runzlige abwehrend, »wer keene Meldeadresse hat in diesem Land, keen Konto und keen Personalausweis, der existiert nich, klar?«

»Sagen Ihnen zufällig die Namen Holger und Olga was?« Ich bemühe mich um einen freundlichen, zuvorkommenden Ton. »Genannt Olgagolga?«

»Nee, zufällig sagt mir det überhaupt nüscht.« Der Runzlige starrt uns feindselig an. »Und ooch sonst weeß ick nich, wovonse reden. Und nun machense 'ne Fliege! Ick hab nüscht jetan.«

Hünerbein und ich sehen uns an. Der Typ weiß wahrscheinlich wirklich nichts. Ein verwirrter, obdachloser Trinker, den wir aus dem Schlaf gerissen haben.

»Schon gut«, lenkt Hünerbein ein und macht den Weg frei. »Wir gehen. Trotzdem vielen Dank.«

»Wartense!« Plötzlich hält er mich am Arm fest. »Lassense 'n bisschen Kleinjeld da?«

Ich gebe ihm mein letztes Fünfmarkstück und folge Hünerbein hinaus.

Staubig und leicht derangiert kommen wir wieder ans Tageslicht.

Auf der Kreuzung ist der Teufel los. Eine Truppe Trommler hat sich auf die Mittelinsel gesetzt und schlägt karibische Rhythmen an. Junge Leute tanzen ausgelassen dazu. Familien schieben ihre Kinderwagen quer über die Straße. Irgendwer malt mit bunter Kreide ein Herz und die Worte »Liebe statt Abgase« auf den Asphalt. Zwei Mädchen stellen Blumenkübel mitten auf die Fahrbahn, irgendjemand trägt noch eine Parkbank hinzu.

»Vielen Dank«, sagt Hünerbein und setzt sich schnaufend. »Was für ein Tag!«

»Schön« finde ich das und setze mich neben ihn.

»Ja.« Hünerbein lehnt sich zurück. »Das ist wirklich schön.«

Immer mehr Menschen nehmen die Kreuzung in Besitz. Liebespaare küssen sich, andere hocken sich zum Kiffen auf die Straße. Vom Petite Europe tragen sie Liegestühle heran. Kinder tollen herum und essen Eis, während sich drum herum um die idyllische Insel die Autos kilometerweit stauen und alle paar Augenblicke ein wütendes Hupkonzert aufbrandet.

15 IN DER NACHT SCHÜTTETE ES wie aus Kannen. Seit einer Stunde schon wartete Meyer in seinem Audi A8 auf dem Parkplatz hinter der Radrennbahn am Sachsendamm, während der Regen aufs Autodach pladderte.

Gegen einundzwanzig Uhr hatte er den Anruf auf seinem »Briefkasten« erhalten, einem Handy mit einer anonymen Prepaidkarte. Normalerweise benutzte Meyer Prepaidkarten immer nur einmal. Doch diesmal hatte er eine Ausnahme gemacht und die Karte wie auch die Nummer beibehalten. Nur für diesen einen Anruf.

»Der Adler ist gelandet. Parkplatz Radrennbahn, in einer Stunde.«

Meyer hatte lächeln müssen. Der Titel des Bestsellers von Jack Higgins konnte nur eines bedeuten: Der Kurier war endlich in Berlin. Und er wollte sich eine Stunde später mit ihm treffen.

Doch inzwischen war es zweiundzwanzig Uhr dreißig durch und der Kurier noch immer nicht aufgetaucht.

Mist! Da war was schiefgegangen. Unruhig trommelte Meyer mit den Fingern auf dem Lenkrad herum. Natürlich war etwas schiefgegangen, wie immer bei wichtigen Dingen. Kleine, nervige Nebensächlichkeiten ohne jede Priorität funktionierten dagegen stets tadellos. Wenn sich Susannes bekloppte Tante Amalie aus Ulm anmeldete, zum Beispiel. Da kam nie etwas dazwischen, die stand immer zuverlässig und pünktlich in der Küche, um einen mit ihren unsinnigen Ansichten vollzutröten. Etwa bei der dämlichen Frage, warum die WMF-Suppenlöffel im Werksverkauf bei Geislingen günstiger waren als anderswo auf der Schwäbischen Alb. Als wenn das irgendeine Sau auf diesem Planeten interessieren würde!

Aber wenn es um die wirklich wichtigen Sachen im Leben ging, um den Weltfrieden oder die Rettung der Menschheit, dann gab es immer Probleme, dann kam immer etwas dazwischen, und deshalb war die Welt auch so, wie sie war: eine elende Hölle voller Armut, Hunger und Krieg.

Normalerweise wäre Meyer jetzt aus dem Wagen gestiegen und ein paarmal drum herumgelaufen, um durch die Bewegung seine Nerven zu beruhigen. Aber bei dem Regen wäre er binnen einer Minute durchnässt, und einen Schirm hatte er nicht dabei. Also blieb er im Auto sitzen und trommelte weiter und zunehmend nervöser auf dem Lenkrad herum.

Wie lange sollte er noch warten? Eine weitere Stunde? Zwei? Oder war es jetzt schon zu viel?

Verdammt, er brauchte diese Information. Der Kopf von Saphir in Berlin, das war genau das, was er gesucht hatte. Der Joker, um das Spiel zu drehen. Drei Monate hatte ihm Lefèvre gegeben. Das war knapp. Da war es schon besser, wenn man noch einen Joker in petto hatte.

Achtung! Meyer reckte den Hals, denn eben fuhr ein Wagen auf den fast leeren Parkplatz und hielt ein Stückchen weiter gegenüber. Das musste der Kurier sein. Wer sonst fuhr um diese Zeit auf einen einsamen Parkplatz zwischen Schrebergärten und einer verlassenen Radrennbahn?

Meyer wartete ein, zwei Minuten, und als nichts passierte, gab er sich mit Lichthupe zu erkennen.

Doch der Kurier reagierte nicht.

Herrgott noch mal, war der schwer von Begriff, oder was? Meyer gab noch mal Lichthupe. Und noch mal! Na, haste jetzt verstanden?

Endlich! Jemand stieg aus dem Wagen. Ungewöhnlich war, dass er eine halb heruntergelassene Hose trug, wütend mit dem Stinkefinger drohte und irgendwas von »Spanner« rief. Und die halb nackte Frau auf dem Beifahrersitz war auch seltsam, oder?

Nein, war es eigentlich nicht, überlegte Meyer, gar nicht. So ein Blowjob auf einem einsamen Parkplatz war nüchtern betrachtet völlig normal. Gewöhnlicher jedenfalls, als auf einen SDB-

Kurier mit geheimen Informationen zu warten. Ein Kurier, der dann noch nicht einmal auftauchte.

Vielleicht war hier ja eher er selbst der Verrückte. Vielleicht verlor er langsam den Verstand. Vielleicht …

Das hektische Klopfen an der Seitenscheibe ließ ihn fast aufschreien vor Schreck. Aber er riss sich zusammen, atmete tief durch und ließ dann die Seitenscheibe einen Spalt herunter, um in das feuchte Gesicht einer jungen Frau zu starren. »Was wollen Sie?«

»Konnen wirrr uns den Urrrlaub leisten?«

»Was?«

Das lange Haar klebte ihr im Gesicht, und sie sprach einen starken Akzent ohne Umlaute.

»Konnen wirrr uns den Urrrrlaub leisten?«, wiederholte sie.

Ach so! Endlich begriff Meyer. Das war die Parole. »Ja«, gab er die vereinbarte Antwort, »aber nur, weil heute Sonntag ist.« Er entriegelte die Beifahrertür. »Na los, steigen Sie schon ein!«

Die junge Frau setzte sich triefend neben ihn.

»Sie kommen spät«, stellte er vorwurfsvoll fest. »Halb zehn war vereinbart.«

Sie trug eine patschnasse Fliegerjacke aus nachtblauer Fallschirmseide und zitterte erbärmlich. »Sie sind hinterr mirr herr«, bibberte sie, »ich werrden verrfolgt.«

»Von wem?« Meyer sah sich hektisch um. »Wer ist hinter Ihnen her?«

»Nicht hierr«, schlotterte sie, »ich entkommen.«

»Es hat Sie hier niemand gesehen?« Dennoch startete Meyer den Motor.

»Nein.«

Na hoffentlich, dachte Meyer. »Wir fahren trotzdem besser ein Stück. Für alle Fälle.«

Er lenkte den Wagen zur Ausfahrt, sah aufmerksam links und rechts auf die Straße. Kein Auto zu sehen. Meyer gab Gas und fuhr auf die Stadtautobahn Richtung Innenstadt. Da war mehr Verkehr, da konnte man besser entkommen, falls doch irgendwer hinter ihnen her war.

»Haben Sie die Unterlagen?«, erkundigte er sich.

»Du machen mir neue Passporrt«, entgegnete sie und drehte die Heizung im Wagen auf.

»Dafür brauche ich deinen alten Pass.« Er sah sie von der Seite an. »Vor allem das Foto darin.«

Sie griff in ihre nasse Jacke und holte ihren aufgeweichten Reisepass hervor. »Савезна Република Југославија«, stand in kyrillischen und lateinischen Buchstaben drauf, »Savezna Republika Jugoslavija«, dazu das Wappen mit dem Doppelkopfadler.

Meyer prüfte das Passbild. Es war einigermaßen gut erhalten und sogar in Farbe.

»Okay«, sagte er, »daraus lässt sich was machen. Vier Tage, dann hast du einen neuen Pass.«

»Ich nicht kann warrten«, flüsterte sie noch immer zitternd, »sie mich suchen. Sie mich finden.«

»Berlin ist groß«, erwiderte Meyer und blinkte an der Konstanzer Straße rechts raus. »Du musst ein paar Tage untertauchen und gut. Was ist jetzt mit den Unterlagen?«

»Was ist mit Geld?«

Meyer öffnete das Handschuhfach. »Hundertfünfzigtausend, wie vereinbart.« Allmählich nervte es ihn. »Ich erfülle meinen Teil«, wieder sah er sie an, »und du?«

Sie griff sich wieder in die Jacke und zog einen zermatschten Umschlag heraus.

»Das ist nicht dein Ernst, oder!« Meyer latschte auf die Bremse, dass der Wagen kreischend stehen blieb. »Das Zeug ist ja völlig unbrauchbar!«

Sie holte einen feuchten Bogen Papier aus dem Umschlag und besah ihn sich im Licht der Straßenlaternen. »Man kann lesen das.«

»Nicht ich!« Er nahm ihr den Bogen ab und schaute ihn sich verärgert an. »Ich kann kein Serbisch. Wolltest du nicht auch Fotos mitbringen?«

Sie griff wieder in den Umschlag und nahm einen ganzen Stapel heraus.

Meyer blätterte die Bilder oberflächlich durch. Ah ja, das gefiel ihm. Das gefiel ihm sogar sehr. Da waren einige Typen drauf, denen man mit diesen Bildern ordentlich Feuer unterm Arsch machen konnte.

»Siehst du, damit kann ich was anfangen«, lobte er sie, »wirklich sehr gut, das ist genau der Joker, den wir brauchen.« Er entriegelte die Beifahrertür. »Da vorn ist ein U-Bahnhof. Tauch für ein paar Tage ab.« Er nahm den Umschlag mit dem Geld aus dem Handschuhfach und legte ihn ihr auf den Schoß. »Das ist deins. Mach was draus!«

»Errst ich brrauche neues Passporrt.«

»Ich weiß«, sagte Meyer und wedelte mit ihrem alten Pass. »Aber der muss erst hergestellt werden. Das dauert ein bisschen.« Er gab ihr das Prepaidhandy. »Da rufe ich dich an. Nicht verlieren, hörst du?« Jetzt erst bemerkte Meyer ihre schönen, irisierenden Augen. Fast violett. Er lächelte. »Seit wann beschäftigt der SDB so hübsche Mädchen, mhm?«

»Wo ich mich kann verrstecken?«

»Verstecken reicht nicht«, erklärte Meyer mit Nachdruck und sah sie eindringlich an, »nicht, wenn sie schon hier in Berlin hinter dir her sind. Du musst verschwinden, verstehst du? Lös dich in Luft auf! Mach dich unsichtbar!« Er zeigte ihr einen Obdachlosen, der, in seinen Schlafsack gewickelt, in einem Hauseingang schlief, und wiederholte: »Mach dich unsichtbar.«

16 »SO, HERR KNOOP, wie fühlen Sie sich heute?« Die Ärztin sieht mich prüfend an. »Alles in Ordnung?«

»Bestens«, antworte ich um Zuversicht bemüht, obwohl mich schon dieser ärztliche Blick total nervös macht. Mit freiem Oberkörper stehe ich im Behandlungszimmer und sehe zu, wie mir die Schwester eine Manschette um den Oberarm legt und dabei erklärt, dass diese sich tagsüber alle fünfzehn Minuten aufblasen wird, um den Blutdruck zu messen, und nachts alle dreißig Minuten.

»Was, nachts muss ich das Ding auch umbehalten?« Das darf nicht wahr sein!

»Aber ja«, bekräftigt die Schwester begeistert, »darum geht es ja: Wir müssen wissen, ob und wie sich Ihr Blutdruck im Ruhezustand absenkt. Das ist keine konstante Größe, so ein Blutdruck.«

Na super! Wie soll ich da vernünftig schlafen?

»Bei Ihnen besteht der Verdacht auf einen gestörten Tag-Nacht-Rhythmus«, setzt die Ärztin hinzu.

Ja, was glaubt die denn? Ich bin Bulle. Natürlich ist dieser Rhythmus gestört. Wir arbeiten häufig nachts, auch rund um die Uhr. Deshalb ist mir Schlaf ja auch so wichtig.

»Wie sieht denn Ihr Tag heute aus?«

»Tja, erst mal ins Büro«, antworte ich, »wir haben da gerade so einen Fall von einer Obdachlosen, die gestern tot im Tiergarten aufgefunden wurde. Da müssen wir natürlich ermitteln, was da passiert ist. Das bedeutet Nachforschungen, Zeugenbefragungen und so weiter. Jede Menge Routine.«

»Routine ist wunderbar«, findet die Ärztin. »Wir brauchen für derartige Messungen einen ganz normalen Tagesablauf. Sie bekommen einen Protokollbogen, auf dem Sie genau notieren, was Sie um welche Zeit gemacht haben. Auch die Ruhephasen tragen Sie bitte ein …«

»Totale Überwachung, oder was?«

»Wenn Sie so wollen«, sagt die Ärztin und lacht, obwohl bei mir von Wollen keine Rede sein kann. »Aber es ist ja auch für Ihre Gesundheit.«

Die Schwester schnallt mir jetzt eine Art Walkman um die Hüfte. »Das ist das Messgerät. Sehr robust, wurde in der Raumfahrt getestet. Aber Sie sollten schon etwas darauf aufpassen, denn es ist recht teuer. Also keine Prügeleien mit Gangstern, bitte.« Sie kichert albern.

»Völlig kann ich das nicht ausschließen«, erwidere ich ernst, »man weiß nie, was so ein Tag bringt.«

»Keine Sorge«, beruhigt mich die Ärztin, »ich kann Ihnen versichern, dass so eine Langzeitmessung vollkommen risikolos ist.«

»Aber wissen das auch die Verbrecher?« Ich betone noch einmal, dass ich diese Messung lieber an einem dienstfreien Tag gemacht hätte.

»Ich sage doch, wir brauchen einen normalen Alltag für die Messung.« Die Ärztin bleibt unerbittlich. »Es wäre sinnfrei, Ihnen das Ding umzuschnallen, und Sie liegen den ganzen Tag in der Sonne, verstehen Sie?«

Jaja, ist ja gut. Ich habe verstanden. Ich muss das Ding jetzt vierundzwanzig Stunden tragen und mich wie ein normaler Beamter benehmen. Mal sehen.

»Kann ich mich jetzt anziehen?«

»Momentchen noch!« Die Schwester schaltet das Gerät ein, und schon fängt die Manschette surrend an zu pumpen, dass mir fast der Arm abfällt. »Wir wollen doch erst mal sehen, ob alles funktioniert. Aber das sieht gut aus.«

Ich spüre förmlich, wie der Blutdruck gemessen wird. Vollautomatisch, der Fortschritt macht vor nichts halt.

»Wenn das Gerät misst, bitte den Arm möglichst ruhig in Herzhöhe halten«, erklärt die Ärztin.

Also doch kein normaler Tag. »Und wenn ich gerade beim Autofahren bin und lenken muss?«

»Dann wird das Gerät seine Messung wiederholen.«

Na, das kann was werden.

»Hundertsechsundsiebzig zu hundertzwo«, liest die Schwester ab, »na, das geht ja gut los bei Ihnen, mein lieber Scholli.«

»Ist nur die Aufregung.« Endlich darf ich mich anziehen.

»Gut, Herr Knoop.« Die Ärztin reicht mir erst den Protokollbogen und dann die Hand. »Schön alles notieren. Wir sehen uns morgen. Dann befreie ich Sie wieder. Wiedersehen.«

»Wiederschaun«, sage ich und mache, dass ich wegkomme.

Auf der Straße besorge ich mir am nächsten Kiosk ein neues Wegwerffeuerzeug und stecke mir eine Zigarette an. Großartig! Dann nehme ich noch einen Kaffee und mache mich anschließend auf den Weg in die Dienststelle.

»Die Tote war zwischen fünfundzwanzig und dreißig Jahre alt und hatte Wasser sowohl in der Lunge als auch in der Speiseröhre und dem Verdauungstrakt.«

Die Kollegen sitzen schon alle im abgedunkelten Besprechungszimmer unserer Dienststelle in der Keithstraße und schauen sich per Diawand nur sehr schwer erträgliche Fotos an. Sie zeigen die in der Rechtsmedizin obduzierte Leiche aus dem Landwehrkanal.

»Was schlussfolgern wir daraus?«

Professor Dr. Hubertus Graber, unser »Totengräber« genannter langjähriger Rechtsmediziner, vergisst gern, dass er, wenn er seine Gutachten vor unserer Mordkommission vorträgt, nicht bei seinen Studenten ist.

»Na, Matuschka?« Aufmunternd sieht er den Oberkommissar an. »Was meinen Sie?«

»Dass die Tote ertrunken ist?«

»Das ist unmöglich, Matuschka.« Graber schüttelt missbilligend den Kopf. »Völlig unmöglich, und ich will Ihnen auch erklären, warum: Tote atmen nicht, können also nicht ertrinken. Die fallen einfach nur ins Wasser, wie ein Sack Kartoffeln. Diese junge Frau hier war selbstverständlich am Leben«, er wechselt das Bild auf der Diawand, »und zudem bei vollem Bewusstsein, als sie ertrank.«

Wieder wechselt das Bild.

»Ihre Hände waren, das kann man hier sehr gut sehen, auf dem Rücken mit Kabelbinder fixiert, sodass sich die Frau unmöglich hätte selbst retten können. Sie hatte dort keine Chance. Zumal eine Selbstrettung bei den schwierigen Strömungsverhältnissen am Wehr auch geübten ungefesselten Schwimmern schwerfallen dürfte.«

Die Diawand zeigt ein Foto vom Wehr, während sich mein Blutdruckmessgerät gut vernehmbar sirrend einschaltet und die Manschette am Oberarm aufbläst. Ich halte meinen Arm in Herzhöhe, es sieht fast wie ein Hitlergruß aus. Einige Kollegen schauen verwundert, aber ich reagiere nicht drauf.

»Die Wassertemperatur am Wehr beträgt derzeit sechs bis sieben Grad, normalerweise tritt der Tod durch Ertrinken in so kaltem Wasser immer nach Unterkühlung ein«, erklärt der Professor derweil weiter. »Doch unser Opfer war wie gesagt bei vollem Bewusstsein. Darauf deuten die Wasserrückstände vor allem im Verdauungstrakt hin. Tja …« Er schaltet den Diaprojektor aus und das Licht wieder ein. »Tragisch.«

Die Kollegen blinzeln erleichtert in die plötzliche Helligkeit. Einige lehnen sich mit blassen Gesichtern zurück.

Graber sieht gespannt in die Runde. »Fragen?« Offenbar fällt ihm mein gestreckter Arm auf. »Sie, Knoop?«

»Ja«, antworte ich, während die Luft wieder aus der Manschette entweicht und ich den Arm sinken lassen kann, »und zwar nach dem Todeszeitpunkt.«

»Früher Morgen«, erwidert der Totengräber, »so gegen zwei, drei Uhr. Genauer lässt sich das nicht verifizieren. Insgesamt lag die Leiche etwa fünf bis sechs Stunden im Wasser, länger nicht.«

»Vielen Dank.« Ich schreibe es mir auf. »Gibt es Anzeichen für einen Kampf? Hat sich die Tote gewehrt, bevor sie …?«

»Noch einmal zum Mitschreiben, Knoop«, unterbricht mich Graber unwirsch und signalisiert die Grenzen seiner Geduld mit einem deutlich vernehmbaren Seufzer. »Tote wehren sich nicht, das können sie gar nicht, denn sie sind ja tot.« Er schaut mich an wie ein lernunwilliges Kind. »Ich denke, Ihre Frage zielt darauf ab, ob sich die Frau *vor* ihrem Tod gewehrt hat. Und darauf kann ich nur antworten, natürlich hat sie das! Jeder wehrt sich gegen das Ertrinken. Nur hatte diese Frau keine großen Chancen, da ihre Hände ja, wie bereits erwähnt, gefesselt worden sind.«

»Und vorher?« Ich lasse mich durch die oberlehrerhafte Art nicht unterkriegen. Damit hat mich der Totengräber früher zur Weißglut bringen können, inzwischen lässt mich das kalt. Oder etwa nicht? Schon möglich, dass sich mein Ärger jetzt anders äußert, denn die Manschette bläst sich sirrend wieder auf. Notgedrungen muss ich den Arm erneut heben. »Hat sich das Opfer vorher gewehrt? Gegen das Fesseln der Hände zum Beispiel?«

»Gut möglich«, antwortet Graber, »und sogar wahrscheinlich. Allerdings haben wir dafür noch keine ermittlungsrelevanten Hinweise feststellen können. Diverse Analysen laufen aber noch.

So könnte es zum Beispiel sein, dass es unter den Fingernägeln des Opfers Fremd-DNA gibt. Doch solange wir das nicht wissen, müssen wir davon ausgehen, dass die Hautabschürfungen und Hämatome an der Leiche auch beim Fall ins Wehr oder postmortal, also erst nach Eintritt des Todes, entstanden sein können.«

»Aha. Vielen Dank.« Pfffft, entweicht die Luft aus der Manschette.

»Aber gern, Herr Knoop.« Der Professor wendet sich den Übrigen zu. »Gibt es weitere Fragen?« Er wartet einen Moment ab, und ich hoffe nur, dass das Blutdruckmessgerät jetzt einfach mal ruhig bleibt. »Das ist offenbar nicht der Fall.« Graber lächelt in die Runde. »Dann danke ich für Ihre Aufmerksamkeit, meine Herren …«, er stockt, sein Blick bleibt auf Mareike Basler hängen, »… meine Dame. Ich darf mich empfehlen.«

»Wir haben zu danken, Herr Professor, wir haben zu danken!« Kriminaloberrat Dr. Edmund Palitzsch erhebt sich und fasst zusammen: »Ich stelle fest: Wir haben eine weibliche Tote, fünfundzwanzig bis dreißig Jahre alt, vermutlich aus der Obdachlosenszene …«

»Entschuldigen Sie«, mischt sich der Totengräber wieder ein, »dazu hätte ich noch eine Anmerkung.«

»Bitte, Professor, nur zu!«

»Lange kann die Frau nicht obdachlos gewesen sein.« Graber setzt seine Brille ab und beginnt, sie umständlich zu putzen. »Ich darf darauf hinweisen, dass ich in den langen Jahren meiner Tätigkeit für die Rechtsmedizin schon viele, zu viele Treber auf dem Seziertisch hatte und mir daher ein Urteil erlaube. Aber diese Tote war für ein längeres Leben auf der Straße einfach zu gepflegt.«

Das kann ich nicht bestätigen. »Als ich sie am Abend zuvor noch lebend traf, hatte sie ziemlich fettiges Haar.«

»Nicht fettiges Haar, mein lieber Knoop«, der Professor setzt sich die Brille wieder auf, »es war vielmehr gegelt.«

»Gegelt?« Nicht nur ich, auch die Übrigen machen verwunderte Gesichter. »Wie meinen Sie das?«

»Sie hatte eine entsprechende Substanz in ihren Haaren«, erklärt der Totengräber, »ein Haarpflegemittel, das konnten wir eindeutig nachweisen. Zudem fehlten auch die übrigen Anzeichen einer längeren Wohnsitzlosigkeit wie Läuse, Schuppen, schmutzige Fingernägel et cetera, ich wiederhole daher: Lange kann die Frau vor ihrem Ableben nicht auf der Straße gelebt haben. Dies nur als Hinweis für die weiteren Ermittlungen. Einen guten Tag noch für Sie alle!« Er grüßt kurz, schnappt sich sein Arztköfferchen und verlässt den Raum.

Da könnte was dran sein, überlege ich, denn auch der Lispelnde vom Alex hat davon gesprochen, dass die Lumpenjule neu dort war und »noch keinen festen Platz« hatte.

»Vielleicht ist sie vorher irgendwo rausgeschmissen worden?« Hünerbein sieht mich an. »Sagtest du nicht, sie sei Russin gewesen?«

»Ja, vielleicht«, antworte ich schulterzuckend. »Ostblock halt.«

»Also noch mal«, erhebt Palitzsch wieder das Wort, »wir haben eine weibliche Leiche, fünfundzwanzig bis dreißig Jahre alt, vermutlich aus Osteuropa, die noch nicht lange auf der Straße lebte. Wir wissen weiterhin, dass sie gefesselt ins Wehr der Unterschleuse am Landwehrkanal geraten und dort bei vollem Bewusstsein ertrunken ist.« Er sieht auf. »Haben wir Hinweise zur Identität des Opfers? Hatte sie Papiere dabei?«

»Leider nicht.« Jürgen Damaschke von der Spurensicherung bedauert. »Keine Ausweise, kein Führerschein, nichts.« Er schlägt eine Kladde auf und liest daraus vor. »›Zum Zeitpunkt ihres Auffindens trug die Tote einen älteren Daunenmantel der Marke Moncler, der offenbar vor knapp einer Woche in einem Secondhandladen in der Hermannstraße gekauft worden ist. In einer der Seitentaschen steckte noch das Preisschild.‹«

»Ja, der Laden muss sofort überprüft werden«, unterbricht Palitzsch. »Vielleicht kann sich dort jemand an die Käuferin erinnern und weiß Genaueres.«

»Die weitere Kleidung waren graue Levi's-Jeans, ein T-Shirt und ein Wollpullover sowie Unterwäsche von Calvin Klein.« Damaschke sieht von seiner Kladde auf. »Die wirkte relativ neu, genauso wie die Socken. Das könnte ebenfalls ein Hinweis sein, dass sich die Tote noch nicht lange im Obdachlosenmilieu bewegte.«

»Tote bewegen sich nicht im Obdachlosenmilieu, mein lieber Jürgen«, äfft Hünerbein den Rechtsmediziner nach, »die können sich gar nicht bewegen, denn die sind ja tot!«

»Geschenkt, Leute, geschenkt«, ruft Damaschke in das allgemeine Gelächter hinein und wendet sich wieder seiner Kladde zu. »Ein kleiner Hinweis zum Kabelbinder, mit dem die Tote gefesselt war: Die gibt's zwar in jedem Baumarkt, aber Baumärkte haben Überwachungskameras. Diese könnten wir eventuell sichten, wenn ich mehr Leute bekomme. Vielleicht haben wir Glück.«

»Wissen Sie, wie viele Baumärkte es in der Stadt gibt?« Palitzsch winkt ab. »Das ist eine Sisyphusarbeit, auch mit mehr Leuten. Wie viele wollen Sie denn?«

»Keine Ahnung, mir reichen ein paar Dutzend Anwärter und Praktikanten. Die müssen ja nur Filmchen gucken.«

»Na, ich schau mal, was sich machen lässt. Sonst noch was?«

»Interessant ist auch dieser Schlüssel«, Damaschke hält einen kleinen Bartschlüssel hoch, »der zu einem Schließfach oder so etwas gehören könnte. Leider gibt es keinen Anhänger dazu, der Hinweise darauf geben könnte, woher dieser Schlüssel stammt. Sie trug ihn an diesem Band«, Damaschke zeigt uns ein grün-gelb gestreiftes Schlüsselband, »um den Hals. Der Schlüssel muss also für das Opfer eine gewisse Wichtigkeit gehabt haben.«

»Dann sollten wir schleunigst herausfinden, zu welchem Schloss dieser Schlüssel gehört.« Palitzsch sieht Damaschke fragend an. »Wie war denn allgemein die Spurenlage vor Ort?«

»Unübersichtlich«, antwortet Damaschke, »wir analysieren das noch. Immerhin konnten wir am Bahnviadukt in Tatortnähe einen Schlafsack sowie eine Isomatte sichern. Beides könnte die«, er sieht Hünerbein an, »*spätere* Tote genutzt haben. Aber auch das werten wir noch aus.«

»In Ordnung.« Palitzsch wendet sich an uns. »Zeugen?«

»Zwei junge Frauen«, antwortet Hünerbein, »haben die Tote beim Joggen entdeckt. Ihnen ist weiterhin ein Mann mit einem rosa Fahrrad aufgefallen, der sich vom Tatort entfernt hat, obwohl sie ihn auf die im Wasser treibende Leiche aufmerksam gemacht haben. Eine äußerliche, nicht sehr konkrete Beschreibung des Mannes liegt bei den Akten.«

»Sowohl der Bereich des Bahnviaduktes«, mischt sich Mareike Basler ein, »wie auch Teile des Tiergartens werden von Obdachlosen oft zum Übernachten genutzt. Wir haben entsprechende Befragungen angestellt, aber niemand will dort etwas bemerkt haben.«

»Und um Mitternacht«, melde ich mich zu Wort, als die Manschette wieder anschwillt, »war die Frau noch am Leben. Da habe ich sie auf dem Bahnhof Alexanderplatz getroffen. Sie wollte mir dort die verlorenen Schulsachen meines Sohnes zurückgeben. ›Lumpenjule‹ wurde sie dort genannt.«

»Na, Mensch, Knoop, immerhin!« Palitzsch ist begeistert. »Und? Wie war sie? Was hat sie für einen Eindruck gemacht?«

»Tough, zielstrebig, selbstbewusst. Keine Drogen, kein Alkohol. Jedenfalls hab ich davon nichts bemerkt. Sie sprach schlecht Deutsch mit starkem osteuropäischem Akzent und hatte irre Augen.«

»Irre Augen?«

»Nicht im Sinne von ›verrückt‹«, verbessere ich mich, »sondern von ›auffällig‹. Die Pupillen schimmerten fast lila.«

»Lila?«

Ich nicke. »Ja. Violett. Das fand ich bemerkenswert.«

»Dann muss das auch anderen aufgefallen sein«, erwidert Palitzsch. »Sonst noch was?«

»Sie war sportlich, konnte gut rennen.«

»Wieso?« Palitzsch versteht nicht. »Ist sie vor Ihnen geflohen?«

»Wir hatten eine kleine Auseinandersetzung. Es ging um den Ranzen meines Sohnes.«

»Wir haben dort bereits erste Ermittlungen angestellt«, rettet mich Hünerbein vor weiteren Schilderungen meiner nächtlichen Abenteuer. »Es könnte sein, dass die Frau Russin war und auf den Namen Olga gehört hat.«

»Olga?« Palitzsch wendet sich an mich. »Ich denke, sie hieß Lumpenjule?«

»Ja, aber das ist ja kein korrekter Name«, sage ich. »Heute wurde uns in diesem Zusammenhang eine Olga genannt.« Die Luft aus der Manschette entweicht.

»Angeblich war sie immer mit einem Holger zusammen«, ergänzt Hünerbein.

»Holger?« Palitzsch beugt sich ungeduldig vor. »Und wie weiter?«

»Nichts weiter«, Hünerbein zuckt bedauernd die fetten Schultern, »Nachnamen wussten die da auch nicht.«

»Muss ein enges Pärchen gewesen sein«, setze ich hinzu, »Olga und Holger. In der Szene nennen sie sie Olgagolga.«

»Olgagolga?«

»Na, weil doch die Russen kein ›H‹ aussprechen können.«

»Stimmt«, pflichtet mir Matuschka bei. »Statt ›Heinrich Heine‹ sagen sie ›Geynrich Geyne‹, statt ›Goethe‹ sagen sie ›Getge‹. Und ›Adolf Hitler‹ ist ›Gitler‹ oder ›Chrritler‹.« Er könnte sicher noch mehr Beispiele aufsagen, wird aber vom Kriminaloberrat gestoppt.

»Danke, Matuschka, ich hab's verstanden.« Er kratzt sich nachdenklich am Hinterkopf. »Damaschke, Sie machen weiter in der Kriminaltechnik. Verfolgen Sie jede Spur, auch die allerkleinste.« Dann wendet er sich mir zu. »Knoop, kümmern Sie sich um den Schlüssel und den Secondhandladen in der Hermannstraße! – Hünerbein«, wieder dreht er den Kopf, »Sie befragen Tafeln, Obdachlosenheime und auch die Asylantragsstellen, vielleicht finden wir ja da was. Und stellen Sie eine Verbindung zum Bundesgrenzschutz her, irgendwie muss diese Russin ja ins Land gekommen sein.« Er stockt und schaut Mareike Basler an. »Sind Sie uns für den Fall zugeordnet worden?«

»Vorerst ja.« Sie nickt eifrig. »Ich könnte mich um den Mann mit dem rosa Fahrrad kümmern.«

»Sehr gut, machen Sie das. Gleichen Sie auch die Fotos der Toten mit unserer Datenbank ab.«

»Bin schon unterwegs.« Mareike Basler macht sich sofort auf den Weg. Auch Hünerbein und ich packen unsere Sachen zusammen.

Unterdessen wendet sich Palitzsch Beylich und Matuschka zu. »Gibt's was Neues im Harteneck-Fall?«

»Die Gattin hat die Queen Elizabeth Two im Hafen von Hongkong verlassen«, antwortet Matuschka, »außerplanmäßig. Ich weiß nicht, aber es sieht so aus, als hätte die sich abgesetzt.«

»Dann hat sie Wind von unseren Ermittlungen bekommen?«

»Wer weiß«, überlegt Beylich laut, »die Schmidt-Harteneck ist gut vernetzt in der Stadt. Hat Verbindungen bis in den Senat hinein. Sie könnte gewarnt worden sein, etwa von ihren Mitarbeitern im Bauamt. Die haben ja mitgekriegt, dass wir uns auffällig für die Unterlagen des Grundstücks im Westend interessieren.«

»Und? Ist dabei etwas rausgekommen?«

»Auf dem Grundstück stand eine Ruine aus dem Zweiten Weltkrieg. Der Abriss wurde mit Hinweis auf eine Expertise zum Denkmalschutz abgelehnt. Diese stützte sich auf ein entsprechendes Gutachten einer DOMIZIL-Immobiliengesellschaft, das sich im Nachhinein als falsch erwiesen hat. Interessant ist der Geschäftsführer der DOMIZIL: ein Herr Siegbert Meyer. Interessant deshalb, weil der im Zusammenhang mit dubiosen Grundstücksgeschäften zum Nachteil der Bundesrepublik auch schon mal im Knast gesessen hat.«

Bssssst, macht die Manschette und klemmt meinen linken Oberarm fast völlig vom Blutkreislauf ab. Regt mich das jetzt besonders auf? Schon möglich, denn Beylich redet von Siggi, Monikas Ex-Mann. Was hat der mit dem Harteneck-Fall zu tun?

»Zudem waren die Schmidt-Harteneck und dieser Meyer auch mal geschäftlich enger verbandelt«, erzählt Beylich weiter. »Da ging es um mehrere mit alten Villen bebaute Grundstücke aus städtischem Besitz in Grunewald, die Meyer günstig erwerben und luxussanieren wollte. Kann sein, dass er sich mit dem gefälschten Gutachten für saftige Preisnachlässe bedanken wollte.«

Aha, denke ich. Siggi mauschelt schon wieder. Der kann einfach nicht anders. Aber im Harteneck-Fall geht es um einen Mord. Damit kann Siggi zwar nicht direkt zu tun haben, denn 1987 stand die Mauer noch, und er war weit drüben im Osten mit Monika verheiratet. Aber dennoch sollte ich mal mit ihm über diese Sache reden. Bevor er sich weiter die Finger schmutzig macht.

»Gehen wir?« Hünerbein stößt mich an. »Nach diesen Leichenbildern sollte ich dringend was essen.«

Ich nicht. Aber ich muss einen ruhigen Routinetag machen, das verlangt schon mein Blutdruckmessgerät, und da gehören regelmäßige Mahlzeiten dazu.

»Gehen wir«, wiederhole ich zustimmend, während die Luft aus der Manschette entweicht, und will schon mit Hünerbein den Raum verlassen, da pfeift uns Palitzsch zurück.

»Ach, Moment noch, Hünerbein! Haben Sie endlich nachgedacht?«

»Worüber?«

»Sie wollten sich distanzieren«, mahnt der Kriminalrat, »und zwar bald.«

»Ich wollte mich distanzieren?« Hünerbein hat manchmal eine etwas längere Leitung. »Wovon?«

»Na, Mensch!« Palitzsch platzt gleich. »Von diesem antiamerikanisch-verschwörungstheoretischen Aufruf der Kritischen Polizisten natürlich! Dieser unausgegorenen Suppe bezüglich des Kosovokonflikts!«

»Stimmt, Sie haben recht«, nickt Hünerbein. »Darüber wollte ich nachdenken. Mach ich. Wenn wir hier fertig sind.« Er klopft mir auf die Schulter. »Komm, Sardsch! Wir haben zu tun.«

17

»NAME?«

»Den habe ich Ihnen doch schon dreimal genannt.«

»Dann nennen Sie ihn mir eben ein viertes Mal.«

Sie saßen in einem kellerartigen Gewölbe. Unverputztes Mauerwerk halb unter der Erde. Kein Fenster. Nur eine nackte Glühbirne, deren trübes Licht auf den schmalen Tisch zwischen ihnen fiel.

Der Mann in der Uniform der jugoslawischen Militärpolizei war kaum älter als sie.

»Also?«

»Milicević«, antwortete sie, »Amra.«

Erschöpft lehnte sie an der Wand, müde und blutverschmiert. Aber es war nicht ihr eigenes Blut, sondern das eines Jungen, der sie hatte retten wollen und dafür mit dem Leben bezahlt hatte. Ein Hubschrauber der Luftwaffe hatte ihn getötet. Kurz darauf war Amra von Soldaten der jugoslawischen Armee festgenommen worden. Nun hockte sie hier, seit Stunden schon, und wurde verhört. Die Offiziere wechselten, die Fragen blieben die gleichen.

»In Ordnung, Amra, gehen wir einmal davon aus, dass Ihre Angaben stimmen …«

»Sie haben meinen Pass«, regte sie sich auf, »Sie haben meinen Presseausweis. Und Sie haben meinen Führerschein. Und überall steht das Gleiche drin. Was bitte soll an meinen Angaben nicht stimmen?«

»Ich sagte ja, gehen wir einmal davon aus.« Der Militärpolizist tackerte mit seinem Kugelschreiber auf dem Tisch herum und sah sie prüfend an. »Was wollten Sie in Gjakova?«

»Ich hatte eine Autopanne.« Auch diese Frage hatte sie schon zigmal beantwortet. »Der verfluchte Wagen sprang nicht an!«

»Amra!« Er lächelte nachsichtig. »Bevor Ihr Wagen in Gjakova nicht anspringen konnte, muss er von Ihnen dorthin gefahren worden sein. Ich wiederhole also meine Frage: Was wollten Sie in Gjakova?«

»Nichts«, erwiderte Amra. »Mein Ziel war der Morina-Pass, doch eine Streife hat mich nicht durchgelassen. Also habe ich den Wagen in Gjakova stehen lassen und bin zu Fuß weiter.«

»Über die Felder?«

»Ja, über die Felder.« Sie wischte sich das wirre Haar aus dem Gesicht. »Durch den Schnee.«

»Was wollten Sie am Morina-Pass?«

»Herausfinden, wie die Waffen über die Grenze kommen.«

»Welche Waffen?«

»Die Waffen der UÇK. Ich wollte wissen, wie die zu ihren Waffen kommen. Ich wusste, dass die irgendwie über die Grenze geschmuggelt werden, und wollte darüber einen Artikel schreiben.«

»In welcher Zeitung?«

»SLOBODA LIRI. Sie erscheint dreimal wöchentlich in Priština.«

»Eine albanische Zeitung?«

»Serbisch und albanisch«, antwortete Amra, »wir kommen zweisprachig raus.«

»Und dieser junge Mann, der bei Ihnen war?«

»Der war nicht dabei.« Amra schüttelte den Kopf. »Den habe ich erst später kennengelernt, kurz bevor er starb.«

»Wissen Sie seinen Namen?«

»Bogdan«, antwortete sie. »Bogdan Stepanović. Aber wie gesagt, ich kannte ihn nicht. Der hat mich geweckt, um mich aus dem Motel rauszubringen. Weil dieser Udar hinter mir her war.«

»Udar Brahimi?«

»Keine Ahnung!« Amra hob die Hände. »Ich hab's Ihnen doch schon gesagt: Ich weiß überhaupt nicht, was da los war.«

»Aber natürlich wissen Sie das, Amra.« Der Militärpolizist notierte sich etwas. »Sie sind Journalistin. Sie wollen berichten.« Er sah sie an. »Was ja auch völlig richtig ist. Das ist die Aufgabe der Presse, nicht wahr?« Er grinste sie an wie eine brave Schülerin, die er gerade gelobt hatte. Dann wurde er wieder ernst und fragte: »Was haben Sie denn herausgefunden am Morina-Pass?«

»Lesen Sie meinen Artikel«, erwiderte Amra knapp.

»Das werde ich. Sofern er denn erscheinen kann.« Der Militärpolizist schob ihr ein Foto hin. »Was wissen Sie über diesen Mann?«

Amra sah sich das Foto an. Ein vergrößertes Passbild, das den Bärtigen aus dem Motel zeigte, der sie am Anfang so ziemlich unsanft angegangen war. Den Typen, den sie Udar nannten. »Ist das Udar Brahimi?«

Der Militärpolizist nickte. »Und?«

»Der war im Motel«, sagte Amra, »konnte gut Englisch.«

Prompt wurde ihr ein zweites Foto vorgelegt, das den Robert-Redford-Typen zeigte.

»Ja«, sagte Amra, »der war auch da. Ein Amerikaner, nehme ich an.«

»Name?«

»Weiß ich nicht.« Amra hob hilflos die Hände. »Ich meine, wir haben uns nicht begrüßt und gegenseitig vorgestellt. Ich bin da so reingeplatzt. Fanden die, glaube ich, nicht so gut.«

»Trotzdem haben Sie dort ein Zimmer bekommen.«

»Es ist ein Motel«, erwiderte Amra. »Die wollten den Schein wahren.«

»Sie haben sich nicht über die Dollars gewundert, die dort auf den Tischen lagen, und über die Drogen?«

»Drogen?«

»Erzählen Sie mir nicht, das wäre Ihnen nicht aufgefallen«, mahnte der Polizist. »Sie müssen gemerkt haben, dass dort etwas nicht stimmt!«

»Ja«, nickte Amra, »das war mir schon klar. Aber was sollte ich machen: Alarm schlagen? Die Polizei rufen? Das wäre mein sicherer Tod gewesen. Ich war froh, dass die mich in Ruhe gelassen haben.«

»Trotzdem sind Sie später aus dem Hotel geflohen.«

»Ja sicher!« Amra funkelte ihn sarkastisch an. »Weil Ihre Hubschrauber die Stadt angegriffen haben. Plötzlich saß dieser Junge an meinem Bett, Bogdan, und rüttelte mich wach.«

»Und weiter«, der Militärpolizist schrieb alles auf, »wie ging's weiter?«

»Ich müsste weg, hat er gesagt. Wegen Udar. Der hätte mein Presseschild im Wagen gefunden und wäre jetzt überzeugt, ich hätte die Hubschrauber in die Stadt gelotst.«

»Und? Haben Sie?«

»Quatsch! Wie denn?«

Der Militärpolizist starrte sie an. »In Ordnung, Amra«, sagte er nach einer Weile, »kommen wir nun zu Ihrer Fotoausrüstung. Mir ist natürlich klar, dass Journalisten Fotos machen müssen, darin sehe ich auch kein Problem. Seltsam erscheint mir nur, dass kein Film in Ihrer Kamera war.«

»Da war keiner, weil der mir von den Typen im Motel abgenommen wurde.« Amra tippte sich gegen die Stirn. »Gleich zu Anfang. Die haben sich als Allererstes die Kamera geschnappt und den Film rausgezogen. Die Bilder sollte wohl keiner sehen.«

»Verstehe.« Der Militärpolizist erhob sich und klopfte an die Tür. »Sie bekommen Ihren Rucksack und Ihre Fotoausrüstung zurück.«

Die Tür wurde von außen entriegelt.

»Kann ich jetzt gehen?« Amra stand ebenfalls auf.

»Ein Wagen wird Sie zurück nach Priština bringen«, antwortete der Militärpolizist, »alles andere wäre zu gefährlich.« Er nickte ihr zu. »Ich kümmere mich darum. Warten Sie einen Augenblick.«

Er verließ das Kellergewölbe. Von außen wurde die Tür wieder verriegelt, und Amra blieb allein zurück.

18 ALS ERSTES KÜMMERE ICH MICH um den Schließfachschlüssel, den man bei der Toten gefunden hat. Ich glaube zu wissen, woher der stammt. Intuition sozusagen. Man muss sich nur in die Lage einer Wohnsitzlosen versetzen, die ihren Schlafplatz an den S-Bahn-Bögen im Tiergarten hatte. Am Bahnviadukt, wie Damaschke es nannte. In einer solchen Situation habe ich meine wenigen Wertsachen natürlich nicht bei mir.

Wo also hin damit? Na? – Schließfach?

Genau, in ein Schließfach. Und wo gibt es die massenhaft? – Ganz in der Nähe?

Am Bahnhof Zoo, auch richtig. Eins, setzen!

Derart beschwingt von so viel kriminalistischer Kombinationsgabe mache ich mich umgehend auf den Weg. Es sind nur wenige Fußminuten von unserer Dienststelle in der Keithstraße bis zum Bahnhof, zumal ich den Weg durch den Zoologischen Garten nehme. Zwar müsste man dort Eintritt zahlen, aber ich zeige dem Pförtner am Elefantentor in der Budapester Straße meinen Dienstausweis, streng amtlich auf dringende kriminalpolizeiliche Ermittlungen verweisend, und komme auch so hinein.

Es ist ein ruhiger Spaziergang. Genau das Richtige für mein Blutdruckmessgerät. Gemächlich schlendere ich die große Hauptallee hinunter, vorbei am Raubtierhaus, an den Affen und Giraffen. Ich passiere rechts künstliche Felsblöcke mit irgendwelchen Bergziegen, verharre links zwei Messungen lang mit gestrecktem Arm bei den Elefanten und Lamas, und schon kann ich den artenreichsten Zoo der Welt am Löwentor wieder verlassen. Im Nachhinein muss ich feststellen, dass der Weg nicht wirklich kürzer ist als der über Budapester und Hardenbergstraße, aber ich habe ein paar Ampeln gespart.

Die nächste Enttäuschung lässt nicht lange auf sich warten, denn der Schlüssel passt nicht zu den Schließfächern am Bahnhof Zoo. Prompt pumpt sich die Manschette wieder auf, und mir wird von den Bahnbeamten an der Gepäckannahme erklärt, dass es sich durchaus um einen Schließfachschlüssel handeln könne, doch leider, leider …

Das Scheißding ist einfach zu klein, zu mickerig für ein echtes Bahnhofsschließfach. So viel zur kriminalistischen Intuition. Pfffft, macht die Manschette.

Entsprechend enttäuscht steige ich oben auf dem Bahnsteig in die S-Bahn-Linie 7, Richtung Ahrensfelde. Ich will zur Jannowitzbrücke und hätte auch die 5 nach Strausberg nehmen können, aber die 7 fährt zuerst ein.

An der Station Bellevue steigen Fahrkartenkontrolleure zu, irgendwelche Penner in Zivil, die aussehen, als wollten sie gleich Geiseln nehmen. Und das tun sie auch: Trotz meiner Erklärung, von Staats wegen kriminalistisch unterwegs zu sein, trotz meines Dienstausweises und der noch beeindruckenderen Polizeimarke sowie der zunehmend lauter vorgetragenen Drohung, diese Kerle wegen Behinderung wichtiger Mordermittlungen zur Verantwortung zu ziehen, bestehen sie auf einem gültigen Fahrschein. Ist das zu fassen? Die Manschette platzt gleich.

Und als wäre das noch nicht genug, zwingen sie mich am Lehrter Stadtbahnhof zum Verlassen des Zuges, um dort meine Personalien aufzunehmen.

Ich lache mich halb tot. Tatsächlich klingt es zunehmend hysterisch.

»Vollidioten«, brülle ich die Typen an, »reicht euch mein Dienstausweis nicht? Was wollt ihr denn noch?«

Ein erhöhtes Personenbeförderungsentgelt von sechzig Mark,

erwidern die zivilen Kontrolleure vollkommen unbeeindruckt, respektive den Personalausweis, um eine entsprechende Zahlungsanweisung ausstellen zu können.

Ich zittere vor Wut. Mein Blutdruck muss astronomisch sein. Und als ich mir zur Beruhigung eine Zigarette anzünden will, weisen mich diese Wichtigtuer von Wegelagerern darauf hin, dass das Rauchen auf dem Bahnsteig nicht erlaubt sei.

Ganz ruhig, sage ich mir. Gaaanz ruhig, Knoop. Ich muss meine Fäuste sehr tief in den Hosentaschen versenken, um diesen, diesen – für solche Gestalten fallen mir überhaupt keine geeigneten Schimpfwörter mehr ein –, diesen geisteskranken Kontrollettis nicht eins auf die Fresse zu geben.

»Wir machen auch nur unseren Job«, wird mir erklärt.

»Augen auf bei der Berufswahl«, erwidere ich grimmig, »oder soll ich jetzt heulen? Dafür, dass Sie nichts Anständiges gelernt haben?«

»Wollen Sie uns beleidigen?«

»Kann man das denn?« Zähneknirschend rücke ich meinen Personalausweis heraus, bekomme einen Strafzettel und darf mir einen Fahrschein ziehen, um mit der jetzt einfahrenden Linie 5 meine Fahrt fortsetzen zu können. Als die Manschette endlich wieder die Luft ablässt, ist mein Arm so gut wie abgestorben.

An der Haltestelle Jannowitzbrücke steige ich um. In die U-Bahn Richtung Hermannplatz.

Und als ich endlich vor dem Secondhandladen in der Hermannstraße stehe, hat der geschlossen. Es ist ja auch schon sechse durch, also nach achtzehn Uhr, und ganz offensichtlich nicht mein Tag. Die Manschette surrt sich an meinem Arm fest.

Okay, es muss auch solche Tage geben. Das muss man dann hinnehmen können. Oder einfach Feierabend machen.

Pffft, macht die Manschette.

19 GEOFFREY ALLISTER SIMMONS, ein gut durchtrainierter Mittvierziger in Smoking und Fliege, verließ den Empfang der American Academy am Berliner Wannsee sehr viel früher als geplant. Was ärgerlich war, gerade noch hatte sich Simmons so angeregt mit einer jungen Journalistin der WELT unterhalten, und es hätte durchaus mehr daraus werden können, als nur, ha-ha, der WELT die Welt zu erklären. *No matter*, egal, nun war's vorbei. Wegen eines dämlichen Anrufs aus dem Center for Strategic and International Studies, angeblich sei es dringend, es gehe um zukunftsweisende Strategien zur Befriedung des Kosovo. Als hätte man das nicht auch noch morgen besprechen können.

Natürlich wusste Simmons, das bei der Operation Allied Force derzeit so ziemlich alles schiefllief, was schieflaufen konnte. Die jugoslawische Luftabwehr schlug sich effektiver als erwartet. Es war ihr sogar gelungen, eine F-117 A Nighthawk abzuschießen, eigentlich vollkommen unmöglich, denn es handelte sich hierbei um einen hochmodernen, für den Radar unsichtbaren Stealth, einen Tarnkappenbomber. Das war ein Schock, damit hatte niemand rechnen können. Jetzt operierte die NATO sicherheitshalber nur noch aus sehr großer Höhe, was am Boden die Gefahr von Fehltreffern und Kollateralschäden erhöhte. Und nichts deutete darauf hin, dass Milošević einknicken würde, was intern Debatten nach sich zog, wie man weiter verfahren sollte.

Während man in den Planungsstäben weiter daran festhielt, den Serben die Scheiße aus dem Leib zu bomben, hatte Simmons diskret einen möglichen Einsatz von Bodentruppen ins Spiel gebracht. Wie sollte das sonst enden? Es gehörte zu den militärischen Binsenweisheiten, dass Kriege nicht allein aus der Luft zu gewinnen waren. Am Ende brauchte man immer schlagkräftige Einheiten am Boden. Die Frage war lediglich, welche Stärke und Ausrüstung diese Truppe brauchte.

Simmons ließ sich in den Fond seines Wagens fallen, eine Mercedes-S-Klasse aus dem Fuhrpark der US-Vertretung in der Neustädtischen Kirchstraße.

»Geht's schon zurück, Mister Simmons?«, fragte der Fahrer, »es ist noch nicht mal zehn Uhr.«

»Ja, da fängt der Spaß normalerweise erst an.« Simmons lockerte seine Fliege und seufzte. Die Kleine von der WELT war wirklich süß. Und er hatte nicht mal eine Handynummer von ihr. »Wissen Sie was Näheres?«

Der Fahrer schüttelte den Kopf. »Aber es sollen gestern so ein paar Typen vom NATO-Rat aus Brüssel eingetroffen sein.«

»Ja, und die wollen mich offenbar unbedingt heute noch sprechen.« Simmons zog sein Handy aus der Jackentasche. Er wollte hören, was genau los war, kam aber nicht mehr dazu, eine Nummer einzutippen, denn der Fahrer bremste plötzlich scharf ab.

»Was zum Teufel …?«

Vom Nymphenufer her war unvermittelt ein Lastwagen auf den Kronprinzessinnenweg gefahren und hatte gestoppt, sodass er direkt vor dem Mercedes die Fahrbahn versperrte. Gleichzeitig schnitt hinten ein dunkler Kastenwagen der Limousine den Rückweg ab.

Shit happens! Simmons war schlagartig hellwach. Solche Situationen waren nie gut, er kannte das aus dem Nahen Osten. So begannen Entführungen.

Instinktiv duckte er sich weg, doch schon wurde die Fondtür aufgerissen, und irgendwer zog ihm einen blickdichten Leinenbeutel über den Kopf. Dann wurde Simmons brutal aus dem Wagen gezerrt, und er dachte: *Fuck*, das *ist* eine Entführung!

Nur befand er sich hier nicht in Amman, Beirut oder Ramallah, sondern in Berlin. Und da stellte sich eine Frage besonders laut:

Was wollten diese Kerle von ihm?

Zunächst wurde ihm das Handy abgenommen. Dann führte man ihn zu einem anderen Wagen, in den er sich reinsetzen musste. Ein älteres Modell vermutlich, die Polster waren durchgesessen, und es roch nach Rauch und ungesäubertem Aschenbecher. Kein Mensch sprach ein Wort, bis auf Simmons Fahrer, der sich offenbar heftig wehrte und unverständliches Zeug auf der Straße herumbrüllte, bevor er, wahrscheinlich durch einen beherzten Faustschlag, zum Schweigen gebracht wurde. Autotüren klappten. Dann setzte sich der Wagen in Bewegung.

»Wohin bringen Sie mich?« Simmons stellte diese Frage zweimal. Einmal auf Englisch, dann auf Deutsch, bekam aber keine Antwort.

Und auch auf seinen Hinweis, dass er Diplomat der Vereinigten Staaten von Amerika sei, mithin eine Verschleppung seiner Person ein Verstoß gegen international gültige Verträge und das Völkerrecht, und dass diese Aktion darüber hinaus bislang nicht abschätzbare, aber sicher sehr schwere Konsequenzen für alle Beteiligten nach sich zöge, gab es keine Reaktion.

Als er schließlich das menschliche Leid ansprach, das sein Verschwinden bei seiner Frau und den Kindern verursachen würde, bekam er eine Kopfnuss und die kurze Aufforderung: »Halt's Maul!«

Deutsche, dachte Simmons beruhigt, na, Gott sei Dank. Wahrscheinlich waren es nur Linke. Kommunisten. Anarchisten. Amerika-Hasser. Er lehnte sich entspannt zurück. Deutsche waren auf jeden Fall besser als diese durchgeknallten Araber. Vermutlich hatten sie einen Plan, mit dem sie ihre bescheuerten, hochmoralischen und sicher sehr weltverbessernden Forderungen durchsetzen wollten: das Ende der Ausbeutung der Dritten Welt, Frieden in Nahost oder die Freiheit für irgendwelche politischen Gefangenen, die man in einem gottverlassenen Winkel dieser Erde zum Tode verurteilt hatte. *Anyway*, wer konnte das schon so genau wissen? Deutsche Entführer hatten immer etwas rührend Idealistisches an sich. Zwar konnten auch sie sehr gefährlich werden – man denke nur an die Terroristen der Roten Armee Fraktion –, vor allem aber waren sie romantische Phantasten, die etwas erreichen wollten. Und damit konnte Simmons umgehen. Das war schließlich sein Geschäft.

20 VSEVOLOD ABCHIJAKOW HATTE größere Schwierigkeiten, seine Entführung zu akzeptieren. Als Erster Sekretär für internationale Beziehungen an der Botschaft der Russischen

Föderation forderte er vor allem von den Deutschen besonderen Respekt, schließlich waren es die Russen gewesen, die dieses Volk erst von Hitler und dann aus der Teilung befreit hatten. Ohne russisches Einlenken, damals 1990, wäre die Wiedervereinigung nie möglich geworden. Und nun nahmen sie ihn gefangen. Eine Unverschämtheit war das, einfach nicht zu fassen!

Er hatte sich aus der Botschaft Unter den Linden in die Komödie am Kurfürstendamm fahren lassen, wo er privaten Geschäftsinteressen zuliebe ein furchtbar albernes Boulevardstück ertragen musste, dessen tieferer Sinn sich ihm auch nach einer halben Flasche Wodka nicht erschloss. Vermutlich gab es keinen.

Ratlos bestieg Abchijakow anschließend ein Taxi, das ganz offenbar keines war. Zwar war es blassgelb, zwar hatte es dieses Schild auf dem Dach, aber kaum hatte er auf der Rücksitzbank Platz genommen, wurde ihm unmissverständlich eine Waffe an die Stirn gehalten. Dann bekam er einen Sack über den Kopf, und der Fahrer fuhr mit durchdrehenden Reifen drauflos.

»Ich werde Sie allesamt erschießen lassen«, drohte Abchijakow zwar mit unverhohlener Wut, doch ohne echte Möglichkeit, seinen Worten Taten folgen zu lassen. »Sie kommen vor ein UN-Tribunal, ich lasse Sie sibirischen Tigern zum Fraß vorwerfen!«

Nutzte alles nichts. Diese Typen sprachen kein Wort mit ihm.

Der Wagen bretterte mit halsbrecherischer Geschwindigkeit durch die Stadt, doch schon nach fünf, vielleicht zehn Minuten verlangsamte sich das falsche Taxi wieder.

Abchijakow spürte, wie es eine Auffahrt hinunterging, dann hörte er das Geräusch einer Stahlschiebetür. Wahrscheinlich ein Garagentor. Was wollten diese Wahnsinnigen von ihm? Wem oder was hatte er etwas getan?

Gut, vor einigen Jahren war er in Tschetschenien eingesetzt gewesen, da war es durchaus möglich, dass sich irgendwelche Exilkaukasier für die gewaltsame Absetzung Dudajews rächen wollten. Aber warum erst jetzt? Das hätten die doch schon vor Jahren haben können, als der von Abchijakow initiierte Putsch Umar Awturchanows in Grosny so spektakulär scheiterte. Da stand es Spitz auf Knopf, da hätten sie ihn ohne Probleme vor eines ihrer altertümlichen Scharia-Gerichte stellen und umstandslos enthaupten können. Stattdessen hatten sie ihn laufen lassen.

Nein, das ergab keinen Sinn. Es musste um irgendetwas anderes gehen. Aber um was?

Der Wagen stand jetzt, die Türen wurden geöffnet, und Abchijakow sollte aussteigen. Aber er zögerte. Und dann wurde ihm klar, dass er Angst hatte. Furchtbare Angst, eines Russen sicher nicht würdig, aber er konnte nichts dagegen tun. Er zitterte am ganzen Körper.

»Genosse Abchijakow, bitte, beruhigen Sie sich und steigen Sie aus dem Wagen!«

Endlich sprach jemand mit ihm. Russisch mit deutschem Akzent zwar, aber das ging in Ordnung. Vsevolod Abchijakow sammelte sich und fragte dann auf Deutsch: »Wo bin ich?«

»In Sicherheit. Sie können den Sack jetzt abnehmen.«

Abchijakow zog sich den Leinenbeutel vom Kopf und sah sich verstrubbelt um. Ja, das war eine Tiefgarage. Außer dem Taxi stand noch ein weiteres Auto drin, ein Opel Omega älteren Baujahres, nichts Dolles. Außerdem zwei Männer mit Skimasken und ein auffallend gut gekleideter, seriös wirkender Herr, der ihn freundlich durch seine randlose Brille anlächelte.

Abchijakow starrte verblüfft zurück: »Meyer? Sie?«

»Es ist lange her, Genosse Abchijakow, nicht wahr?« Meyer lächelte noch breiter. »Aber ich freue mich, Sie wiederzusehen. Wirklich!«

»Meyer, was soll das?« Der Russe machte ein finsteres Gesicht. »Wieso lassen Sie mich entführen? Was wollen Sie?«

»Nur reden, Genosse Abchijakow. Ein kleines Gespräch für Frieden und Völkerfreundschaft.« Meyer stützte sich auf seinen Gehstock und deutete auf eine Tür. »Wenn Sie mir jetzt bitte folgen wollen.«

»Völkerfreundschaft, ja«, Vsevolod Abchijakow drückte sich aus dem Wagen, »machen Sie Witze? Völkerfreundschaft geht anders, Meyer. Da isst man schön gemeinsam, trinkt und singt. Aber man nimmt keine anständigen Menschen als Geiseln.«

»Ich bitte Sie, Genosse Abchijakow, Sie sind doch keine Geisel«, beteuerte Meyer mit ehrlicher Betroffenheit. »Und seien Sie versichert, dass wir die vorübergehenden Unannehmlichkeiten, die wir Ihnen bereiten mussten, aufrichtig bedauern. Aber anders ließ sich das Treffen nicht arrangieren.«

»Vorübergehend« klang schon besser. Aber »Treffen«? »Was für ein Treffen«, rief Abchijakow, »mit wem, zum Teufel, wollen Sie mich zusammenbringen?«

»Das werden Sie gleich sehen. Folgen Sie mir einfach.«

Es ging eine schmale Dienstbotentreppe hinauf in ein sehr prächtiges Treppenhaus. Kristallene Lüster hingen in der Galerie, offenbar befand man sich in einer sehr großzügigen Villa aus der Jahrhundertwende. Sie schien komplett renoviert zu sein, war aber nicht eingerichtet. Zwar gab es maßgefertigte, sehr schöne und sicher auch sehr kostspielige Einbauschränke. Auch die Beleuchtung war edel, aber ansonsten waren die großen, mit reichlich Stuck verzierten und durch große Flügeltüren verbundenen Räume leer. Lediglich im Kaminzimmer, das seinen Namen dem prachtvollen, mit Rose de Saxe eingefassten Kamin verdankte, war eine Tafel aufgebaut. Ein langer Tisch, schwarz lackiert wie ein Klavier, mit je zwei lederbezogenen Hepplewhite-Stühlen an den Längsseiten. Auf einem saß mit abwartender Miene ein amerikanischer Kollege, den Vsevolod Abchijakow von diversen internationalen Konferenzen und den Empfängen der Bundesregierung für das diplomatische Corps kannte. So eine Überraschung!

»Geoffrey Allister Simmons, na, sieh einer an!« Abchijakow setzte sich dem Amerikaner kampflustig gegenüber. »Stecken Sie etwa hinter der Sache?«

»Ich bin genauso unbedarft wie Sie, Mister Abchijakow«, versicherte Simmons, sichtlich um Coolness bemüht, »und hatte erst linksautonome Irre vermutet, aber angesichts dieser exklusiven Räumlichkeiten ...« Fragend starrte er Meyer an.

Der lächelte unverbindlich zurück und schnippte mit den Fingern. Zwei maskierte Kellner trugen Getränke herein.

»Zunächst einen Aperitif.« Meyer setzte sich auf einen dritten Hepplewhite-Stuhl an die Mitte des Tisches zwischen seine

»Gäste« und sah zu, wie eingeschenkt wurde. »Martini mit einem Schuss Wodka zur Einstimmung. Oder möchten Sie lieber Bourbon?«

»Wodka-Martini ist okay.« Simmons sah auf die Uhr. »Hören Sie, ich habe heute eigentlich noch ein wichtiges Treffen mit dem NATO-Rat, und …«

»Da muss ich Sie enttäuschen, Simmons«, unterbrach ihn Meyer. »Der Anruf war getürkt. Aber ich musste Sie ja irgendwie aus der American Academy locken, und da ich wusste, dass Sie sich sehr wichtig nehmen …«

»Wie alle Amerikaner!« Der Russe lachte dröhnend drauflos und hob sein Glas. »Darauf trinke ich!« Offenkundig versöhnte er sich zunehmend mit der Situation. Es gab zu trinken, und es sollte wohl auch noch etwas zu essen geben. Reichlich, wie die Gedecke auf dem Tisch vermuten ließen. Sie deuteten auf mehrere Vor- und Nachspeisen sowie mindestens zwei Hauptgänge hin.

Auch Meyer und Simmons hoben ihre Gläser. Letzterer zitterte etwas mit der Hand. Er trank schnell und setzte sein Glas rasch wieder ab.

»Gut, ich bin unwichtig«, sagte er dann. »Ein Punkt für Sie, aber was mache ich dann hier?«

»Nervös, Simmons?« Abchijakow weidete sich an der Unsicherheit seines Gegenübers. Sie ließ die eigene Furcht fast vergessen.

»Sie etwa nicht?« Geoffrey A. Simmons sah zu, wie die Vorspeise aufgetragen wurde. Italienisches Carpaccio, sehr fein angerichtet mit Parmesanspitzen auf einer Basis aus Rucola. »Wir werden aus unseren Verpflichtungen gerissen«, beschwerte er sich, »um hier in einer leer geräumten Villa mit einem unbekannten Mann zu speisen …«

»Das ist Meyer«, prahlte Abchijakow mit seinem Wissen, »war früher im Ostberliner Ministerium für Staatssicherheit aktiv. Zu guten alten Sowjetzeiten hatten wir mal miteinander zu tun, nicht wahr, Meyer?«

»Wir waren Verbündete.« Meyer nickte.

»Ach!« Simmons schrie es fast. »Und sind Sie das jetzt nicht mehr?«

»Ruhig Blut, Simmons.« Vsevolod Abchijakow verschlang sein Carpaccio. »Ich bin auch von ihm – wie sagt man bei Ihnen? – gekidnappt worden.«

»Und fressen trotzdem ohne Kummer drauflos«, Simmons sah skeptisch auf seinen Teller, »ohne zu wissen, ob das Carpaccio nicht vielleicht vergiftet ist!«

»Ich bitte Sie, Simmons!« Meyer tauschte seinen Teller gegen den des Amerikaners aus und begann, ebenfalls zu essen. »Ich brauche Sie noch. Insofern: Lassen Sie es sich schmecken!«

»Dann darf ich meine Frage wiederholen«, entgegnete Simmons kühl. »Was wollen Sie von uns?«

»Nun«, Meyer lehnte sich entspannt zurück, »zunächst lege ich Wert auf die Feststellung, dass ich keinerlei Feindschaft gegen Sie beide hege.«

»Noch nicht, Meyer«, grummelte der Russe, und der Amerikaner setzte drohend hinzu: »Wir werden Ihnen den Arsch aufreißen.«

»Daran besteht kein Zweifel.« Meyer winkte die maskierten Kellner heran, auf dass sie Wein einschenkten. »Vorher sollten wir aber unbedingt diesen vorzüglichen Chablis genießen. Er wird zu südafrikanischen Austern auf einem Zitronenmelisse-Meersalz-Sorbet gereicht. Sie sehen also, ich habe weder Kosten noch Mühen gescheut, Sie hier anständig zu bewirten.«

»Wirklich lecker«, fand Abchijakow, »den Partyservice müssen Sie mir unbedingt noch verraten, bevor Sie bei einem tragischen Autounfall ums Leben kommen.«

»Es könnte auch eine Gasleitung explodieren«, setzte Simmons hinzu. »Ich nehme an, es gibt hier Gas im Haus?«

»Sicher, gutes russisches Erdgas, aber ich wohne hier nicht.«

»Das kriegen wir raus, wo Sie wohnen, Meyer. Schneller, als Ihnen lieb ist.«

»Darf ich, bevor ich ganz sicher auf die eine oder andere Art und Weise sterben muss, auf Ihre eingangs mehrfach gestellte Frage eingehen? Der Frage nach dem Grund Ihres Hierseins?«

»Nur zu, Meyer!« Abchijakow probierte den Wein. »Vorzüglich! Wir sind gespannt.«

Meyer legte die Hände ineinander und blickte seine unfreiwilligen Gäste nacheinander an. Dann begann er zu erzählen.

21 ES IST IMMER DAS GLEICHE: Erst spät in der Nacht laufen die guten Filme. Ich liege entspannt auf der Couch, damit die Blutdruckmanschette auch mal eine Ruhephase messen kann, habe mir zur Zigarette einen uralten, sehr erdigen Single Malt eingeschenkt und schaue »Schöner Gigolo, armer Gigolo«, einen von der Kritik zu Unrecht verrissenen und fast vergessenen Streifen von David Hemmings aus dem Jahre 1979. Er spielt im Berlin der Weimarer Republik und gilt als letzter Film von Marlene Dietrich. Nostalgie pur.

Wir Berliner leben ja gern in unserer glorreichen Vergangenheit: Die Goldenen Zwanziger, als Berlin noch Megacity war, drittgrößte Stadt der Welt, Tanz auf dem Vulkan. In den Bars und Theatern experimentierten sie mit Drogen, Musik und expressiven Ausdrucksformen, jede Eckkneipe war eine Bühne, das politische Kabarett wurde geboren, und wegen der Inflation war Kokain allgemein akzeptiertes Zahlungsmittel. Das Leben ein einziger Rausch. Damals, so seufzen wir gern, da waren wir noch wer. Da war Berlin eine wunderschöne Frau, voller Wollust, verführerisch und gerissen, Sünde und Wohltat, Tragödie, Schmerz und höchstes Glück zugleich. Bis die Nazis kamen.

Die Hauptrolle in dem Film spielt übrigens David Bowie, der Ende der siebziger Jahre hier gleich ums Eck gewohnt hat, in der Hauptstraße 155, zusammen mit Iggy Pop. Damals entstand auch »Heroes« in den Hansastudios, die Hymne meiner späten Jugend; Liebe im Schatten der Mauer, »Helden für einen Tag«.

»Du bist noch wach?« Monika reißt mich aus meinen Gedanken, und es ist ihr sofort anzusehen, dass sie wütend ist, geladen wie eine Haubitze und ebenso feuerbereit. Sie wirft ihren Mantel auf die Couch, reißt sämtliche Fenster auf und zündet sich eine Zigarette an. »Scheiße!«

»Was war denn?«, erkundige ich mich vorsichtig, während im Fernsehen die olle Dietrich mit rauer Stimme das Lied vom armen Gigolo singt.

»Redaktionskonferenz«, faucht Monika, »die Transatlantiker haben gewonnen!«

Das ist so ein neues Lieblingswort von ihr. Transatlantiker. Damit meint sie jene gut vernetzten Journalisten, die laut Monika die öffentliche Meinung im Sinne der USA beeinflussen sollen. Bislang fand ich eigentlich nichts Schlechtes daran. Wir hätten es schlimmer treffen können, aber Moni rastet jedes Mal aus.

»Hier tobt ein Kampf um die Deutungshoheit«, regt sie sich auf, »objektiver Journalismus ist in diesem Land doch kaum noch möglich!«

Aber was ist schon objektiv? Gibt es sie überhaupt, die viel gepriesene Objektivität? Ist der Blick des Menschen auf die Welt, auf seine Umgebung nicht von vornherein subjektiv gefärbt? Ich sehe das doch immer bei unseren Zeugenbefragungen in der Dienststelle, wenn ein und derselbe Fluchtwagen mal rot, mal gelb und dann wieder als schwarz beschrieben wird. Jeder nimmt die Welt anders wahr. Wo ich ein volles Glas sehe, ist es für einen anderen schon fast leer. Nein, es gibt keine objektive Sicht. Man kann sich ihr nur anzunähern versuchen, indem man eine möglichst große Summe gegensätzlicher subjektiver Beobachtungen zu einem Vorgang sammelt und dann einen Mittelwert bestimmt. Oder regelmäßig den Blutdruck misst. Sssssst, macht das Gerät.

»Das Problem ist doch, dass schon unsere subjektiven Wahrnehmungen entsprechend eingefärbt werden sollen«, erklärt Monika verärgert, »wir werden auf Linie gebracht, Dieter! Alles wie früher. Mit Journalismus hat das nichts mehr zu tun. Eher mit Propaganda. Aber da mache ich nicht mit!«

Verstehe. »Du willst kündigen?«

»Quatsch! So schnell werden die mich nicht los.« Das Telefon klingelt, und Monika nimmt sofort ab. »Was!« Sie lauscht einen Moment, verzieht das Gesicht. »Wissen Sie, wie spät es ist? Na, warten Sie, ich geb Ihnen mal meinen Mann.« Sie reicht mir den Hörer, grinst. »Hab ich's nicht gesagt? Die teilen sich die Funde auf.«

»Hallo?« Verständnislos halte ich mir den Hörer ans Ohr. »Hier Knoop. Wer spricht?«

»Ick nehme ma stark an, detse nich Liam sind, wa?«

»Nee. Liam schläft um diese Zeit schon«, antworte ich. »Was wollen Sie denn von ihm?«

»Ja, wat will ick?« Die Stimme am Telefon klingt heiser und alt. »Ihm sagn, det ick sein Ranzn habe, wa?«

Sofort bin ich wie elektrisiert, die Manschette bläst sich auf. »Und jetzt wollen Sie einen Finderlohn?«

»Naa«, krächzt die Stimme gedehnt, »ick dachte so an 'n Hunni, wa? Is ja schließlich 'n teura Ranzn. For ju. Und niegelnagelneu, wie't aussieht.«

»Schon klar.« Hundert Mark scheint der Standardsatz für verloren gegangene Schulsachen zu sein. Aber mir geht noch etwas anderes durch den Kopf. »Können wir uns gleich treffen?«, frage ich ihn. »Ich würde die hundert Mark dann auch gleich mitbringen.«

Die Stimme am anderen Ende der Leitung lacht kehlig und fängt dann an zu husten. »So mag ick det«, krächzt er schließlich, »Männer mit schnellen Entschlüssen. Wat haltense vom Gasometer?«

»In Ordnung. Fünf Minuten?«

»Mann, sindse fix!« Der Alte hustet wieder. »Aber fuffzehn Minuten wer' ick schon noch brauchen. Ooch wenn ick flitze wie der Blitz.«

»Okay, fünfzehn Minuten.« Ich lege auf, warte, bis die Manschette Luft ablässt, und wähle Hünerbeins Nummer.

Monika starrt mich an. »Was war denn das für ein Geräusch? Hast du gefurzt?«

Nein, so was würd ich nie tun. Nicht auf der Couch. Jedenfalls nicht, wenn Monika zuhört. »Das war nur mein Blutdruckmessgerät.« Ich zeige es ihr. »Das bläst sich immer auf und lässt dann die Luft wieder ab.«

Am anderen Ende meldet sich der verschlafene Kollege. »Wenn das jetzt nicht wichtig ist!«

»Es ist wichtig«, verspreche ich ihm. »Komm so schnell wie möglich zum Gasometer. Und nimm dein Handy mit.«

Hünerbein mault, verzichtet aber auf lange Nachfragen und legt auf.

»Du willst noch mal los«, regt sich Monika auf. »Jetzt? Hätte das nicht bis morgen Zeit gehabt?«

Normalerweise schon, denke ich. Aber es gibt eine Tote. Und wenn der Kerl wirklich Liams Ranzen hat, dann wird er wohl auch wissen, wer mir den Inhalt desselben am Alex verkauft hat.

Monika guckt mich fragend an. »Was habt ihr vor?«

»Mal sehen«, antworte ich ihr. »Vielleicht erfahren wir ja gleich, wer die tote Lumpenjule aus dem Schleusenwehr wirklich ist.«

In der Nacht hat es zu regnen angefangen. Ich schlage den Kragen meiner Jacke hoch und laufe geduckt die Akazienstraße hoch. Bei dem Mistwetter ist um diese Zeit kaum noch jemand unterwegs. Nur ein paar Taxis ziehen über die Hauptstraße und der Nachtbus. Blinkende Lichtreklamen und Straßenlaternen spiegeln sich auf dem nassen Asphalt.

Der Gasometer gilt als eines der Wahrzeichen Schönebergs. Eine riesige Stahlkonstruktion, die sich, knapp achtzig Meter hoch, aus dem Häusermeer erhebt und ursprünglich mal einhundertsechzigtausend Kubikmeter Gas speichern konnte. Mitten in der Stadt. Das Ding stammt noch aus Kaisers Zeiten und war bis vor vier Jahren in Betrieb. Inzwischen steht es unter Denkmalschutz und rostet vor sich hin, während die Stadtverordneten kein Geld für die dringend benötigte Sanierung haben.

Ich laufe die Kolonnenstraße hoch und biege hinter der Julius-Leber-Brücke in die Cheruskerstraße ein, wo es durch einen kleinen vernachlässigten Stadtpark direkt an die Rückseite des GASAG-Geländes geht. Normalerweise kommt man da nicht rauf. Nicht nachts und nicht legal. Aber im dichten Gestrüpp hinter dem alten Maschinenhaus aus roten Backsteinziegeln ist der Zaun im Laufe der Jahre brüchig geworden und hat Lücken und Löcher.

Tagsüber verstecken hier vietnamesische Zigarettenhändler ihre unversteuerten Waren, auch kleine Drogendealer haben hier ihre Depots. Das ist polizeibekannt, aber man lässt sie gewähren, weil man sich ja um die großen Fische kümmern will. Wenigstens offiziell. Wahrscheinlicher ist, dass es einige Kollegen gibt, die an den illegalen Drogen- und Zigarettengeschäften ganz gut mitverdienen.

Ich zwänge mich an regennassen Büschen vorbei und klettere durch den Zaun. Teile des Geländes werden noch von der GASAG genutzt, doch die meisten Gebäude verfallen zusehends. Es gibt Pläne für diverse Zwischennutzungskonzepte, eine Kunstfabrik mit Ateliers etwa, Proberäume für alternative Theatergruppen und Musiker, aber es fehlt an Investoren und Mäzenen. Außerdem sperren sich die Anwohner gegen eine Art zweite Kulturbrauerei, wie es sie im Prenzlauer Berg gibt. Dort wurde das brachliegende Schultheiss-Gelände für die Kunst geöffnet. Es entstanden Galerien, Clubs, Kneipen und viel Ärger wegen des nächtlichen Lärms und des zunehmenden Besucherverkehrs.

Überhaupt gelten die Bewohner der Roten Insel, wie dieses Quartier im Schatten des Gasometers genannt wird, als recht aufmüpfige Charaktere. Sie protestieren gern gegen alles Mögliche und haben damit langfristig auch Erfolg. Die Westtangente zum Beispiel, eine sechsspurige Stadtautobahn, die den beschaulichen Kiez einigermaßen unbewohnbar gemacht hätte, haben sie nach langen Jahren erfolgreich wegprotestiert. Jetzt endet der Tangentenirrsinn am Autobahnkreuz Schöneberg in einem grasbewachsenen Erdwall und wird, den Insulanern sei Dank, nicht mehr weitergebaut.

Ich drücke mich an der rostigen Wandung des Gasometers entlang und verberge mich hinter einem Stahlträger. Da der Haupteingang zum GASAG-Gelände in der Torgauer Straße hell erleuchtet ist und zudem noch von einem Pförtner bewacht wird, gehe ich davon aus, dass auch der Finder von Liams Schulranzen den versteckten Zugang durch den Park kennt, und warte ab.

Sssssst! Ah, es wird wieder mal Blutdruck gemessen, na super. Ich stehe mit gestrecktem Arm, und vom Stahlgerüst rieseln rostige Tropfen. Eine trifft genau die Zigarette, die ich mir gerade angezündet habe. Prima. Angewidert lasse ich sie fallen und warte, bis die Luft aus der Manschette ist. Danach ziehe ich mein Handy aus der Tasche und rufe Hünerbein an.

»Wo bleibst du?«

Der Kollege sucht wie immer einen Parkplatz, verspricht aber, so schnell wie möglich zu mir zu stoßen. »Keine Alleingänge, klar?«

Der ist gut, denn schon sehe ich eine Gestalt regennass über das Gelände huschen. Und sie hat einen 4You-Ranzen dabei.

»Pst«, mache ich, werde aber nicht gehört. Rattenflink flitzt die Gestalt mit Liams Ranzen am Gasometer vorbei und verschwindet aus meinem Blickfeld.

Ich folge zügig um den gewaltigen Wasserbehälter herum. Früher wurde das Gas in einer teleskopartig ausfahrbaren Wanne gespeichert, die je nach Gewicht aufschwamm oder sich absenkte. Dadurch konnte jener gleichbleibende Druck sichergestellt werden, den die Stadt zum Betrieb von Gaslaternen und Haushaltsanschlüssen brauchte. Heute ist der Gasometer leer, und in den Stahlbehälter ist nachträglich ein Tor geschweißt worden, das nur durch einen mickrigen Bauzaun versperrt wird. Er ist etwas beiseitegeschoben worden.

Folgerichtig vermute ich, dass der geheimnisvolle Anrufer den Austausch von Geld und Ranzen im Inneren des Gasometers wird abwickeln wollen, und trete ebenfalls ein.

»Guten Morgen.«

»Moin«, krächzt ein kleiner, abgerissener Mann von schwer einschätzbarem Alter. Sein Gesicht ist zugewuchert von einem struppigen Bart, aus dem eine schnabelartige Nase ragt. Auffällig sind die blanken Knopfaugen, mit denen er unstet umherblickt, als erwarte er noch jemanden.

Wie ein Vogel, denke ich, dazu passt auch das Käppi aus abgewetztem Leder – meine Mutter hätte dazu »Schiebermütze« gesagt. Knopfauge ist ein kleiner unglücklicher Vogel, dem das Leben übel mitgespielt hat. Seine dürren Beine stecken in viel zu weiten Stoffhosen von undefinierbarer Farbe, die Jeansjacke ist zu groß und aus einem anderen Jahrzehnt, darauf deuten schon die riesigen Schulterpolster hin. Sie wirken wie Flügel, sodass sich der vogelartige Eindruck des Mannes noch verstärkt.

»Hamse det Jeld?«

»Hamse den Ranzen?«, gebe ich zurück, obwohl ich den ja schon längst entdeckt habe. »Kann ich mal sehen?«

Unschlüssig kommt Knopfauge näher. Der Betonboden im Gasometer ist von großen Pfützen bedeckt, teilweise knöcheltief, aber das scheint den Mann nicht zu interessieren. Verzagt hält er mir den Ranzen hin. »Aba nich abhaun, wa? Ick brauch det Jeld. Dringend.«

»Schon gut.« Ich öffne den Ranzen, obwohl ich weiß, dass er leer ist. »Wo haben Sie den gefunden?«

»Inna U-Bahn.« Knopfauge grinst schief. »Wird der Sohnemann liejen jelassen ham, wa?«

»Ohne Schulzeug?« Ich schüttele den Kopf. »Glaube ich nicht.«

»Ja, weeß ick och nich.« Knopfauge weicht wieder etwas zurück. »Krieg ick nu det Jeld?«

»Klar.« Ich ziehe einen Hundertmarkschein aus der Jacke. »Wenn Sie mir sagen, mit wem Sie sich den Fund geteilt haben.«

Knopfauge starrt mich verängstigt an.

»Vorgestern hat mir eine Kollegin von Ihnen den Inhalt des Ranzens zurückgegeben«, werde ich deutlicher, »ebenfalls für hundert Mark. Die wollte mir partout nicht sagen, wo der Ranzen ist. Und jetzt kommen Sie!«

»Wär ick ma besser nich, wa?« Er wird zunehmend nervöser. »Is jetzt Stress anjesagt, oda wat?«

»Hören Sie, ich will Ihnen nichts Böses«, beruhige ich ihn. »Ich würde nur gern erfahren, mit wem Sie sich den Fund geteilt haben. Da wird es doch eine Absprache gegeben haben zwischen Ihnen und ihr: Du nimmst den Inhalt, ich den Ranzen, oder so.«

»Und wat wäre daran so schlimm?« Der Mann kratzt sich am Hinterkopf. »Ick meine, wir ham nüscht jeklaut, und Sie kriejen ja allet wieda, wa?«

»Kein Problem«, versichere ich, obwohl ich insgesamt zweihundert Mark Finderlohn mehr als übertrieben empfinde. Aber gut. »Ich will nur wissen, wer die Frau war.«

Bevor Knopfauge antworten kann, zerreißt Hünerbeins Opernsängerstimme die regnerische Stille im Gasometer: »Sardsch? Bist du hier irgendwo? Sa-hardsch!«

»Hier!« Für einen Augenblick bin ich abgelenkt, und das nutzt mein Gegenüber. Blitzartig wischt Knopfauge an mir vorbei und aus dem Gasometer raus.

»Achtung, Harry«, brülle ich und will hinterher, verfange mich aber in dem blöden Bauzaun vor dem Tor. Es scheppert, es klappert, am GASAG-Gebäude gehen die Bewegungsmelder an, und ich sehe in deren Licht, dass Hünerbein geistesgegenwärtig die Verfolgung aufgenommen hat.

»Halt«, ruft plötzlich der Pförtner von der Torgauer Straße und wedelt mit seiner Taschenlampe herum, »stehen bleiben, oder ich hole die Polizei!«

Die ist schon da, denke ich und renne Hünerbein nach.

Der brüllt ebenfalls scharf: »Stehen bleiben!«, und gibt aus seiner Dienstpistole einen Warnschuss ab.

Der Pförtner wirft sich vorsichtshalber auf den Boden, und mit der Ruhe auf der Roten Insel ist es erst mal vorbei. Hunde fangen an zu bellen, irgendwo heult eine Alarmanlage los, und die Manschette an meinem Arm pumpt wie verrückt – tja, so sieht's aus im Alltag eines Polizisten. Wilde Blutdruckschwankungen.

Mein dicker Partner verschwindet im hohen, düsteren Gebäude des Kesselhauses, das mit seinem kastenartigen Wasserturm an eine mittelalterliche Burganlage erinnert.

Drinnen ist es so dunkel, dass man die Hand vor Augen nicht sieht. Sssst, macht die Manschette und pfffft. »Harry«, rufe ich, »Harry!«

»Ruhe«, kommt es aus einer Richtung. Dann knipst er seine kleine handliche Schlüsselanhängertaschenlampe an und leuchtet damit herum. »Der muss hier irgendwo sein.«

Der Lichtkegel fährt über rohe Ziegelwände, die mit bunten Graffiti besprüht worden sind. Ich erkenne Catwoman wieder,

Speedy Gonzales und Dick Tracy. Einer von den Sprayern muss eine Vorliebe für amerikanische Comicfiguren haben.

Irgendwo klappert es metallisch. So als würde eine Stahltür ins Schloss fallen.

»Na also«, knurrt Hünerbein zufrieden und marschiert drauflos.

Ich bleibe dicht an ihm dran, immer in der Nähe der Taschenlampe, und kann doch nicht verhindern, dass ich mit dem Schienbein schmerzhaft gegen einen herumliegenden Stahlträger stoße.

»Aaah, Mist«, fluche ich aufjaulend, »verdammter Mist, aua, Mann!«

»Halt doch mal die Klappe«, zischt Hünerbein und bleibt stehen. Wieder leuchtet er konzentriert herum. Ich spüre seinen Jagdinstinkt fast körperlich und wage nicht, diese ganze Aktion abzublasen. Obgleich ich nichts lieber täte: einfach nach Hause und ab ins Bett. Ich habe ja jetzt den Ranzen. Und hundert Mark gespart. Andererseits würde mich schon interessieren, in welcher Beziehung Knopfauge zu der Lumpenjule stand. Die müssen sich gekannt haben, sonst hätten sie sich den Fund nicht aufteilen können. Oder ist uns mit Knopfauge vielleicht sogar gerade der Mörder entwischt? Warum ist er überhaupt weggerannt?

»Noch ist er uns nicht entwischt«, knurrt Hünerbein und leuchtet eine rostige Stahltür an. »Halt mal!« Er gibt mir seine Taschenlampe und pirscht sich mit gezogener Waffe an die Tür heran. Dann reißt er sie auf und zielt in einen schwarzen Schlund. »Licht, Licht, Licht«, ruft er aufgeregt, »mach doch mal Licht!«

Bin ja schon da, mein Gott. Ich leuchte den Raum hinter der Tür ab. Es ist mehr ein Schacht, und er ist, bis auf ein paar Steigleitungen und eine rostige Leiter an der Wand, leer.

Hünerbein nimmt mir die Lampe wieder ab und leuchtet hoch. »Mhmm«, knurrt er fachmännisch, »da geht's zum Wasserspeicher, da kommt er nicht weit.« Er richtet seine Lampe in die Tiefe und nickt. »Eher ist er hier runter. Komm!« Schon greift er mit seinen fleischigen Händen nach den Leitersprossen und beginnt, kurzatmig schnaufend in die Tiefe zu steigen.

Eins muss man Hünerbein lassen. Er ist zwar fett, aber nie träge. Und er gibt nicht auf.

22 MHM, LECKER! Vsevolod Abchijakow war begeistert. Das Essen war wirklich zu gut. Die Köche in der Botschaft waren zwar auch nicht schlecht, würden aber dennoch einen ordentlichen Tritt in den Hintern brauchen, um zu derartigen Höchstleistungen fähig zu sein.

Nach den Austern hatte es eine milde, aber sehr raffiniert gewürzte Rinderbouillon gegeben. Dazu war ein leichter Rotwein gereicht worden, um, wie Meyer betonte, den Gaumen wieder neutral zu stimmen. Inzwischen gab es den Hauptgang, einen kräftigen Schweizer Hirschpfeffer, zu dem ein erstaunlich gehaltvoller tunesischer Grand Cru Mornag, mit deutlichem Moos- und Johannisbeer-Aroma im Abgang, gereicht wurde, einfach wunderbar.

»Insofern, meine Herren, bin ich nur ein einfacher Geschäftsmann«, erklärte Meyer, »der mit kostbaren Immobilien handelt. Dieses Haus zum Beispiel, eine Jugendstilvilla aus dem Jahre 1902, wurde zwei Jahre lang sehr aufwendig für einen frankokanadischen Privatier aus Montreal restauriert und modernisiert. Sie werden hier nur die erstklassigsten Materialen finden, wie Teak, amerikanisches Mahagoni und Makassar-Ebenholz. Achten Sie auf dieses wunderbare bernsteinfarbene Birnbaumparkett oder die Kamineinfassung aus Meißner Granit. Für Fußböden und Bäder wurden ausschließlich feinste Marmorsorten wie Cipollino Damascato, Kittilä und Carrara verwendet, Fenster und Türen sind von Meisterhand original wieder aufgearbeitet worden, ebenso die Stuckapplikationen, und für die Deckenmalereien habe ich eigens dafür ausgebildete italienische Künstler einfliegen lassen, kurz«, Meyer legte die Finger aneinander, »ich habe sehr viel Geld in diese Villa investiert. Sie ist einbruchsicher, wurde mit einer Alarmanlage und einem modernen Bus-System ausgerüstet, von dem sich alle Prozesse wie Heizung, Licht, Sicherheit und Elektronik auch dezentral steuern lassen. Wie gesagt: viel Geld.«

Meyer seufzte und nahm einen Schluck Rotwein. »Ich stecke immer sehr viel Geld in meine Immobilien. Ich liebe diese alten Häuser, freue mich, wenn sie zu neuer Blüte erwachen, wenn ihnen wieder Leben eingehaucht wird. Ich gehe in Vorleistung, investiere Millionen von D-Mark, die sich rechnen müssen. Denn natürlich bin ich vor allem Kaufmann, meine Investitionen müssen am Ende rentabel sein.«

Geoffrey A. Simmons unterdrückte ein Gähnen. »Worauf wollen Sie hinaus?«

»Ja, Meyer«, fragte auch Vsevolod Abchijakow, »warum erzählen Sie uns das alles?«

»Nun, manchmal platzen Verträge, springen Käufer in letzter Sekunde ab, und ich muss sicher geglaubte Investments abschreiben. Das kann vorkommen und ist ein völlig normales Risiko in diesem Geschäft. Damit muss ich leben.«

Meyer schob seinen Stuhl zurück, erhob sich und ging zum Fenster, um etwas frische Luft hereinzulassen. Dann drehte er sich wieder zu seinen Gästen um. »Nicht hinnehmbar ist es aber für mich, wenn meine Geschäfte unter gewissen politischen Hasardeuren leiden, die unter dem Mäntelchen der Wahrung geostrategischer oder sogenannter übergeordneter wirtschaftlicher Interessen ihre eigenen Karrieren befördern wollen.«

»So sind die Menschen.« Abchijakow winkte ab und schenkte sich, die zunehmende Schärfe in Meyers Stimme ignorierend, großzügig Wein nach.

Simmons fragte lauernd: »Was haben wir damit zu tun?«

»Ich fürchte, mehr, als uns allen lieb ist.« Meyer setzte sich wieder. »Der eingangs erwähnte kanadische Privatier, für den dieses Haus so exklusiv hergerichtet wurde, hat seine Kaufabsichten zurückgezogen. Weil er nicht in eine Immobilie investieren will, die womöglich bald von einem großen europäischen Krieg betroffen ist.«

»Das ist doch absurd!« Simmons wedelte sich vor dem Gesicht herum. »Vollkommen irre!«

»Möglicherweise haben Sie recht, Simmons«, gab Meyer zu, »vielleicht sind die Ängste meiner Kunden übertrieben. Aber können wir uns dessen sicher sein?« Er wartete ab, bis die Kellner das Geschirr abgeräumt hatten. »Was passiert wirklich auf dem Balkan? Und ist es tatsächlich ausgeschlossen, dass sich der Konflikt dort unkontrolliert ausweitet? Zu einem Krieg der Großmächte? Mit Deutschland als Schlachtfeld?«

»Deshalb operieren wir ja dort«, erklärte Simmons, »damit das Morden endlich ein Ende hat.«

»Ach, hören Sie doch auf!« Meyers Stimme wurde noch schneidender. »Glauben Sie wirklich, ich habe Sie hierher eingeladen, damit Sie mir den gleichen Käse auftischen, den ich tagtäglich aus den Medien vorgesetzt bekomme? Denken Sie, ich habe Wolfowitz nicht gelesen? Brzeziński? Glauben Sie allen Ernstes, ich wüsste nicht, dass die Stärkung des Nationalismus auf dem Balkan mit all seinen verheerenden Folgen eine von der CIA initiierte Geheimoperation war?«

Simmons lachte auf. »Meyer, ich bitte Sie! Sie überschätzen uns!«

»Zumindest haben Sie da unten ordentlich Öl ins Feuer gegossen«, pflichtete Abchijakow bei, »und da fragen wir uns alle: Warum?«

»Aha, ich wusste es!« Simmons klatschte in die Hände. »Bravo! Die Herren sind sich offenbar einig. Ganz die alten Waffenbrüder! Aber erklären Sie mir eins.« Er beugte sich zu Meyer vor. »Warum sollten wir uns auf dem Balkan engagieren? Da gibt es nichts. Kein Öl, keine Rohstoffe, keine Technologien. Nur Berge und hinterwäldlerische Bauern. Vielen Dank, davon haben wir zu Hause genug!«

»Schon mal was vom militärisch-industriellen Komplex gehört?« Meyer ließ Simmons nicht aus den Augen. »Ganz sicher haben Sie das. Und Sie wissen auch genau, dass das keine Wortschöpfung der Kommunisten ist. Ihr eigener Präsident Eisenhower hat sie geprägt. Schon in den fünfziger Jahren, als er vor dem zunehmenden Einfluss der amerikanischen Waffenindustrie auf die Außenpolitik Ihres Landes warnte. Das ist gefährlich, hat er gesagt, sehr gefährlich. Zigarre gefällig?« Er bot aus einem Humidor jene edlen Rauchwaren an, die auch der neue deutsche Bundeskanzler bevorzugte. »Echte Cohibas. Genau das Richtige vor dem Nachtisch.«

Geoffrey A. Simmons lehnte ab. Er war Nichtraucher und obendrein verärgert. Zudem wusste er noch immer nicht, was Meyer von ihm wollte.

Vsevolod Abchijakow war da deutlich entspannter. Für ihn lief der Abend bislang besser als erwartet, und so griff er gern zu. Meyer kniff gekonnt die Zigarrenenden ab und reichte dem Russen Feuer, bevor er seine eigene Cohiba in Brand setzte.

»Und nun«, fuhr er zwischen dichten Qualmwolken fort, »nun haben wir den Salat, nicht wahr? Denn mit dem Zusammenbruch des Ostblocks ist der NATO der Feind verloren gegangen. Und das mögen die Waffenhersteller gar nicht, wenn der Hauptgeschäftspartner plötzlich Legitimationsprobleme bekommt. Wenn Militärausgaben gekürzt und ganze Geschäftsmodelle in Frage gestellt werden. So etwas wäre für jeden Kaufmann ein Problem, ich kenne das nur zu gut. Wie also kann man das abwenden, Simmons?«

Er blickte ihn eine Weile herausfordernd an und fuhr dann fort: »Soll ich es Ihnen sagen? Die NATO braucht eine neue Aufgabe. Am besten einen neuen Feind. Vielleicht den alten?«

»Machen Sie sich nicht lächerlich!« Simmons winkte heftig ab. »Sehen Sie sich Russland doch mal an!« Er deutete auf Abchijakow. »Die sind doch fertig! Vollkommen kaputt gespielt!«

»Und das machen Sie sich zunutze«, regte sich nun auch der Russe auf, »indem Sie den traditionell guten russischen Einfluss auf dem Balkan zurückzudrängen suchen, um Ihren eigenen entsprechend auszuweiten. Aber Vorsicht!« Mit seiner Zigarre zerstach er die Luft. »Wir werden das nicht hinnehmen, Simmons. Wir haben immer noch eine der stärksten Armeen der Welt. Und wir haben Atomwaffen. Wenn wir sagen ›*Njet*‹ und Sie kommen trotzdem, dann gibt es Krieg.«

»Und das wäre für uns alle dann der Untergang«, stellte Meyer fest. »So abwegig sind die Befürchtungen meines frankokanadischen Kunden also leider nicht.« Er lächelte zufrieden. »Tja, meine Herren, das ist die Lage. Deshalb sind Sie hier. Aber bevor wir nun gemeinsam einen Ausweg aus dieser verfahrenen Situation zu finden suchen, möchte ich Ihnen unseren Nachtisch empfehlen: eine Zuppa inglese, von der Sie noch Jahre später schwärmen werden. Dazu wird ein recht schwerer, aber fruchtiger Dessertwein aus dem Languedoc gereicht. Sie werden begeistert sein. Ich wünsche weiterhin guten Appetit.«

Während Meyer und der Russe ihren Gedanken nachhängend Zigarre rauchten und auf den Nachtisch warteten, sann Simmons auf Flucht. Insgeheim rechnete er durch, wie lange es dauerte, bis sie ihn in der Neustädtischen Kirchstraße vermissen würden. Zwei Stunden? Oder drei? Es gab ein eigens für solche Fälle trainiertes Spezialkommando. Es rückte meist aus der Luft mit dem Helikopter an, um Geiseln zu befreien. Eine sehr effektive Truppe, war schon im Libanon, in Afghanistan und im kolumbianischen Dschungel im Einsatz. Die gingen rein, töteten die Entführer mit gezielten Schüssen und kamen mit der unversehrten Geisel wieder raus. Es dauerte nie mehr als zwei, maximal drei Minuten. Aber um Simmons befreien zu können und diesem arroganten Meyer die verdiente tödliche Kugel zu verpassen, mussten sie wissen, wo er sich befand. Sie mussten ihn orten. Das ging nur, solange Simmons sein Handy bei sich hatte. Leider war es ihm von den Entführern gleich am Anfang abgenommen worden, und es schien nicht so, als seien die so blöd, es noch immer bei sich zu haben. Vermutlich hatten sie es längst entsorgt. Und dann konnte es dauern, bis man ihn hier herausholen würde. Tage oder sogar Wochen.

Simmons seufzte. Besser, er spielte das Spiel hier noch eine Weile mit. Und so machte er sich, obwohl er längst pappsatt war, an den Nachtisch. Die Zuppa inglese ähnelte eher einem Kuchen denn einer Suppe. Fein geschlagener Biskuitteig mit Rum und Vanillearomen, garniert mit kandierten Früchten, Schokolade und einer Sahne, die es in sich hatte. Toll!

Eines musste man diesem Meyer lassen: Was kulinarische Genüsse anging, hatte er ein feines Händchen. Und wahrscheinlich war er auch sonst mit allen Wassern gewaschen. Ein alter Staatssicherheitsmann, der verdammt genau wusste, was er tat, auch wenn ihm klar sein musste, dass er sich, wenn er einen Geoffrey Allister Simmons entführen ließ, mit den USA anlegte, was längerfristig noch nie jemand überlebt hatte.

Es sei denn, Meyer hatte etwas gegen ihn in der Hand. Aber was? Simmons lehnte sich zurück und nippte nachdenklich am Wein. Wir hatten sie doch besiegt, überlegte er, die lagen doch alle am Boden. Aber irgendwas müssen wir übersehen haben, sonst würde sich dieser Meyer hier nicht so aufführen können.

Plötzlich lief es Simmons eiskalt den Rücken herunter. Natürlich war er korrumpierbar. Wie jeder in diesem Business hatte auch er Dreck am Stecken, und dieser Meyer musste irgendwie davon Wind bekommen haben. Wahrscheinlich gab es ein Dossier über ihn, die Stasi war ja für ihre Sammelwut bekannt.

Simmons stand der Schweiß auf der Stirn.

Mein Gott, dachte er, wenn ich nicht aufpasse, kann dieser Abend noch gefährlich für mich werden. Verdammt gefährlich.

23 ES TROPFT. Man hört es. Überall gluckst und pieselt, plätschert und läuft es. Nur sehen und fühlen können wir das Wasser nicht. Noch nicht.

»Ruhe«, zischt Hünerbein plötzlich und bleibt abwartend stehen. »Hör mal!«

»Ach, das ist nur mein Blutdruckmesser.« Denn eben zieht sich die Manschette an meinem Arm wieder laut surrend zusammen.

»Dein was?«

Ich erkläre es ihm. Dass ich zwar nicht mein Leben lang, aber immerhin bis morgen mit diesem Ding herumlatschen muss. Damit die Ärzte mal einen Überblick über meine Blutdruckwerte bekommen.

»Und du glaubst, das hilft?«

Keine Ahnung. »Aber ich muss ein bisschen aufpassen damit, das Gerät soll wohl ziemlich teuer sein. Vielleicht ist es besser, wenn wir umkehren?«

Hünerbein denkt gar nicht daran und läuft weiter. Aus dem senkrechten Schacht wird ein waagerechter Tunnel, eine enge, niedrige Röhre. Im Lichtstrahl der Taschenlampe werden rote Backsteinziegel sichtbar. Der aufrechte Gang ist hier unten abgeschafft, wir gehen gebeugt mit eingezogenem Kopf. Aber wohin eigentlich?

»Der kann nicht weit sein«, wiederholt Hünerbein schnaufend immer wieder, »den haben wir gleich.«

Wobei der Begriff »gleich« mit dem Fortschreiten der Nacht immer dehnbarer wird. Wie lange rennen wir jetzt schon durch diesen Schacht? Wo sind wir überhaupt? Und riecht es nicht auch merkwürdig?

Immerhin befinden wir uns unter einem ehemaligen Gaswerk. Möglich, dass hier noch gesundheitsschädliche Dämpfe sind. Gase! Nachher werden wir ohnmächtig und fallen um. Dann liegen wir in dieser Röhre. Tief unterhalb der Stadt, unauffindbar. Wie lebendig begraben.

Das Tropfen wird lauter. Unheimlich hallt es von den Wänden wider. Und klingt das entfernte Rauschen nicht wie von einem kleinen Bach? Einem unterirdischen Fließ?

Eine Wasserleitung, mutmaße ich, der alte Anschluss für den Gasometer oder so. Vielleicht ist es auch ein Abfluss.

»Ich finde, es stinkt«, sage ich schließlich. »Erbärmlich, oder? Riechst du das auch?«

»Ja, und es wird stärker«, antwortet Hünerbein und leuchtet den Gang hinunter. »Dahinten gibt es, glaube ich, eine Abzweigung. Komm!«

»Es ist überhaupt nicht ausgemacht, dass der Typ hier unten lang ist!«

»Wo soll der denn sonst hin sein?« Hünerbein ist unerbittlich. »Ich bin die ganze Zeit an ihm dran gewesen. Der kann sich ja nicht in Luft aufgelöst haben.«

Der Tunnel endet nicht an einer Abzweigung, sondern an

einem Quergang aus rund gemauerten Ziegelsteinen. Hier stinkt es besonders, was an der graubraunen Brühe liegen mag, die hier fließt.

»Lass uns umkehren«, bitte ich, »das ist total widerlich hier.«

»Womit du sicher recht hast.« Hünerbein leuchtet den Gang hoch und wieder runter. »Scheint ein Abwasserkanal zu sein.« Der Lichtkegel seiner Taschenlampe bleibt an einer Art Bordstein hängen, der sich links und rechts des Ganges an den Wänden entlangzieht. »Siehst du?«

»Was?«

»Hier kommt man trocken lang. Ohne sich die Schuhe nass zu machen.«

Bloß nicht! »Harry«, bitte ich ihn, »das ist doch irre! Es ist mitten in der Nacht!«

»Na und? Seit wann ist Verbrecherjagd zeitlich begrenzt?«

»Wir wissen doch gar nicht, ob das ein Verbrecher war«, erwidere ich. »Und wir wissen nicht, in welche Richtung er gelaufen ist. Links oder rechts, der kann sonst wo sein.«

»Links lang«, antwortet Hünerbein, »die Leute gehen immer links. Ist ein psychologisches Ding.«

»Was?« Wie kommt er denn darauf?

»Schon mal darauf geachtet, wie Supermärkte angeordnet sind?« Hünerbein tapert vorsichtig drauflos. »Immer linksrum bis zur Kasse.«

Na, ich weiß nicht. »Bei Öz-Gida kann man auch rechtsherum einkaufen.« Jedenfalls, wenn man vom Parkplatz über die Belziger Straße kommt.

»Ausnahmen bestätigen die Regel«, wird Hünerbein dialektisch, »außerdem ist Öz-Gida ein türkischer Supermarkt. Die ticken anders, mediterraner.« Er ist schon ein ganzes Stück den Gang hinuntergegangen. »Nun komm endlich!«

Was soll ich machen? Der Kollege hat die Taschenlampe. Und ohne Licht finde ich hier nie wieder raus. Notgedrungen muss ich ihm folgen. Mein Gerät surrt.

»Du verrennst dich hier«, knurre ich genervt. »Das ist absurd.« Mir fallen immer mehr Läden ein, wo es rechtsherum geht.

Netto, Aldi, Lidl, Reichelt, Kaiser's, Edeka … »Deine Theorie ist Quatsch, Harry.«

»Pst«, macht er und lauscht aufmerksam. »Hörste das?«

Es plätschert, denke ich. Vor uns lauter als hinter uns.

»Da patscht einer durchs Wasser.« Hünerbein stiefelt drauflos. »Nun mach! Das isser!«

Angestrengt tapse ich ihm nach, bemüht, so wenig wie möglich zu atmen, denn der Gestank ist wirklich unerträglich. Der Gang ist leicht abschüssig, oder ist das nur so ein Gefühl von mir? Nein, ich bin mir ziemlich sicher, es geht bergab. Immer tiefer unter die Erde. Wo soll das nur enden?

»Hier wird's besser«, ruft Hünerbein, und seine Stimme hallt nach. »Mischwasser!«

Der Gang, in dem wir uns befinden, endet an einem Kanal, höher und mit breiteren Fußwegen links und rechts. Fast ein gemauertes Gewölbe, und tatsächlich lässt der Gestank etwas nach. Erneut müssen wir uns entscheiden, links lang oder rechts?

Knopfauge, wo bist du?

Hünerbein lauscht schon wieder, aber das Wasser rauscht hier so stark, dass kein vereinzeltes Patschen mehr zu hören ist.

»Das ist ein Mischwasserkanal«, wiederholt er und hält sich erneut links, »wahrscheinlich sind wir schon unter der Dominicusstraße.«

Hier sind die Wände feucht, und immer wieder ragen verrostete Rohre heraus, aus denen es mal mehr, mal weniger stark pieselt oder fließt.

»Das kommt von den Gullys«, erklärt er mir. »Wir haben Glück, dass es regnet. Sonst würde es hier unten noch viel mehr stinken.«

Aha. Missmutig latsche ich ihm nach. Meine Manschette pumpt.

»Zu viel regnen darf es aber auch nicht. Wenn es draußen richtig schüttet, kann so ein Kanal auch schnell mal bis unter die Decke volllaufen.«

Das sind ja schöne Aussichten! »Warst du mal Kanalarbeiter bei den Wasserbetrieben?«

»Nein, aber ich habe mich damit beschäftigt, als bei uns in der Straße die Kanalisation renoviert wurde. Teilweise sind die Anlagen schon über hundertfünfzig Jahre alt«, erklärt er mir, »das ist total irre, ein weitverzweigtes Kanalnetz von fast zehntausend Kilometern, ein riesiges Labyrinth, verstehste?«

Hat der gerade »zehntausend Kilometer« gesagt?

»Dazu kommen Bunkeranlagen aus dem Krieg, geheime Katakomben, Fluchttunnel, nie fertiggestellte U-Bahn-Linien und Schächte und, und, und«, Hünerbein winkt ab, »da blicken selbst die Behörden nicht mehr durch. Es gibt keine umfassenden Karten, verstehste, keine genauen Pläne von Berlins Unterwelt. Wer sich hier verirrt, ist verloren.«

Super! Wenn wir nicht vorher ersaufen, sind wir nachher verloren. Doch zuvor stehen wir vor einem weiteren Problem: Der Kanal gabelt sich.

»Das hat keinen Sinn. Knopfauge kann sonst wohin sein. Lass uns umkehren.«

»Du nennst ihn Knopfauge? Wie niedlich.« Hünerbein leuchtet in jede einzelne Röhre hinein. »Normalerweise würde ich ja wieder nach links tendieren.«

»Lass uns umkehren«, wiederhole ich.

»Na gut.« Hünerbein nickt. »Hast recht. Für heute reicht's.«

Endlich! Erleichtert lässt die Manschette wieder Luft ab. Wir drehen um. Gehen zurück und zweimal rechts, da wir ja auf dem Herweg zweimal links abgebogen sind. Eigentlich müssten wir wieder im Gang zurück zum Gaswerk sein. Eigentlich ...

Hünerbein leuchtet ratlos auf drei abgehende Kreuzgewölbegänge aus rotem Ziegelstein. »Waren wir hier schon mal?«

»Nee.«

Erneut drehen wir um. Vielleicht war der letzte Rechtsabbieger falsch. Oder der vorletzte. Das Tunnelsystem wird immer unübersichtlicher. Endlose aus Ziegeln gemauerte Gewölbegänge, von denen andere aus Ziegeln gemauerte Gewölbegänge abgehen. Es stinkt bestialisch. Faulig und nach Urin. Wir haben völlig die Orientierung verloren.

»Schau mal!« Hünerbein leuchtet weit in einen neuen Seitenarm hinein, der sich plötzlich halb links vor uns auftut. Ich kann zunächst nichts Außergewöhnliches erkennen. Bis auf einige hundert Ratten, die sich am Boden der Röhre sammeln. Eklig, aber sicher nichts Besonderes für die Berliner Kanalisation.

»Die Frage ist, warum sie nur in diesem Kanal sind«, überlegt Hünerbein.

Vielleicht riecht's da aus Rattensicht besonders gut. Oder sie haben dort ein Nest, eine Art Brutstätte.

Ich komme nicht mehr dazu, meine Gedanken laut zu formulieren, denn die Ratten rennen plötzlich alle gleichzeitig drauflos.

Und zwar in unsere Richtung. Igitt! Mir sackt das Herz in die Hose. Ssst, ssst, ssst macht die Manschette hektisch.

Was wollen die Ratten, überlege ich fieberhaft, was haben die vor?

Mir ist bislang nicht bekannt, dass Nagetiere lebende Menschen angreifen, aber vielleicht …? Wenn sie großen Hunger haben?

»Verdammt«, flucht Hünerbein, »wir müssen sofort weg!«

Und schon läuft er drauflos. Ich renne ihm nach, und Hunderte von Ratten folgen uns. Aber nicht, um uns anzufallen und bei lebendigem Leibe zu fressen, nein. Die Ratten interessieren sich gar nicht für uns. Die sind sehr viel schneller als wir und flitzen uns einfach zwischen den Beinen durch.

Die hauen ab, denke ich. Die Frage ist, wovor?

»Wasser«, keucht Hünerbein, »da wird gleich jede Menge Wasser kommen. Wir müssen eine Etage höher.«

Gut gefolgert, nur leider gibt es hier kein Obergeschoss, in das wir aufsteigen können. Wir haben nur diese blöde Röhre.

Schon höre ich hinter uns das Wasser rauschen. Und die Ratten vor uns biegen alle gleichzeitig in einen anderen Tunnel ab.

»Hinterher«, keucht Hünerbein, »die wissen, wo's langgeht!«

Ich wäre jetzt zwar eher unserem alten Schmutzwasserkanal gefolgt, weil der eine Steigung hatte, aber leider ist er unauffindbar. Und Hünerbeins Argument entbehrt nicht einer gewissen Logik. Schließlich leben die Ratten hier unten.

Wir biegen ebenfalls in den Tunnel ein und stellen fest, dass die Ratten alle durch einen schmalen Gullyschacht in der Tunneldecke entweichen. Zu eng und zu schmal für uns. Da kommen wir nie durch.

Und mit dieser Erkenntnis hat uns auch schon das Wasser erreicht. Wir können nichts machen.

Eine riesige kalte und stinkende Woge reißt uns durch den Tunnel mit sich fort. Alles verschlingend, urgewaltig.

Und endgültig. Furchtbar endgültig.

24 KURZ VOR MITTERNACHT heulten zum ersten Mal die Sirenen über Priština. Es war der 27. März 1999, fast vierundfünfzig Jahre nach dem großen Krieg. Und nun gab es wieder Luftalarm. Zu spät, denn die ersten Flieger hatten ihre todbringende Last bereits abgeworfen.

Das hat sich geändert seit dem Zweiten Weltkrieg, dachte Kovač: Heute sind die Bomber schneller als der Alarm. Aber die Deutschen, die mischen wieder ganz vorn mit.

Dabei hatte Kovač während seiner Zeit in Hamburg zunehmend den Eindruck gewonnen, dass das geteilte Land friedlicher geworden sei, weniger selbstgerecht, zivilisierter. Aber kaum war Deutschland wiedervereint, spielte diese selbst ernannte große Kulturnation wieder Krieg.

Vielleicht können die nicht anders, überlegte er verbittert, vielleicht hätte man dieses dämliche Volk damals 1945 einfach komplett ausrotten sollen.

Er stand auf dem Balkon seiner Wohnung unweit des Stadions und trank einen Cognac. Das machte er jeden Abend vor dem Zubettgehen. Er sah keinen Sinn darin, in den Kriegsmodus zu verfallen und seine Gewohnheiten zu ändern. Gewalt war blanke Barbarei und nichts, was mit ihm zu tun hatte. Und wo sollte er auch hin? Dieser elfstöckige Plattenbau war in den siebziger Jahren errichtet worden, in Friedenszeiten, als niemand daran glaubte, dass man sich noch einmal vor feindlichen Bombern würde schützen müssen.

Seine Hand zitterte etwas, als er sich nachschenkte. Sonst trank er immer nur einen, aber bei dem Lärm war an Schlaf nicht zu denken. Außerdem hatte er Angst. Todesangst, während er zusah, wie seine Stadt unterging. Er konnte von hier oben fast das ganze Zentrum bis hin zu den Universitätskliniken im Süden überblicken. Unten im Stadion hatte am Abend noch friedlich die B-Jugend des Fußballclubs trainiert. Jetzt bebte die Erde unter den Einschlägen der Granaten. Überall waren Explosionen zu hören, Flakbatterien feuerten bellend Leuchtspurmunition in den brandroten Himmel. Rauchsäulen stiegen auf, funkenstiebende Feuerbälle, Wolken aus Brandstaub. Es war die Hölle. Das Ende jeder Zivilisation.

Zur Mittagszeit war die Innenstadt von mehreren Anschlägen auf Polizeistationen, Banken und staatliche Behörden erschüttert worden. Es soll zahllose Tote und Verletzte gegeben haben. Zu dem Terror hatte sich sofort die UÇK bekannt, doch Ibrahim Rugova, der Führer der kosovarischen Unabhängigkeitsbewegung und Präsident der selbst ernannten, international nicht anerkannten Republik Kosova, hatte sich bei einer eilig einberufenen Pressekonferenz von dieser Form der Gewalt unmissverständlich und sehr deutlich distanziert.

Inzwischen waren durch Polizei und Armee alle Straßen abgeriegelt und die Bevölkerung aufgefordert worden, in den Wohnungen zu bleiben. Kein Durchkommen mehr. Als Kovač am Abend die Redaktion verließ, brauchte er gut zweieinhalb Stunden, um nach Hause zu kommen. Zweieinhalb Stunden und sieben Polizeikontrollen bei einem Fußweg von normalerweise knapp zwanzig Minuten.

Die Leute munkelten, Rugova sei verhaftet und nach Belgrad gebracht worden, aber es gab viele Gerüchte in diesen Tagen. Und die B-Jugend trainierte im Stadion, als wäre nichts gewesen.

Jetzt heulten die Sirenen ohne Unterlass, Ambulanzen und Feuerwehren jaulten blaulichternd durch die Straßen, während Priština in Schutt und Asche fiel.

Das Klingeln an der Tür riss Kovač aus seinen Gedanken. Wer konnte das jetzt sein? Mitten im Chaos bekam er Besuch?

Vielleicht braucht jemand Hilfe, dachte er, vielleicht ist wer im Haus von einem Granatsplitter getroffen worden und verletzt. Als Zeitungsmacher gehörte er zu den wenigen Privilegierten, die über einen eigenen Telefonanschluss verfügten, er sollte bestimmt einen Notarzt rufen. Trotzdem zögerte er an der Wohnungstür. Lauschte.

»Nun machen Sie schon auf, Chef«, hörte er Amra Milicević heiser rufen, »ich weiß, dass Sie nicht im Keller sind.«

»Mensch, Mädchen!« Kovač riss die Tür auf und zog die junge Kollegin hastig herein. »Was machen Sie denn hier draußen? Warum bringen Sie sich nicht in Sicherheit?«

»Wenn Sie mir sagen, wo, tue ich das auch.« Amra warf sich in einen der Sessel im Wohnzimmer. Sie zitterte am ganzen Leib und sah völlig fertig aus. »Nett haben Sie's hier.«

»Nur solange das Haus stehen bleibt.« Die Wohnung war klein, anderthalb Zimmer, aber sehr ausgesucht und geschmackvoll eingerichtet. Seit dem Tod seiner Frau lebte Kovač allein. Kinder hatte er keine, und die meiste Zeit des Tages war er ohnehin in der Redaktion. Die Wohnung war ihm ein Rückzugsort für die wenigen freien Stunden, die er sich gönnte, und dann wollte er etwas Stil um sich haben. Ein Hauch von Kultur und Kunst. Andy-Warhol-Drucke zierten die weiß gekalkten Wände, dazu Reproduktionen von Roy Lichtenstein und Edward Hopper. In den Bücherregalen stand ausschließlich anerkannte Weltliteratur, die Sofas waren funktional schlicht und aus schwarzem Leder. Für seine umfangreiche Plattensammlung, barocke Klassik vor allem, hatte er sich eine irrsinnig teure Musikanlage beschafft, die wahren Genuss versprach. Ein Klang wie im Konzertsaal.

Kovač hob sein Glas. »Ich denke, Sie werden auch einen brauchen, oder?«

»Ist das Arrak?«

»Cognac«, antwortete er und goss ihr großzügig ein zweites Glas ein, »richtig guter französischer Cognac.«

Kurz darauf krachte es ganz in der Nähe fürchterlich. Das ganze

Haus schien zu schwanken, irgendwo splitterte Glas. Die Lichter flackerten kurz auf, dann wurde es dunkel.

»Stromausfall«, stellte Kovač scheinbar ruhig fest, aber seine Hände flatterten, als er eine Kerze anzünden wollte, wie bei einem Parkinson-Patienten. »Machen Sie sich auch gleich in die Hose?«

»Glauben Sie, dass wir diese Nacht überleben?«

»Wenn nicht, hoffe ich nur, dass es schnell geht.« Kovač legte die Kerze unverrichteter Dinge wieder weg und stellte Amra stattdessen ein übervolles Glas Cognac auf den Tisch. »Trinken wir! Bevor wir nicht mehr dazu kommen.«

Amra trank und beruhigte sich ein wenig. Im Feuerschein, der von draußen durch die Fenster drang, sah sie kreidebleich aus. Ein Eindruck, der sich verstärkte, als das elektrische Licht im Zimmer wieder anging.

»Oha«, machte Kovač beeindruckt, »offenbar ist die Stromversorgung von Priština kriegstauglicher als gedacht.«

»Das habe ich mich auch schon gefragt«, Amra fröstelte, »in Romanen liest man immer, dass die Städte in Kriegen verdunkelt werden. Doch draußen ist alles hell erleuchtet. Es brennen die Straßenlaternen, sogar Werbung für Pepsi-Cola, Adidas und Sony-Fernseher, es ist völlig irre. Als wäre nichts.«

»Die Technik hat sich weiterentwickelt. Verdunkeln bringt nichts mehr. Die Bomben finden uns so oder so.« Er sah, dass sie ihren Cognac ausgetrunken hatte. »Noch einen?«

Amra nickte. »Lassen Sie die Flasche einfach auf dem Tisch stehen.«

»Ja.« Kovač lächelte schwach. »So machen wir's.«

Er kam mit dem Cognac, schenkte ein und setzte sich. Einen Moment lang schwiegen sie, beide in ihre Gedanken versunken, während es draußen grummelte, zischte und ballerte wie bei einem gigantischen Silvesterfeuerwerk. Dann schepperte es metallisch, ganz in der Nähe brach irgendein Gebäude mit entsetzlichem Getöse zusammen. Für einen Moment flackerte erneut das Licht, stabilisierte sich aber dann.

»Es ist so surreal, finden Sie nicht?« Amra zog die Beine unters

Kinn. »Ich kann irgendwie nicht begreifen, dass wir bombardiert werden.«

»Ja, das ist es nicht wert.« Kovač erhob sich wieder und trat ans Fenster. »Und ich hatte geglaubt, dass das auch allen klar wär. Aber ich habe mich geirrt. Irgendwer legt es darauf an, uns zu vernichten.«

»Sie sind Albaner, Chef«, gab Amra nicht ohne Ironie zu bedenken, »Sie werden hier gerade befreit.«

»Ich fürchte, es geht um weit mehr.« Er sah sie an. »Haben Sie was herausgefunden in den Bergen?«

»Schwere Waffen kommen über die Grenzen, in großen Trucks.«

Kovač hob fragend die Augenbrauen.

»Das ist wie in Vietnam«, präzisierte Amra, »die kommen mit Hubschraubern, schießen die Grenzer einfach über den Haufen und lassen dann die Lastwagen durch.«

»Wer?«

»Die Amerikaner.« Amra summte Wagners Walkürenritt. »›Apocalypse now‹.«

»Ihr Witz ist bemerkenswert«, knurrte Kovač. »Nur leider ist das hier nicht Hollywood.«

»Die Hubschrauber sind die gleichen«, entgegnete Amra, »und sie machen gemeinsame Sache mit der UÇK. Anschließend kommt unsere Armee ebenfalls mit Hubschraubern und macht die Städte und Dörfer platt, in denen sie separatistische Kämpfer vermutet.«

»Und Sie waren mittendrin?«

»Ich war mittendrin. Wurde beschossen und verhaftet.« Amra zog sich den schweren Lammfellmantel aus. »Mir wurde die Kamera abgenommen, und die Filme wurden beschlagnahmt, aber ich hab Ihre Tricks befolgt, Chef.« Sie griff ins Futter ihres Mantels und holte ein paar versteckte Filmdosen heraus. »Hier! Da ist die schreckliche Wahrheit drauf.«

Kovač lächelte. Er hatte Amra beigebracht, dass man belichtete Filme sofort verstecken muss: *In die Kamera immer nur einen leeren Film einlegen, hörst du? Sobald Fotos drauf sind, wechseln. Denn wenn man in eine Kontrolle gerät, nehmen sie einem als Erstes die Kamera weg und ziehen den Film heraus.*

Wieder explodierte eine Bombe ganz in der Nähe. Die Detonation ließ die Wände wackeln, Putz rieselte von der Decke, und dann fiel das Licht aus. Diesmal ging es nicht wieder an.

»Das ist echt ein Skandal«, fluchte Amra im Dunkeln. »Wir sind immer noch ein souveräner Staat. Wir haben niemanden angegriffen. Aber wir werden angegriffen. Warum? Wieso werden wir bombardiert?« Sie war völlig verzweifelt. »Geht es wirklich um die Freiheit der Kosovoalbaner? Von Leuten wie Ihnen, Chef? Oder steckt vielleicht etwas ganz anderes dahinter? Wir haben doch früher auch alle friedlich zusammengelebt. Und jetzt töten wir uns gegenseitig!« Sie fing an zu weinen. »Ich habe einen Jungen sterben sehen. Bogdan. Der wollte mich nur retten.«

Kovač nahm sie in den Arm. Er sagte nichts, drückte sie nur tröstend an sich. Was sollte er auch sagen?

Ganz in der Nähe ballerte eine Flak drauflos. So nah, dass man die Geschosshülsen auf den Boden fallen hörte.

»Ich habe gesehen, wie Waffendeals mit Drogen und Dollars bezahlt werden«, erzählte Amra schluchzend weiter. »Hier rennen sehr geschäftstüchtige Amerikaner durchs Land. Komische Typen, echt dubios. Und es sieht so aus, als ob die sich hier schon sehr lange bewegen. Aber mit welchem Ziel? Verdammt, was wollen die?«

Und wer sind ihre Auftraggeber? Kovač schloss die Augen. Wer zieht die Fäden, überlegte er angespannt, und warum? Es war immer das Gleiche. Am Ende lief es stets auf eine einzige Frage hinaus: Cui bono?

»Merken Sie was?«, fragte Amra und sah ihn mit tränenfeuchten Augen an. »Es hat aufgehört.«

Tatsächlich. Die Bomber waren weg. Die Stadt brannte, aber es schlugen keine neuen Raketen ein. Und die Flak nebenan war verstummt. Flackernd ging auch das Licht wieder an.

»Wir haben überlebt.« Amra klang erleichtert.

»Ja«, sagte Kovač ratlos, »fürs Erste. Aber wie gehen wir jetzt damit um?« Er sah sie an. »Vielleicht sollte ich mir Ihre Fotos einmal ansehen?«

»Die müssen erst noch entwickelt werden.«

»Das nehme ich an.« Kovač deutete mit dem Kopf in den schmalen Flur. »Ich habe mir im Badezimmer eine kleine private Dunkelkammer eingerichtet. Nur für den Fall. Sie wissen ja, heikle Dinge können in der Redaktion schon mal spurlos verschwinden.«

»Heißt das, ich soll jetzt gleich …?«

»Nur zu, Amra! Wer weiß, wie viel Zeit uns noch bleibt. Mein Großvater hat gegen die Deutschen gekämpft. Sie waren uns total überlegen, aber wissen Sie, warum wir trotzdem gewonnen haben? Die Deutschen, hat er gesagt, waren unglaublich präzise. Technisch versiert, pünktlich und immer tödlich genau. Dabei haben sie nie verstanden, dass jemand, der unmittelbar den Tod vor Augen hat, jede Sekunde zweimal nutzen wird. Und das ist dann ein unschätzbarer Vorteil.«

»Sie bekommen Ihre Bilder.« Amra verschwand im Bad, als in der Stadt die Sirenen wieder losheulten.

Aber diesmal war es ein langer, einzelner Ton. Er bedeutete Entwarnung, und die Menschen krochen aus den Löchern, um ihre Toten zu zählen.

25 ALS DIGESTIF GAB ES GRAPPA, und Meyer ließ noch einmal die Zigarrenkiste kreisen. »Zufällig weiß ich um Ihren Werdegang, meine Herren. Und deshalb glaube ich, dass Sie beide genau die Richtigen sind, um diesen unseligen Kosovokonflikt zu beenden, bevor daraus ein unkontrollierbarer Krieg wird.«

»Ich fürchte«, Simmons hob abwehrend die Hände und lachte abgehackt, »Sie überschätzen unsere Möglichkeiten.«

»Aber ganz und gar nicht, Simmons.« Meyers Stimme bekam wieder diesen schneidenden Unterton, und dann bewies er dem Amerikaner, wie vertraut er mit dessen Lebenslauf war, mit jeder Stufe seiner Karriere, vom einfachen Soldaten des United States Marine Corps bis zum gehobenen Dienst bei der NSA.

»Und Ihre Aufgabe hier in Deutschland, Simmons, ist nicht die hohe Kunst der Diplomatie, sondern das geheime Wühlen im Dreck. Für die CIA sind Sie der Brandbeschleuniger auf dem Balkan und spielen dort bereits den Einsatz von Bodentruppen durch. Im Augenblick geht es Ihnen darum, auch die deutsche Regierung davon zu überzeugen und das Parlament.«

»Bodentruppen kommen nicht in Frage!« Abchijakow verschluckte sich fast. »Wenn die Amerikaner Bodentruppen einsetzen, würde sich die Russische Föderation gezwungen sehen, ebenfalls mit Bodentruppen in den Konflikt einzugreifen.«

»Und damit wären wir bei Ihnen, Genosse Abchijakow«, sagte Meyer. »Wie mir zu Ohren kam, gehören Sie zu einer Gruppe von hochrangigen Militärs, die genau das provozieren will. Russland soll wieder stark werden, nicht wahr? Sie träumen noch immer der ruhmreichen Sowjetunion hinterher. Und sehen im Konflikt auf dem Balkan vor allem eine große Chance: die NATO ein für alle Mal zu stoppen!«

»Das ist völlig legitim«, wiegelte der Russe ab, »es gibt Verträge mit Brüssel. Und wenn die nicht eingehalten werden, schlagen wir zurück.«

»Um den Preis eines Weltkrieges?«

»Pfeifen Sie Ihren Milošević zurück«, sagte Simmons, »und alles ist gut.«

»Wozu?«, entgegnete der Russe. »Das ist erstens nicht unser Milošević, sondern der gewählte Präsident eines souveränen Staates, der, zweitens, keinen NATO-Staat angegriffen hat, weshalb sich für uns, drittens, die Frage stellt, weshalb ihn die NATO bombardieren lässt?«

»Weil er die eigene albanische Bevölkerung im Kosovo bekämpft, und zwar mit allen Mitteln«, entgegnete Simmons scharf. »Unseren Informationen zufolge gibt es dort ethnische Säuberungen, Massenerschießungen und Konzentrationslager. Die Albaner werden vernichtet.«

»Nicht die Albaner«, widersprach Abchijakow, »sondern die Kämpfer der UÇK. Eine terroristische Vereinigung, die für ein sogenanntes Großalbanien angetreten ist und von den USA seit

Jahren finanziell, logistisch und militärisch unterstützt wird mit dem Ziel, eine ganze Region zu destabilisieren.«

»Unsinn! Wie kommen Sie darauf?«

»Nun«, Abchijakow nahm einen großen Schluck Wein, »auch wir haben unsere Quellen.«

»Sie bluffen!«

»Nicht doch, Simmons, Bluffen ist Ihre Stärke. Wir Russen spielen lieber Schach.«

»Sind Sie fertig mit Ihrer kleinen Debatte?« Meyer erhob sich wieder und ging langsam um den Tisch herum. »Sie werden sich zusammenraufen müssen.«

»Wollen Sie uns dazu zwingen?«

»Das muss ich nicht.« Meyer blieb stehen. »Ich vertrete hier nicht nur meine geschäftlichen Interessen, sondern die einer ganzen Gruppe. Und wir verfügen über Informationen, die Sie beide ganz schnell zu Fall bringen können.«

»Von was für Informationen sprechen Sie?« Abchijakow war aufgesprungen, hochrot vor Empörung. »Womit wollen Sie uns kompromittieren?«

»Jelzin wird nicht ewig Präsident der Russischen Föderation bleiben, Genosse Abchijakow«, erwiderte Meyer gelassen. »Und dann werden gewisse Beziehungen zu Leuten wie Beresowski, Abramowitsch oder Chodorkowski ganz neu bewertet werden.«

»Woher wissen Sie davon?« Dem Russen stand der Schweiß auf der Stirn. »Woher kennen Sie meine Kontakte?«

»Das fragen Sie?« Meyer lachte. »Es waren doch Ihre Leute, die uns damals beigebracht haben, wie man Informationen sammelt. Vor allem über Menschen, die man später sicher noch einmal brauchen wird.«

»Er erpresst uns«, knurrte Simmons.

»Weil Sie sich erpressbar gemacht haben«, erwiderte Meyer. »Aber gemach, Simmons, zu Ihnen komme ich noch.« Er wandte sich wieder Abchijakow zu. »Wegen des schnöden Mammons und Ihrer Gier haben Sie Ihre eigenen Grundsätze verraten. Also beschweren Sie sich nicht und begreifen Sie unser Treffen hier als Chance, sich zu rehabilitieren.«

»Ich habe Mütterchen Russland immer treu gedient«, verteidigte sich Abchijakow nicht ohne Pathos, »und ich tue es noch. Tag für Tag, Nacht für Nacht!«

»Ihre Verdienste sind unbestritten«, gab Meyer zu, »und Sie sind ein guter Stratege und Militär. Nicht umsonst sind Sie hier. Ich schätze Sie und Ihre Fähigkeiten sehr.«

Er hielt inne und sah den Amerikaner an. »Simmons, Sie schauen so aus, als ahnten Sie etwas?«

»Ich habe Ihr Ministerium nie unterschätzt«, versicherte der Amerikaner, um Gelassenheit bemüht. »Ich hoffe, das wissen Sie.«

»Natürlich.« Meyer lächelte kühl. »Sie waren immer kooperativ, Simmons. Auch wenn Sie die Seiten oft gewechselt haben.« Er setzte sich wieder. »Aber sprechen wir von Saphir.«

Endlich konnte Meyer auf Simmons' illegale Waffengeschäfte anspielen, die er sich, und dafür gab es jetzt ganz reelle Beweise, unter dem Decknamen Saphir am Pentagon vorbei mit Drogen bezahlen ließ.

»Ich könnte mir vorstellen, dass Ihr Name in diesem Zusammenhang in Washington für einiges Aufsehen sorgen würde. Zumal es recht aktuelle Fotos von Ihnen dazu gibt.« Meyer schob ihm ein paar Bilder zu. »Keine drei Wochen alt. Ist das im Kosovo?«

Simmons starrte auf die Fotos und war kreidebleich geworden. »Woher haben Sie die?«

»Sagten Sie nicht eben, Sie hätten mein Ministerium nie unterschätzt?« Meyer lehnte sich zurück. »Dann sollten Sie wissen, dass ich Ihnen diese Frage niemals beantworten werde.« Er sammelte die Fotos wieder ein und steckte sie in die Innentasche seiner Anzugjacke. »Es täte mir sehr leid, Simmons, wenn diese Bilder zu einer Bazooka würden, die, einmal abgefeuert, von Ihnen nichts mehr übrig lässt.«

»Schon gut«, sagte der Amerikaner tonlos. »Sie haben uns in der Hand. Und jetzt?«

»Ja«, fragte auch Abchijakow, »wie geht's jetzt weiter?«

»Sie beide«, Meyer sah eindringlich erst Simmons, dann den Russen an, »arbeiten ab sofort ausschließlich für mich.« Er beugte sich vor. »Ihre Aufgabe wird sein, in Ihren jeweiligen Gremien darauf hinzuarbeiten, dass das Thema Bodentruppen im Kosovo vom Tisch kommt.«

»Stopp!« Simmons hob die Hand. »Angenommen, uns würde das gelingen. Wer garantiert uns, dass Ihre Erpressung nicht trotzdem weitergeht?«

»Niemand«, antwortete Meyer gelassen. »Wie schon gesagt, ab jetzt arbeiten Sie für mich. Sie sind doch Geheimdienstler, Simmons. Sehen Sie sich ab sofort in der Rolle eines Schläfers, der, wann immer es nötig ist, aktiviert werden kann.«

Simmons war anzusehen, dass ihm diese Aussicht nicht gefiel. Andererseits war er Profi genug, zu wissen, dass er nichts ahnend für Meyer wohl schon länger der perfekte Schläfer war. Wie auch immer, im Augenblick hatte er keine andere Wahl, als zu kooperieren.

»Wir brauchen eine diplomatische Lösung für das Problem«, sagte Meyer, »und ein UN-Mandat.«

»Ein UN-Mandat gibt es nur, wenn die Russen zustimmen«, erklärte Simmons.

»Das werden wir«, erwiderte Abchijakow, »wenn die Luftangriffe eingestellt werden.«

»Dafür muss Milošević klein beigeben.«

»Das wird er nicht«, regte sich Abchijakow auf, »Herrgott, Simmons, begreifen Sie doch: Das Amselfeld ist ein Mythos! Darauf gründet die Geburt der serbischen Nation. Milošević wird nie einem Vertrag zustimmen, der die Loslösung des Kosovo aus Jugoslawien fordert.«

»Sie brauchen einen Kompromiss«, mischte sich Meyer ein. »So was wie: Das Kosovo bleibt Teil Jugoslawiens mit weitgehender staatlicher Autonomie. Können wir uns darauf einigen?«

Simmons nickte. »Klingt gut. Aber wer überwacht den Prozess?«

»UN-Truppen«, antwortete Abchijakow listig, »unter Führung der Russischen Föderation.«

»Da wird Washington nicht mitmachen«, erklärte Simmons entschieden, »vergessen Sie's.«

»Wie wäre es mit einem internationalen Führungsstab«, fragte Meyer, »in dem alle an diesem Konflikt beteiligten Parteien gleichberechtigt sitzen?«

»Puh!« Abchijakow atmete tief durch. »Wird schwierig.«

»Das wird ein langer Verhandlungsprozess«, pflichtete Simmons bei. »Bis das unter Dach und Fach ist, kann es Jahre dauern.«

»Und so lange wollen Sie weiterbomben? Zurück in die Steinzeit wie damals in Vietnam?« Meyer schüttelte den Kopf. »Sie wissen, wie das endete. Ich gebe Ihnen drei Monate. Längstens.«

Simmons und Abchijakow schwiegen nachdenklich.

»Meine Herren«, erkundigte sich Meyer, »sind wir im Geschäft?«

»Was soll ich sagen«, seufzte Abchijakow, »haben wir eine Alternative?«

»Aber selbstverständlich.« Meyer lächelte breit. »Es gibt immer Alternativen. Sie sollten nur die Auswirkungen im Auge behalten.«

»Wie erreichen wir Sie?«, wollte Simmons wissen.

»Gar nicht.« Meyer hob die Hände. »Ich erreiche Sie.« Er stand auf, nahm sein Glas und sagte feierlich: »Tja! Dann bleibt mir nur noch, uns allen eine gute Zusammenarbeit zu wünschen! Zum Wohle!«

Man trank sich zu, die Gläser klirrten.

26 DER TSUNAMI aus stinkenden, kolibakteriellen Abwässern und schleimigem Schaum hat uns in eine stockfinstere Höhle gespült. Alles ist patschnass; die Klamotten, der Boden, auf dem ich liege, die schlammigen Steinwände über und neben mir. Alles gluckst und tropft.

Das Schnaufen etwas weiter entfernt klingt nach dem Kollegen Hünerbein.

»Harry«, erkundige ich mich, »bist du okay?«

»Den Umständen entsprechend«, keucht er atemlos. »Gott, was für eine Scheiße!«

Ja, denke ich, das trifft es voll und ganz. »Funktioniert deine Taschenlampe noch?«

»Keine Ahnung«, erwidert er atemlos. »Ich hab sie nicht mehr.«

»Du hast sie fallen lassen?«

»Was heißt ›fallen lassen‹? Ich war mit Schwimmen beschäftigt.«

Auch das noch! Wie sollen wir hier je wieder herauskommen? Ohne Licht.

»Wir tasten uns einfach weiter vor.«

»Bis uns die nächste Scheißewelle erwischt.«

»Das ist nur Mischwasser.« Ich höre, wie sich Hünerbein ächzend bewegt. »Verdünnte Kloake sozusagen. Halb so wild.«

Mir reicht's vollkommen. Ach du lieber Gott! Mir fällt der Blutdruckmesser ein. Ich schaue mir das walkmangroße Messgerät an meinem Hosenbund an, aber das gibt keinen Mucks mehr von sich. Endgültig Schluss mit »sssst« und »pffft«. Hoffentlich zahlt das die Krankenkasse. Und auch mein Handy ist hinüber. Wütend schmeiße ich es weg. Hier unten wäre ohnehin kein Empfang. »Wo lang?«

»Immer geradeaus«, schnauft Hünerbein. »Kriech mir einfach nach.«

Führer befiehl, ich folge! Und wenn es in die größte Scheiße geht. Das macht uns Deutsche aus. Hauptsache, es weist jemand den Weg.

Ich taste nach meinem Feuerzeug. Es ist noch in meiner Jackentasche, geht aber ebenfalls nicht. Doch im Gegensatz zu teuren elektronischen Mobiltelefonen sind diese billigen Wegwerfteile viel robuster und funktionieren auch unter Tage. Zwar ist der Feuerstein feucht geworden, doch der trocknet irgendwann auch wieder.

»Man kann damit aber nicht telefonieren«, wirft Hünerbein ein.

»Aber Licht machen«, erwidere ich. Und Licht ist überlebenswichtig hier unten. Ich behalte das Feuerzeug in der Hand und puste, während ich in absoluter Finsternis hinter Hünerbein herkrabbele, immer wieder drauf. Das ist die einzige Hoffnung, an die ich mich noch klammern kann. Ich muss den Feuerstein trocken pusten. Dann gibt es Licht. Licht!

Ich stoße mir den Kopf an etwas, das von der Decke hängt. Ein Steinzacken oder so was. Es gibt noch mehr davon.

»Stalaktiten«, flucht Hünerbein. »Das sind tatsächlich Stalaktiten! Das muss ein uralter Schacht sein. Verflucht noch mal, wo sind wir hier?«

»Hilfe«, brülle ich verzweifelt, »zu Hilfe!«

»Um Gottes willen, Sardsch, hör auf!«

Vielleicht hört uns ja jemand. »HILFE!«

»Das bringt doch nichts!« Hünerbein klingt leicht hysterisch. »Hör auf mit dem Geschrei! Ich drehe sonst durch hier!«

Das will ich nicht. Mir reicht es schon, wenn Hünerbein in unserer Dienststelle durchdreht. Ach, wie schön wäre es jetzt dort zwischen all den Aktenbergen und ungelösten Fällen. Wie gern würde ich mich jetzt mit unserem Kriminaloberrat Dr. Edmund Palitzsch herumärgern und endlos Überstunden im Innendienst machen.

Hoch und heilig verspreche ich, nie wieder zu jammern, weil mir das Leben dort oben nicht passt. Im Gegenteil: Ich will zurück! Verdammt, ich will einfach nur zurück!

»Hörste das?« Hünerbein bewegt sich nicht mehr und lauscht. »Da!«

Was? Ich höre nichts. Gar nichts. Genauso wenig, wie ich etwas sehe. Erneut versuche ich, meinem Feuerzeug eine Flamme zu entlocken. Ohne Erfolg. Da heißt es, weiterpusten, fff, fff, fff…

»Ruhe«, schnauzt Hünerbein. »Hör doch mal!«

Vielleicht hat er schon Grillen im Kopf, einen Tinnitus, denn ich höre rein gar nichts.

»Musik«, flüstert Hünerbein andächtig, »da ist Musik. – Mark Hollis! Hörst du das nicht?«

Mark Hollis? Die britische Post-Pop-Band Talk Talk? »Living in Another World«? Das würde passen.

»Muss ’ne Ü-dreißig-Party sein.« Hünerbein kriecht hoffnungsvoll weiter. »Los! Wo Musik ist, sind auch Menschen!«

Ich krauche ihm nach. Frierend und stinkend durch endlose

Dunkelheit. Ab und zu bilde ich mir ein, etwas zu sehen. Dann blitzt irgendwas, oder es gibt helle Streifen und Lichtpunkte. Aber das ist Einbildung. Falsch geschaltete Synapsen, die mit dem völligen Fehlen von Bildern nicht zurechtkommen, mit der totalen Inexistenz von Farben und Kontrasten. Alles ist tiefschwarz um uns herum. Genauso gut kann ich die Augen auch geschlossen halten.

»Okay«, keucht Hünerbein vor mir, und seine Stimme hallt nach, wie in einer Halle, »hier öffnet sich das irgendwie.«

Erneut puste ich auf mein Feuerzeug. Vergebens, es gibt kein Licht. Aber tatsächlich Mark Hollis. Kaum vernehmbar wabert seine klagende Stimme durch die dusteren Gänge. »Such a Shame«! Na, der ist gut …

»Das kommt von rechts!« Hünerbein richtet sich auf und stolpert drauflos. »Bleib dicht hinter mir!«

Mit vorgestreckten Händen tasten wir uns durch den Gang wie Blinde. Und geht es nicht auch wieder ein Stück bergauf?

»Autsch!« Hünerbein stolpert über irgendwas und fällt hin. Und ich bin so dicht hinter ihm, dass ich auf ihn drauffalle. Wir spüren Steine, lose Ziegel unter uns, staubtrocken, wie Bauschutt.

»Hier ist ’ne Leiter!«

»Wo?«

»Links von dir.« Hünerbein rappelt sich unter mir auf. »An der Wand! Warte mal! Wo ist deine Hand?«

»Hier!«

Hünerbein nimmt sie und führt sie zu einer kühlen, ziemlich rostigen Metallsprosse. »Hast du sie?«

»Ja!«

»Dann los!«

Vorsichtig steige ich die Leiter hoch. Acht Sprossen, dann bin ich in einer weiteren Höhle. Sie fühlt sich ziemlich vermüllt an, ist aber knochentrocken. Und deutlich sind jetzt Synthesizer-Klänge zu hören, elektrische Gitarren, der charakteristische Achtziger-Jahre-Sound von Talk Talk:

»Such a shame to believe in escape
A life on every face, and that's a change

Till I'm finally left with an eight
Tell me to relax
I just stare
Maybe I don't know if I should change
A feeling that we share, it's a shame …«

Das muss direkt über uns sein. Eine Feier im Marmor-Kronen-Saal vielleicht. Oder sonst wo. Egal! Hastig taste ich meine direkte Umgebung ab, verbrenne mir fast die Finger. »Harry, hier sind Heizungsrohre!«

»Okay, ich komme rauf!«

»… such a shame
Number me with rage, it's a shame
Such a shame
Number me in haste
Such a shame
This eagerness to change
It's a shame …«

Los jetzt! Ich schnappe mir ein Stück Holz, das auf dem Boden liegt, und fange an, damit auf das Heizungsrohr einzuschlagen, damit uns jemand hört.

Auch Hünerbein, der mir hinterhergeklettert ist, drischt auf das Heizungsrohr ein. Verzweifelt machen wir Krach, minutenlang. Oder sind es Stunden?

Irgendwann ist Ruhe. Die Musik, von wo auch immer sie kam, ist verstummt. Ist denen unser Geklopfe aufgefallen?

»Los, weiter!«

Wieder hämmern wir gegen das Heizungsrohr, rufen um Hilfe. »Hallo! Hört uns jemand?«

Nichts. Keine Reaktion. Im Gegenteil: Mark Hollis fängt völlig unbeeindruckt wieder an zu singen.

»Funny how I find myself in love with you
If I could buy my reasoning, I'd pay to lose
One half won't do …«

Das darf nicht wahr sein. Hören die uns nicht? Oder ist ihnen das egal? Als die Musik aus war, hätten die doch unser Geklopfe bemerken müssen.

»I've asked myself
How much do you commit yourself?
It's my life, don't you forget
It's my life, it never ends
It never ends …«

Erschöpft versuche ich erneut, Licht zu machen. Und endlich: Das Feuerzeug schlägt Funken und zeigt uns nach dem dritten oder vierten Versuch endlich wieder eine Flamme.

Erleichtert leuchte ich herum. Sehe Hünerbeins verschmutztes Gesicht. Hilflos lächelt er mich an. Seltsam ist nur, dass er einen veritablen Knochen in der Hand hat. Offenbar hat er damit auf das Heizungsrohr gehauen. Und mein Holzstück ist ebenfalls ein Knochen, mindestens dreißig Zentimeter lang. Verblüfft lasse ich ihn fallen.

»Was zum Teufel …?«

Wir stecken in einem Alptraum fest: Im schwachen Lichtschein meines Feuerzeugs sehe ich noch mehr Knochen auf dem Boden herumliegen. Ein ganzes Skelett steckt in den Resten einer alten Uniform. Neben einer rostigen Maschinenpistole. Und einem wie höhnisch grinsenden Schädel in einem verbeulten Stahlhelm der deutschen Wehrmacht.

»Sardsch?« Auch Hünerbein lässt seinen Knochen fallen. »Was ist das hier? Ein Grab?«

Oder er hat sich verirrt, überlege ich betroffen, damals am Ende des Zweiten Weltkriegs. Hat sich vor den Russen versteckt und ist hier nie wieder rausgekommen.

Ich spüre, wie eine beklemmende Angst in mir hochsteigt. Denn was hat Hünerbein gesagt: Die Kanalisation sei ein Riesen-Labyrinth, von dem es keine oder nur sehr ungenaue Pläne gibt. Und dass selbst die Abwasserbetriebe nicht genau wissen, was für ein wild verzweigtes Kanalsystem sie hier verwalten.

Hölle noch mal! Wir sind gefangen in den Katakomben Berlins. Unerforschtes Terrain. Ein endloses Labyrinth aus Kanälen, Schächten und vergessenen Bunkern.

Verzweifelt sehe ich meinen Kollegen an.

Denn wir kommen hier nicht mehr heraus. Wir werden enden

wie dieser arme Wehrmachtssoldat. Nie entdeckt. Verschollen seit April '45.

27 DER OLLE ERWIN SCHUCHARDT war eih Meister seines Fachs. Trotz seines fortgeschrittenen Alters *(»Sag mal, wie alt biste eigentlich inzwischen, Erwin? – Ach, vergiss es, Siggi, seit meinem Siebzigsten zähl ich nicht mehr«)* hatte er Hände, die so ruhig waren, dass er minutenlang Quecksilberkügelchen auf seinen Fingerspitzen balancieren konnte. Das war zwar nicht gesund, aber wichtig, wenn man einer der weltbesten Fälscher war. Da kam es auf ruhige Hände an.

Bereits im Zweiten Weltkrieg hatte Erwin Schuchardt für versteckte Widerstandskämpfer und jüdische Genossen Lebensmittelkarten hergestellt, die besser waren als die Originale. Philatelisten lieben seine Blaue Mauritius und halten sie bis heute für echt. Das Ministerium für Staatssicherheit besserte gern seine Valuten mit Erwins gefälschten Dollars auf, er fälschte Wertpapiere, Gemälde von Albrecht Dürer, Rembrandt und den beiden Holbeins, stellte Ernennungsurkunden aus, Zeugnisse und Diplome und natürlich jede Menge Aufenthaltsgenehmigungen, Visabescheide und Pässe.

Als Meyer den ollen Erwin Schuchardt in seiner kleinen Plattenbauwohnung im Berliner Stadtteil Hohenschönhausen besuchte, diskutierten sie lange darüber, was für eine Staatsbürgerschaft man einer jugoslawischen SDB-Agentin geben sollte, die außer Serbisch nur Russisch sowie ein paar Brocken Deutsch und Englisch konnte.

Ein russischer Pass kam nicht in Frage. Viel zu gefährlich, fand Meyer, da ja ein Ziel seiner Intervention bezüglich des Kosovo selbst Russe war.

Genauso verhielt es sich mit den Amerikanern, deren Pässe zwar wunderbar leicht zu fälschen waren, was aber auch jeder wusste. Großbritannien, dieser ewige Pudel der USA, schied aus den gleichen Gründen aus, und osteuropäische Pässe nutzten im Schengen-Raum nichts ohne entsprechende Visa.

Am Ende hatten sie sich auf Frankreich geeinigt. Ein multikulturelles Land mit vielen Migranten auch aus Osteuropa und einer Sprache, die so kompliziert war, dass sie kaum jemand verstand, »gesprochene Fahrstuhlmusik«, wie Meyer gern lästerte. Zudem war Paris so international, dass man dort ungestört leben konnte, ohne je ein Wort Französisch sprechen zu müssen. Man kam mit diesem Pass auch weltweit gut zurecht, Franzosen waren überall beliebt, wenn man von deren afrikanischen Ex-Kolonien einmal absah. Aber dorthin sollte man ohnehin nicht reisen, wenn man zwar einen französischen Pass besaß, nicht aber die nötigen Sprachkenntnisse. Ansonsten war dieses Dokument perfekt, um mit einer neuen Identität für eine Weile von der Bildfläche zu verschwinden.

»Wir geben ihr auch ein internationales Flair«, schlug Erwin vor und kam dann auf den schönen Phantasienamen Julika Pomorze Rubin, geborene Polin, aufgewachsen in Serbien, seit Jahren in Paris lebend und daher mit dieser wunderbaren französischen Staatsbürgerschaft gesegnet, ganz im Sinne von *Liberté, Égalité, Fraternité*.

»Erwin, das ist großartig!« Meyer war begeistert.

Sie kamen darin überein, dass der Pass dort deponiert werden sollte, wo sie bislang immer ihre Pässe übergeben hatten, tranken beide einen Schnaps auf die guten alten Zeiten im MfS und dann einen zweiten, »weil man auf einem Bein nicht stehen kann«, und zum Schluss einen dritten auf die Völkerfreundschaft.

Anschließend verabschiedete sich Meyer und suchte eine von den im Stadtbild immer seltener werdenden Telefonzellen auf, um seine Kontaktperson auf dem Prepaidhandy anzurufen.

Sie ging nach dem ersten Signalton ran. »Ich horre?«

»Hööre«, sagte Meyer, »das heißt ›hööre‹, ›ich höre‹! – Na, egal, du solltest ohnehin jetzt eher Französisch lernen und dir schon mal deinen neuen Namen merken. Julika Pomorze Rubin. Na, wie gefällt dir das?«

»Gutt«, antwortete sie knapp, »wann ich bekomme?«

»Vier Tage, dann hast du deinen Pass«, erklärte Meyer, »und jetzt hör mir genau zu! Ich werde dir jetzt erklären, wo du deinen Pass dann abholen kannst, alles klar?«

»Du sagen, ich holen Pass.«

»Aber erst in vier Tagen«, bestätigte Meyer und kontrollierte durch die beschmierten Scheiben der Telefonzelle, ob sich jemand näherte. Als das nicht der Fall war, sprach er leiser weiter: »Am besten, du schreibst dir das auf: Im Schlosspark von Charlottenburg gibt es ein Königin-Luise-Mausoleum.«

»Luise-Museum, ich verstehen.«

»Kein Museum«, verbesserte Meyer, »Mau-so-le-um. Wie in Moskau. Das Ding, wo Lenin liegt.«

»Ich brrrauchen Pass für Moskau«, erwiderte sie.

»Nein, du musst nicht nach Moskau.« Meyer seufzte. »Du musst nach Charlottenburg, Schlossgarten.«

»Scharrlottenburch?«

»Genau«, nickte Meyer, »der Schlossgarten hinter dem Schloss: Da gibt es ein Mausoleum.«

»Ein Museum in Scharrlottenburch?«

»Ein Mau-so-le-um! Ein Grab! Für die preußische Königin Luise! Die liegt da begraben, genau wie ihr Mann und ihr Sohn und dessen Frau. Alle tot, alle da begraben.«

»Frriedhoff?«

»Von mir aus nenn es Friedhof.« Meyer wurde langsam ungeduldig. Das hätte er bedenken müssen, dass man das Ausländern schlecht erklären kann. Aber er versuchte es tapfer weiter. »Aber es ist nur ein Grab auf dem Friedhof. Ein kleiner Tempel. Da musst du rein und zu Luises Sarkophag. Hast du das bis hierher verstanden?«

»Ich gehen Frriedhof in Scharrlottenburrch«, antwortete sie, »wo tot ist Luise?«

»Richtig!« Wunderbar, er kam voran. »Also die liegt dort in einem Sarkophag, die Luise«, erklärte er weiter. »Und wo der schwere Deckel auf dem Sarkophag aufliegt, ist so ein schmaler Spalt. Der Pass liegt genau da drin. Das hat sich schon hundertmal bewährt.«

»Ich nix verrrstehen«, kommt es betrübt aus dem Hörer. »Wo ist Scharrlottenburrch?«

»Ach, vergiss es«, winkte Meyer geschafft ab, zumal ihm ein verdächtiges Taxi in der Nähe aufgefallen war. Es stand mit laufendem Motor etwa fünfzig Meter von der Telefonzelle entfernt. Zwei Männer saßen im Fond und schienen ihn zu beobachten. Mist, dachte er, die beschatten mich schon.

»Wo kann ich dich treffen?«, flüsterte er angespannt ins Telefon.

»Du mich trreffen?«

»Ja, ich dich treffen«, brüllte Meyer entnervt in den Hörer, »wo und wann?«

»Ich gehen Funkturm. Eine Stunde?«

»Prima«, sagte Meyer und verfiel wieder in seinen konspirativen Flüsterton. »In einer Stunde am Funkturm. Bis gleich! – Puh«, machte er und legte auf. Dann sah er auf die Uhr. Eine Stunde, das konnte knapp werden. Zumal er noch das Taxi abhängen musste.

Zunächst ging er unauffällig, ganz unauffällig, so als würde er nichts von seinen Verfolgern bemerken, in Richtung Supermarkt. Eine alte HO-Kaufhalle, die jetzt von Netto betrieben wurde, aber das war wurscht, denn diese alten HO-Kaufhallen waren alle nach den gleichen DDR-Standards gebaut. Die hatten vorn einen Eingang und hinten die Lieferzone, die von hier aus – und das war das Wichtige – für das Taxi nicht einsehbar war.

Meyer holte seine Geldbörse heraus, sodass es die Leute im Taxi genau sehen konnten, und tat, als ob er sein Kleingeld zählen würde. Dann betrat er den Supermarkt wie einer, der eine kleine Besorgung machen wollte, Zigaretten kaufen etwa oder einen Schokoriegel. Doch stattdessen lief er schnurstracks durch den Markt nach hinten zum Lieferanteneingang und verließ den Laden dort wieder. Sein Wagen stand glücklicherweise etwas entfernt und war vom Taxi aus nicht zu sehen.

Meyer startete den Wagen, musste aber jetzt an seinen Beschattern vorbeifahren. Er duckte sich tief über das Lenkrad. Als er das

Taxi passierte, fiel ihm auf, dass die Rückbank leer war. Nur der Fahrer saß noch drin.

Meyer musste lachen. Wahrscheinlich suchten ihn diese Idioten jetzt im Supermarkt.

Gott, was für Anfänger!

28 AMRAS FOTOS WAR ANZUSEHEN, dass sie unter schwierigen Bedingungen gemacht worden waren. Trotz des dichten Schneefalls waren der angreifende Bell-UH-1-Helikopter sowie die schweren amerikanischen Lastwagen mit dem nur unzureichend übertünchten weißen Stern der US-Army deutlich erkennbar.

Kovač war begeistert. Kein Zweifel: Die militärische Unterstützung der UÇK durch die NATO war viel weitgehender als offiziell bekannt. Die Frage war lediglich, ob das unter der Hand passierte, also illegal und durch Drogengeschäfte finanziert, oder ob die Lieferungen mit der Regierung in Washington abgestimmt worden waren.

Die Antwort konnte nur einer liefern, dachte Kovač, und zwar dieser Amerikaner mit dem Robert-Redford-Gesicht, der auf zwei weiteren Bildern seiner jungen Kollegin zu sehen war, zusammen mit dem berüchtigten UÇK-Kommandeur Udar Brahimi in einem Motel in Gjakova.

Da die Kleinstadt an der Grenze inzwischen von der jugoslawischen Armee komplett besetzt und »von Terroristen geräumt« worden war, musste sich der Ami irgendwo abgesetzt haben. Die albanische Hafenstadt Durrës war nur anderthalb Autostunden von der Grenze zum Kosovo entfernt. Kovač nahm daher an, dass sich der Amerikaner dorthin abgesetzt hatte. Er nahm weiter an, dass aus Durrës auch die Waffenlieferungen für die UÇK kamen, genau wie die Helikopter, die den Grenzübergang am Morina-Pass angegriffen hatten. Von Durrës aus war es praktisch nur ein Katzensprung über die Adria nach Italien mit seinen NATO-Stützpunkten Aviano und Piacenza.

Ja, dachte Kovač, die Lösung kann nur Durrës heißen.

Aber wie dorthin gelangen? Sämtliche Übergänge von und nach Albanien waren gesperrt, ebenso der Luftraum. Der Krieg hatte seine Frontlinien wie eine Käseglocke über das Land gestülpt. Unüberwindbar. Man kam nicht mehr heraus.

Endlose Flüchtlingstrecks zogen verzweifelt kreuz und quer durchs Land. Kosovoalbaner vor allem, die jetzt, nach Beginn der Luftangriffe, von der Armee aus ihren Dörfern getrieben worden waren, aus Rache. Frauen, Kinder und Alte, deren Männer, Brüder und Söhne irgendwo in den Bergen kämpften, als vermeintliche Unterstützer der Separatisten in den Gefängnissen saßen oder ermordet worden waren. Erschossen im Bürgerkrieg, zerfetzt bei entsetzlichen Anschlägen, getötet von den Bomben der NATO-Flieger. Binnen weniger Tage hatte sich das Kosovo in eine blutgeile Hölle verwandelt, aus der es kein Entrinnen gab.

Die wichtigste Informationsquelle eines jeden Journalisten waren gute Kontakte. Zudem war Kovač ethnisch gesehen Albaner, und diesen Umstand galt es zu nutzen.

Während sich Amra Milicević in ihrer kleinen Wohnung im Schatten der Çarshi-Moschee von den Strapazen ihrer Recherchereise erholen sollte, wandte sich Kovač an das Büro der Rugova-Partei im Stadtzentrum von Priština und äußerte seine Befürchtung, dass es der gemeinsamen Sache schaden könnte, wenn herauskäme, dass der bewaffnete Kampf für die Freiheit und Unabhängigkeit des Kosovo mit Drogengeldern aus dem organisierten Verbrechen finanziert wurde.

Damit traf er wohl einen wunden Punkt, denn kurz darauf bekam er zu Hause einen Anruf. Jemand, der sich nicht näher vorstellte, wollte wissen, woher diese Gerüchte stammten.

Kovač erwiderte, dass er als Journalist seine Quelle unmöglich preisgeben könne, jedoch als Chef von SLOBODA LIRI und aufrechter Kosovoalbaner daran interessiert sei, wenn diese Gerüchte ausgeräumt werden könnten.

Daraufhin vereinbarte man ein konspiratives Treffen. Kovač möge sich bereithalten.

Zwei Stunden später wurde er von einem verbeulten Yugo abgeholt und über Schleichwege sowie die weiträumige Umfahrung mehrerer Checkpoints der inzwischen allgegenwärtigen jugoslawischen Armee nach Mazedonien gebracht.

Direkt hinter der Grenze wartete ein Sikorsky-Helikopter ohne Länderkennung, der Kovač in Begleitung zweier zivil gekleideter Herren, die nicht eine Silbe mit ihm wechselten, in die albanische Hafenstadt Durrës flog.

Ein derart reibungsloser Verlauf hätte Kovač irritieren müssen. Tatsächlich aber triumphierte er. Das schmeichelte seiner Eitelkeit, und natürlich hielt er sich einmal mehr für genial.

Stelle die richtigen Fragen, dachte er, und sie werden dich zum Ziel führen.

In Durrës, malerisch an der adriatischen Küste gelegen, brachte man Kovač zu einem Hochhaus an der Uferpromenade. Hier befand sich im achten Stock, in einer großzügig geschnittenen Fünfzimmerwohnung mit atemberaubendem Meerblick, das internationale Komitee zur Befreiung des Kosovo.

Und hinter einem reich verzierten Schreibtisch aus Mahagoni, der so wuchtig war, dass er aus dem Nachlass Enver Hodschas hätte stammen können, thronte mit gewichtiger Miene niemand anders als Udar Brahimi.

»Sie behaupten, wir würden unseren Freiheitskampf mit illegalen Drogengeschäften finanzieren?«

»Nein, das behaupte ich nicht«, lächelte Kovač und verbeugte sich leicht, bevor er, ohne dazu aufgefordert zu werden, in einem der ausladenden Clubsessel Platz nahm und bei einem der herumstehenden Bewaffneten eine Tasse schwarzen Tee bestellte. »Englisch, mit viel Milch. Danke!«

Dann wandte es sich wieder dem grimmigen Brahimi zu. »Sie wissen sicher, dass ich als Herausgeber und Chefredakteur einer der größten Zeitschriften des Kosovo meinungsbildend bin. Insofern sollten Sie, sowohl persönlich als auch um unserer gemeinsamen gerechten Sache willen, daran interessiert sein, derartige Gerüchte auszuräumen. Mit meinem Erscheinen hier will ich

Ihnen die Gelegenheit dazu bieten.« Kovač zog effektvoll sein kleines Aufnahmegerät aus der Innentasche seines Mantels und legte es vor sich auf den Schreibtisch. »Dazu hätte ich vor allem zwei Fragen ...«

Bevor er diese ausformulieren konnte, wurde ihm das Diktafon von den Bewaffneten weggenommen.

»Keine elektromagnetischen Aufzeichnungen«, erklärte Brahimi knapp. »Sie können sich gern schriftlich Notizen machen.«

»Wie Sie wünschen.« Kovač holte ein in Kalbsleder gebundenes Oktavheft und einen Kugelschreiber hervor, kam aber wieder nicht dazu, Fragen zu stellen, denn Brahimi war hinter seinem Schreibtisch hervorgekommen und stellte sich ans Fenster.

»Kommen Sie her«, forderte er, »schauen Sie einmal hier hinaus!«

»Sehr gern.« Kovač erhob sich ebenfalls und trat neben den UÇK-Kommandeur. »Was wollen Sie mir denn zeigen?«

»Nun, zum Beispiel den Hafen«, antwortete der UÇK-Kommandeur, »da liegen viele Frachtschiffe, nicht wahr?«

In der Tat war der Hafen voller Containerschiffe. Aber auch mehrere US-Kriegsschiffe lagen dort und die deutsche Fregatte »Rheinland-Pfalz«.

»Wir sind strategischer Partner der NATO und werden hier im Rahmen der Operation Allied Force natürlich auch mit Waffen versorgt«, erklärte Udar Brahimi knapp, um dann pathetischer hinzuzufügen: »Aber wir bezahlen diese Unterstützung nicht mit Drogen, sondern im Kampf. Mit unserem Leben!« Er marschierte zu seinem Schreibtisch zurück und setzte sich wieder. »Schreiben Sie das!«

»Und vorher?« Auch Kovač ging zurück zu seinem Sessel. »Wie lief das vorher? Als Sie noch nicht strategischer Partner der NATO waren und unseren Kampf allein führen mussten?« Er bekam seinen Tee, dankte und setzte sich ebenfalls. »Wie haben Sie damals Ihre Waffen bezahlt?«

»Vielleicht durch Spenden?« Brahimi bog die Hände gegeneinander, dass die Fingergelenke knackten. »Wir hatten schon immer großzügige Unterstützer.«

»Als da wären?« Kovač lachte gekünstelt. »Ich hoffe nicht, dass Sie jetzt sagen, da waren kolumbianische Drogenbarone darunter …«

»Natürlich nicht!«

»Weil es auch albanische Drogenkönige gibt?«

»Was soll das, Kovač«, fauchte Brahimi, allmählich rot anlaufend, »was unterstellen Sie mir?«

»Nichts«, versicherte Kovač mit beschwichtigender Gestik, »Ihnen gar nichts, wirklich. Es sind nur eben bedauerlicherweise diese ärgerlichen Gerüchte aufgetaucht. Gerüchte, die wir, schon damit unser gemeinsamer Kampf für die Unabhängigkeit des Kosovo nicht davon beschmutzt wird, ad absurdum führen sollten. Und zwar vorbehaltlos, meinen Sie nicht?«

»Wie sollen wir das machen?« Brahimi war sichtlich ungehalten. »Da behauptet jemand was. Setzt Sauereien in die Welt, dämliche Geschichten, um unseren gerechten Kampf zu verunglimpfen. *So what!* So was gehört zum Krieg, man nennt das Feindpropaganda. Was wollen Sie als Schreiberling dagegen tun?«

»Zum Beispiel beweisen, dass an den Gerüchten nichts dran ist«, erklärte Kovač geduldig, »und die wahre, die glaubwürdigere Geschichte erzählen.«

»We're sorry, sir«, mischte sich von der Tür her eine Stimme mit diesem unverkennbar amerikanischen Ostküstenakzent ein, *»I'm afraid these things can affect military secrets.«*

Kovač drehte sich um und kam sich plötzlich vor wie in »All the President's Men« aus dem Jahre 1976. Denn der Mann, der da eben so lässig ins Zimmer kam, sah nicht nur auf Fotos, sondern auch tatsächlich aus wie Robert Redford. Faszinierend fand Kovač das, ausgesprochen phantastisch.

»Fürchten Sie das wirklich?«, wechselte er ebenfalls ins Englische. »Oder ist das Argument der möglichen Gefährdung militärischer Geheimnisse nur vorgeschoben, weil etwas vertuscht werden soll?«

Brahimi wollte etwas sagen, wurde aber mit einer knappen Handbewegung des Amerikaners zum Schweigen gebracht.

»Nun, ich will es so ausdrücken«, sagte er dann, »nicht alle

Argumente, die gebraucht werden, um etwas zu vertuschen, sind auch vorgeschoben.«

»Ein interessanter Ansatz««, fand Kovač. »Das Dilemma besteht darin, dass das Vertuschen von Tatsachen oft schwerer wiegt als die Tatsache selbst. Es kommt immer auf die Begründung an.«

»Sie scheinen ein guter Krisenmanager zu sein.«

»Ich bin Journalist. Ich manage keine Krisen. Ich beobachte sie nur. Dabei ist mir aufgefallen, dass die meisten Krisen gar nicht erst entstünden, würden wir uns schneller zu unseren Fehlentscheidungen bekennen.«

»Sie meinen, es fehlt uns an Fehlerkultur?«

»Ich meine, wer keine Fehler machen darf, wird auch keine zugeben«, Kovač trank von seinem Tee, »geschweige denn daraus lernen.«

Der Amerikaner nickte. »Sie haben recht, wir verbrennen uns dauernd die Finger an derselben Herdplatte. Wie dumm von uns.« Er setzte sich in einem Sessel Kovač gegenüber und legte nachdenklich die Hände aneinander. »Was möchten Sie wissen?«

»Etwas über Drogen-«, antwortete Kovač, »und etwas über Waffengeschäfte. Nicht zuletzt etwas über Sie.«

Der Amerikaner lehnte sich zurück und sah die Zimmerdecke an. »Sagen wir mal so: Die einen haben die Waffen. Die anderen haben die Drogen. Die mit den Drogen wollen kämpfen, die mit den Waffen ein bisschen Spaß. Was glauben Sie, was passiert?

»Ein reger Tauschhandel entsteht.«

»Eben. Wir haben eine klassische Win-win-Situation.«

»Und Sie«, fragte Kovač, »wann kommen Sie ins Spiel?«

»Ohne mich fängt das Spiel erst gar nicht an«, erwiderte der Amerikaner ruhig. »Mich hat die Spaßfraktion geschickt. Ich bin der Floh im Ohr, verstehen Sie? Der, der denen mit den Drogen sagt, dass sie jetzt kämpfen müssen.«

29 MEYER WAR GERADEWEGS zum Schloss Charlottenburg gefahren, wo es am Informationsstand neben dem Eintrittskartenschalter kostenlose Pläne vom Schlossgarten gab, in die auch das Mausoleum der Königin Luise eingezeichnet war. Dazu hatte er noch eine Postkarte vom Sarkophag der Königin gekauft, um der Kontaktperson nachher erklären zu können, wo genau der Pass versteckt werden würde.

Anschließend hatte er sich wieder ins Auto gesetzt und war zur Masurenallee gebrettert, um den Wagen noch rechtzeitig auf dem Parkplatz am Messegelände abzustellen, doch die Kontaktperson war mal wieder zu spät.

Jetzt wartete Meyer schon seit gut zwanzig Minuten vor dem Funkturm auf sie und sah immer wieder unruhig auf die Uhr.

Merkwürdig. Eigentlich hätte sie längst hier sein müssen. Auch wenn man sich in Berlin nicht auskannte. Herrgott, wo steckte die nur? Es gab in der ganzen Stadt Pläne, an jeder Bushaltestelle, in jedem U-Bahnhof, überall Linienpläne, Übersichtspläne, Stadtpläne. Es sollte also auch für eine zugegeben noch recht junge SDB-Agentin möglich sein, sich in der Stadt zurechtzufinden. Die hatte man doch sicher entsprechend ausgebildet. Oder waren die Jugoslawen inzwischen nicht mal mehr in der Lage, ihre Leute anständig zu schulen? Zu Titos Zeiten waren die doch relativ erfolgreich, man denke nur an die erfolgreiche Liquidierung des Kriegsverbrechers Vjekoslav Luburić 1969 oder das Bušić-Attentat 1978 in Paris.

Meyer machte sich einmal mehr auf die Suche nach einer Telefonzelle. Vergebens. Er wollte auch in Funkturmnähe bleiben, damit er seine Kontaktperson nicht verpasste. Also nahm er den Aufzug hoch zum Funkturmrestaurant und bat dort eine der Tresenkräfte, ihm doch bitte ein Telefon zur Verfügung zu stellen. Die übrigens sehr hübsche Bardame kam seiner Bitte umgehend nach und lehnte sogar die von ihm angebotenen fünfzig Pfennig ab.

»Das ist Service«, sagte sie nur lächelnd, »kann ich sonst noch was für Sie tun?«

Meyer verneinte dankend, gab aber zwei Mark Trinkgeld. Das nahm die Bardame gern an. Sie ließ das blinkende Geldstück augenzwinkernd in ihrem üppigen Dekolleté verschwinden. Was Meyer so erregte, dass er fast vergaß, warum er eigentlich telefonieren wollte.

Doch dann fiel es ihm wieder ein. Er wählte die Nummer des Prepaidhandys, und diesmal war die Kontaktperson schon vor dem ersten Signalton dran.

»Wo du bleiben?«

»Das frage ich dich«, regte sich Meyer auf. »Ich warte hier schon die ganze Zeit!«

»Ich auch warrten«, antwortete sie mit ihrem rollenden »R«. »Du nicht da.«

»Doch, doch, ich bin da. Und wie!« Meyer verstand es nicht. »Direkt vor dem Funkturm. Also im Augenblick bin ich gerade oben im Restaurant, aber eigentlich … Wo steckst du denn?«

»Bei Schlange.«

»Bei Schlange? Was für 'ne Schlange?«

»Menschenschlange. Stehen an hierr sehrr viel. Wollen alle in Kugel.«

»Wollen alle in Kugel?« Allmählich fiel bei Meyer der Groschen. Die Kontaktperson stand nicht vor dem Funkturm, sondern … »Das ist der Fernsehturm, verdammt!« Er war völlig außer sich. »Himmel, wir haben gesagt: Funkturm! Nicht Fernsehturm. Das ist ein Unterschied!«

»Du haben zwei Turrme in Berrlin?«

»Na, Mensch, das weiß man doch! Berlin! Hier ist alles doppelt: Opern, Theater, Museen, alles doppelt und dreifach, sogar zwei Stadtzentren, weil ja hier früher die Mauer war. Aber nur *einen* Funkturm! Und *einen* Fernsehturm! Na, warte dort, ich komme hin!« Kopfschüttelnd legte Meyer auf.

Nicht zu fassen, dachte er, wenn uns das passiert wäre, früher! Da hätte es von Mielke vielleicht eins auf den Deckel gegeben.

War das damals einfacher, oder wurde er langsam zu alt? Fest stand jedenfalls, dass ihm die Führung von ausländischen Agenten mal erheblich leichter gefallen war. Aber er war ja auch schon lange nicht mehr hauptberuflich im Geschäft.

Mit dem Wagen raste er die Bismarckstraße hinunter, als ihm plötzlich wieder das Taxi auffiel. Es war direkt hinter ihm.

Oder war das ein anderes Taxi? Die waren ja alle gelb, die meisten davon Mercedes, eigentlich typisches Stadtbild. Davon musste man sich nicht kirre machen lassen. Allerdings hatten nicht alle Taxis zwei Männer im Fond. Der eine war ihm schon in Hohenschönhausen aufgefallen, weil er einen Vollbart im Gesicht und ein Basecap auf dem Kopf hatte.

Genau wie der Mann, der jetzt wieder im Taxi saß. Das konnte zwar auch Zufall sein, dennoch ging Meyer auf Nummer sicher.

Mit Schwung nahm er den Kreisverkehr an der Siegessäule und gab Gas. Dreimal bretterte er um die Goldelse herum, hart am Rande der Fahrphysik, dass die Reifen sirrten.

Der Taxifahrer hatte zwar einige Mühe damit, blieb aber dran. Doch dann sah Meyer eine Chance. Er nahm den nächsten Lastzug als Sichtblende und scherte am Spreeweg rechts raus. Dann Vollgas, die nächste Straße wieder rechts in die John-Foster-Dulles-Allee rein und an der Schwangeren Auster in die Büsche.

Mit qualmenden Reifen stoppte Meyer hinter Bäumen versteckt auf dem Parkplatz am Haus der Kulturen der Welt und wartete ab.

Kurz darauf kam auch das Taxi die Dulles-Allee hinunter, ohne freilich am Parkplatz zu halten. Meyer gab wieder Gas. Jetzt war er der Verfolger. Schön hinter einem Lieferwagen versteckt zuckelte er die Allee hinunter, bis er das Taxi vorn am Straßenrand stehen sah. Meyer stoppte und bog mit dem Heck voran in die Große Querallee. Die war zwar ein Parkweg durch den Tiergarten und für Kraftfahrzeuge verboten, aber darauf konnte Meyer jetzt keine Rücksicht nehmen. Das hier war eine geheimdienstliche Operation, da war Tarnung angesagt.

Er schaltete den Motor aus und lief hinter Buschwerk und Sträuchern geduckt zum Taxi vor. Die Männer im Fond schimpften lautstark mit ihrem Chauffeur, den sie wohl für unfähig hielten. Der verstand natürlich kein Wort, denn die Männer sprachen … Ja, was war das eigentlich für eine Sprache?

Meyer war sicher, so etwas noch nie gehört zu haben. Klang

nach ehemaliger Sowjetrepublik. Kirgisien vielleicht, Transnistrisch, oder war das Abchasisch? Auf jeden Fall war es eine Sprache aus dem ehemals sowjetischen Einflussbereich. Und dann konnte nur der Russe dahinterstecken.

Und wenn der es wagte, Meyer nachzuschnüffeln, waren die Amis auch nicht weit.

Kein Wunder, dachte Meyer. Ich drehe hier ja auch ein großes Rad. Ein verdammt großes Rad!

Vorsichtig schlich er zu seinem Auto zurück. Er musste jetzt ganz diskret hier weg und endlich die Sache mit der Kontaktperson hinter sich bringen. Und dabei konnte er ganz bestimmt keine Verfolger brauchen.

Meyer startete den Wagen. Zurück auf die John-Foster-Dulles-Allee konnte er nicht. Dann würde man ihn vom Taxi aus sofort sehen. Also behielt er den Rückwärtsgang bei und fuhr mit dem Heck voran die gesamte Große Querallee bis zur Straße des 17. Juni hinunter, vorbei an bellenden Hunden, fluchenden Radfahrern und schimpfenden Fußgängern, dieser ganzen wichtigtuerischen Mischpoke, die vollkommen unfähig war, mal über den Tellerrand zu blicken und vielleicht daran zu denken, dass es einen gewichtigen Grund dafür geben könnte, wenn hier ein Mann in seinem Audi rückwärts durch den Tiergarten fuhr.

30 SEIT STUNDEN ARBEITEN WIR uns vorwärts, Hünerbein und ich, immer im Schein meines Feuerzeugs einen bröckeligen Gang entlang, der teilweise arg einsturzgefährdet wirkt. Manchmal liegt der Schutt so hoch, dass wir ihn erst beiseiteräumen, uns regelrecht hindurchgraben müssen, um weiterzukommen. Aber wir sind auf dem richtigen Weg. Davon ist wenigstens Hünerbein überzeugt, der ewige Optimist.

»Du würdest hier einfach liegen bleiben«, wirft er mir vor, »und auf deinen Tod warten.«

Mag sein. Pessimisten haben noch nie die Welt verändert. Dafür muss man schon eine ganze Prise Idealismus haben, dazu das Gefühl, dass Veränderung möglich ist, im positiven Sinne, selbst wenn die Ausgangslage immer schlimmer wird.

Eine Weile lang hat uns noch Mark Hollis mit seinem Klagegesang begleitet, dann war es Duran Duran, gefolgt von Alison Moyet und schließlich Bronski Beat mit seinem unvergleichlich falsettstimmigen Jimmy Somerville. Im Augenblick folgen wir Wham! und lassen uns von George Michaels »Careless Whisper« spontan etwas flüstern.

»Da feiert einer die ganze britische Popkultur der Thatcher-Ära ab«, meint Hünerbein und tastet sich munter weiter voran. »Wer weiß, vielleicht sind wir in einer Zeitschleife oder so etwas gelandet und kommen gleich am Piccadilly Circus im Jahre vierundachtzig raus.«

Ich wäre froh, wenn wir überhaupt irgendwo rauskommen würden. Immerhin scheinen wir uns der Musik zu nähern. Die ist bestimmt schon auf Zimmerlautstärke.

Fast bin ich so weit, wieder so etwas wie einen Hauch Hoffnung zu empfinden, als die Musik unvermittelt abbricht. »Das darf nicht wahr sein!«

»Keine Panik«, beruhigt mich Hünerbein, »die wechseln nur das Tape.«

Das dauert aber ganz schön lange. »Warum schieben die nicht einfach eine neue CD ein?«

»Weil man in den Achtzigern noch Platten gehört hat«, erwidert Hünerbein, »und Kassetten. Vielleicht haben sie ja Bandsalat.« Er tappt vorsichtig weiter voran. »Oder der Plattenspieler ist kaputt. Oder sie haben ein wahnsinnig kompliziertes High-End-Tonbandgerät und kommen damit nicht zurecht.«

»Oder bei dir ist eine Sicherung durchgebrannt.« Missmutig trete ich gegen eine Wand. *»Fuck!«*

Das ändert alles, denn die Wand gibt nach und bröckelt krachend in die Tiefe. Die fallenden Ziegel hallen lange nach, dahinter scheint ein größerer Raum zu sein. Verblüfft leuchte ich mit meinem Feuerzeug hinein. Ein gemauertes Gewölbe tut sich auf, eine Art Kreuzgang, wie in einer Kirche. Da soll noch mal einer sagen, Pessimisten würden nicht die Welt verändern.

»Okay«, macht Hünerbein anerkennend, »okay, das war sehr gut, Sardsch. Schauen wir mal, wo uns das hinführt.« Und schon schiebt er seinen Körper durch das entstandene Loch in der Wand und verschwindet kurz darauf polternd im schwarzen Nichts.

»Harry«, rufe ich, »Harry, alles klar?«

»Glaub schon«, ächzt er. »Musst aufpassen, das geht hier ziemlich steil runter.«

Was Mist ist, ich würde ja lieber rauf. Trotzdem setze ich erst meinen rechten Fuß durch die Wand, dann den linken und schrecke zurück. Denn vor mir klafft ein Abgrund. Im flackernden Licht des Feuerzeuges sehe ich Hünerbein bestimmt fünf, sechs Meter unter mir. Er scheint auf einem Kohlehaufen zu hocken. Grinsend zeigt er mir ein Brikett.

»Sieh dir das an«, freut er sich, »das liegt hier bergeweise rum. Da kann der Ofen nicht weit sein.«

Oder vielleicht doch, denke ich, sonst hätten sie die Kohle ja verheizt. Aber ganz offensichtlich wird sie nicht mehr gebraucht. Weil der Ofen längst abgerissen ist. Im Krieg zerstört, verschüttet und später zubetoniert, wer weiß das schon.

»Nun komm, spring!«

Na, der hat Humor! Bin ich ein Känguru? Oder Artist? Das letzte Mal bin ich als Kind so tief gesprungen und hab mir prompt den Knöchel verstaucht.

Erst mal stecke ich das Feuerzeug ein, damit ich es beim Fallen nicht verliere. Außerdem sieht das im Dunkeln alles nicht mehr so gefährlich aus.

Dann klammere ich mich an den Resten der eingetretenen Mauer fest und lasse mich langsam in die Tiefe gleiten. Bei meiner Körpergröße von circa eins achtundachtzig müsste sich der Abstand von meiner Fußsohle bis zum Boden auf vielleicht drei, vier Meter reduzieren. Das ist zwar immer noch zu hoch, wie ich finde, aber egal. Da muss ich jetzt durch. Ich zähle bis drei, lasse mich fallen und lande in einem Berg aus Staub, Koks und jahrzehntealten Kohlen.

»Echte Union-Briketts«, stellt Hünerbein fest, »der Klassiker.«

Na toll, denke ich und hole mein Feuerzeug wieder hervor. Hoffentlich hat dieser Kohlenkeller auch einen Ausgang. Sonst sitzen wir hier fest.

Plötzlich geht die Musik wieder los. Rhythmische Gitarrenriffs hallen durch das Gewölbe.

Irritiert leuchte ich herum. Wo kommt das her?

»Hey!« Hünerbein richtet sich aufmerksam auf. »Das sind Wendy Melvoin und Lisa Coleman.«

Na fein, denke ich und stolpere suchend und über mannshohe Kohlenberge durch das Gewölbe.

Hünerbein tapert mir nach. »Die Revolution ist schon da«, meint er andächtig, »fehlt nur noch Prince, was?«

Ich stehe vor einer Kohlenschütte, einer etwa zwei Meter breiten geneigten Ebene, die schräg aus dem Kellergewölbe führt und oben mit einer massiven Falltür aus Holz verschlossen ist. Allerdings scheitern meine ersten Versuche, die Ebene hinaufzuklettern. Die Steine sind glatt, der Neigungswinkel zu steil. Ich rutsche immer wieder ab. »Hilf mir mal!«

Wir schichten Briketts auf, damit man da besser hochkommt. Gleichzeitig hören wir, wie Prince mit seiner Leadgitarre in das Spiel von Wendy und Lisa einfällt und zu singen anfängt.

»I never meant to cause you any sorrow.
I never meant to cause you any pain.
I only wanted one time to see you laughing.
I only wanted to see you laughing
in the purple rain.«

Verrückt, denke ich, wir schuften hier im Kohlenstaub, und Prince singt vom lila Regen.

»Purple rain, purple rain!
Purple rain, purple rain!
Purple rain, purple rain!
I only wanted to see you bathing
in the purple rain.«

»Die haben jetzt zwar den Kontinent gewechselt«, keucht Hünerbein, »sind aber weiter in den *eighties*.«

Das ist mir völlig wurscht. Ich will nur wissen, woher die Musik kommt. Und dann raus hier! Verbissen ackere ich weiter.

»I never wanted to be your weekend lover.
I only wanted to be some kind of friend,
hey baby,
I could never steal you from another.
It's such a shame our friendship had to end.«

Nach einer Weile haben wir so viel Briketts an der Schütte hochgestapelt, dass ich hochklettern kann. Ich versuche, die Falltür hochzudrücken. Vergebens. Selbst als Hünerbein mir hilft und wir uns beide verbissen mit roten, vor Anstrengung verzerrten Gesichtern und anschwellenden Halsadern gegen die Falltür pressen, gibt diese nicht nach.

»Abgeschlossen«, vermutet Hünerbein und sieht sich nach einem Hebel um, den er notfalls auch als Brecheisen benutzen kann. »Oder zu schwer.«

»Purple rain, purple rain!
Purple rain, purple rain!
Purple rain, purple rain!
I only wanted to see you underneath
the purple rain.«

Ich klopfe unterdessen die Falltür mit einem Brikett ab. An einigen Stellen klingt das Holz dumpfer und feuchter. An anderen Stellen ist es so morsch, dass man es von Hand wegbröseln kann. Beherzt schlage ich mit dem Brikett dagegen und ein Loch in die Falltür.

Na also! Geht doch. Auch wenn sich meine Begeisterung in Grenzen hält. Ich hatte mir dahinter einen Schimmer Tageslicht erhofft, ein kleines bisschen Helligkeit, doch nein: Hinter der Falltür scheint es genauso duster zu sein wie hier. Vorsichtig stecke ich meine Hand durch das Loch und suche nach einem Griff, einem Schloss, das die Tür verriegelt, oder einem Riegel. Aber da ist nichts, nichts, nichts!

»Honey, I know, I know, I know times are changin'!
It's time we all reach out for something new,
that means you too.

You say you want a leader,
but you can't seem to make up your mind.
And I think you better close it and
let me guide you to the purple rain.«

»Versuch's mal damit!« Hünerbein reicht mir ein verrostetes Stahlrohr, das ich wie einen Hebel benutzen will, aber nicht richtig ansetzen kann. Also stecke ich das Rohr durch das morsche Loch und breche es immer weiter auf, bis ich mich hindurchzwängen kann.

Ein weiterer Raum, genauso dunkel wie alles hier. Doch das Getöse der Gitarren ist hier fast so laut wie im Konzertsaal. Was ist das? Wo sind wir, verdammt?

»Purple rain, purple rain!
Purple rain, purple rain!
If you know what I'm singin' about up here,
come on raise your hand.
Purple rain, purple rain!
I only want to see you, only want to see you
in the purple rain.«

Ich hole mein Feuerzeug hervor, um etwas Licht zu machen, halte aber inne. Vielleicht ist es Einbildung, aber plötzlich habe ich das Gefühl, einen schwachen Schein zu sehen.

Spinne ich? Oder ist das endlich die Rettung?

Langsam gehe ich darauf zu, vergesse dabei, auf den Boden zu achten, und stolpere ziemlich unsanft. Doch als ich den Blick wieder hebe, ist der schwache Schimmer immer noch da. Hochkant und rechteckig. Ich stehe vor einer Tür. Der Lichtschimmer dringt durch den Spalt an den Falzen und das Schlüsselloch. Mal sehen. Beherzt drücke ich die Klinke herunter, und die Tür geht wirklich auf.

Das hymnische Getöse der Gitarren empfängt mich wie eine akustische Woge. Das sind hundert Dezibel mindestens. Es dröhnt aus zwei Meter hohen Boxen, ich sehe die blinkenden Dioden einer alten, aber wohl sehr leistungsstarken Verstärkeranlage und einen Plattenspieler, auf dem sich der Teller dreht.

Ich sehe eine alte verschlissene Ledercouchgarnitur im dezenten Licht zweier Stehlampen, die wohl noch aus Vorkriegszeiten stammen, und ich sehe ein Paar, das eng umschlungen miteinander tanzt.

»*Uh-huh-huhuh,*
uh-huh-huhuh,
uh-huhu-huhu-huh ...«

»Moin«, mache ich, nachdem die Musik geendet hat, und klopfe zur Begrüßung an die Tür.

Verwirrt löst sich das Paar, sieht mich entsetzt an und weicht etwas zurück.

Die beiden sehen aus wie aus der Zeit gefallen. Er trägt eine Vokuhila-Frisur wie Dieter Bohlen in seiner besten Modern-Talking-Zeit, dazu ein fliederfarbenes, weites Sakko über einem schwarz glänzenden Hemd, vanillegelbe Jeans und weiße Slipper. Auch sie ist vor allem pastellfarben gekleidet, frisurmäßig aber eher eine Mischung aus Sandra und Kim Wilde. Beide sind nicht mehr ganz jung, so um die vierzig, und werden ihre Jugend tatsächlich in den Achtzigern verlebt haben, zwischen Synthiepop, Neonlicht und Stroboskop-Gewittern. Durchaus eine coole Zeit, sie ist mir alles andere als fremd.

»Relaxt, ihr zwo«, sage ich daher beruhigend und bemühe mich um ein abgeklärtes Lächeln. »Geile Mucke habt ihr hier laufen.«

Die beiden kriegen kein Wort heraus.

Ich ahne ja, dass ich furchtbar aussehen muss, verdreckt und stinkend, aber dass es so schlimm ist ...

»Sardsch«, höre ich hinten Hünerbein rufen. »Was ist los? Hilf mal hier!«

Sicher steckt der Dicke in der Falltür fest.

»Nicht erschrecken«, grinse ich das Achtziger-Jahre-Paar an, »aber da ist noch ein Kollege von mir.«

»Sind Sie von der Kanalisation?« Sieh an, Vokuhila hat die Sprache entdeckt.

»*Aus* der Kanalisation«, präzisiere ich. »War nicht schön da unten. Umso glücklicher bin ich, Sie hier zu treffen. Helfen Sie mir mal?«

Gemeinsam holen wir den fetten Hünerbein aus dem Kohlenkeller. Auch der sieht schlimm aus, schwarz von Kohle und Staub, feucht von der Kloake, und seine Haare stehen zu allen Seiten ab. Trotzdem bleibt er amtlich und zückt seinen aufgequollenen Dienstausweis.

»Kriminalhauptkommissar Hünerbein, das ist mein Kollege Kriminalhauptkommissar Knoop. Wir hätten ein paar Fragen an Sie. Erstens: Wo befinden wir uns? Zweitens: Wie spät ist es? Und drittens: Was machen Sie hier unten?«

»Haben wir was verbrochen?«

»Ich hoffe nicht«, erwidert Hünerbein streng. »Bitte beantworten Sie einfach meine Fragen.«

»Ja ...« Vokuhila schaut verunsichert seine Freundin an. »Also, Sie befinden sich hier im Tiefbunker des alten RIAS-Funkhauses ...«

Was? Unglaublich! So weit vom Gasometer entfernt? Das ist ja kaum zu glauben.

»... und es müsste gleich acht sein«, fährt Vokuhila fort, »also acht Uhr morgens. Ja, und was wir hier machen ... Äh ... Wir wohnen hier.«

»Sie wohnen hier?«

»Na ja, nicht ganz legal«, gesteht Vokuhila. »Aber wir sind obdachlos. Wo sollen wir denn hin? Hier unten ist es warm, und wir stören niemanden. Selbst wenn wir unsere Musik hören. Der Bunker wird ja nicht mehr genutzt.«

»Es gibt sogar Sanitäranlagen«, erklärt seine Freundin mit unverkennbar russischem Akzent. »Wollen Sie sich waschen? Sie stinken entsetzlich!«

Herrlich! Was gäbe ich jetzt für ein Bad. Bevor ich aber auf das Angebot eingehen kann, will Hünerbein die Personalien der beiden.

»Name, Vorname?«

»Eckert«, erklärt Vokuhila, »Holger. Und das ist meine Freundin Olga Schaparowa.«

Moment mal. »Dann sind Sie Holger und Olga?« Das gibt's doch nicht! »Olgagolga?«

»Ja«, Holger schaut mich verunsichert an, »so nennen uns manche. Weil Olga …«

»… kein ›H‹ aussprechen kann«, nicke ich wissend, »schon klar.« Ich ziehe das Polaroid der toten Lumpenjule aus der Innentasche meiner Joppe. Es hat die Odyssee durch die Kanalisation einigermaßen überstanden. »Schauen Sie mal! Wissen Sie, wer diese Frau ist?«

»N-nein.«

»Sehen Sie sich das Bild ruhig genauer an.«

Olga und Holger zieren sich. Sie wollen das pappig feuchte Bild nicht in die Hand nehmen, ekeln sich davor, weil es stinkt. Wie alles an uns.

»Das ist vermutlich eine Obdachlose wie Sie«, insistiere ich. »Wir haben Sie gestern tot aus dem Landwehrkanal gezogen. Wir müssen wissen, wer die Frau ist.«

Holger und Olga besprechen sich leise und überlegen.

»Tolle Augen. Sind mir sofort aufgefallen«, sagt Olga dann.

Und Holger setzt hinzu: »Wir haben sie bei der Treberhilfe getroffen. Ist noch nicht lange her. Sie war neu da.«

»Was heißt das, ›sie war neu da‹?«

»Sie gehörte da nicht hin. Kannte sich nicht aus. Wir haben sie zu Kemal geschickt.«

Kemal?

»Kemal ist der Boss«, sagt Holger. »Alle Neuen müssen zu Kemal.«

»Und wo erreichen wir diesen Kemal?«

»Molkenmarkt«, antwortet Olga, »die alte Klosterkirche. Unter der Ruine gibt es eine Gruft.«

Kemal hockt in einer Gruft? Interessant. Da wird er wohl kaum ein Sozialarbeiter sein.

»Aber waschen Sie sich, bevor Sie dorthin gehen.«

»Das werden wir«, verspreche ich. »Vielen Dank.«

»Wissen Sie, wo es hier rausgeht?« Hünerbein sieht sich fragend um. »Wir finden nämlich nicht mehr zurück.«

»Kein Problem«, sagt Holger. »Kommen Sie!«

Kurz darauf stehen wir fröstelnd auf dem Hans-Rosenthal-Platz. Völlig verdreckt und stinkend.

Es ist ungemütlich kalt an diesem Aprilmorgen. Schwacher Nieselregen. Die Sonne steht tief über dem Horizont und ist nur als blasse Scheibe hinter einer grauen Wolkendecke zu sehen.

Also los! Wir müssen endlich aus unseren feuchten und stinkenden Klamotten raus. Und da meine Wohnung von hier aus gesehen am nächsten ist, lade ich Hünerbein zum Frühstück ein.

31 »WARUM DAS GEL?«, frage ich den Kollegen, als wir eine Stunde später frisch geduscht und in riesige Handtücher gehüllt am Küchentisch sitzen. Denn davon hatte ja unser Totengräber, der Rechtsmediziner Professor Dr. Graber, gesprochen: von den Resten einer Substanz, eines Pflegemittels, mit der die Haare der Toten gegelt worden waren. »Warum hatte die Tote dieses Gel im Haar?«

»Weil sie noch nicht lange auf der Straße lebte.« Hünerbein schmiert sich sein sechstes Brötchen und verschlingt nacheinander alle Lebensmittel, die auf dem Tisch stehen. Sämtliche Wurst- und Käseaufschnitte, Marmeladen- und Nutella-Gläser, alles wird fein säuberlich geleert und aufgezehrt. »Du hast doch die beiden Achtziger-Jahre-Unterweltler gehört: ›Die war neu bei der Treberhilfe. Kannte sich nicht aus.‹«

Ja, denke ich, für eine Treberin sei die Tote zu gepflegt gewesen, das hatte auch der Totengräber schon zu bedenken gegeben. Keine Läuse, keine Schuppen, keine schmutzigen Fingernägel.

»Und deshalb auch das Gel im Haar«, schmatzt Hünerbein hungrig, »die hatte sich eine Frisur gemacht. Das war ein Rest aus besseren Zeiten.«

Ich weiß nicht so recht. »Und wenn das Ganze nur eine Verkleidung war?«

Hünerbein stutzt und sieht mich an. »Was meinst du?«

»Die Frau wurde umgebracht«, überlege ich laut, »irgendwer

muss also hinter ihr her gewesen sein. Weil sie das weiß, versteckt sie sich in der Obdachlosenszene. In der Hoffnung, zu entkommen.«

»Kühne These«, findet Hünerbein und gießt sich Kaffee nach. »Du meinst also, die hat sich das Gel in die Haare geschmiert, um ungepflegter zu wirken?«

»Ja.« Die Idee gefällt mir immer besser. »Sie besorgt sich im Secondhandladen einen alten Daunenmantel, schmiert sich Gel ins Haar, damit es fettig aussieht, und taucht in die Obdachlosenszene ab. Weil ihr irgendwer ans Leder will.«

»Aber wer?«

»Keine Ahnung. Ein enttäuschter Liebhaber, die Russenmafia, was weiß ich?«

»Die Russenmafia?«

»Sie hat schlecht Deutsch gesprochen«, erinnere ich ihn, »mit slawischem Akzent.«

»Dann könnte es auch eine illegale Einwanderin gewesen sein«, erwidert Hünerbein kauend, »eine, die sich vor den Behörden oder ihrer drohenden Abschiebung versteckt.«

»Du warst doch bei den Ämtern. Irgendwas rausbekommen?«

»Noch nicht.« Hünerbein lehnt sich zurück. »Die hatten das nicht sofort parat, müssen erst die entsprechenden Akten zusammensuchen. Ämter halt!«

Schweigend sehe ich auf den kleinen Plastikeimer mit dem heißen Seifenwasser auf dem Spültisch. Darin habe ich alles eingeweicht, was in unseren Jacken- und Hosentaschen war, meinen Schlüsselbund und den kleinen Bartschlüssel, der bei der Toten gefunden worden war, Hünerbeins Taschenmesser – sein Schlüsselbund samt Taschenlampe war ihm ja in der Kanalisation abhandengekommen –, dazu Brillen samt Etuis, mein Feuerzeug, einen kleinen Kamm – na gut, den könnte man auch entsorgen –, Hünerbeins Handy und vor allem – wie anklagend es mich anstarrt – das teure medizinische Gerät zur Blutdruckmessung …

Es schließt an der Wohnungstür, und Monika kommt in die Küche gefegt. Offenbar hat sie die Kinder in die Schule gebracht.

»Morgen, äh …« Sie starrt perplex auf den dicken Hünerbein,

der in seinem bunten Badetuch wie ein Buddha am Küchentisch hockt. »Oh, Harry!«

»Morgen, Monika«, grinst Hünerbein, »freut mich auch, dich zu sehen.«

»Sorry, ich hab's total eilig.« Monika rennt wieder aus der Küche heraus. »Ich hab meine Autoschlüssel hier irgendwo liegen lassen. Hast du sie gesehen?«

»Hängen die nicht am Bord«, rufe ich hinterher, »neben der Tür?«

Monika kommt zurück in die Küche und sieht uns missbilligend an. »Was ist das für eine stinkende Sauerei in der Waschmaschine?«

»Wir mussten Ermittlungen in der Kanalisation durchführen.«

»Ich dachte, du wollest Liams Ranzen holen.«

»Das wollte ich.«

»Und? Hast du ihn?«

Der muss noch auf dem GASAG-Gelände liegen, überlege ich, den habe ich bei der ganzen Aufregung vergessen. »Der Kerl ist abgehauen«, erkläre ich schließlich, »in die Kanalisation. Du ahnst ja nicht, was das für ein Irrgarten dort unten ist.«

»Wir haben uns verlaufen«, prahlt Hünerbein, »das war ein echtes Abenteuer, da ging es ums blanke Überleben. Der Urkampf sozusagen. Mann gegen Natur!«

»Natur? In der Kanalisation?«

»Du, dort gibt es jede Menge organisches Leben.«

»Das ganze Badezimmer stinkt danach!« Monika rümpft die Nase. »Und warum habt ihr die Waschmaschine nicht angestellt?«

»Wir haben es versucht«, versichert Hünerbein, »leider vergebens.«

»Männer und Technik, mhm?« Monika verlässt die Küche erneut, um die Maschine einzuschalten.

»Waschmittel ist schon drin«, rufe ich ihr nach, doch Monika schimpft schon wieder.

»Oh Gott, ist das widerlich! Ihr könnt das doch nicht alles zusammen in eine Trommel hauen. Oh, nee! Nee!« Schon ist sie wieder da und holt eine Abfalltüte aus der Küche. »Das könnt ihr vergessen, Jungs! Das kann man nicht mehr waschen.«

»Heißt das, du willst die Sachen wegschmeißen?«

»Ja. Und zwar unverzüglich!« Sie rennt wieder hinaus, und wir hören, wie sie unsere Klamotten in die Mülltüte stopft.

Hünerbein sieht mich ratlos an. »Und womit soll ich jetzt nach Hause fahren?«

»Und womit soll Harry nach Hause fahren?«, gebe ich die Frage an Moni weiter. »Ich würde ihm ja was leihen, aber meine Sachen passen ihm nicht.«

»Mann, Mann, Mann«, seufzt Monika, ohne auf unsere Fragen einzugehen, und wäscht sich die Hände gründlich an der Küchenspüle. »Ehrlich, ich frage mich, was ihr die Nacht über getrieben habt. Ekelhaft!«

»Uns hat's auch keinen Spaß gemacht.« Ich schiebe Hünerbein das Telefon zu. »Ruf mal deine Uschi an, damit sie dir ein paar frische Sachen vorbeibringt.«

»Meine Uschi heißt jetzt Dagmar, aber die Idee ist gut.« Hünerbein beginnt zu wählen.

»Okay, ich muss!« Monika gibt mir einen Kuss auf die Stirn und macht sich auf den Weg. »Den Müll nehme ich mit. Ciao!« Und schon ist die Tür zu.

Hünerbein sieht mich anklagend an. »Jetzt wirft sie meinen guten Trenchcoat weg.«

»Der war schon lange nicht mehr gut«, winke ich ab, »in dem Ding habe ich dich vor über fünfundzwanzig Jahren kennengelernt. Aber um meine Joppe ist's schade.«

»Überhaupt nicht«, findet Hünerbein, »der Schimanski-Look hat noch nie zu dir gepasst.« Er wedelt fragend mit dem Telefonhörer. »Wie war noch mal meine Nummer?«

»Du kennst deine Nummer nicht?«

»Wie denn?« Hünerbein zuckt mit den Schultern. »Jetzt, wo man immer alles in sein Handy einspeichern kann, merkt man sich das doch nicht mehr.« Er schaut sich suchend um. »Wo ist eigentlich mein Handy?«

»Das ist hin, Harry. Wie meines auch.«

Ich nehme ihm den Telefonhörer ab und tippe seine Nummer ein. Gleich nach dem ersten Klingeln ist Dagmar dran. Offenbar hat sie besorgt direkt neben dem Telefon auf Nachricht gewartet.

Ich reiche den Hörer an Hünerbein weiter und gehe ins Schlafzimmer, um mir etwas anzuziehen. Von dort aus höre ich Hünerbein lautstark in den Hörer dröhnen:

»Ooch, Süße, natürlich hast du dir Sorgen gemacht! Völlig zu Recht, wir hatten einen wahnsinnig gefährlichen Einsatz in der Berliner Unterwelt. Stell dir vor, ich sitze hier splitterfasernackt in Dieters Küche ... Ja, natürlich habe ich ein Handtuch um. Aber meine Sachen sind im Müll. Nicht mehr zu gebrauchen. Total blutverschmiert, das war vielleicht ein Gemetzel heute Nacht ... Nein, mir ist nichts passiert, Süße, kennst doch deinen Harald. Unkraut vergeht nicht, und ich bin ja schon lange in diesem rauen Geschäft. Mir macht da keiner was vor, keiner. Wer sich mit mir anlegt ... Süße, wie stellst du dir das vor? Da ging es um Leben und Tod! Da ruft man doch nicht zu Hause an, während einem die Kugeln um die Ohren fliegen ... Pass auf, Süße! Du packst jetzt ein paar Klamotten für mich ein, setzt dich ins Auto und kommst her! ... Zu Dieter, ja! ... Nein, keinen Jogginganzug, bloß nicht, ich muss noch ins Büro! ... Das erzähle ich dir dann alles in Ruhe. Heute Abend, da gehen wir dann schön was essen ... Ja, bis gleich! Küsschen!«

Er schmatzt noch ein paar laute Geräusche in den Hörer und brüllt dann durch die Wohnung. »Daggi ist in zehn Minuten hier! Dann können wir los!«

»Wohin?« Ich komme im frisch gebügelten Pyjama in die Küche. »Eigentlich wollte ich jetzt ins Bett.« Immerhin haben wir eine durchwachte Nacht hinter uns.

Doch Hünerbein lässt das nicht gelten. »Schlafen können wir noch genug, wenn wir tot sind, Sardsch. Also zieh dir was Ordentliches an, wir müssen zu diesem, äh, diesem ... Wie hieß er noch gleich? Kemal?«

In die Gruft, ich hab's geahnt. Dabei ist mein Bedarf am Berliner Untergrund fürs Erste mehr als gedeckt. »Können wir da nicht morgen hin?«

»Es geht um Mord«, mahnt Hünerbein streng, »da zählt jede

Sekunde.« Er steht schon wieder vor dem Kühlschrank. »Sag mal, hast du noch was zu beißen da?«

32 MITTEN IN DER HISTORISCHEN ALTSTADT von Priština, nahe dem Emin-Giku-Park, befand sich etwas zurückgesetzt in einer kleinen Gasse ein schmales dreistöckiges Haus. Das von zwei hohen Zypressen flankierte Gebäude war eines der ältesten der Stadt. Gut dreihundert Jahre lang hatte es einer Familie levantinischer Kaufleute gehört und war bis auf die in den sechziger Jahren abgeschlagenen hölzernen Balkone fast original erhalten geblieben. Das Erdgeschoss wurde noch immer kaufmännisch von einer Buchhandlung genutzt. Darüber befanden sich die Redaktionsräume von SLOBODA LIRI und eine kleine Teeküche. Noch eine Etage höher, in der Mansarde neben dem Archiv mit den Fotokopierern und Druckern, hatte Kovač sein Büro.

Hier herrschte kreatives Chaos. Staffeleien mit grafischen Entwürfen und Karikaturen standen im Raum verteilt herum, an die Korkwände waren unzählige Fotos, politische Analysen, Artikel und Statistiken gepinnt. Auf dem Fußboden stapelten sich Aktenordner, Bücher und alte Zeitungen, der Schreibtisch quoll über von unerledigten Postsachen, Rechnungen und Notizen.

Diese Unordnung sei durchaus gewollt und eine reine Sicherheitsmaßnahme, behauptete Kovač gern. So würden ungebetene Gäste, die hier gern mal unter allen möglichen Vorwänden herumschnüffelten, nie finden, was sie suchten. »Meistens geben sie nach maximal drei Stunden entnervt auf, und ich spare mir hinterher das Aufräumen.«

Seit er über kriegsbedingt komplizierte Umwege aus Durrës zurückgekehrt war, machte der Chef einen seltsam aufgekratzten, aber auch nachdenklichen Eindruck.

»Ich habe eine denkwürdige und sehr abenteuerliche Reise

hinter mir«, hatte er Amra gegenüber mehrfach geheimnisvoll betont, »mit Leuten, die zwar kein Wort gesprochen, aber umso mehr gesagt haben. Wir werden ein journalistisches Lehrstück schreiben.«

Zweimal hatte er sich deswegen schon mit Amra treffen wollen, zweimal kam etwas dazwischen. Beim ersten Mal war er unter einem Vorwand aufs Polizeirevier bestellt und dann dort den ganzen Tag festgehalten worden. Das zweite Treffen scheiterte an einem mysteriösen Todesfall in der Nationalbibliothek, zu dem Kovač gerufen worden war, angeblich, weil er den Verstorbenen kannte. »Dabei habe ich diesen älteren Herrn noch nie gesehen, Amra, ich schwöre es.«

Heute nun der dritte Versuch. Kovač hatte Amra erst am späten Nachmittag zu sich bestellt, als die übrigen Mitarbeiter von SLOBODA LIRI bereits Feierabend machten.

»Schreckliche Zeiten, Amra«, erklärte er dazu, »man kann niemandem mehr trauen.«

Anschließend hatte er das Gebäude verriegelt und die Jalousien heruntergelassen. Neuerdings war von der Armee eine Sperrstunde über die Stadt verhängt worden, in der sich draußen niemand mehr aufhalten konnte, ohne Gefahr zu laufen, verhaftet oder gleich erschossen zu werden. Sie galt von Einbruch der Dunkelheit bis zum Morgengrauen. Als Amra ihren Chef darauf hinwies, sagte er feierlich: »Das ist genau die Zeit, die wir brauchen werden. Setzen Sie sich, wir haben zu arbeiten!«

Er räumte seinen Schreibtisch frei, indem er das ganze Zeug, das darauf lag, mit einer kurzen Armbewegung zu Boden wischte, und stellte seinen kleinen Laptop drauf. »Schreiben Sie: Kosovo neunzehnneunundneunzig. Ausrufezeichen. Die Geschichte zweier Krimineller.«

Amra sah fragend auf.

»Mehr ist das wirklich nicht, Amra!« Kovač lachte bitter auf. »Wir haben hier eine Story, in der zwei billige Halunken die geostrategischen Pläne der Amerikaner für ihre miesen kleinen Geschäfte nutzen.« Er pinnte das von Amra in Gjakova geschossene Foto des Bärtigen an die Wand. »Udar Brahimi, achtunddreißig Jahre alt, wovon er gut fünfzehn in diversen Gefängnissen verbracht hat. Diebstähle, Körperverletzungen, Einbrüche, Drogenhandel. Eine Vergewaltigung, ein versuchter Mord.«

»Scheint ein netter Kerl zu sein«, erwiderte Amra schreibend.

»Das fand dieser Mann auch.« Kovač pinnte das Bild des Robert-Redford-Typen neben Udar Brahimi. »Ein gewisser Geoffrey Allister Simmons. Vierundvierzig Jahre alt, sehr smart, aber auch sehr gewissenlos. Arbeitet für die CIA mit besten Kontakten ins Weiße Haus und ins US-Außenministerium. Er gilt als enger Vertrauter von Madeleine Albright und ist derzeit offiziell in Berlin stationiert.«

»Und wie kommt so einer an Brahimi?«

»Über die amerikanische Außenpolitik«, antwortete Kovač, »die sich immer auch als Sicherheitspolitik versteht. Denn im Grunde sind die Amerikaner ein sehr ängstliches Volk. Sie fürchten sich vor einer Welt, die sie nicht kennen. Sie glauben, nur sicher zu sein, wenn alle so sind wie sie selbst.«

»Vereinfacht gesagt?« Amra sah auf.

»Sehr vereinfacht gesagt«, gab Kovač zu. »Aber es geht noch simpler: Wenn zwei sich streiten, freut sich der Dritte. Denn das ist im Grunde das Primat amerikanischer Außen- und Sicherheitspolitik. Sie schüren permanent Konflikte unter ihren vermeintlichen Feinden, damit diese sich gegenseitig schwächen. Hinzu kommt, dass man in Amerika seit dem Zusammenbruch des Sowjetimperiums die Hoffnung hegt, die Welt nach eigenem Gutdünken zu ordnen. Der russische Bär ist schwach, das gilt es zu nutzen. Die Völker des Ostblocks wenden sich nach Westen, und das wird natürlich nach Kräften befördert.«

»Zum Beispiel durch Leute wie Simmons?«

»Ja«, nickte Kovač, »es ist sein Job, bestimmte Bewegungen in die richtige Richtung zu stoßen. Durch Verstärkung nationalistischer Tendenzen, durch militärische Aufrüstung, durch die gezielte Unterstützung bestimmter oppositioneller Gruppen. Und weil Simmons stets im Verborgenen arbeitet, hat er natürlich gewisse Freiheiten. Er ist sozusagen durch seine Regierung kaum kontrollierbar. Und das nutzt er weidlich aus.« Kovač pinnte noch zwei weitere Fotos an die Wand. Das eine zeigte den Hubschrauberangriff auf den Grenzposten, das andere Dollarbündel und Drogenpakete im Motel Gjakova.

Amra atmete tief durch. »Chef, Sie glauben, Brahimi und dieser Simmons arbeiten auf eigene Rechnung?«

»Das glaube ich nicht nur, das weiß ich«, erwiderte Kovač. »Der Deal ist Waffen gegen Rauschgift. Simmons hat diese Nummer schon erfolgreich in Afghanistan durchgezogen, im Nahen Osten und während des ersten großen Golfkrieges. Der Mann hat damit ein Vermögen gemacht.«

»Woher wissen Sie das?«

»Er hat es mir selbst gesagt.« Kovač hob hilflos die Hände und setzte mit Nachdruck hinzu: »Wir sind in der Hand von Kriminellen, Amra.«

»Er hat es Ihnen gesagt?« Amra konnte es kaum glauben.

»Ich bin Kosovoalbaner«, sagte Kovač, »und somit schon mal per se ein Verbündeter. Zudem repräsentiere ich eine der größten politischen Zeitschriften in Priština. Ein Profi wie Simmons weiß, dass er sich mit Lügen nur selbst kompromittieren würde. Erzählt er mir aber die Wahrheit, macht er mich zum Mitwisser und kann darauf vertrauen, dass ich meine Meinungsmacht in seinem Sinne einsetzen werde. Weil ich als Albaner niemals unsere gemeinsame Sache gefährden würde: die Freiheit des Kosovo.«

»Sie wurden eingebettet, Chef«, stellte Amra fest. »Publizistik, zweites Semester. Man braucht Sie für eine wie auch immer geartete Kampagne.«

»So ungefähr.« Kovač setzte sich und schlug die Beine übereinander. »Nur irrt hier Simmons. Ich werde mich nicht einbetten lassen. Wir erzählen eine ganz andere Story: von zwei Kriminellen, die mit ihren miesen Geschäften das gesamte Kosovo ins Unglück gestürzt haben.«

»Großes Drama«, sagte Amra.

»Die Realität«, entgegnete Kovač. »Wir haben Krieg, Amra. Typen wie Simmons und Brahimi baden in unserem Blut. Und verdienen Millionen daran.«

Und wie zur Bestätigung seiner Worte begannen überall in

der Stadt die Sirenen zu heulen. Fliegeralarm. Die Bomber waren wieder da.

33 »UND?« DIE ÄRZTIN SIEHT MICH wohlwollend an. »War das jetzt so schlimm mit dem Gerät?«

»Nein, gar nicht«, lächele ich zurück. »Ich habe einfach meine Arbeit getan.«

»Sehen Sie!« Die Ärztin erhebt sich. »Ich hatte ja gesagt, es wird Sie bei der Ausübung Ihres Berufes nicht behindern.« Auffordernd steht sie vor mir. »Dann werde ich Sie mal befreien.«

»Oh, ich, ähm … Ich habe mich bereits davon befreit.«

»Wann?« Sofort wird der ärztliche Blick missbilligender.

»Heute Morgen.« Ich halte ihr eine Plastiktüte hin. »Die Manschette war nass geworden, da habe ich sie abgenommen.«

»Die Manschette ist nass geworden? Wieso das?« Sie öffnet die Tüte, sieht kurz auf das Gerät und starrt mich fragend an. »Um Gottes willen! Was haben Sie damit angestellt?«

»Nichts«, beteuere ich. »Wie gesagt, ich habe einfach nur meine Arbeit getan.«

»Haben Sie damit geduscht?« Mit spitzen Fingern holt sie die noch immer tropfende Manschette heraus.

»Schön wär's«, erkläre ich. »Nein, wir mussten einem Flüchtigen in die Kanalisation folgen. Es war ziemlich feucht da unten. Ich fürchte, das Ding ist hinüber.«

»Machen Sie Scherze?« Die Stimme der Ärztin wird schrill. »Das ist ein Hochpräzisionsgerät der Firma Boso! Das kostet mindestens zweitausend Mark!«

»Tja …« Ich zucke bedauernd mit den Schultern. »Ich hatte Ihnen ja gesagt, dass wir dieses Ding lieber an dienstfreien Tagen ausprobieren sollten.«

»Das gibt es nicht!« Die Ärztin kämpft mit der Fassung. »Das kann nicht wahr sein!« Hektisch ruft sie nach der Schwester und rennt raus.

Ich atme tief durch und trete ans Fenster. Unten lehnt Hünerbein am Wagen und sieht hoch. Mit einer Geste will er wissen, was nun ist.

Ich habe keine Ahnung und wende mich vom Fenster wieder ab. »Frau Doktor?«

Da sie nicht antwortet, trete ich raus in den Flur. »Frau Doktor!«

Stattdessen rennt mir die Schwester entgegen und starrt mich entgeistert an. »Sie haben das Boso TM kaputt gemacht! Sind Sie wahnsinnig? Das Ding war für die Raumfahrt konstruiert!«

»Mag sein«, erwidere ich ruhig. »Vielleicht sollten die so was mal für die Kanalisation konstruieren.« Ich will noch hinzufügen, dass ich jetzt gehen müsse, doch die Schwester rennt schon wieder empört weg.

Auch egal, denke ich, trete an den verwaisten Empfangstresen und schnappe mir dort Stift und einen Bogen Druckerpapier. »Musste zum Dienst«, schreibe ich, »falls noch was ist: Telefon!«

Zwischen Litten- und Klosterstraße befand sich über siebenhundert Jahre lang das Graue Kloster, eines der bedeutendsten gotischen Bauwerke Berlins. Die Franziskaner hatten es 1249 im Schatten der Stadtmauer errichtet, ihre grauen Kutten gaben dem Kloster den Namen.

Mit der Reformation 1539 wurde das Kloster aufgelöst, der Besitz säkularisiert und in den Gebäuden das »Berlinische Gymnasium zum Grauen Kloster« eingerichtet, das in den folgenden fast vierhundert Jahren zu einer der renommiertesten preußischen Bildungsanstalten werden sollte, mit später berühmten Schülern wie Karl Friedrich Schinkel, Johann Gottfried Schadow, Otto von Bismarck oder Friedrich Ludwig Jahn.

Das Gymnasium zum Grauen Kloster gibt es bis heute, freilich an anderer Stelle. In den letzten Tagen des Zweiten Weltkrieges, Berlin war schon von der Roten Armee eingekesselt, fielen die prächtigen mittelalterlichen Gebäude einem Angriff angloamerikanischer Bomber zum Opfer. Seitdem ragt wie ein kariöser Zahn nur noch die Kirchenruine in den grauen Berliner Aprilhimmel, ein Mahnmal für die Schrecken des Krieges inmitten einer kleinen vernachlässigten Grünanlage.

»Okay! Und wo ist jetzt diese Gruft?« Schon zum dritten Mal stiefeln wir um die Ruine herum, als uns vor dem schmiedeeisernen Portal ein älterer Herr entgegentritt, der in seinem braunen Cordanzug und mit der Pfeife im freundlich graubärtigen, von einem braunen Cordhut verschatteten Gesicht wie ein pensionierter Studienrat wirkt. Ein Eindruck, der sich durch sein zerstreut-intellektuelles Gebaren und die Peter-Lustig-Stimme noch verstärkt.

»Guten Tag, die Herren, äh«, er nuckelt lächelnd an seiner Pfeife, »Sie sehen so aus, nicht wahr, als interessierten Sie sich für dieses trotz seiner Zerstörung doch sehr, äh, beeindruckende und geschichtsträchtige Areal. Nun will ich Sie aber nicht länger auf die Folter spannen: Hier befand sich einst, das, ähm, können Sie auch an der Inschrift da oben sehen, das berühmte Graue Kloster zu Berlin und Cölln.«

»Das ist uns bekannt.« Hünerbein sieht blinzelnd an den kahlen Mauern des einstigen Kirchenschiffs hoch. »Hier soll es irgendwo eine Gruft dazu geben.«

»Oh ja, Gruften«, nickt der ältere Herr, »Sie haben recht, nicht nur eine. Irgendwo müssen die, äh, Toten ja hin, nicht wahr. Tote aus Hunderten von Jahren. Markgräfliche wie christliche Brüder. Und Keller gibt es auch, ähm, große Gewölbe. Haben damals Bier gebraut, die Klosterbrüder, nicht, und Wein gekeltert, und diese Getränke dann lagern müssen, wo es, äh, kühl ist und dunkel. Verzeihung!« Er lüftet seinen Hut und reicht uns nacheinander die Hand. »Ich hatte mich noch nicht vorgestellt: Langelis mein Name, Herman Langelis, Lectoris und Berater der Mechthild.«

»Der Mechthild«, echot Hünerbein, »verstehe ...«

Was eine Lüge ist, denn natürlich versteht der Kollege nur Bahnhof. Ich übrigens auch. »Wer ist Mechthild?«

Bevor der Herr Langelis antworten kann, stolpert uns plötzlich ein blutendes Männlein entgegen, das ich sofort als Knopfauge wiedererkenne, den vogelartigen Typen aus dem Gasometer. »Hey!«

Sofort beginnt Knopfauge wieder zu rennen, doch diesmal sind wir schneller.

»Hiergeblieben, verdammt noch mal! Wegen dir wären wir in der Kanalisation fast ersoffen!«

»Und wejen euch hab ick wat uff de Fresse jekriegt.«

Tatsächlich wurde ihm ziemlich übel mitgespielt. Eines der Knopfaugen ist völlig zugeschwollen, die Lippen sind blutig aufgeschlagen, und auch von den Schläfen rinnt Blut. Das sieht alles nicht gut aus.

»Bedaure den Vorfall«, nuschelt Langelis betrübt hinter seiner Pfeife, »da gab es wohl Ärger, was?«

»Haben Sie ein Handy?« Unsere sind ja in der Kanalisation kaputtgegangen. »Damit wir einen Krankenwagen rufen können.«

»Ein Handy wohl kaum«, überlegt Langelis, an der Pfeife saugend, »jedoch im Gericht gibt es, äh, Telefon, nicht wahr.«

»Alles klar, danke.« Hünerbein läuft über die Straße ins machtvoll gewaltige Gebäude des Berliner Landgerichts, um von dort aus einen Krankenwagen zu rufen.

Unterdessen kümmere ich mich weiter um Knopfauge.

»Ranzen oda Jeld war abjemacht«, beklagt er sich bitter, »und wat hab ick? Nüscht. Keen Ranzen, keen Jeld. Also jib's wat uff de Fresse.«

»Von wem?«

»Na, von wem wohl? Kemal seine Leute, wer sonst?«

Woher soll ich das wissen? »Wieso wirst du denn verprügelt, nur weil du ohne Ranzen oder Geld bist?«

»Na, Mann: Weil Kemal die Sachen verteilt. Jibt er mir 'n Ranzen, will er nachher ooch det Jeld. Is doch logo, oda?«

Wie man's nimmt, überlege ich. Kemal scheint demnach hier so was wie ein Fundsachenverteiler zu sein. Schickt seine Leute los, auf dass sie ordentlich Finderlohn kassieren, und sahnt dann ab. »Der soll hier irgendwo in einer Gruft hocken, richtig?«

»Na, hocken is jut.« Knopfauge deutet in eine Richtung. »Da rechts am alten Treppenturm jeht's rein. Det haste aba nich von mir, klar?«

»Klar«, verspreche ich ihm. Aber eines will ich noch wissen

von ihm. »Jetzt verrate mir doch mal, wer die Frau war, die mir den Inhalt vom Ranzen verkauft hat.«

»Weeß ick nich«, beteuert Knopfauge, »die hab ick nie jesehen, ehrlich.«

Hünerbein ist zurück. »Krankenwagen kommt gleich.«

Von wegen. Tatsächlich dauert es noch gut zwanzig Minuten, bis die Ambulanz eintrifft.

Zwanzig Minuten, in denen ich mir von Langelis den Treppenturm zeigen lasse. Der liegt etwas versteckt in einem von einer Mauer umzäunten Hof, in den man durch ein Tor gelangen könnte, wenn das schmiedeeiserne Gitter davor nicht verschlossen wäre. Und zwar mit einem massiven und schon sehr rostigen Vorhängeschloss.

»Hier ist schon lange keiner mehr durch«, stelle ich fest. »Gibt es noch einen anderen Eingang?«

»Wozu?« Langelis steckt seine inzwischen erloschene Pfeife in die Außentasche seines Cordsakkos und klettert kurzerhand über das Gitter. Dann reicht er mir helfend die Hand. »Nur Mut, Gevatter, es geht ganz leicht.«

Von wegen Gevatter, denke ich. Da komme ich auch ganz allein und ohne Hilfe rüber. »Ich dachte nur, dass es hier vielleicht noch einen offiziellen Eingang gibt.«

»Nun, wir befinden uns in einer, äh, Ruine, nicht wahr.« Langelis steckt sich wieder die Pfeife in den Mund und versucht, sie umständlich in Brand zu setzen. »In einer Ruine seit Kriegsende. Man kann also, ähm, mit Fug und Recht behaupten, dass hier schon lange kein offizieller Betrieb mehr stattfindet. Leider!«

Er öffnet die schmale, gotisch spitz zulaufende Holztür im Treppenturm. »Inoffiziell sieht die Sache natürlich schon wieder, äh, ganz anders aus, und deshalb … Na, so was«, unterbricht er sich, besieht sich seine Pfeife und klopft den Rest Asche aus, »jetzt ist der Tabak ausgegangen.« Lächelnd sieht er mich an und hebt die Schultern. »Na, Pech, was?«

Was soll ich dazu sagen? Wer ist dieser Langelis, der hier so einfach über verschlossene Gittertore steigt? Beim genaueren Hinsehen sieht sein Cordanzug ziemlich fadenscheinig und verschlissen aus. Lebt er am Ende auch auf der Straße? Oder hier irgendwo in der Ruine? Fragend sehe ich auf die offen stehende Holztür zum Treppenturm. »Was ist? Gehen wir rein?«

»Ähm, ja.« Er zögert. »Doch bevor ich Sie in die, äh, Welt der Gestrandeten und Verlorenen einführe, würde ich gern um einen bescheidenen Obolus bitten, nicht wahr? Quasi als kleines Eintrittsgeld, oder, äh, Anerkennung, ganz wie Sie wünschen …«

Aha, denke ich. Dieser Langelis gehört selbst zu den Gestrandeten und Verlorenen. Ich drücke ihm einen Fünfer in die Hand und folge in den Treppenturm. Eine enge steinerne Wendeltreppe führt zunächst in einen Raum, der direkt unter der hohen Decke glaslose vergitterte Fenster nach draußen hat. Sie führen genau in den kleinen Hof hinaus, von dem wir kommen. Zwei Obdachlose liegen in dicke Schlafsäcke gehüllt an der Wand und schlafen.

»Die Gebrüder Grimm, nicht wahr«, erklärt Langelis dazu, »berühmte Sprachwissenschaftler und, äh, Volkskundler. Manch einer behauptet, sie seien die Begründer der modernen Germanistik, aber wir wollen ja nicht übertreiben.«

Ich werde aus dem Mann nicht schlau. Was soll das? »Sie können doch nicht im Ernst behaupten, diese Penner hier seien die Brüder Grimm!«

»Nicht?« Langelis sieht mich fragend an. »Aber Sie behaupten doch auch im Ernst, Jacob und Wilhelm seien Penner. Warum? Weil sie schlafen? Nun, vielleicht hatten sie eine anstrengende Nacht.« Er wendet sich ab und geht weiter vor. »Großartige Märchenerzähler, sage ich Ihnen! Sie sollten die beiden einmal reden hören.«

Verwirrt folge ich dem Mann. Treffer, denke ich. Das war ein Volltreffer. Trotzdem können die beiden Schlafenden nicht die Gebrüder Grimm sein. Die sind seit über hundertdreißig Jahren tot.

In einer durch ausgesparte Ziegel ins Mauerwerk eingelassenen Nische steht eine Petroleumlampe. Langelis nimmt sie heraus und zündet sie an. Dann führt er mich zu einem niedrigen Gang.

»Vorsicht, Stufe! Und den Kopf einziehen, bitte!«

Der Gang ist so niedrig, dass ich meinen Oberkörper ab Hüfte fast rechtwinklig vorbeugen muss, um mir nicht den Kopf zu stoßen, und so schmal, dass ich mit den Schultern die Wände links und rechts berühre. Lange halte ich diese Haltung nicht durch. Und überhaupt: Was ist das bloß für ein seltsamer Fall! Dauernd muss man unter der Erde herumkriechen.

Noch enger wird es, als uns zwei Typen entgegenkommen, die an Billy und Dusty von ZZ Top erinnern, vollbärtig, mit langen Mänteln und Stetsons, und die trotz der Dunkelheit hier unten Sonnenbrillen tragen. Auch sie haben Petroleumlampen dabei, und es scheint, als würden sie meinen Begleiter schon lange kennen.

»Tach, Professor! Schleppste wieder Touristen an?«

»Guten Morgen, Brüder, guten Morgen! Die Interessierten gehen nie aus, nicht wahr.« Langelis lüftet seinen Hut. »Geht ihr Besorgungen machen?«

»Auch, Professor, auch. Brauchste was?«

»Ach, äh, ein Päckchen Tabak wäre nicht schlecht.«

»Kriegste, Professor, ist geritzt.« Wir schieben uns aneinander vorbei. »Schönen Tach noch, und pass auf deinen Touri auf!«

»Wieso nennen die Sie Professor?«, erkundige ich mich, als wir gebückt den Gang weitergehen.

»Na, ich hatte mal einen Lehrstuhl für Philologie, nicht wahr.« Langelis bleibt vor einer niedrigen Holztür stehen. »In Basel war das, ist schon ein Weilchen her.« Er entriegelt die Tür und setzt fast feierlich hinzu: »Die Gruft!«

Ein kalter, trockener Luftzug weht uns entgegen. Wir treten in ein großes Kellergewölbe, dessen Grundriss wohl einen Kreis beschreibt, denn rings um uns herum gehen Lattentüren ab. Sie wirken wie die Türen zu gewöhnlichen Kellerverschlägen, sind aber, wie Langelis versichert, über dreihundert Jahre alt.

»Wir sind hier, nicht wahr, unter der Parochialkirche«, erklärt er mir. »Sie ist im Krieg völlig ausgebrannt, nur diese, äh, Gruft blieb erhalten. Die Latten der Türen zu den Grabkammern dienen der Luftzirkulation. Spüren Sie den Hauch?«

Und wie. Ein Hauch des Todes, denn hinter diesen Lattentüren mache ich uralte Särge aus.

»Hier wurden nur die wohlhabendsten Bürger der Stadt bestattet«, versichert Langelis und stößt eine der Grabkammern auf. »Schauen Sie nur!«

Aus einem Oberlicht fällt ein schwacher Tagesschimmer in die Grabkammer. Direkt auf einen Sarg. Er ist geöffnet, der Deckel liegt auf dem Boden. Grinsend starrt mich ein mumifizierter Schädel an, sodass ich erschrocken zurückpralle.

»Bedauerlicherweise wurden viele der Särge nach dem Krieg geplündert«, sagt Langelis leise, »Grabräuber nahmen den Schmuck und das Gold, äh, das man den Toten mitgegeben hatte. Von den über zweihundert Särgen hier sind hundertsiebenundvierzig aufgebrochen worden. Die meisten davon nach dem Krieg, nicht wahr. Nur knapp siebzig Särge sind noch im Originalzustand und, ähm, verschlossen geblieben.«

Interessant, denke ich. »Aber wo ist Kemal?«

»Kemal?«

»Man sagte uns, er würde hier in einer Gruft leben.«

»Nein, nein.« Langelis lacht kichernd, dass es von den Wänden widerhallt. »Sie sehen ja, nicht wahr, hier lebt keiner mehr. Gruften sind, äh, Orte des Todes, nicht der Lebenden.«

»Aber Sie hatten mir eine Welt der Gestrandeten und Verlorenen versprochen!«

»Nun, ähm«, Langelis leuchtet mit seiner Petroleumlampe die uns umgebenden aufgebrochenen Särge an. »Sind sie das nicht, diese Toten: Gestrandete und Verlorene?«

Lauter mumifizierte Leichen. Knochen, wie von bläulich schimmerndem Leder überzogen. Jahrhundertealte Gesichter mit eingetrockneten Augenhöhlen und bleckenden Zähnen. Ein eisiger Schauer überläuft mich. Ein gruseliger Ort.

Als wir wieder ans Tageslicht kommen, ist der Krankenwagen immer noch nicht da. Unglaublich!

»Da willste echt nich krank werden, wa?« Knopfauge lächelt gequält. »Sonst biste verloren.« Dann wird er ohnmächtig.

»Shit!« Hünerbein schüttelt ihn verzweifelt. Nicht dass der uns jetzt stirbt. »Hey, halte durch, Mann!«

Über die Grunerstraße heult endlich der Notarzt heran.

»Hierher!« Mit wedelnden Armen weise ich ihn ein, rufe: »Macht hin!«

Krankentragen werden aufgeklappt, die Sanitäter schleppen Sauerstoff und Infusionen heran, der Arzt misst den Blutdruck. »Sieht schlecht aus!«

Knopfauge wird auf der Trage festgeschnallt und in den Krankenwagen geschoben.

»Wohin bringen Sie ihn?«, erkundige ich mich.

»Wir versuchen es erst mal im Krankenhaus Friedrichshain«, erklärt der Notarzt, »mal gucken, ob sie ihn nehmen.«

»Was heißt ›versuchen es erst mal‹? Wieso sollten sie den nicht nehmen?«, rege ich mich auf. »Das ist eindeutig ein Notfall!«

»Wenn Friedrichshain voll ist, können sie ihn nicht aufnehmen«, erklärt der Notarzt und lächelt müde, »Notfall hin oder her. Dann geht für uns die Suche los. Das große Feilschen nach dem Motto: Wer will, wer will, wer hat noch nicht. Ist immer auch eine Kostenfrage.« Er drückt mir eine Visitenkarte in die Hand. »Da können Sie mich mobil erreichen. In einer Stunde schätzungsweise werde ich wissen, wo wir ihn hingebracht haben. Tschüss!«

»Tschüss«, sage ich fassungslos und starre dem davonorgelnden Krankenwagen nach. Bislang war ich immer davon ausgegangen, dass man ins nächstbeste Krankenhaus kommt. Aber das war ein Irrtum. Ist immer auch eine Kostenfrage. Wahnsinn!

»Tja.« Hünerbein steckt sich eine Zigarette an. »Armer Kerl. Haste was rausgekriegt?«

»Also in der Gruft ist Kemal schon mal nicht.«

»Mit Verlaub, die Herren, da Sie von Kemal sprechen«, mischt sich Langelis ein, »aber was, nicht wahr, wollen Sie denn von ihm?«

»Der wird zur Rechenschaft gezogen«, schnauzt Hünerbein. »Dafür, dass er hier Penner verprügelt. Geht gar nicht, so was, überhaupt nicht.«

»Matze hat sich vielleicht eines, äh, Vergehens schuldig gemacht«, gibt Langelis zu bedenken, »aber ihn deshalb als Penner zu beschimpfen …«

»Er mag das Wort ›Penner‹ nicht«, stecke ich Hünerbein leise.

»Ach, nicht?« Hünerbein geht auf den gesetzten Herrn Langelis los. »Ist ›Penner‹ nicht politisch korrekt, oder was? Aber Verprügeln ist okay, ja? Dieser Kemal hat den armen Kerl krankenhausreif geschlagen!«

Langelis hebt beschwichtigend die Hände. »Da haben wir uns, fürchte ich, missverstanden, nicht wahr. Und ich glaube zu wissen, dass Kemal in diesem Falle, äh, nicht Hand angelegt hat …«

»Also kennen Sie ihn doch!«

»Natürlich. Jeder hier kennt Kemal. Er führt ein, äh, für manche vielleicht zu strenges Regime, nicht wahr, aber was wäre ohne ihn? Das reinste Chaos!«

Verstehe. Kemal ist hier so etwas wie der Führer der Unterwelt. »Bringen Sie uns zu ihm!«

Langelis wiegelt ab. »Ich fürchte, das wird nichts.«

»Bringen Sie uns zu ihm«, wiederhole ich und zücke mal wieder einen Fünfer. Ohne zu wissen, ob mir die ganze Kohle je erstattet wird, denn Obdachlose geben in der Regel keine Quittung.

Doch Langelis will ohnehin kein Geld. »Ich bedaure zutiefst, meine Herren, aber um keinen Preis der Welt, nicht wahr, kann ich Sie zu Kemal führen. Das ist ausgeschlossen, tut mir leid.«

»Kennen Sie diese Frau?« Ich zeige ihm das Polaroid der toten Treberin. »Fünfundzwanzig bis dreißig Jahre alt, sehr schöne, auffällige Augen, fast violett.«

Langelis zieht umständlich eine Brille aus der Jackentasche und setzt sie sich auf. Seine Hände zittern etwas, als er mir das Foto aus der Hand nimmt und es sich eingehend betrachtet.

»Und was, äh, ist mit diesem Mädchen?«, fragt er schließlich und gibt mir das Foto zurück. »Wurde es aufgegriffen? Von der Polizei etwa? Sind Sie, ähm, von der Polizei?«

»LKA Berlin«, ich stecke das Foto wieder ein, »die Mordkommission. Wir ermitteln, weil diese junge Frau umgebracht worden ist. Grausam ertränkt im Landwehrkanal.«

»Deshalb sind wir hier«, setzt Hünerbein hinzu. »Uns wurde gesagt, dass sie vor ihrem Tod zu Kemal geschickt wurde.« Er sieht sich um. »Und dass der hier irgendwo seinen Unterschlupf hat. An der Klosterkirche.«

»Ich verstehe vollkommen.« Langelis macht plötzlich einen etwas mitgenommenen Eindruck. »Das ist natürlich etwas anderes. Äh, äh … Ich werde Kemal bitten, sich mit Ihnen, nicht wahr, auseinanderzusetzen.«

»Kannten Sie denn die junge Frau?«

»Ich werde mit Kemal sprechen«, weicht Langelis aus. »Angesichts dieser furchtbaren Umstände wird er Sie treffen wollen, dessen bin ich mir, nicht wahr, äh, ganz sicher. Wenn Sie hier warten könnten?« Er weist mit seiner erkalteten Pfeife in eine Richtung. »Dort vorn in der Waisenstraße finden Sie ein, äh, ganz vorzügliches Restaurant. ›Zur letzten Instanz‹, nicht wahr, da hat schon Napoleon gespeist. Eines der ältesten Lokale Berlins, das gibt es seit 1621.«

»Na, ich hoffe, das Essen ist frischer«, knurrt Hünerbein.

»Ganz ausgezeichnet«, versichert Langelis. »Altberliner Küche, das Eisbein mit Erbspüree kann ich Ihnen besonders empfehlen.«

»Okay«, nicke ich. »Wir warten da. Und Sie bringen Kemal vorbei!«

»Ich bin sicher, er wird mit Ihnen sprechen wollen«, nickt Langelis erschüttert. »Ertränkt, sagen Sie? Furchtbar. Ganz furchtbar. Wir leben in schlimmen Zeiten, nicht wahr? Entschuldigen Sie mich, äh … Bis nachher.«

Er wackelt betroffen davon, und wir sehen ihm nach, bis er hinter der Kirchenruine verschwunden ist.

»Meinst du, der taucht wieder auf«, fragt mich Hünerbein, »mit diesem Kemal?«

Warum nicht? So wie der Langelis geguckt hat. »Ich bin mir sicher, dass die die Lumpenjule kennen. Und zwar ziemlich gut.«

»Dann stellt sich die Frage, in was für einer Beziehung sie zueinander gestanden haben.« Hünerbein reibt sich den Bauch. »Na, warten wir es ab und gehen was essen. Auf zur ›Letzten Instanz‹!«

34 JA, DAS IST EIN GROSSES RAD, dachte Meyer, verkrampft in seinem Sessel am Fenster sitzend, ein verdammt großes Rad …

Am Vormittag war er wieder im Schlosspark Charlottenburg gewesen, im kleinen, allmählich verfallenden Mausoleum der Königin Luise, am Ende einer verwunschenen, fast lichtlosen Tannenallee.

Erneut hatte er ratlos zwischen den vier beeindruckenden Marmorsarkophagen gestanden – neben Königin Luise von Preußen waren hier auch ihr Gatte König Friedrich Wilhelm der Dritte sowie deren Sohn, der spätere Kaiser Wilhelm Eins, und dessen Frau Kaiserin Augusta beerdigt – und einmal mehr vergeblich nach einem Lebenszeichen seiner Kontaktperson gesucht.

Er hatte es ihr doch erklärt. Vier Tage warten, dann den Pass holen. Er hatte ihr genau beschrieben, wo er zu finden war, hatte ihr unter dem Fernsehturm einen genauen Plan vom Schlosspark und eine Postkarte vom Sarkophag der Königin im Mausoleum gegeben. Darauf hatte er mit Filzstift genau die Lage des Passes eingezeichnet. Alles völlig idiotensicher, daher gab es keine logische Erklärung, warum der Pass nun nicht abgeholt worden war. Jedenfalls keine Erklärung, die ihn beruhigen konnte. Es musste etwas passiert sein. Wenn der Pass endlich abgeholt würde, wäre das ein Zeichen, dass alles glattgegangen, dass die Kontaktperson am Leben und in Sicherheit war. Aber der Pass war noch an Ort und Stelle, unsichtbar für den uneingeweihten Besucher, seit zwei Tagen schon, und das brachte Meyer allmählich völlig um den Verstand.

Mehrmals täglich ging er jetzt ins Mausoleum. Wie ein Süchtiger immer in der Hoffnung, dass endlich der Pass verschwunden sei. Doch er lag unberührt an seinem Platz versteckt im Spalt unter dem Sargdeckel der Königin Luise von Preußen …

Ach, Luise: Wie schön sie sogar noch im Sterben war. Und so jung. Der Bildhauer Christian Daniel Rauch hatte von ihrem Totenbett einen Gipsabdruck genommen und daraus eine Skulptur erschaffen, die nun seit über einhundertachtzig Jahren den Deckel des Sarkophags zierte. Dabei wäre das beinah schiefgegangen. Rauch, der damals in Rom arbeitete, hatte die fertige Skulptur nach Hamburg verschiffen lassen, doch dort kam sie nicht an. Die Amerikaner hatten das Schiff gekapert.

Die machten schon damals nichts als Ärger, dachte Meyer verbittert, diese beschissenen Amis.

Doch glücklicherweise gelang es den Engländern, den Amerikanern das Schiff wieder abzujagen, und so kam die Skulptur mit fünfmonatiger Verspätung doch noch in Hamburg an.

Wunderschön. Luise, der Preußen liebste Königin, sah aus, als ob sie schlief. Als würde sie gleich erwachen aus ihrem fast zweihundertjährigen Schlaf und sich verwundert umsehen. »Wo bin ich? Wer seid Ihr, schöner Mann?«

Und Meyer würde ihr galant den Arm reichen und ihr vom Sargdeckel helfen: »Kommt, schönste aller Königinnen, ich zeige Euch die Stadt. Es hat sich viel verändert in Berlin, aber Euer Schloss steht noch und strahlt in alter Pracht. Vielleicht wollt Ihr Euch erst in Euren Gemächern ausruhen?«

Doch Luise, ungeduldig und wild wie eh und je: »Nein, liebster Meyer, geruht hab ich wohl genug. Führt mich hinaus in die Welt und sagt: Ist Napoleon endlich besiegt?«

Und Meyer lässig: »Er ist schon lange tot, Majestät. Blücher hat Euch gebührend gerächt und diesen Bonaparte vernichtend geschlagen in der Schlacht bei Waterloo.«

Dankbar würde ihm Luise um den Hals fallen: »Oh, Ihr macht mich so glücklich, liebster Meyer«, und ihn mit feuchten Lippen küssen, ihr junger Körper würde sich an ihn schmiegen, ausgehungert nach langem Todesschlaf, sich verzehrend nach Zärtlichkeit und einem starken Mann …

»Siggi? Alles gut?«

Ups! Meyer saß in seinem Sessel am Fenster und starrte verwirrt in das Gesicht seiner Susanne. Sie hatte ihm einen Tee gebracht.

»Ober wolltest du lieber Kaffee?«

»Nein, alles gut«, murmelte Meyer, »Tee ist völlig in Ordnung. Ich bin wohl eingeschlafen, entschuldige.« Diese verdammten Pillen! Dauernd pennt man ein. Und noch immer kein Lebenszeichen von seiner Kontaktperson.

Oh ja, das war ein verdammt großes Rad, das er gerade drehte, dachte Meyer erneut, viel zu groß für ihn. Vielleicht sogar tödlich, aber er wurde ja ohnehin bald fünfzig. Da machte es keinen Sinn mehr, mit angezogener Handbremse durchs Leben zu fahren. Jetzt ging es um mehr. Vollgas! Alles oder nichts.

Eigentlich konnte ihm nichts passieren. Er hatte die Dokumente und somit Simmons und Abchijakow fest an den Eiern.

Allein Simmons' Vergangenheit als Doppelagent für die Stasi reichte, um den Kerl in den USA lebenslang hinter Gitter zu bringen, falls er Meyer irgendwie am Zeug flicken wollte. Dazu kamen die illegalen Waffendeals und der Drogenschmuggel unter dem Decknamen Saphir. Nein, Simmons würde es nicht wagen, irgendetwas gegen Meyer zu unternehmen.

Und Abchijakows Tage waren ohnehin gezählt. Der dauerbetrunkene Jelzin hatte im Kreml keine Hausmacht mehr. Hinter den Kulissen lief sich bereits ein junger, sehr ehrgeiziger Politiker warm, der sein Handwerk noch beim KGB gelernt hatte und darauf brannte, Mütterchen Russland den Oligarchen zu entreißen und zurück zu Ruhm und alter Größe zu führen. Korrupte Genossen waren da nur im Weg. Eine kleine Postsendung nach Sankt Petersburg, und Vsevolod Abchijakow würde lebenslang in der Hölle schmoren. Insofern war das Leben des Russen nur noch eine Briefmarke wert.

So weit, so gut. Aber war es nicht auch ein Risiko, dass Simmons und Abchijakow um die Gefahr wussten, die Meyer für sie darstellte?

War es nicht denkbar, dass sie auf Deibel komm raus versuchen würden, ihren Kopf aus der Schlinge zu ziehen? Sie ließen ihn observieren, versuchten seine nächsten Schritte vorauszusehen, und sicher wollten sie auch herausbekommen, wo er sein Dossier verwahrte.

Deshalb hatte er entsprechende Vorkehrungen getroffen. Fährten gelegt, die den Verfolgern nur eines klarmachen sollten: Eine falsche Bewegung, und das Dossier ist draußen. Nicht bei der Presse, nein. Bei Leuten, die euch ohnehin schon lange weghaben wollen.

Das ist ja das Schöne am entwickelten Kapitalismus. Es gibt keine Loyalitäten mehr. Jeder Schritt, den du auf der Karriereleiter machst, wird eifersüchtig beäugt. Welche Stufe du auch immer erklimmst, du wirst umstellt sein von Geiern und Aasfressern, die genau auf deinen Posten wollen. Und sie werden sich noch auf den kleinsten Brocken stürzen, den man ihnen hinwirft, nur damit du fällst.

Nein, Meyer konnte nichts passieren. Und doch war der Pass nicht abgeholt worden und seine Kontaktperson verschwunden. Seltsame Männer in Taxis hängten sich an seine Fährte, und deshalb packte ihn zuweilen die Furcht mit eisigen Krallen. Immerhin waren Simmons und Abchijakow höchst einflussreiche Vertreter zweier Staaten, die bislang die Welt unter sich aufgeteilt hatten.

Supermächte, dachte Meyer, verdammt, du legst dich hier gerade mit den gewaltigsten Ländern der Erde an. Mit Imperien, den größten Armeen, den skrupellosesten Geheimdiensten. Das lassen die nicht mit sich machen. Irgendwann werden sie zurückschlagen.

Und diese Erkenntnis ließ ihn ganz starr werden, er konnte sich kaum noch bewegen, und aus seinen Poren trieb so kalter Schweiß, dass er am ganzen Leibe zu zittern begann.

Aber das gehörte wohl dazu, wenn man ohne Bremse Vollgas fuhr. Eine rasante Schussfahrt durch den Dschungel des Lebens. Mit zweihundertfünfzig Sachen die Serpentinen des Seins hinab, ohne zu wissen, was hinter der nächsten Kurve kam. Und jeder Tag, jeder Atemzug konnte der letzte sein.

Meyer hatte Abchijakow und Simmons auf eine Politik der Entspannung eingeschworen. Er hatte ihnen deutlich gemacht, wie gefährlich ihre Politik auf dem Balkan war. Vor allem: keine Bodentruppen. Dafür sollten sie sich starkmachen in ihren Gremien. Es ging hier immerhin ums Geschäft.

Anschließend hatte er sie wieder genau dort freigelassen, wo er sie abgefangen hatte. Simmons Fahrer konnte sich an nichts erinnern, und Abchijakow erklärte sein spätes Nach-Hause-Kommen mit dem Genuss von zu viel Wodka nach einem beschissenen Boulevardtheaterstück.

Und trotzdem hatte Meyer Angst. Wie ein kleiner Junge vor der Dunkelheit. Und warum holte die Kontaktperson ihren dringend benötigten Pass nicht ab? Mehrfach hatte er versucht, sie auf dem Prepaidhandy zu erreichen. Vergeblich, das war längst abgeschaltet.

Inzwischen ging Meyer nicht mehr ohne Waffe aus dem Haus. Stets hatte er eine kleine, praktische Beretta dabei, um sich im Notfall rasch verteidigen zu können. Er war angespannt, nervös. Ein lautes Türenknallen konnte ihn völlig aus der Fassung bringen. Dann fand er sich plötzlich unter dem Küchentisch wieder, bereit zum Sprung wie ein Raubtier, die Beretta entsichert in den zitternden Händen.

Und gestern Nachmittag hatte er auf dem Olivaer Platz für Panik gesorgt, nachdem es auf der Kreuzung unnatürlich laut gescheppert hatte. Meyer hatte sofort zurückgeschossen, bis alles im Umkreis von hundert Metern flach auf dem Boden lag. Tote oder Verletzte gab es zum Glück keine. Und auch der jugendliche Fahranfänger, der mit seinem tiefergelegten BMW einem gemächlichen Opelfahrer in die Seite gekracht war, kam mit dem Schrecken davon. Trotzdem war natürlich zwei Minuten später der ganze Platz in blinkendes Blaulicht getaucht. Sirenen heulten ohne Unterlass, und Hunderte von Polizisten suchten die umliegenden Häuser nach dem unbekannten Schützen ab, der hier so unkontrolliert herumballern konnte.

Seitdem nahm Meyer Diazepam oder »Scheißegalpillen«, wie er es nannte. Susanne hatte sie ihm mitgebracht, und tatsächlich fühlte er sich etwas besser damit, auch wenn er jetzt häufiger einschlief. Plötzlich, einfach so, mitten am Tag. Dann war er einfach weg, Tiefschlaf und REM-Phasen mit wirren Träumen, aus denen er umso nervöser wieder erwachte.

Auch fürchtete er um Susanne. Seine schöne junge Frau, eine echte Dipl.-Psych., die gerade an ihrer Doktorarbeit schrieb. Sie war so sorglos, auch wenn sie wohl ahnte, dass Meyer wieder was am Laufen hatte.

»Du machst dir zu viele Sorgen«, sagte sie dann und küsste ihn, »was bedrückt dich denn?«

Er tat das dann mit geschäftlichen Problemen ab, dem üblichen Ärger mit schlampigen Baufirmen, inkompetenten Architekten und den Hürden der Bürokratie.

»Vielleicht solltest du mal ausspannen, Schatz?«

Ja, dachte er, schon wieder kurz vor dem Einnicken, das war überhaupt die Idee: Ausspannen an einem anderen Ort.

»Was hältst du davon, wenn wir uns einfach mal verdrücken«, fragte er sie, »einfach mal raus für ein paar Wochen, raus aus der Stadt?«

»Gleich ein paar Wochen?«

»Ja.« Der Gedanke machte ihn wieder munterer. »Wir könnten sofort packen!«

»Aber du feierst am Samstag deinen Fünfzigsten! Du hast Monika und Dieter eingeladen. Ich hab uns schon einen Tisch beim Japaner bestellt.«

»Beim Japaner?«

»Udagawa in der Feuerbachstraße. Wir machen eine richtige Sushi-Orgie!« Sie war ganz begeistert. »Freust du dich?«

Mäßig, dachte er, denn er hatte ja Dieter etwas ganz anderes erzählt. »Warum gehen wir nicht zum Italiener? Ins L'Emigrante?«

»Das ist doch nichts Besonderes«, widersprach sie. »Ich meine, du wirst fünfzig. Ein halbes Jahrhundert alt. Andere veranstalten da eine Riesenparty!«

»Na, ich find fünfzig nicht so prickelnd.« Da war man zwar noch nicht richtig alt, aber auch sicher nicht mehr jung und das Ende absehbar.

»Mit fünfzig sind die Männer im besten Alter!«

»Hast du 'ne Ahnung.« Mit fünfzig begann man, zum Darmkrebs-Check zu gehen, zur Prostata-Vorsorge, und hinter jeder Ecke lauerte der Herzinfarkt. »Guck dir Dieter an! Der kämpft schon seit Jahren mit seinem Bluthochdruck.«

»Weil er so viel raucht.« Susanne hatte für alles eine schlüssige Erklärung. »Der sollte sich das einfach abgewöhnen und ein bisschen Sport treiben, und schon wäre der Blutdruck wieder im Lot.« Sie blätterte einen Reisekatalog durch. »Was hältst du von den Seychellen?«

»Von den Seychellen, wieso? Was soll ich davon halten?«

»Du willst doch weg! Ich könnte uns natürlich auch irgendwas Nettes in Südfrankreich buchen. Oder in den Staaten.«

In den Staaten? Bloß nicht. Das wäre Urlaub in der Höhle des Löwen, vergiss es. Und buchen ging auch nicht. Meyer wollte ja unauffällig fort. Inkognito sozusagen. »Ich wollte gar nicht so weit in die Ferne. Mir würde die Ostsee völlig reichen.«

»Warnemünde?« Susanne griff zum Telefon. »Da müssen wir uns beeilen, wenn wir dort noch ein anständiges Hotel bekommen wollen. Der Sommer ist nicht mehr weit.«

»Wir haben Anfang April, Susanne.« Er legte seine Hand auf die ihre, sodass sie den Hörer wieder sinken lassen musste, und lächelte sie aus müden Diazepam-Augen an. »Wir müssen nichts buchen. Dieter hat dort doch ein Haus.«

»Du meinst diese Hütte am Bodden?« Susanne war sichtlich enttäuscht. »Och Mensch, das ist so weit vom Schuss.«

»Eben. Ich werde gleich morgen Dieter fragen.« Meyer lehnte sich in seinem Sessel zurück. »Dort soll es schön ruhig sein, abgelegen, einsam. Dort findet uns niemand. Dort sind wir sicher.« Er schloss beruhigt die Augen. »Das ist genau das Richtige zum Ausspannen, glaub mir. Genau das Richtige.«

35 DAS DIREKT NEBENAN GELEGENE Gebäude des Berliner Landgerichtes in der Littenstraße gab dem traditionsreichen Wirtshaus seinen Namen. Angeblich sollen sich einst zwei Bauern im Streit um ein Stück Ackerland einen derart kräftezehrenden Prozess geliefert haben, dass sie sich am Ende hier beim Bier, quasi in letzter Instanz, friedlich geeinigt haben. Und noch heute treffen sich gern frisch geschiedene Ehepaare in der »Letzten Instanz«, um nach dem Termin beim Richter auf ihre erfolgreich besiegelte Trennung anzustoßen.

Natürlich besteht Hünerbein darauf, am großen Kachelofen Platz zu nehmen, und zwar genau dort, wo sich nach verlorenem

Russlandfeldzug auch der erschöpfte Napoleon Bonaparte hat bewirten lassen. Alles andere sei nicht standesgemäß. Zwar ist dieser Platz Stammgästen vorbehalten, doch mein Kollege diskutiert so ausdauernd mit dem Wirt, bis dieser entnervt nachgibt.

Die Speisekarte verspricht vom »Anwaltsfrühstück« bis zur »Zeugenaussage« alles, was ein – Achtung, Wortspiel – Gericht so hergibt. Hünerbein nimmt zunächst eine »Beleidigungsklage« als Vorspeise, um sich dann einer »Einstweiligen Verfügung« und dem »Beweismittel« zu widmen. Ich dagegen bleibe bescheidener beim »Kreuzverhör« und bestelle einen Kaffee dazu.

»Kaffee?« Hünerbein starrt mich verblüfft an. »Wieso Kaffee?«

Weil ich müde bin nach der durchwachten Nacht. »Kaffee macht mich hoffentlich munter.«

»Kaffee können wir nach dem Essen trinken«, erklärt Hünerbein und verlangt beim Wirt nach zwei großen Humpen Bier.

»Bier? Wir sind im Dienst, Harry.«

»Ach, papperlapapp«, winkt er ab. »Wir sind die ganze Nacht in der Kanalisation herumgekrochen, da wird man wohl anschließend ein Bier trinken dürfen.«

Es kommt, wie es kommen muss: Aus einem Bier werden erst zwei, dann drei, zur Verdauung wird noch ein Korn nachgereicht. Auf einen Kaffee dagegen warte ich vergebens, ebenso wie auf den Herrn Langelis, der auch am Nachmittag noch nicht eingetroffen ist.

»Dieser Kemal scheint ein hartnäckiger Charakter zu sein, wenn er sich so lange bitten lässt.« Hünerbein studiert schon wieder die Karte. »Was hältst du von einer ›Henkersmahlzeit‹? So als Nachtisch?«

Gar nichts. Ich kann kaum noch die Augen offen halten und kämpfe gegen das Verlangen an, mich auf Napoleons Ofenbank lang auszustrecken. »Harry, wir werden verarscht. Die kommen nicht mehr.«

»Das sollen die besser mal nicht wagen«, knurrt Hünerbein und droht, telefonisch eine Hundertschaft der Bereitschaftspolizei zu ordern. »Und dann wird aufgeräumt mit diesem ganzen kriminellen Untergrund.«

Schon wieder ein Wortspiel, denke ich gähnend.

»Okay!« Hünerbein erhebt sich, um zu telefonieren und diesem »Kemal mal ordentlich Feuer unter dem Arsch« zu machen.

Natürlich kommt er nicht mit einer Hundertschaft zurück. Die wird uns nicht bewilligt, weil uns stichhaltige Anhaltspunkte für Kemals kriminellen Untergrund fehlen. Dafür aber liefert uns am späten Nachmittag ein Kurier aus der Keithstraße die von Hünerbein angeforderten Akten der Ausländermeldebehörde und des Sozialamtes.

»Das können wir jetzt in aller Ruhe durchgehen«, freut er sich, während er sich noch eine »Nebenklage« und ein »Zeugenschutzprogramm« bestellt. »Lecker« findet er das, »musst du unbedingt mal probieren, Sardsch.«

Leider kann ich nicht halb so viel essen wie mein gewichtiger Kollege und bin zudem längst satt. Stattdessen stecke ich mir eine Zigarette an und versenke mich in die Akten.

Die Angaben sind von den Ämtern vorsortiert worden und beschränken sich auf Flüchtlinge, die weiblich, zwischen zwanzig und fünfunddreißig Jahre alt und in den letzten sechs Monaten eingereist beziehungsweise als Asylantragssteller registriert worden sind. Viele Kosovoalbanerinnen mit Kindern sind darunter, aber auch Frauen aus Bosnien, der Ukraine und Weißrussland. Sie wurden alle bei den Einreisebehörden fotografiert, die entsprechenden Passfotos sind den Akten beigefügt. Aber nur drei der Frauen kämen vom Aussehen her als Lumpenjule in Frage. Eine Eugenija Rogina aus Minsk, eine Mirca Ković aus Oharovac und eine Slava Posanska aus Lemberg.

»Besser als nichts«, findet Hünerbein und bestellt uns noch zwei Bier, weil es jetzt ohnehin egal sei. Dann nimmt er sich die Akten der Sozialämter vor. Registrierte obdachlose Frauen zwischen zwanzig und dreißig gibt es nur wenige, die meisten davon sind auf der Flucht vor ihren gewalttätigen Ehemännern und leben in Frauenhäusern. »Hier! Was hältst du von der?«

Hünerbein zeigt mir ein Foto von einer jungen Frau, die unserer Toten tatsächlich verblüffend ähnlich sieht. Allerdings hört sie auf den Namen Gesine Lehmann und ist geboren im sächsischen

Schkeuditz, was nicht unbedingt auf eine slawische Herkunft hindeutet.

»Der Akzent kann gespielt sein«, meint Hünerbein. »Tarnung. Immerhin war sie ja auf der Flucht.«

Gut möglich, denke ich und muss schon wieder gähnen. Gott, bin ich müde. Ich falle gleich vom Hocker.

»Wir werden das auf jeden Fall überprüfen«, lenkt Hünerbein ein, »aber nicht mehr heute.« Inzwischen ist es schon sechs Uhr abends, und er sieht mich prüfend von der Seite an. »Noch 'ne Molle und 'nen Korn als Absacker?«

Dass der nie ein Ende finden kann. Aber gut, denke ich, ein Absacker kann nicht schaden.

Anschließend laufen wir mit unseren Akten und leichter Schlagseite noch einmal rüber zur Klosterruine. Doch hier ist niemand mehr zu sehen. Und auch die kleine Holztür zum Treppenturm ist verriegelt worden und lässt sich nicht mehr öffnen.

»Sag ich doch: Die haben uns verarscht«, stelle ich fest.

»Dieser Langelis kann was erleben«, knurrt Hünerbein, »dem zieh ich persönlich die Hammelbeine lang.«

Meinetwegen, denke ich, mühsam die Augen offen haltend.

»Feierabend?« Auch Hünerbein muss ein Gähnen unterdrücken.

Na endlich. Ich habe schon gedacht, der braucht überhaupt keinen Schlaf. Aber jetzt schwächelt er.

»Feierabend«, bestätige ich und halte uns an der Grunerstraße ein Taxi an.

36 ZU HAUSE EMPFÄNGT MICH Siggi, was meine Laune nicht eben bessert. Er hat einen Riesentopf Spaghetti gemacht, weil Kinder das angeblich immer mögen. Und in der Tat hocken Hanna und Anna, Liam und Zoé mit von reichlich Ketchup verschmierten Mündern am Esstisch und hauen rein, als hätten sie tagelang nichts Vernünftiges zu essen gekriegt.

»Schmeckt super, Papa! Willst du auch was?«

Spaghetti mit Ketchup? Nee! Wenn es wenigstens eine Bolognese-Soße wäre. Ich hole mir ein Bier aus dem Kühlschrank und sehe Siggi feindselig an. »Wo ist Monika?«

»Die musste noch zu einer dringenden Redaktionssitzung.« Siggi steht am Fenster und schaut immer wieder hinunter auf die Akazienstraße. »War wohl kurzfristig anberaumt. Deswegen mach ich ja hier den Babysitter. Offenbar gibt es Meinungsverschiedenheiten über die Berichterstattung im Kosovokrieg. Wenn du mich fragst, ist das ein völkerrechtswidriger Angriffskrieg der NATO, um …«

»Danke«, unterbreche ich ihn schroff, »das Thema Deutungshoheit hatte ich schon zur Genüge.«

»Ach, besprecht ihr das auch kontrovers bei der Polizei?« Siggi nickt anerkennend. »Richtig so. Je breiter das in der Bevölkerung diskutiert wird, umso besser.« Unruhig sieht er auf die Straße. »Sag mal, dieser Transporter: Steht der immer da?«

Ich trete zu ihm, gucke ebenfalls hinunter. »Das ist der Lieferwagen der Naturland-Fleischerei gegenüber. Wieso?«

»Nichts«, Siggi macht eine abwinkende Handbewegung, »kam mir nur komisch vor. Das Auto hat gar kein Logo an den Seiten.«

»Wozu? Die brauchen keine Werbung. Bio ist in.« Ich köpfe mein Bier und trinke mit großen Schlucken. »Willst du auch eins?«

»Heute nicht, danke«, lehnt er ab, »ich muss gleich los.« Und nicht ohne Stolz setzt er hinzu: »Zu einem Empfang in die Schweizer Botschaft.«

Wie schön für ihn. Doch so einfach lasse ich ihn heute nicht weg. Wenn er mir schon den Feierabend versaut, kann er auch Rede und Antwort stehen. »Du steckst in Schwierigkeiten, Siggi!«

»Ich?« Er wirkt etwas erschrocken. »Wie kommst ’n darauf, Dieter?«

Treffer, denke ich, und versenkt. »Die Kollegen ermitteln gegen dich.«

»Gegen mich.« Siggi klingt wie ein Echo und sieht wieder fahrig aus dem Fenster. Plötzlich wirkt er extrem nervös. Und klebt nicht auch Schweiß an seiner Stirn? »Weshalb«, stammelt er, »was ermitteln die denn?«

Entweder er ahnt wirklich nichts, oder er tut nur so blöd.

»Ja, wahrscheinlich steckste wieder in irgendwelchen dubiosen Geschäften drin.« Ich trinke mein Bier aus und gehe in die Küche, um mir ein neues zu holen. »Hast dich wieder mit den falschen Leuten eingelassen, was?«

»Dieter!« Er dackelt mir hinterher. »Vielleicht habe ich mich zu weit aus dem Fenster gelehnt, aber es geht mir doch um nichts Böses.« Er nimmt sich jetzt doch ein Bier. »Sondern vor allem um die Sicherung des Friedens.«

»Des Friedens?« Jetzt klinge ich wie ein Echo. Verdutzt nehme ich ihm das Bier ab und öffne es mit meinem Feuerzeug. Dann gebe ich es ihm zurück. »Es geht immerhin um Mord!«

»Was?« Kreidebleich setzt sich Siggi an den Küchentisch. »Hör zu, Dieter, ganz ruhig! Ich habe lediglich Gespräche geführt, sonst nichts. Niemand kam zu Schaden. Wir haben sozusagen eine Vereinbarung getroffen, die …«

»Wusstest du, dass auf dem Grundstück«, unterbreche ich ihn scharf, »eine Leiche liegt?«

»Nein!« Er schreit es fast. »Um Gottes willen! Auf welchem Grundstück denn?«

»Westend. Branitzer Platz.« Ich hebe mein Bier und proste ihm zu. »Tja! Da steckste wohl mal wieder bis zum Hals im Dreck, was?«

Er starrt mich ratlos an. »Wen hat man denn da gefunden am Branitzer Platz?«

»Albert Jay Harteneck«, antworte ich. »Das ist der Gatte der Baustadträtin Cornelia Schmidt-Harteneck. Verschollen seit zwölf Jahren. Und jetzt wurde sein Skelett entdeckt. Auf einem Grundstück, für das die Stadträtin hartnäckig die Baugenehmigung verweigert hat. Angeblich aus denkmalschutzrechtlichen Gründen. Das Gutachten dazu hat deine Firma erstellt. Die DOMIZIL-Immobiliengesellschaft. Klingelt's langsam?«

Siggi fängt erleichtert an zu lachen. »Darum geht's? Nur darum?« Er kann gar nicht mehr aufhören zu lachen, fast klingt er hysterisch. »Das ist alles? Sonst nichts? Albert Jay Harteneck?

Ich schmeiß mich weg! Du lieber Gott!« Kopfschüttelnd erhebt er sich wieder und geht zurück ins Wohnzimmer, wo die Kinder mit dem Essen fertig sind. »Noch jemand einen Nachschlag?«

»Wir sind sa-hatt!« Die Kinder spielen Einkriegezeck um den Esstisch herum, doch Siggi mimt gekonnt den Erzieher.

»Halt, halt, halt, Herrschaften! Erst mal werden die Teller und das Besteck abgeräumt! Und die Gläser auch. Und dann alles in die Küche in den Geschirrspüler.«

Brav folgen die Kinder und tippeln im Gänsemarsch mit ihren Tellern und Gläsern in die Küche. Siggi kommt mit dem Spaghettitopf und der Ketchupflasche hinterher.

»Ich finde es ziemlich ungewöhnlich, dass deine Immobilienfirma derartige Gutachten erstellt. Seit wann ist die DOMIZIL Spezialist für Kulturdenkmale?« Streng sehe ich ihn an. »Das war eine abgekartete Sache, Siggi. Um deiner Baustadträtin einen Gefallen zu tun. Aber mit diesem Gutachten hast du Beihilfe zur Vertuschung einer Straftat geleistet. Das kann dich Kopf und Kragen kosten.«

»Also erst mal war das Gutachten nach bestem Wissen und Gewissen erstellt«, versichert er mir. »Auf dem Grundstück stand eine Altimmobilie aus der Kaiserzeit, die von uns allgemein als denkmalwürdig anerkannt worden war.«

»Aber das könnt ihr doch gar nicht beurteilen, Siggi! Das war eine Ruine! Aus dem Zweiten Weltkrieg!«

»Na und?« Er grient mich breit an. »Ist die Akropolis nicht auch eine Ruine? Und dass dort eine Leiche vergraben liegt, kann ich nicht wissen. Der Mann von der Cornelia sagst du? Eijeijei!«

Ja, eijeijei. Ich trinke mein Bier aus.

»Du glaubst nicht wirklich, dass ich was damit zu tun habe, oder?« Siggi schickt die Kinder ins Bad zum Zähneputzen. »Ich meine, wie lange soll der dort schon liegen?«

»Seit zwölf Jahren.«

»Siehste.« Siggi wäscht seine Hände in Unschuld. »Da hatte ich noch ganz andere Baustellen. Trinken wir noch ein Bier?«

Meinetwegen, denke ich, und schiebe ihm meine leere Flasche hin. »Wie viel hat sie dir gezahlt?«

»Wer? Conni?«

Sieh an, er nennt die Baustadträtin Conni. Muss ein besonders enges Verhältnis sein.

»Nichts«, versichert er. »Da ist jedenfalls kein Bargeld geflossen oder so.« Er stellt die leeren Flaschen in den Kasten hinter der Küchenkammertür und holt zwei neue Flaschen aus dem Kühlschrank. »Vielleicht hat sie meine Projekte wohlwollender geprüft als andere, aber davon weiß ich nichts.«

»Natürlich nicht.« Ich öffne die Flaschen auf bewährte Art und proste ihm zu. »Hat Monika gesagt, wann sie wiederkommt?«

»Das kann später werden.« Er trinkt, setzt ab und tippt sich gegen die Stirn. »Ach, übrigens: Melanie hat geschrieben.« Er springt auf und holt einen Umschlag aus dem Flur. »Es geht ihr gut!«

Ich sehe, dass der Umschlag bereits geöffnet ist. Irritiert sehe ich auf. »Du hast ihn gelesen?«

»Ja«, nickt Siggi, »wieso nicht?«

»Weil dieser Brief an mich und Moni gerichtet ist.«

»Na und?« Siggi findet nichts dabei. »Es ist auch meine Tochter.«

»Hat sie dir nicht geschrieben?«

»Doch.«

»Und warum liest du dann meinen Brief?« Allmählich beginne ich, mich aufzuregen. Ich meine, was soll das? Vielleicht will Melanie mir ja mal etwas mitteilen, was nicht für Siggi bestimmt ist. Und überhaupt geht Fremde-Briefe-Lesen gar nicht. »Das sind Stasi-Methoden, Siggi! Im Westen nennt man das Verletzung des Briefgeheimnisses.«

»Herrgott, wir sind eine Familie, Dieter. Ich werde doch wohl noch wissen dürfen, was Melanie dir schreibt.« Er winkt ab und macht eine aufmunternde Geste. »Nun lies doch mal!«

Der begreift es nicht, denke ich erschöpft, der wird das nie begreifen. Er hat ja recht, wenn er sagt, dass es auch seine Tochter ist. Ich habe Melanie zwar gezeugt, damals 1973 bei einem Besuch in Ostberlin, doch großgezogen hat er sie während seiner Ehe mit Monika. Dazwischen stand die Mauer. Melanie selbst redet immer von »ihren beiden unmöglichen Vätern«. Aber muss er deshalb meine Briefe öffnen?

Ich ziehe den Bogen Papier heraus und beginne zu lesen. Melanie schreibt so fasziniert von der afrikanischen Landschaft, dass ich manchmal befürchte, sie will dort für immer bleiben. Derzeit arbeitet sie im Wildlife Management des Serengeti-Nationalparks.

»Na irre! Offenbar leben wir inzwischen in Zeiten, in denen selbst frei lebende Affen, Löwen und Elefanten gemanagt werden müssen.«

»Man muss die Einheimischen von der Wilderei abhalten«, erklärt mir Siggi, »und ihnen stattdessen Wege öffnen, wie sie vom Parkkonzept profitieren können. Das ist damit gemeint. Immerhin besuchen jedes Jahr fast einhunderttausend Touristen die Serengeti. Fotosafari statt Großwildjagd, verstehste?«

Aha. Ich schaue einmal mehr herzhaft gähnend auf die Uhr. »Und wann willst du nach Hause?«

»Ich bin schon fast weg«, versichert er. »Aber vorher wollte ich dich noch was fragen.«

Nur zu, Siggi, nur zu! Abwartend sehe ich ihn an.

»Susanne und ich, wir wollten mal raus. Ausspannen, bisschen frische Landluft und so, kennst das ja.« Er reibt sich den Nacken und sieht mich auf seine unnachahmliche, etwas an den späten Jack Lemmon erinnernde Art von unten her an. »Und da dachte ich: Ihr habt doch dieses Haus am Bodden …«

»Wir haben kein Haus am Bodden, Siggi. Wir mieten ab und zu mal eins in der Nähe von Barth.« Dass die Hütte Enzo gehört und ich dafür noch nie Miete gezahlt habe, muss Siggi ja nicht wissen.

Trotzdem fragt er nach: »Kannste mir da mal die Adresse von dem Vermieter …?«

»Da gibt es keinen Vermieter«, wiegle ich ab. »Das ist so ’n privates Ding.«

»Ah, verstehe.« Er nickt nachdenklich. »Schade.«

»Ich kann mich ja mal umhören«, lenke ich ein. »Wann wolltet ihr denn los?«

»So schnell wie möglich«, erwidert er. »Spätestens nach meinem

Geburtstag. Tja!« Er erhebt sich vom Küchentisch, schwankt plötzlich stark. »Ups!«

»Mensch, Siggi!« Ich springe auf, stütze ihn, damit er nicht umfällt. »Alles klar?«

»Zwei Bier hauen mich nicht um.« Plötzlich sind seine Augen ziemlich glasig. »Aber die Pillen, du, die Pillen.«

»Was für Pillen?«

»Scheißegalpillen.« Siggi seufzt. »Gegen die Angst vorm Absturz. Macht sich nicht gut mit Alkohol. Und nüchtern schläfste dauernd ein.«

»Laufen die Geschäfte so schlecht?« Oder hat er wegen etwas anderem Stress? Der wirkt schon den ganzen Abend so komisch. »Hast du wieder Mist gebaut?«

»Im Gegenteil, Dieter.« Er stützt sich schwer auf meine Schultern und wiederholt: »Im Gegenteil. Diesmal rette ich Europa.«

Spinner, denke ich, warum nicht gleich die ganze Welt?

»Glaubst mir nicht, was?« Er grinst. »Wirst ja sehen. Die werden mir noch Denkmäler bauen. Und Mausoleen. Irgendwann.«

Ich drücke ihn zurück auf den Küchenstuhl. »Warte mal. Ich ruf dir ein Taxi.«

»Aber auf deinen Namen, klar? Ich bin derzeit nur noch inkognito unterwegs.« Er angelt nach der Kühlschranktür, holt sich noch eine Bierflasche heraus und betrachtet sie sich genau. »Oder sie benennen ein Bier nach mir. Wäre auch okay.«

37

DIESMAL HATTE ES IN DER INNENSTADT von Priština nur wenige Schäden gegeben. Zwar waren Gebäude der Universität und das Stadion getroffen worden, doch vornehmlich hatten sich die Bombenangriffe der vergangenen Nacht auf Objekte der Infrastruktur und militärische Luftabwehrstellungen der Armee an den Stadträndern konzentriert.

Trotzdem war das Arbeiten unter diesen Umständen schwierig. Amra und Kovač mussten nicht nur ständig ihre eigene Angst bekämpfen, sondern hatten auch mit Stromausfällen und einer bis in den Morgen dauernden Unterbrechung der Wasserversorgung zu kämpfen. Nicht einmal einen Kaffee konnten sie sich kochen.

Dennoch hatten sie am Ende einen umfangreichen Artikel geschrieben, der, mit Analysen und Kommentaren versehen, den Kern der nächsten Ausgabe von SLOBODA LIRI bilden sollte. Die Titelzeile wurde noch einmal abgeändert und hieß jetzt: »SCHLACHTFELD KOSOVO: DER KRIMINELLE KRIEG!« Die Enthüllungen der illegalen Drogen- und Waffengeschäfte von Simmons und Brahimi konnten ein völlig neues Licht auf die Ereignisse werfen und mündeten am Ende in der Frage, zu wessen Büttel sich die NATO in diesem Konflikt eigentlich gemacht hatte.

»Es ging nie um uns, die Kosovoalbaner«, davon war Kovač überzeugt, »sondern um eine neue Aufgabe, die das westliche Bündnis für sich sucht. Hin zu einer Interventionsstreitmacht, die weltweit die Interessen der westlichen Welt und vor allem der Amerikaner verteidigen soll. Mit diesem Einsatz wurde ein Tor geöffnet, das sehr viel schwerer wieder zu schließen sein wird. Ein Zeitalter neuer Kolonialkriege steht uns bevor. Und es wird uns alle in den Abgrund reißen.«

Das war vielleicht übertrieben, fand Amra, dennoch war der Artikel brisant genug, um ihn nach Belgrad zu melden. Auch auf die Gefahr hin, dass er dort propagandistisch ausgeschlachtet wurde.

Die Schwierigkeit bestand nun darin, unauffällig ans Faxgerät zu gelangen. Der Chef sollte ja nicht mitbekommen, dass sie für das Innenministerium arbeitete. Das Faxgerät stand neben dem Drucker im Archiv und war zudem verdammt langsam. Amra würde einige Zeit brauchen, um den ganzen Artikel zu versenden.

Also bot sie Kovač an, sich um die Vervielfältigung der Druckformatvorlagen zu kümmern. Da in Priština noch traditionell gesetzt wurde, also nicht per Computer, wurden die Formatvorlagen im Original jeweils nur einmal ausgedruckt. Aus Kostengründen, wie es hieß. Dann mussten sie fotokopiert werden. Einmal fürs

Archiv, jeweils fünf für die Setzer und eine Gesamtkopie für den Chef, die er gesondert, an einem »sicheren Ort«, wie er zu sagen pflegte, aufbewahrte. Streng geheim, denn schon öfter war es vorgekommen, dass kurz vor Drucklegung die Polizei unter irgendeinem Vorwurf, der sich später als haltlos erweisen würde, alle Druckformatvorlagen beschlagnahmt hatte. Wenn man dann nicht noch eine in petto hatte, konnte man die Drucklegung vergessen und die Zeitung nicht erscheinen. Das war, seit Amra bei SLOBODA LIRI arbeitete, zwar erst ein einziges Mal passiert, aber der Chef konnte angeblich ein Lied davon singen. Doch seitdem er stets eine Kopie vom Original an einem geheimen Ort verwahrte, waren immer alle Ausgaben pünktlich erschienen, ob man nun vorher Besuch von der Polizei bekommen hatte oder nicht.

Leider konnte der Kopierer nur A4-Formate bearbeiten, weshalb jede Originalformatvorlage vorher erst mühsam passend auseinandergeschnitten werden musste. Anschließend galt es, die Vervielfältigungen wieder entsprechend zusammenzusetzen. Eine mühsame Bastelarbeit mit Schere und Kleber, die sehr viel Genauigkeit erforderte, sonst konnten die Drucker damit nichts anfangen.

Zwar bemühte sich Kovač nach Kräften um einen anständigen Kopierer, mit dem man auch große Blätter problemlos kopieren konnte, doch die Anschaffung war schwierig. Vervielfältigungsapparate galten der Belgrader Regierung schon seit Titos Zeiten als verdächtig, weil man ja damit auch defätistische Flugblätter drucken und massenhaft unter die Leute bringen konnte. Oder andere regierungsfeindliche Sachen. Insofern war es erstaunlich, dass der Chef überhaupt ein Kopiergerät in seiner Redaktion hatte. Andere Zeitungen mussten noch immer vorsintflutlich die Originalvorlage in den Druckereien abliefern, und auf dem Weg dorthin war schon so manche spurlos verschwunden.

Amra erbot sich also, die Originaldruckformatvorlagen im Archiv zu kopieren und entsprechend wieder zusammenzusetzen, damit Kovač mal eine Pause machen konnte.

Normalerweise machte er nachmittags immer ein Nickerchen,

und nun war es mitten in der Nacht. Da sollte er wohl erst recht schlafen wollen. Doch Kovač wollte davon nichts wissen. Er sei viel zu aufgeregt, um zu schlafen, verkündete er, aber ein Gläschen Cognac sei jetzt nicht schlecht. Und etwas klassische Musik.

Da saß er dann hinter seinem Schreibtisch mit geschlossenen Augen, hörte Bach und Händel und schwenkte versonnen einen Cognac in der linken Hand, während Amra nebenan im Archiv hastig die Druckformatvorlagen so verkleinerte, dass sie sich nach Belgrad faxen ließen.

Das Gerät machte einen höllischen Lärm und fiepte schrill nach jedem versendeten Blatt, dass Amra bald das Herz stehen blieb. Wenn jetzt Kovač hereinkam, was sollte sie ihm erzählen? Aus seiner Sicht wäre es ein furchtbarer Vertrauensbruch.

Und natürlich hatte Amra deswegen ein schlechtes Gewissen, aber hier ging es um mehr. Der Fortbestand Jugoslawiens stand auf dem Spiel. Ihre Heimat, ihr Land war in Gefahr und wurde von einem übermächtigen Gegner angegriffen. Obwohl Serbien historisch gesehen immer auf der richtigen Seite gestanden hatte, gegen Hitlerdeutschland, gegen Mussolini oder das Osmanische Reich, war es plötzlich mit allen im Krieg. Und das war eine Riesenungerechtigkeit. Denn die Serben waren keine schlechten Menschen, auch sie hatten Kinder, Sehnsüchte und Gefühle.

Wenn jetzt die westlichen Medien die Serben plötzlich als Wiedergänger der Nazis darstellten, war das ein völlig verzerrtes Bild. Denn es gab kein Auschwitz und keinen Holocaust in Jugoslawien. Milošević war vielleicht ein gewissenloser Nationalist und Unsympath, aber kein Hitler. Serbien hatte nie ein anderes Land überfallen und strebte auch nicht nach der Weltherrschaft.

Wir wollen doch nur unser Land behalten, dachte Amra verzweifelt, unsere Heimat, unser Leben.

Was war daran falsch?

Nach einer gefühlten Ewigkeit war das Fax endlich komplett versandt. Amra löschte hastig die Nummer aus dem Speicher und machte sich dann an die Kopien der Druckformatvorlagen.

Als es allmählich dämmerte, kam Kovač herein.

»Da bin ich doch tatsächlich eingeschlafen«, verkündete er, als sei dies eine unglaubliche Sensation. Er reckte und streckte sich ächzend und erzählte dann, dass er versucht habe, einen Kaffee zu machen. Doch noch immer funktioniere das Wasser nicht. »Da kann man wohl nichts machen«, sagte er und machte sich am Kopierer zu schaffen. »Jetzt dürfen Sie mal Pause machen, Amra. Ich übernehme hier.«

Draußen tönten die Sirenen. Diesmal warnten sie nicht vor einem Angriff, sondern verkündeten das Ende der Sperrstunde. Die Sonne ging auf. Na endlich!

Plötzlich wusste Amra, woher sie Wasser für einen Kaffee bekommen konnte. Ein paar Straßen weiter gab es eine unterirdische Zisterne. Das Wasser dort war zwar nicht besonders sauber und wurde in der Regel zum Straßensäubern benutzt, aber wenn man es abkochte, müsste es gehen. Und nicht weit von der Zisterne entfernt gab es einen Bäcker, der schon um sechs Uhr öffnete und ofenfrisches Brot verkaufte.

»Bin kurz weg«, rief Amra, zog ihre Jacke an und machte sich mit einer Wasserkanne auf den Weg.

Offenbar war Amra nicht die Einzige mit dieser Idee, denn vor der Zisterne standen die Leute Schlange. Es dauerte eine gute halbe Stunde, bis sie ihr Wasser bekam.

Und auch der Bäcker musste passen: kein Wasser, kein frisches Brot. Er hatte noch eingeschweißte Milchbrötchen im Angebot, französische Importware und entsprechend teuer. Aber Amra war es egal. Sie hatte ein schlechtes Gewissen und wollte ihrem Chef ein schönes Frühstück machen. Also kaufte sie noch ein Stück Butter dazu, Marmelade und etwas Käse und verabschiedete sich.

Als sie zurück in die Redaktion kam, war es sieben Uhr. Noch anderthalb Stunden, dann würden auch die übrigen Kollegen hier wieder eintrudeln. Und spätestens dann müssten auch die Druckformatvorlagen in die Druckerei gebracht werden. Wegen der Sperrstunde arbeiteten die Drucker nicht mehr nachts, sodass alle Zeitungen erst zum Abend erscheinen konnten. SLOBODA LIRI machte da keine Ausnahme.

Oben im Archiv hörte man den Kopierer. Offenbar war der Chef noch bei der Arbeit.

Amra schlüpfte in die Teeküche, goss das Wasser in den elektrischen Kocher und schaltete ihn ein. Dann schmierte sie die Brötchen und wartete, bis das Wasser hörbar blubberte. Als sie den Kaffee aufgoss, drang sein Duft in jeden Winkel der Redaktion. Herrlich!

Seltsam war nur, dass Kovač davon nichts mitbekam. Er war doch sonst so ein sinnlicher Typ, achtete immer besonders auf Gerüche und Düfte und hatte ein Faible für Licht, Farben und Töne. Er musste sehr in seine Arbeit vertieft sein.

Amra stellte die Kanne mit dem Kaffee, zwei Tassen, ein Schälchen Zucker und eine Dose Kondensmilch auf ein Tablett, packte noch den Teller mit den geschmierten Brötchen dazu und trug dann alles vorsichtig über die schmale Treppe nach oben.

»Frühstück«, rief sie munter, »gewerkschaftliche Kaffeepause!«

Sie erwartete ein Kovač-mäßiges Erstaunen, das er sonst bei jeder sich bietenden Gelegenheit so gern zelebrierte, ein »Amra, Sie sind eine Zauberin« oder etwas wie »Welchen Gott haben Sie bestochen?«. Aber nichts dergleichen. Nicht einmal ein »Wie haben Sie den Kaffee hinbekommen? Läuft das Wasser wieder?«. Nein, der Chef schien voll und ganz mit seinem Kopierer beschäftigt. Wahrscheinlich wollte er mit allem durch sein, bevor die Kollegen kamen.

Amra stellte das Tablett im Büro auf seinem Schreibtisch ab und ging ins Archiv.

Im ersten Moment glaubte sie, der Kopierer sei kaputt und der Chef habe sich über ihn gebeugt, um ihn zu reparieren.

Dann sah sie, dass Kovač vor dem Kopierer kniete und seine Hände auf dem Rücken mit Kabelbinder gefesselt waren.

Zuletzt sah sie das Blut. Es lief seitlich am Kopierer herunter. Kovačs Kopf lag auf der Glasplatte.

Im gleichmütigen Rhythmus einer Maschine druckte das Gerät

ratternd ein monochromes Abbild nach dem anderen aus. Und jedes zeigte das eingefrorene Entsetzen in den Augen ihres toten Chefs.

38 DAS IM JAHRE 1870 ERRICHTETE Stadtpalais des Berliner Augenarztes und Internisten Friedrich Theodor von Frerichs ist seit 1919 Sitz der Schweizerischen Gesandtschaft in Berlin. Der spätklassizistische Bau, von Dostojewski einst als »Palast einer Leuchte der Wissenschaft« verspottet, hat sowohl Albert Speers größenwahnsinnige Germania-Pläne als auch den Krieg überdauert. Während in den Bombennächten und im wochenlangen Häuserkampf um das Regierungsviertel im Frühjahr 1945 der gesamte Spreebogen in eine Trümmerlandschaft verwandelt wurde, blieb das Gebäude der Schweizerischen Botschaft wie durch ein Wunder nahezu unbeschädigt. Jahrzehntelang war es das einzige Haus in der weitläufigen, von Krieg und Nazi-Irrsinn geschlagenen Brache unweit von Mauer und Todesstreifen.

Inzwischen herrschte hier wieder eine rege Bautätigkeit: In unmittelbarer Nachbarschaft entstanden das wegen seiner Form von den Berlinern »Waschmaschine« genannte Bundeskanzleramt und der lang gestreckte, dem früheren Verlauf der Mauer folgende Riegel des Paul-Löbe-Hauses, mit Büros und Sitzungssälen für die Abgeordneten des Deutschen Bundestages. Das Reichstagsgebäude, in den Nachkriegsjahren nur notdürftig wiederhergestellt, wurde völlig entkernt und bekam seine berühmte, von Sir Norman Foster entworfene Glaskuppel.

Das Bauen drum herum hatte offensichtlich eine ansteckende Wirkung auf die Schweizer, denn sie begannen, auch ihre Botschaft um einen klobigen Anbau aus Beton zu erweitern.

Heute war Richtfest, und das gesamte diplomatische Corps der Hauptstadt war zu einem noblen Empfang in den noch unverputzten, aber raffiniert beleuchteten Rohbau geladen worden. Die Damen trugen das kurze Schwarze zu Pumps und Stilettos, die Herren erschienen im Smoking oder Frack, man hörte dezentes Gelächter, Stimmengewirr, aus versteckten Lautsprechern rieselten sphärische Klänge. Der Schweizer Botschafter gab eine seiner launigen Ansprachen, Häppchen wurden gereicht, Champagner und Wein. Das Ganze hatte etwas dekadent Subversives, wie Meyer fand, Fin de Siècle, Kapitalismus im Endstadium.

Nachdem er bei Dieter wegen zweier Biere fast vom Küchenhocker gefallen war, hatte er ein paar Amphetamine genommen, um die Wirkung des Diazepams zu mildern. Jetzt fühlte er sich seltsam angriffslustig, wohltuend aggressiv und diesen ganzen Wichsern total überlegen. Zudem war er mit Abstand der bestgekleidete Mann hier, *British understatement*, eine Ikone des klassischen Stils zwischen lauter neureichen Schnöseln und Politaufsteigern. Mit einem Glas Orangensaft in der einen und seinem Gehstock in der anderen Hand schlenderte er leicht hinkend, doch sehr weltmännisch an dezent beleuchteten Stehtischen mit aufgeregt quasselnden Wichtigtuern vorbei, nickte mal hier einer hübschen Blondine zu, sprach mal dort ein paar Worte mit den Architekten dieses Rohbaus.

Marcus und Roger führten ihr Baseler Architekturbüro als Vater und Sohn und hatten den drolligen Nachnamen Diener, ein Umstand, der allemal für ein geistreiches Bonmot gut war.

In der Nähe des bläulich schimmernden, wie in Eis getauchten DJ-Pultes entdeckte Meyer schließlich Geoffrey Allister Simmons, der einmal mehr Ausschau nach jungen hübschen Journalistinnen hielt. Aber die WELT war hier heute nicht vertreten. Lediglich ein paar zugekokste Edelfedern von der ZEIT und die Hackfressen vom SPIEGEL waren angereist, um sich auf Kosten der Schweiz an der Bar zielgerichtet zu betrinken. Japanischer Whisky galt derzeit als sehr hip. Nippon-Scotch. Meyer konnte darüber nur den Kopf schütteln.

Vsevolod Abchijakow dagegen hatte seine Wodkaflasche gleich selbst mitgebracht. Deutlich sichtbar ragte der Flaschenhals aus der Außentasche eines schrägen Krokodilledersakkos, mit dem er seine Verachtung für das westliche Establishment demonstrieren wollte. Sichtlich erleichtert kam er auf Meyer zu.

»Das größte Drama der Menschheitsgeschichte ist, dass wir den Kampf der Systeme verloren haben«, sagte er und nahm einen Schluck aus der Flasche. »Stellen Sie sich doch bitte einmal diese ganzen Leute im Gulag vor. Kaum einer von denen ist fähig, in einem Steinbruch die gewünschten Ergebnisse zu liefern.«

»Und Sie«, gab Meyer scharf zurück, »können Sie mir die gewünschten Ergebnisse liefern?«

Der Russe hob bedauernd die Hände. »Ich bitte Sie! Rom wurde auch nicht an einem Tag gebaut.«

»Sie haben mir nachgeschnüffelt«, fauchte Meyer und wedelte ungehalten mit seinem Stock, »und zwar derart unprofessionell, dass ich es bemerkt habe.«

»Ich wollte lediglich wissen, was an dieser Geschichte mit dem Frankokanadier dran ist.«

»Und?«

»Jacques Martin Lefèvre«, knurrte der Russe, »ehemaliger Finanzvorstand einer Bank in Montreal. Wurde mit einer saftigen Abfindung in Pension geschickt. Gilt als Kunstsammler und wollte sich hier in Berlin niederlassen.«

»Da haben Sie's!«

»Ja, aber ob der nun aus Angst vor einem dritten Weltkrieg Ihren Deal hat platzen lassen …«

»Darum geht es nicht, Genosse Abchijakow! Statt Ihre Zeit mit unnützen Nachstellungen per Taxi zu füllen, sollten Sie schleunigst in Moskau Gespräche führen.« Meyer ließ sich einen frischen Orangensaft geben und trank ihn mit einem Zug aus. »Meine Geduld hat Grenzen.«

»Aber ich war in Moskau«, verteidigte sich Abchijakow, »gleich nach unserem – übrigens ganz vorzüglichen – Nachtessen.« Er seufzte und hob die Schultern. »Alles steht und fällt mit Annex B.«

Er sprach damit die geheimen Kapitel sieben und acht des Rambouillet-Vertrages zum Kosovokonflikt an. Der Annex B forderte die freie Beweglichkeit der NATO in ganz Jugoslawien, inklusive des Luftraumes und der Gewässer, sowie die vollständige Immunität des NATO-Personals gegenüber den jugoslawischen Behörden. Selbst der ehemalige US-Außenminister Henry Kissinger sprach in diesem Zusammenhang von einer bewussten Provokation.

»Sie wissen, dass keine Regierung der Welt so einen Vertrag hätte unterschreiben können, ohne sich völlig zu desavouieren.«

»Das können Sie Simmons erklären«, erwiderte Meyer und deutete mit dem Kopf in dessen Richtung, »bevor er sich wieder mit irgendeiner Weibergeschichte ablenkt.«

Er nahm den Russen am Arm und schob ihn in Richtung des Amerikaners, der sich soeben an eine sehr junge, sehr schweizerische und damit irgendwie an Heidi aus den Bergen erinnernde Brünette herangewanzt hatte.

»Sparen Sie sich die Mühe, Simmons!« Meyer schickte die Brünette mit den Worten »Vergeuden Sie Ihr Leben nicht mit alten Männern« fort und genehmigte sich noch einen Orangensaft. Dann sah er den Russen und den Amerikaner verächtlich an. »Sie sind fertig, meine Herren! Alle beide! Das war's!«

Sie starrten ihn erschrocken an. Zwei Unschuldslämmer, natürlich! Niemand kann so unschuldig und harmlos gucken wie Typen, die alle Verbrechen der Welt auf sich geladen haben.

Simmons fand als Erster die Sprache wieder. »Ich verstehe nicht, Meyer. Was ist passiert?«

»Das wissen Sie doch genau!«

»Nein«, rief Simmons, und auch Abchijakow schüttelte ausdauernd den Kopf. »Wir sind kooperativ, wir arbeiten mit Hochdruck daran und sind ständig im Gespräch mit den betreffenden Entscheidern. Aber solche Dinge lassen sich nicht übers Knie brechen. Wir hatten doch drei Monate Zeit vereinbart!«

Meyer überlegte. Was, wenn die wirklich arglos waren? Er konnte ihnen ja schlecht erzählen, dass seine Kontaktperson verschwunden war. Simmons und Abchijakow würden einen Vorteil aus dieser Information ziehen, und wenn sie nur glaubten, dass er angeschlagen war. Vertrackte Geschichte, dachte Meyer. »Annex B muss weg«, sagte er schließlich.

»Vergessen Sie's!« Simmons winkte ab. »Die Serben hatten ihre Chance.«

»Es geht nicht um die Serben«, widersprach Meyer, »sondern

um Russland.« Die letzten Worte musste er lauter sprechen, denn die Anwesenden hatten zu klatschen angefangen. Der Applaus galt dem italienischen Musiker Paolo Conte, der sich an den Flügel gesetzt hatte und sein »Via Con Me« zu spielen begann.

»Moskau widersetzt sich dieser Regelung«, bekräftigte Abchijakow und nahm einen großen Schluck Wodka, »wir werden nicht hinnehmen, dass die NATO Jugoslawien zu einem ihrer Truppenstützpunkte macht.«

»Das werden wir ja sehen.« Simmons war beleidigt. Sehnsüchtig starrte er der Brünetten nach, die jetzt ausgelassen und direkt vor dem Flügel zur Musik von Paolo Conte tanzte.

»Via – via«, nuschelte der italienische Künstler heiser in sein Mikrofon, *»vieni via di qui – niente più ti lega a questi luoghi – neanche questi fiori azzurri …«*

»Da wäre ich mir nicht so sicher.« Abchijakow lachte. »So wie's aussieht, kommt ihr ja mit eurem Luftkrieg nicht wirklich voran.«

»Milošević wird einknicken«, beharrte Simmons.

»Das wird er nicht, solange wir Russen das nicht wollen.«

»… via«, sang Paolo Conte lauter, *»neanche questo tempo grigio – pieno di musiche e di uomini che ti son piaciuti …«*

»Also«, fragte Meyer, »was schlagen Sie vor, meine Herren? Sie wollen doch Ihren Kopf retten.«

»Wir arbeiten zusammen, Meyer. Sie müssen uns nicht dauernd drohen.« Der Russe wippte etwas im Takt und sah Simmons an. »Wir könnten uns auf eine von der UN getragene Lösung verständigen, wie wir das auch in Bosnien haben, meinen Sie nicht, Mr. Simmons? Das wäre doch machbar. Auch kurzfristig.«

»UN-Truppen?« Simmons kratzte sich am Hals.

»Ja«, bekräftigte Abchijakow, »was spricht dagegen, die alte Dame UNO wieder zu bemühen?«

»Milošević wird keine UN-Truppe auf seinem Staatsgebiet akzeptieren«, gab Simmons zu bedenken. »Für ihn ist UNO gleich NATO.«

»Das hängt von der Zusammensetzung der Truppe ab. Wir könnten die Stationierung auf das Kosovo begrenzen. Unter Führung der Armee der Russischen Föderation.«

»Vergessen Sie's«, winkte Simmons ab, »das kriege ich bei unseren Leuten nie durch.«

»... it's wonderful«, sang Paolo Conte am Flügel, *»it's wonderful, it's wonderful! Good luck my baby!«*

»Wie wäre es mit einer gemeinsamen Führungsgruppe«, schlug Meyer vor, »unter dem Prinzip der Parität? Da könnten Ihre militärischen Stäbe gleichberechtigt zusammenarbeiten, und allen wäre geholfen.«

»Das muss ich erst abklären«, erwiderte der Amerikaner. »Ich fliege morgen nach Brüssel.«

»Eure Karre steckt im Sand, Simmons.« Der Wodka zeigte Wirkung. Abchijakow begann jetzt auch zu tanzen und machte typische, nicht unbedingt zur Musik passende Hip-Hop-Bewegungen, indem er mit den Händen auf Simmons zeigte. »Ihr seid am Arsch, Mann! Total am Arsch!«

»Noch lange nicht«, erklärte Simmons ihm. »Wir können warten.«

»Ich nicht«, sagte Meyer streng. »Ich will Ergebnisse, und zwar zügig.«

»... it's wonderful, it's wonderful, it's wonderful, I dream of you! – Chips, chips, chips! Du, du, du, du, du, ci bum, ci bum bum ...«

Auch die übrigen Leute in der Botschaft wurden langsam lockerer und begannen zu tanzen.

Besonders taten sich dabei die zugedröhnten Hackfressen vom SPIEGEL hervor. Sie hockten vor der Bar auf den Knien, hatten die Krawatten gelockert, spielten Luftgitarre und grölten lautstark mit.

»It's wonderful, it's wonderful, it's wonderful, oh, good luck my baby ...«

Meyer schüttelte angewidert den Kopf und trank seinen Orangensaft aus. »Ich will Ergebnisse«, wiederholte er. »Und unterlassen Sie jegliche Nachforschungen zu meiner Person. Ansonsten war das hier Ihre letzte Party. Guten Abend, die Herren!«

Er stellte seinen Gehstock am Bartresen ab, ging in Richtung Flügel, schnappte sich die Brünette und begann, mit ihr erratisch Swing zu tanzen.

»… it's wonderful, it's wonderful, it's wonderful, I dream of you! – Chips, chips, chips! Du, du, du, du, du, ci bum, ci bum bum …«

»Na, sieh einer an«, lästerte Simmons, »auf einmal kann er tanzen.«

»Alles Show«, knurrte der Russe, »Meyer wäre mal besser Schauspieler geworden.«

39 PUNKT ACHT UHR bin ich im Büro. Zuvor habe ich mit dem Notarzt telefoniert. Knopfauge, genannt Matze, liegt im katholischen Sankt-Hedwig-Krankenhaus in der Großen Hamburger Straße.

»Er ist außer Lebensgefahr und wird keine bleibenden Schäden davontragen. Es geht ihm schon viel besser. Mit richtigem Namen heißt er übrigens Brehme. Matthias Brehme. Wie der Fußballer.«

»Der heißt Andi.« Hünerbein sitzt mir bräsig gegenüber an seinem Schreibtisch und starrt auf den Computermonitor. »Ich hab auch was: Herman Langelis, unser Lectoris gestern, war nicht nur Berater der Mechthild, sondern auch deren Beichtvater.«

»Aha. Dann ist das ein Pfarrer oder so was?«

»Ein echter Franziskanermönch am Grauen Kloster«, nickt Hünerbein langsam und dreht seinen Monitor so, dass ich den Bildschirm sehen kann. »Er lebte wohl um die Mitte des 13. Jahrhunderts herum.«

Bitte? Verblüfft schaue ich auf den Monitor. Hünerbein hat eine Internetseite aufgerufen, die sich mit den mittelalterlichen Chroniken von Andreas Angelus auseinandersetzt, Schreiber am Markgräflichen Hof. Danach gehörte um 1250 der Berliner Franziskanerkonvent zur brandenburgischen Kustodie der Ordensprovinz Saxonia, und sein oberster Geistlicher war der Bettelmönch Herman Langelis.

»Interessant, nicht wahr?« Hünerbein beißt in sein dick belegtes Frühstücksbrot. »Der Mann muss unsterblich sein, denn betteln tut er ja noch heute. Mechthild war übrigens eine markgräfliche Prinzessin. Es heißt, die hätten was miteinander gehabt.«

So viel zur Seifenoper. »Aber wer ist Langelis dann wirklich?«

»Dr. Johannes Hollaender«, antwortet Hünerbein kauend, »war lange Professor für Kunstgeschichte an der Hochschule der Künste hier in Berlin. Bis ihn seine Frau für einen Harvard-Professor verließ. Das hat der Doktor offenbar nicht verwunden. Er fing an zu trinken, verlor Haus, Hof und Anstellung und lebt seit gut zehn Jahren auf der Straße. Die Kollegen von der Drogenfahndung haben damals gegen ihn ermittelt. Er hatte mit chemischen Rauschmitteln experimentiert und ist wohl auf einem Trip hängen geblieben. Denn seitdem nennt er sich Clemens von Brentano. Manchmal tritt er auch als Giordano Bruno auf.«

»Oder als Herman Langelis«, überlege ich.

»Das wechselt«, Hünerbein schlürft von seinem Kaffee, »vor zwei Jahren wurde er kurzzeitig wegen Volksverhetzung festgenommen, weil er in der Wilhelmstraße öffentlich den Wiederaufbau der Neuen Reichskanzlei forderte. Da hielt er sich wohl für unseren GröFaZ oder dessen Hausphilosophen, genau wurde das nicht klar. Ist jedenfalls ein etwas verwirrter Charakter, aber harmlos.« Er schiebt mir einen Aktenordner über den Tisch. »Steht alles da drin.«

»Und zu Kemal haben wir keinen Vorgang?«

»Nein.« Hünerbein schüttelt den Kopf. »Leider nicht.« Er hebt seine Kaffeetasse hoch. »Willst du auch einen?«

»Gern.«

Hünerbein steht auf und macht sich schnaufend an der Kaffeemaschine zu schaffen. »Aber diesen Kemal nehmen wir uns vor. Das kann nicht sein, dass der da irgendwo unter der Kirchenruine den großen Zampano spielt. Ich habe uns zwei Streifenwagen besorgt, dann laufen wir dort noch mal ganz offiziell auf.«

»Das wird nicht nötig sein.«

Wir sehen erstaunt zur Tür, denn soeben hat ein echter Orientale unser Büro betreten. Südländisch-arabisch, eine Mischung aus Abdullah Öcalan und Husni Mubarak. Er trägt einen etwas aus der Mode geratenen Zweireiher und einen roten Fes auf dem schütteren, bereits ergrauten Haupt.

»Ach«, macht Hünerbein. »Sie behaupten jetzt aber nicht, Kemal Atatürk zu sein, oder?«

»›Kemal‹ ist richtig, ›Atatürk‹ falsch«, erwidert der Mann und verbeugt sich würdevoll. »Wenn Sie gerade beim Kaffeemachen sind, ich hätte auch gern einen.«

»Wir filtern aber.«

»Das macht nichts, danke!« Der Mann setzt sich und schaut uns nacheinander prüfend an. »Sie wollten mich sprechen?«

»Kemal«, frage ich zurück, »und wie weiter?«

»Tut das etwas zur Sache? Ich kenne Ihre Namen doch auch nicht.«

Das kann ich ändern: »Der Mann an der Kaffeemaschine ist Harald Hünerbein, Erster Kriminalhauptkommissar hier. Und ich bin Kriminalhauptkommissar Hans Dieter Knoop. So!« Ich beuge mich vor. »Und jetzt zu Ihnen: Ihr Nachname, bitte?«

»Tut mir leid, den weiß ich nicht.«

»Sie kennen Ihren Nachnamen nicht?« Ich spüre, wie mein Blutdruck steigt. »Herrgott, dann schauen Sie in Ihren Ausweis!«

»Ich besitze keine Personaldokumente, tut mir leid.« Kemal lächelt entschuldigend. »Vielleicht sollte ich hinzufügen, dass ich nicht zu Ihrer Welt gehöre. Ich bin ein Mensch des Berlin Underground, ein Kind der Dunkelheit. Unsichtbar, nicht real, verstehen Sie?«

»Im Moment sitzen Sie ziemlich real vor uns.« Du lieber Gott, auch das noch: ein selbst ernannter Fürst der Finsternis. Ich hätte wirklich gern mal einen ganz normalen Beteiligten in diesem seltsamen Fall, Menschen wie du und ich, gewöhnliche Zeugen mit Vor- und Nachnamen und ganz alltäglichen Psychosen. Leuten, die nicht unter Tage in irgendwelchen Gruften, U-Bahn-Tunneln oder Bunkern leben, sondern an der Oberfläche unserer Gesellschaft. »Aber bitte, sprechen Sie weiter! Aus welcher Dunkelheit kommen Sie denn?«

Kemal berichtet, dass er vermutlich ein Sohn türkischer Gastarbeiter sei. Genau wisse er es nicht. Seine Eltern seien wohl 1962 bei einem Autounfall ums Leben gekommen. Da sei er sechs Jahre alt gewesen. Zunächst habe ihn eine Tante aufgenommen, aber seit seinem achten Lebensjahr lebe er auf der Straße. Freiwillig, wie er betont. »Für die offiziellen Stellen war ich nie existent.«

»Dann leben Sie illegal in Deutschland.« Hünerbein stellt ihm eine Tasse Kaffee auf den Tisch. »Milch? Zucker?«

»Etwas Zucker, bitte. Danke!« Kemal rührt seinen Kaffee um. »Bevor Sie mich als Illegalen nun des Landes verweisen, würde ich gern das Foto sehen.«

»Wir können Sie nicht des Landes verweisen. Wir wüssten ja gar nicht, wohin.« Ich lege ihm das Polaroid der toten Lumpenjule vor. »Und?«

Kemal schaut sich das Foto genau an. »Ja«, sagt er dann, »das ist sie.«

»Das ist wer?«

»Den Namen weiß ich nicht. Die tauchte vor ein paar Tagen bei uns auf. Sie ist mir wegen ihrer Augen aufgefallen. Die hatten eine seltene Farbe. Blau mit einem Schimmer ins Purpurne.««

Ja, denke ich, diese Augen waren mir auch gleich aufgefallen.

»Sie wollte wohl untertauchen.« Kemal nimmt seine Tasse und pustet vorsichtig über den heißen Kaffee. »Nehme ich an.«

»Untertauchen? Woran machen Sie das fest?«

»Das war keine richtige Obdachlose. Die wollte einfach mal kurz verschwinden und wirkte«, er überlegt und trinkt einen Schluck, »irgendwie gehetzt.«

Klar, sie war auf der Flucht, überlege ich. »Vor wem sie sich verstecken wollte, wissen Sie nicht?«

»Nein.« Kemal schüttelt den Kopf. »Ich hatte dem auch nicht so eine Bedeutung beigemessen. Zu uns kommen viele, die gestresst sind, sich verfolgt wähnen, vor ihren Problemen fliehen. Die sind dann für ein paar Tage da und verschwinden wieder. Normale Menschen leben gewöhnlich nicht dauerhaft auf der Straße.«

Kommt drauf an, was man für normal hält.

»Aber vor Ihnen haben sich schon mal zwei Männer nach ihr erkundigt«, fügt Kemal hinzu. »Und die schienen es auch ziemlich eilig zu haben.«

»Was waren das für Männer?«

Kemal weiß es nicht. »Es ist nicht üblich in unseren Kreisen, dass wir uns einander vorstellen.«

»Komm schon, Freundchen!« Hünerbein schnippt ungeduldig mit den Fingern. »Wie sahen die aus?«

Kemal kratzt sich nachdenklich am Kinn. »Also Türken waren es keine. Eher Italiener.«

»Italiener? Wie kommen Sie darauf?«

»Türken würden mich auf Türkisch ansprechen«, erklärt Kemal würdevoll. »Das beherrsche ich zwar auch nicht, aber ich sehe so aus. Die haben es auf Englisch versucht. Untereinander sprachen sie allerdings in einer anderen Sprache.«

»Italienisch«, folgere ich.

»Könnte auch Arabisch gewesen sein.«

Hünerbein explodiert fast. »Also zwischen Italienisch und Arabisch besteht ja nun ein erheblicher Unterschied! Was denn nun?«

»Ich weiß es nicht«, bedauert Kemal, »ich habe keinen Bezug zu fremden Sprachen. Ich kann nur Deutsch. Einigen wir uns auf Südländer. Türken ausgenommen.«

»Näher können Sie die nicht beschreiben?«

»Einer hatte einen Bart und trug ein Basecap. Beide trugen helle Jeans und dunkle Jacken.«

»Stopp!« Hünerbein hat seinen Notizblock hervorgezogen und blättert eifrig darin herum: »Sind Sie sicher, dass es nicht umgekehrt war? Dunkle Jeans und helle Jacken? Wenigstens einer von denen?«

»Wie kommst 'n jetzt darauf?«, frage ich ihn.

»Der Mann mit dem rosa Fahrrad«, erinnert er mich, »Leah Holmes hatte ihn mit einer schwarzen Jeans bekleidet beschrieben. Und einer hellen Jacke. Ein Basecap trug er auch.«

»Also ich bin sicher, dass die Männer bei mir schwarze Jacken getragen haben«, erklärt Kemal, »schwarze Bomberjacken. Und ich meine, sie hatten Waffen darunter.«

»Wo? Unter den Jacken? Haben Sie die Waffen gesehen?«

Kemal verneint. »Aber ich habe sie darauf angesprochen. Ich

habe ihnen sehr deutlich gemacht, dass ich Schusswaffen in meiner Gegenwart nicht dulde.«

»Und das haben die verstanden? Obwohl Sie nur Deutsch sprechen?

»Davon gehe ich aus«, erwidert Kemal. »Denn daraufhin sind sie gegangen.«

»Haben Sie der jungen Frau von den Männern erzählt?«

»Das hätte ich, wenn ich sie noch einmal getroffen hätte.« Er sieht versonnen in den Raum. »Ihre Augen gehen mir nicht mehr aus dem Kopf. Haben Sie ihre seltsamen Augen gesehen? Diesen violetten Schimmer?«

Allerdings, denke ich. Lila Augen. Die müssen doch noch anderen Leuten aufgefallen sein. Ich schaue Hünerbein an, der noch immer steht. Abwartend, die Hände in den Hosentaschen. »Was meinst du?«

»Das kann ich dir sagen«, schnaubt er. »Ich meine, dass Sie«, er sieht Kemal an, »hier vor allem eine Show abziehen. Und ich sage Ihnen auch, warum: Weil Sie für den Tod dieser jungen Frau zumindest mitverantwortlich sind. Gestern mussten wir einen Notarzt rufen für einen Mann, den Ihre Leute krankenhausreif geschlagen haben, weil er kein Geld mitbrachte. Geld für eine Fundsache, die Sie unter Ihren Obdachlosen verteilen, um ihnen dann den Finderlohn abzunehmen.«

Hünerbein beugt sich zu Kemal vor wie eine Bulldogge. »Ich meine, vielleicht ist das ja völliger Quatsch mit diesen Männern. Ich meine, dass Sie uns hier auf eine falsche Fährte locken wollen. Ich meine weiterhin, dass Ihnen diese junge Frau womöglich auch kein Geld mitgebracht hat. Und dann dafür büßen musste!«

Kemal stellt seine Kaffeetasse wieder ab. Hünerbeins Anwürfe scheinen ihn völlig kaltzulassen, denn er antwortet sehr ruhig und bestimmt: »Matze wurde gestern beim Klauen erwischt. Dafür hat er eins auf die Nuss bekommen. Mit Recht.«

»Ach«, macht Hünerbein, »und das bestimmen Sie, was Recht ist oder nicht?«

»Hätte ich Anzeige erstatten sollen? Bei der Polizei? Weil einer, der nichts hat, einem anderen, der auch nichts hat, die letzten

Pfandflaschen klaut?« Kemal schüttelt den Kopf. »So was regeln wir besser unter uns.«

»Auch für Leute wie Sie gelten unsere Gesetze«, regt sich Hünerbein auf. »Ob Sie nun einen Nachnamen haben oder nicht. Sie werden sich wegen schwerer Körperverletzung vor Gericht zu verantworten haben.«

»Mit Verlaub«, erwidert Kemal und hebt beschwichtigend die Hände, »aber ich habe Matze nicht angefasst.«

»Natürlich nicht«, schnauft Hünerbein und stiefelt wütend im Raum herum, »dafür haben Sie ja Ihre Leute, nicht wahr?«

»Ich verstehe, Sie wissen Bescheid.« Kemal hat sich nun ebenfalls erhoben und baut sich vor Hünerbein auf. »Auch über Dinge, von denen Sie keine Ahnung haben. Bewundernswert.«

»Ich weiß, was ich sehe«, knurrt Hünerbein und strafft sich ebenfalls. Für einen Moment sieht es aus, als würden sich die beiden gleich an die Gurgel gehen.

»Es gibt ein selbstregulierendes Moment«, sagt Kemal leise. »Die Leute wehren sich, wenn ihnen Unrecht geschieht. Wenn ihnen zum Beispiel das Wenige weggenommen wird, das sie noch haben. Dann wehren sie sich, und manchmal kommt es dabei zu Überreaktionen. Und dann greifen meine Leute ein. Damit niemand zu Tode kommt.« Kemal greift im Stehen nach seiner Kaffeetasse und trinkt sie aus. »Ich lade Sie ein«, sagt er dann und nickt Hünerbein zu. »Damit Sie wirklich Bescheid wissen, bevor Sie sich ein Urteil erlauben. Bei uns herrschen andere Sitten.«

Raue Sitten, fürchte ich und erhebe mich ebenfalls. Wenn alle stehen, muss ich ja nicht als Einziger sitzen. Zumal ich Kemals Einladung als Zeichen zum Aufbruch verstehe.

»Gut«, sage ich. »Einverstanden. Sehen wir uns Ihre Welt doch einmal genauer an.«

Denn das wollten wir ja ohnehin tun.

40 MEYER HATTE DIE GANZE NACHT nicht schlafen können. Das Tanzen am Abend zuvor in der Schweizer Botschaft war ihm nicht bekommen, und seine Knie schmerzten höllisch. Zwar hatte er sich ein paar Schmerztabletten eingeworfen, doch die wirkten nicht richtig. Wahrscheinlich war der ungute Cocktail aus Diazepam und Amphetaminen daran schuld. Überhaupt: Diese ganzen Drogen machten ihn noch kaputt. Er sollte mehr auf seine Gesundheit achten und beim Alkohol bleiben.

Ächzend stand Meyer auf und wankte, auf zwei Krücken gestützt, um die Knie zu entlasten, in die Küche. Dort mixte er sich einen Gin Tonic und dachte lächelnd an die Brünette aus der Botschaft. Gerade einmal vierundzwanzig Jahre jung war sie gewesen, ausgestattet mit einer Superfigur und großen Augen, die fast ebenso schwarz waren wie ihre halblangen Locken. Heidi halt.

Ihr wirklicher Name war zwar Ursina, und sie studierte Politologie in Zürich, doch ursprünglich stammte sie aus Maienfeld im Kanton Graubünden, jenem Ort unterhalb der Alp, auf der die Autorin Johanna Spyri auch ihre Heidi-Romane spielen lässt.

Das hatte Meyer total angefixt. Allein der Gedanke, heute Nacht noch eine waschechte Heidi durchzuvögeln – in der Almhütte, in den Bergen, im Heu, im Gras, zwischen den Ziegen auf der Alp –, machte ihn so wild, dass ihm, wäre er der Geißenpeter, längst die Lederhose geplatzt wäre.

Leider war es bei der Phantasie geblieben. Zwar absolvierte Ursina derzeit ein Praktikum an der diplomatischen Vertretung der Schweiz in Berlin, doch viel schien sie dort bislang noch nicht gelernt zu haben. Völlig undiplomatisch hatte sie Meyer am Ende eines langen Abends mit dessen eigenen Worten abgewatscht: »Sie haben recht. Ich sollte meine Jugend nicht an ältere Herren verschwenden. Ciao!«

Tja. Alles umsonst. Wo er sich doch so ins Zeug gelegt hatte, trotz seiner kaputten Beine tanzend durch die Nacht. Bis ihm der Schmerz die Tränen in die Augen trieb. Egal! Gewisse Dinge muss man aushalten können.

Reuevoll war er am Ende zu seiner Susanne zurückgekehrt, doch die hatte ihren Mädelsabend. Einmal im Monat machte sie mit ihren Freundinnen einen drauf, dann ging es die ganze Nacht durch die Clubs, und sie kam meist erst am späten Vormittag wieder nach Hause. Dann schlief sie durch bis zum nächsten Tag, um sich wieder ihren geisteskranken Patienten zu widmen. Durchgeknallte Manager, notorische Kleptomaninnen, Ehebrecher, Frauen auf dem Selbstfindungstrip, Realitätsverweigerer, Burn-out-Geschädigte, all die zivilisationsgestörten Vollhonks. Nee, Psychologie war echt nicht sein Ding. Da würde er irre werden, wenn er sich den ganzen Tag mit diesen Idioten herumschlagen müsste.

Susanne dagegen schien es zu genießen. »Dann merke ich, was für ein behütetes Leben ich habe«, hatte sie ihm einmal gestanden, »und wie glücklich ich mich schätzen kann.«

Fein, wenn die Welt noch in Ordnung ist. Aber der Tag wird kommen, wo auch Susanne feststellen wird, dass sie einer Illusion aufgesessen ist.

Meyer mixte sich einen zweiten Gin Tonic, legte die schmerzenden Beine auf den Küchentisch und lehnte sich zurück.

Ursina, Ursina, Ursina, dachte er beleidigt, du hättest mich nicht so einfach abwimmeln dürfen. Von wegen alt, ich bin noch nicht einmal fünfzig. Da ist ein Mann in den besten Jahren!

Aber was wussten diese Schweizer schon davon? Nichts. Rein gar nichts. Im Grunde genommen waren sie noch immer ein rückständiges Bergvolk. Nur dass sie inzwischen kaum noch Kühe und Ziegen in ihren engen Tälern hüteten, sondern die illegal zusammengescheffelten Millionen irgendwelcher Diktatoren und Großkriminellen. *Oder?*

Dauernd hatte Ursina »Oder« gesagt, mit einem hörbaren Fragezeichen. Nach jedem Satz ein »Oder?«. Komisch.

»Ich bin die Ursina, oder?«

Ja, wer sonst? Kathrin? Natascha? Oder doch eher Heidi?

Ehrlich, was ging in einem Volk vor, das jede Feststellung, jede objektive Realität und sogar sich selbst am Ende grundsätzlich in Frage stellte? War das höhere Philosophie? Oder warteten die nur aufs Echo?

Man steht am eingerüsteten Brandenburger Tor, und Ursina sagt: »Oh! Sie renovieren es, oder?«

»Nee«, hatte Meyer geantwortet, »sie reißen es ab. Stand schon viel zu lange hier rum, dieses dämliche Tor!«

Danach war Ursina ins nächste Taxi gestiegen und ohne ein weiteres »Oder?« davongefahren.

Das Telefon klingelte.

Irritiert sah Meyer auf die Küchenuhr. Inzwischen war es zehn Uhr morgens. Da gingen seine Anrufe normalerweise alle aufs Büro. Na, vielleicht war es jemand für Susanne.

Umständlich stellte er seine Füße wieder auf den Boden und hinkte, leise aufstöhnend und auf seine Krücken gestützt, in die Diele, wo das Telefon war.

»Ja«, meldete er sich knapp, nachdem er den Hörer abgehoben hatte. Er sagte nie seinen Namen. Das war völlig unsinnig. In der Regel wussten die Leute ja, wen sie anriefen.

»Es herrscht eine ungewöhnliche Trockenheit.«

Verdammt, dachte Meyer, denn das war der Code für einen schwerwiegenden Vorfall.

»Das überleben nur Kakteen«, erwiderte er die Parole. »In einer Stunde.«

Meyer legte auf. Er schloss angespannt die Augen. Was war jetzt wieder passiert?, überlegte er, während er sich im Bad kaltes Wasser ins Gesicht warf, um einigermaßen zu sich zu kommen.

»Eine ungewöhnliche Trockenheit«, so ein Mist aber auch.

Und er hatte mit »Kakteen« geantwortet. Kakteen, Kakteen, Kakteen …

Er hätte auch »Kamele« sagen können. Dann wäre der Treffpunkt in der alten Zigarettenfabrik Garbáty in Pankow gewesen.

Oder »Reptilien«. Dann hätte man sich im Aquarium des Berliner Zoos getroffen.

Doch Meyer ahnte, was die ungewöhnliche Trockenheit bedeutete. Und deshalb sprach er von Kakteen.

Denn damit war der Schlossgarten in Charlottenburg gemeint.

41 DIE TEILWEISE NOCH AUS DEM MITTELALTER stammenden unterirdischen Gewölbe des Grauen Klosters sind erstaunlich gut erhalten. Versorgungsgänge führen in einen während des Zweiten Weltkriegs errichteten Bunker und zu einem großzügig geplanten Tunnel für eine unterirdische Schnellbahnverbindung, die wegen der Teilung Berlins nie fertiggestellt worden ist.

Hier unten existiert tatsächlich eine andere Welt. Ein Paralleluniversum, wie ich es nie für möglich gehalten hätte. Seine Bewohner kommen aus allen Schichten. Es gibt studierte Mediziner, Anwälte, Architekten, es gibt Künstler und Revolutionäre, Wissenschaftler und Unternehmer. Und es gibt die, die von Anfang an keine Chance hatten in unserer leistungsbetonten Gesellschaft: abgelehnte Asylsuchende, Schulabbrecher und Straßenkinder aus kaputten Familien, geistig Verwirrte, Drogenabhängige und Kleinkriminelle.

Jeder hat seine eigene tragische Vergangenheit: Der Oberarzt zum Beispiel, der versuchte, den Stress in der Intensivmedizin mit Medikamenten aus »dem Giftschrank« zu bekämpfen, bis er davon süchtig wurde. Oder der erfolgreiche Unternehmer, der von eifersüchtigen Konkurrenten so lange kaputt gespielt wurde, bis er bankrott war und alles verlor.

Wir treffen auf Flüchtlinge, die den Horror des Krieges nicht mehr loswerden und nur noch in Kellern existieren können. Wir sprechen mit verträumten Idealisten, die einst aufgestanden waren, um für eine bessere Welt zu kämpfen, und an der Realität zugrunde gegangen sind.

Da ist der Architekt, dessen große Pläne nie verwirklicht wurden, bis er nicht nur seine Arbeit, sondern auch sich selbst aufgab. Da ist der talentierte Musiker, der an den Knebelverträgen der Plattenindustrie zu ersticken drohte. Da sind der um seine Patente betrogene Wissenschaftler und der sexsüchtige Anwalt, der trotz aller juristischen Finessen von den betrogenen Frauen in den kompletten Ruin getrieben wurde. Da sind verlassene Männer, die mit der Ehe auch den Glauben an sich selbst verloren haben, und geschlagene Frauen, die niemandem mehr vertrauen, auch nicht sich selbst. Kleinganoven träumen vom großen, alles verändernden Bankraub, Spielsüchtige vom Jackpot und Junkies vom letzten, ultimativen, endgültig erlösenden Schuss.

Entsprechend vielfältig ist auch das Leben hier unten. Es existieren ein reger Tauschhandel, eine Klamottenbörse und sogar so etwas wie eine medizinische Versorgung, die allerdings nur bei grippalen Infekten, schwachen Alkoholvergiftungen und Schürfwunden greift.

»Wir können hier nur mit den medizinischen Mitteln und Medikamenten arbeiten«, entschuldigt sich Kemal, »die oben abfallen. Und das ist nicht viel. Anders sieht es bei den Lebensmitteln aus. Hungern muss hier keiner.«

Jetzt, wo es draußen wärmer würde, gingen viele nach oben und übernachteten in den Parks. Aber im Winter, so Kemal weiter, müsse man hier unten zusammenrücken. Viele wollen trotz eisiger Kälte nicht ins Obdachlosenasyl, weil dort geklaut wird. »Hier passen wir auf.«

»Eine selbst ernannte Polizei«, stellt Hünerbein entschieden fest, »ist aber nicht erlaubt. Das Gewaltmonopol liegt immer noch beim Staat.«

»Wir sollten das mal gewerkschaftlich diskutieren«, schlage ich spöttisch vor, »vielleicht können wir ein paar Beamte für den Streifendienst hier unten abstellen.«

»Ich fürchte, echte Polizisten werden hier nicht so gern gesehen.« Kemal führt uns in einen etwa turnhallengroßen Saal, der im Krieg einmal als Bunker gedient haben soll. »Unser Fundbüro.«

Tatsächlich türmen sich am Boden massenhaft Schirme, Taschen, Bücher und Mobiltelefone. Kleidungsstücke dagegen fehlen völlig.

»Die können wir hier selbst brauchen«, sagt Kemal. »Das ist nur das Zeug, das wir niemandem zuordnen können. Sie ahnen ja nicht, wie viel allein in öffentlichen Verkehrsmitteln liegen gelassen wird.«

Jetzt, wo ich es sehe, kann ich mir das schon vorstellen. »Und die Dinge, die Sie zuordnen können, werden verteilt?«

Kemal nickt. »Bettelei ist entwürdigend. Finderlohn einzufordern dagegen nicht.« Er sieht mich an. »Wenn wir dann eine Tasche wie die Ihre mit Schulsachen finden, streuen wir das natürlich breiter.«

»Also wenn ich das recht verstehe, muss jeder, der hier bei Ihnen unten lebt, seinen Fund abgeben?«

»Das erfordert die Gemeinschaft«, antwortet Kemal. »Wir teilen die Funde auf, genau wie den Finderlohn. Dann haben alle was davon.«

»Und wer seinen Finderlohn nicht abgibt, wird verdroschen«, stellt Hünerbein anklagend fest.

»Was wollen Sie eigentlich?« Kemal wendet sich ihm zu. »Seien Sie doch nicht so selbstgerecht! Was wissen Sie denn vom Leben auf der Straße! Das ist reiner Überlebenskampf, Anarchie und Gewalt, da kämpft jeder gegen jeden, und wenn es nur um die besten Schlafplätze unter Brücken geht. Irgendwann hatte ich das satt. Diese ganze Gewalt, den Betrug, die ständige Angst. Ich hatte es so satt.«

»Und dann haben Sie sich hier unten Ihre eigene Welt geschaffen? Mit eigenen Regeln?«

»Ja.« Kemal bückt sich und sieht sich ein paar Bücher an. »Was ist daran falsch? Es wird nicht geklaut und nicht herumgesaut. Es gilt gegenseitiger Respekt. Und es wird alles geteilt. Einer für alle, alle für einen. Das Leben auf Trebe ist schwer genug, es hat keinen Sinn, wenn wir es uns hier unten noch schwerer machen. Ganz einfach. Eine Gemeinschaft kann nur funktionieren, wenn jeder sich an die Regeln hält.«

»Ansonsten wird man verprügelt?«

»Wie gesagt: Bevor die Dinge eskalieren können, greifen wir ein.« Kemal nimmt eines der Bücher an sich. »Genau das war gestern der Fall. Hier wird niemand umgebracht. Aber Matze ist ein totaler Versager. Den habe ich in den vergangenen Jahren schon dreimal rausgeworfen, weil er andere beklaut hat. Jetzt kam er wieder an. Also haben wir ihm noch mal eine Chance gegeben. Er sollte den Ranzen zurückbringen. Und was macht er? Schleicht sich hier rein, klaut einem anderen die mühsam gesammelten Pfandflaschen, um sie einzulösen und uns dann das

Geld als Finderlohn auszugeben. Das kam raus, und dann ging es hoch her. Das ist die ganze Geschichte.«

»Sein Problem war, dass er den Finderlohn gar nicht bekommen hat.« Ich hole den Hundertmarkschein aus der Tasche. »Und wahrscheinlich nicht wieder als Versager dastehen wollte.«

»Schon möglich.« Kemal zuckt mit den Schultern und blättert in seinem Buch. Es ist »Hitlers willige Vollstrecker« von Daniel Jonah Goldhagen, wie ich dem Einband entnehme.

»Die junge Frau«, komme ich zum eigentlichen Thema zurück, »die wir tot aufgefunden haben. Wann war die denn das erste Mal hier?«

»Das ist vielleicht so eine Woche her«, überlegt Kemal, »sechs, sieben Tage etwa.«

»Und wann haben Sie ihr die Schulbücher gegeben?«

»Am selben Tag, als Matze den Ranzen dazu bekam. Wie gesagt: Ich wollte ihm noch mal eine Chance geben. Und sie wollte ich testen.«

»Weil sie hier unten neu war?«

»Ja.« Kemal führt uns wieder aus dem Bunker hinaus. »Ich hab sie dann nicht mehr gesehen. Leider!«

Wir folgen ihm einen langen Gang entlang. Rostige Rohre ziehen sich unter der Decke entlang, aus einigen tropft es beständig.

»Das ist nur Wasser«, beruhigt uns Kemal. »Die versorgen die Springbrunnen am Fernsehturm. Die Leitungen müssen sicher mal erneuert werden.«

Herman Langelis alias Clemens von Brentano beziehungsweise Giordano Bruno kommt uns entgegen. »Ach! Guten Morgen, die Herren. Fein, dass Sie sich, nicht wahr, so gut mit, äh, Kemal verstehen.«

»Guten Morgen, Herr Dr. Hollaender«, begrüßt ihn Hünerbein, »so schnell trifft man sich wieder, nicht wahr?«

»Immer zweimal im Leben, mindestens«, nickt Langelis bekräftigend. »Aber ich muss Sie berichtigen: Mein Name ist nicht Holländer, nicht wahr. Sondern …«

»Langelis?«

»Nein!« Der Professor schüttelt heftig den Kopf. »Um Himmels willen! Wissen Sie, wie lange der Lectoris schon nicht mehr unter den Lebenden weilt? Seit siebenhundert Jahren! Das ist, äh, eine lange Zeit. Unter der Parochialkirche ist eine Gruft, nicht wahr, da liegt er begraben. Wenn Sie wollen, kann ich Ihnen …«

Dankend winke ich ab. »Wir haben die Gruft schon gestern besucht, Herr, äh … – Entschuldigung, wie wollen Sie heute genannt werden?«

»Nietzsche«, erklärt der Professor würdevoll, »Friedrich Nietzsche. Professor für klassische Philologie in Basel, nicht wahr. Wussten Sie eigentlich, dass, äh, die Hoffnung das größte aller Übel ist?«

»Nein. Wieso?«

»Weil der Mensch, nicht wahr, auch noch so sehr durch die anderen Übel gequält, der Hoffnung wegen das Leben nicht wegwirft, sondern im Gegenteil fortfährt, sich immer von Neuem, äh, quälen zu lassen.«

»Kein Wunder, dass Nietzsche verrückt geworden ist«, meint Hünerbein und wendet sich Kemal zu. »Wo geht's raus?«

»Ich nehme an«, vermutet Kemal, »dass damit die Sache erledigt ist?«

»Erledigt ist hier noch gar nichts«, widerspricht Hünerbein. »Nur fürs Erste sind wir durch.«

»Vielleicht eins noch«, mische ich mich ein. »Das ist mir schon die ganze Zeit bei Ihnen aufgefallen, Kemal: Für jemanden, der seit seinem achten Lebensjahr ohne Eltern, Schulbildung und Obdach ist, drücken Sie sich sehr gewählt aus.«

»Wundert Sie das?«

»Ja«, bekräftige ich, »doch, sehr.«

»Ich lese viel«, antwortet Kemal und hebt, wie um seine Worte zu unterstreichen, das Goldhagen-Buch hoch. »Fürs Kino hatte ich nie Geld. Aber Bücher werden gern auf Parkbänken liegen gelassen.« Er öffnet eine Tür. »Wiedersehen!«

»Wiedersehen«, echoe ich verblüfft, denn plötzlich ist das pralle Leben um uns herum.

Wir stehen auf der zweiten Tiefebene, der Ladenzeile zwischen den U-Bahnhöfen am Alexanderplatz, und um uns herum eilen Passanten, Umsteiger und Einkäufer mit vollgestopften Taschen und Tüten. Hütchenspieler warten auf Doofe, die sie noch abzocken können, Taschendiebe auf Gelegenheiten.

Am Stehtisch neben der Tränke lagern wie üblich der Popenbart und seine Kumpane vor ihren Bieren, und auch der einarmige Ludo jongliert wieder bunte Ringe und Bälle durch die Luft. Sein lispelnder Kompagnon hat uns sofort gesehen und eilt mit seinem Zylinder auf uns zu. »Wenn Bullen kommen durch die Wände, hamse sicher ooch 'ne Spende!«

»Nee, heute nicht«, wiegelt Hünerbein ab und starrt mich verwundert an. »Warum hat uns Kemal diesen Weg nicht gleich gezeigt? Warum mussten wir erst umständlich durch diesen engen Treppenturm an der Kirchenruine?«

Ich weiß es nicht.

»Irgendwas muss er sich dabei doch gedacht haben?«

Schon möglich. Vielleicht wollte er uns zeigen, welchen Weg die Lumpenjule genommen hat, als sie sich mit mir hier um Mitternacht traf. Aber wozu? Fragen können wir ihn nicht mehr, denn die Tür in der Wand ist fest verschlossen und lässt sich wohl auch nur von innen öffnen. Vielleicht liegt darin die Erklärung?

»Wir müssen rausfinden, wer dieses Mädchen war«, überlege ich laut. »Anders kommen wir nicht weiter.«

42 DIE ZENTRALE AUFNAHMESTELLE des Landes Berlin ist vor allem in den Tagen nach dem Mauerfall berühmt geworden, als das damalige Notaufnahmelager wegen des Ansturmes von DDR-Übersiedlern fast aus allen Nähten platzte. Eine Ausstellung im Foyer mit Fotos und zeitgeschichtlichen Dokumenten erinnert an diese Zeit.

Inzwischen ist es ruhiger geworden. In den schlichten Wohnblocks leben Asylsuchende aus Osteuropa wie etwa Weißrussland oder der Ukraine, aber auch vermehrt Flüchtlinge vom Balkan, ganze Familien, die dort vor dem Krieg geflohen sind, Kroaten, Bosnier, Kosovoalbaner.

Das Amt hat uns auf Anfrage hin drei Frauen genannt, die aufgrund ihrer äußeren Ähnlichkeit möglicherweise identisch mit unserer Toten sind. Alle drei haben bis vor ein paar Wochen im Aufnahmelager gelebt oder sind hier registriert worden. Und alle drei sind verschwunden.

»Was erst mal nicht ungewöhnlich ist«, erklärt uns die Leiterin des Lagers, Margarethe Zeidler-Jessen, eine Frau von etwa Mitte fünfzig, die selbst mal hier gewohnt hat und ursprünglich aus der DDR ist. Eine »Ostberlinerin bis 1989«, wie sie sich uns fröhlich vorgestellt hat. »Gerade Asylanträge von Menschen aus Osteuropa werden gern abschlägig beschieden, da dies doch meist sichere Herkunftsländer sind. Und vor der Abschiebung verschwinden die Leute lieber irgendwohin. Deshalb vermuten wir auch kein Verbrechen, wenn irgendwer plötzlich nicht mehr anwesend ist. Die tauchen einfach unter und halten sich weiter illegal in Deutschland auf.« Sie seufzt und blättert in ihren Leitz-Ordnern. »Insofern fällt Eugenija Rogina etwas aus dem Raster. Sie stammt aus Minsk und war dort Lehrerin. Wegen einer falschen politischen Äußerung wurde sie erst vom Schuldienst suspendiert, dann lief ein Gerichtsverfahren gegen sie, dessen Ausgang sie nicht abgewartet hat, weil durchaus die Möglichkeit bestand, dass sie zu einer Haftstrafe verurteilt wird. Insofern standen ihre Chancen hier nicht schlecht, als politisch Verfolgte anerkannt zu werden, zumal Weißrussland ja bis heute als letzte Diktatur Europas gilt. Ihr spurloses Verschwinden ist daher ungewöhnlich.«

»Wirkte sie verängstigt auf Sie? Machte sie einen gehetzten Eindruck?«

»Nein, gar nicht«, erwidert Frau Zeidler-Jessen, »im Gegenteil, sie war immer freundlich und offen. Zudem sprach sie ein fast perfektes Deutsch. Sie hatte Chancen auf ein Bleiberecht und hätte sich sicher schnell in unsere Gesellschaft integriert. Insofern wundert mich ihr plötzliches Verschwinden schon sehr. Sie hätte sich sicher auch von den anderen verabschiedet, wenn da etwas geplant gewesen wäre. So, wie ich sie einschätze.«

Interessant. Hünerbein und ich sehen uns vielsagend an. Könnte das eine Spur sein? Dagegen spricht das fast perfekte Deutsch. Lumpenjules Wortschatz war alles andere als perfekt, und sie hatte einen starken slawischen Akzent. Doch das konnte Tarnung sein wie die mit Gel auf fettig getrimmten Haare und der alte Daunenmantel.

»Was ist mit dieser«, Hünerbein sieht in seinen Unterlagen nach, »Slava Posanska aus Lemberg?«

»Ja, die hatte keine reelle Chance auf ein Bleiberecht«, antwortet Frau Zeidler-Jessen. »Sie ist nach Deutschland gekommen, um ihren Freund zu heiraten, der eine unbefristete Arbeitserlaubnis besitzt und im hessischen Schwalmstadt als Anlagenfahrer in einer Maschinenbaufirma tätig ist. Slavas Problem war nur, dass sie diesen Mann zu Hause im ukrainischen Lemberg hätte heiraten müssen, um bei uns dauerhaft leben zu können. Die Ehe hätte also schon vollzogen sein müssen, bevor sie hierherkam. Bei Slava ist es daher sehr wahrscheinlich, dass sie sich einfach über Nacht nach Hessen aufgemacht hat, weil sie sich dort bessere Chancen für ihr Verfahren erhofft.«

»Verstehe«, Hünerbein schreibt sich etwas auf, »wenn es so ist, finden wir das raus.«

»Bleibt noch Mirca Skovič aus Oharovac.« Frau Zeidler-Jessen schlägt einen neuen Ordner auf. »Hier sehen Sie schon am Umfang der Akten, dass es sich um ein kompliziertes Verfahren handelt. Mirca ist Serbin, stammt aber aus dem kosovarischen Oharovac. Sie kam vor sechs Monaten nach Deutschland, und ihr Antrag auf Asyl, in dem sie sich auf die Verfolgung durch die albanische Bevölkerungsmehrheit im Kosovo berufen hat, wurde im Januar abgelehnt. Wenn jemand im Kosovo verfolgt wird, sind es die Albaner, so der allgemeine Tenor. Als Serbin hatte sie keine Chance. Doch kurz vor ihrer Abschiebung begann der Krieg, und so wurde ihre Duldung um sechs weitere Monate verlängert, sodass auch Mirca eigentlich keinen Grund hat, hier so einfach über Nacht spurlos zu verschwinden.«

Noch eine Spur, denke ich. »Deutschkenntnisse?«

»Mäßig«, antwortet Frau Zeidler-Jessen. »Also dafür, dass sie jetzt schon ein halbes Jahr hier war, hätten sie besser sein können.«

Noch ein Treffer, denke ich. Auch das könnte sie sein. »War sie irgendwie auffällig?«

»Sie meinen, ob sie verängstigt wirkte?« Frau Zeidler-Jessen schüttelt den Kopf. »Nein, eigentlich nicht.«

»Was heißt ›eigentlich‹?«

»Nun, vor ein paar Tagen sind hier zwei Kosovoalbaner aufgetaucht. Mirca hat sie angeblich als gesuchte Verbrecher aus ihrer Heimat erkannt und mächtig Alarm geschlagen.« Frau Zeidler-Jessen verzieht das Gesicht. »Tja, was soll man dazu sagen?«

»Ist an den Vorwürfen was dran?«

»Das lässt sich von hier aus schlecht beurteilen.« Frau Zeidler-Jessen hebt die Hände. »Aber derartige Vorwürfe hören wir immer wieder. Besonders bei verfeindeten Volksgruppen. Die beschimpfen sich gern gegenseitig als Verbrecher.«

»Was sagen denn die Männer aus dem Kosovo dazu?«

»Ich hätte sie gern befragt, aber leider …« Sie hebt erneut die Hände. »… sie sind nicht mehr hier.«

Das hört sich ja hochinteressant an. Ich bin wie elektrisiert. »Haben Sie die Namen der Männer?«

»Auch nicht, nein. Die haben sich hier nicht registrieren lassen.«

»Aber sie waren hier.«

»Kurz, ja. Wie gesagt, angeblich wollten sie sich nur umschauen. Und dann kam Mirca, und die sind wieder gegangen.«

Und jetzt ist auch Mirca weg. Das ist mal wirklich eine heiße Spur. Wer weiß, was da vorgefallen ist?

»Okay«, auch Hünerbein hat das Jagdfieber erfasst, »wir brauchen alles, was Sie über diese Mirca wissen! Und haben Sie Fotos von den Männern?«

»Nein. Woher denn? Die haben sich ja nicht ausgewiesen.«

»Verstehe. Gibt es Überwachungskameras hier auf dem Gelände?«

»Nur im Eingangsbereich.«

»Gut.« Hünerbein erhebt sich unruhig. »Die Bänder müssen wir sichten.«

»In Ordnung.« Auch Frau Zeidler-Jessen steht auf. »Ich will sehen, was sich machen lässt.«

Eine Stunde später steht Damaschke mit seinen Kriminaltechnikern vor der Tür. Sie haben ihren Gerätebulli dabei, ein mobiles Labor, das vollgestopft ist mit diversen Analysegeräten und anderem technischen Schnickschnack. Darunter auch Abspielgeräte, die mittels Computertechnik selbst bei den miesesten Videos für eine hohe Auflösung sorgen können.

Dicht gedrängt hocken wir im stickigen Bulli und schauen uns die Bilder aus den Überwachungskameras an. Es gibt genau drei davon. Eine filmt den Außenbereich vor dem Eingang der Zentralen Aufnahmestelle. Eine weitere filmt den Eingang von innen. Und eine dritte überwacht den Treppenbereich und den Ausgang zum Hof. Es ist ein Kommen und Gehen im Schnelldurchlauf. Nachts dann stundenlang nichts, bevor der Betrieb am Morgen wieder losgeht.

Und endlich ruft Frau Zeidler-Jessen: »Stopp! Ich glaub, da waren sie!«

»Spul mal zurück, Jürgen!«

Damaschke lässt das Band langsamer rückwärtslaufen, bis die Männer wieder ins Bild kommen und Frau Zeidler-Jessen erneut »Stopp« ruft. Das Bild gefriert.

Leider sind die zwei Männer nur von hinten zu sehen, sie haben dunkelbraunes oder schwarzes Haar, tragen helle Jeans und dunkle Jacken. Einer von ihnen hat ein Basecap auf dem Kopf.

Bingo, denke ich. Genau so hat Kemal die Männer beschrieben.

»Zwo, zweiundvierzig, sechsunddreißig.« Damaschke notiert sich die Zahl auf dem Timer. »Mal sehen, ob wir die jetzt auch auf der anderen Kamera haben.« Er wechselt das Band, spult vor, bis der Timer die Zahlen 02.42.36 zeigt, und lässt es dann mit normaler Geschwindigkeit weiterlaufen.

»Jetzt«, ruft Margarethe Zeidler-Jessen so laut, dass wir Übrigen erschrocken zusammenzucken. Offenbar hat sie auch das Jagdfieber erfasst. »Da sind sie.«

Damaschke stoppt das Band. Es stammt von der Videokamera, die den Innenbereich am Eingang überwacht. Bei 02.43.01 kommen die Männer durch die Tür. Der mit dem Basecap trägt Vollbart und Sonnenbrille, von seinem Gesicht ist daher nicht viel zu sehen. Auch nicht, als sich Damaschke weiter heranzoomt. Der andere ist besser erkennbar. Ein helles, offenes Gesicht. Dunkle Augen, schmale Nase, hübsche Lippen.

»Das drucken wir uns mal aus«, erklärt Hünerbein, »und gleich eine Kopie an alle Dienststellen schicken.«

»Den mit dem Bart hat sie Kommandant oder so genannt«, sagt Margarethe Zeidler-Jessen unvermittelt.

»Wer?« Ich sehe sie an. »Diese Mirca Skovič?«

»Ja«, nickt Frau Zeidler-Jessen. »Warten Sie. ›Kommandant‹ stimmt nicht. Es war Commander. Jetzt, wo ich das Bild sehe, fällt es mir wieder ein: Udar hat sie ihn genannt, Commander Udar.«

Commander Udar. Ich notiere es mir. »Sonst noch was?«

»Nein.« Frau Zeidler-Jessen schüttelt den Kopf. »Aber Mirca wirkte sehr aufgeregt. Sie hat erzählt, dass sie genau vor diesen Leuten geflohen wäre. Kriminelle wären das, Mörder und so weiter.«

»Gibt es zu dem anderen auch einen Namen?«

»Nicht dass ich wüsste.«

»Na, einen Namen wird er schon haben«, grummelt Hünerbein. »Nur kennen wir ihn nicht.«

»Schauen wir uns noch die dritte Einstellung an?« Damaschke hat noch ein ungesichtetes Band. »Die Kamera vom Treppenbereich?«

»Rein damit.« Ich lehne mich zurück. Endlich, denke ich zufrieden, kommt mal Bewegung in die Sache.

Damaschke legt das Band ein, spult vor, bis der Timer die richtigen Zahlen zeigt, und lässt es dann normal weiterlaufen.

Die Männer kommen ins Bild, wenden sich am Empfang dem Mann hinter dem Tresen zu.

»Stopp«, sage ich. »Mit wem sprechen die da?«

»Das ist unser Herr Gnaup, unser Wachmann vorn«, erwidert Frau Zeidler-Jessen.

»Wir müssen wissen, was die miteinander besprochen haben. Vielleicht haben die zwei ja ihre Namen genannt.«

»Herr Gnaup ist seit Montag im Urlaub, aber ich kann versuchen, ihn telefonisch zu erreichen.«

»Das wäre nett, danke!«

Und noch etwas fällt auf: Als die Männer sich abwenden und sich dem Ausgang zum Hof zuwenden wollen, werden sie von einer Frau aufgehalten.

»Das ist Mirca«, erklärt Frau Zeidler-Jessen, »sehen Sie, wie aufgeregt sie ist?«

Das lässt sich anhand der Aufzeichnung nur erahnen. Mirca wedelt mit den Armen, scheint auf die Männer einzuschreien.

»Zoom noch mal ran!«

»Okay«, macht Damaschke gedehnt und tippt auf seinem Computer herum, bis sich das Bild vergrößert, aber auch zunehmend grobkörniger wird. »Das ist jetzt die höchste Auflösung.«

Ja, denke ich, auf den Bildschirm sehend, diese Mirca könnte durchaus unsere Lumpenjule sein. »Danke, Jürgen.«

Das Bild läuft weiter. Die Männer wenden sich von Mirca ab und verlassen unverrichteter Dinge das Gebäude.

»Ja, die hat Mirca wohl vertrieben«, sagt Frau Zeidler-Jessen, »und seitdem sind sie auch nicht wieder hier gewesen.«

Und Mirca ist auch verschwunden, denke ich, liegt womöglich bei unserem Totengräber Dr. Hubertus Graber auf einem Leichentisch in der Rechtsmedizin.

»Falls die Männer wieder auftauchen«, Hünerbein drückt ihr seine Visitenkarte in die Hand, »unbedingt bei uns melden, klar?«

»Klar«, verspricht Frau Zeidler-Jessen und steckt die Karte ein.

»Wenn wir die Bänder mitnehmen, könnte ich noch ein bisschen mehr rausholen«, erklärt Jürgen.

»Dann tu das.« Hünerbein haut ihm dankend auf die Schulter. »Und vielleicht haben wir ja was zu diesem Udar schon in der Datenbank.« Er erhebt sich und reicht Frau Zeidler-Jessen die Hand. »Ihnen vielen Dank! Sie haben uns geholfen.«

»Sehr«, bekräftige ich.

»Nichts zu danken.« Sie lächelt und hebt verschwörerisch Hünerbeins Visitenkarte. »Und wenn noch was ist, rufe ich gleich an.«

»Danke.« Wir verabschieden uns und gehen langsam zum Auto zurück.

43 DURCH DIE ALTSTADT VON PRIŠTINA heulten Polizeisirenen. Ihr Ziel war das Redaktionsgebäude von SLOBODA LIRI. Binnen Minuten waren das Gebäude und die umliegenden Straßen vollständig abgeriegelt worden. Schwer bewaffnete Sonderpolizisten patrouillierten durch die engen Gassen und ließen niemanden durch.

Amra hockte verheult im Büro ihres Chefs und hatte noch immer den Telefonhörer in der Hand, als die Beamten eintrafen. Sie war wie taub, spürte nichts mehr und war kaum in der Lage, auf die vielen Fragen zu antworten, mit denen man sie bestürmte.

Ja, es gab einen Toten. Kovač. Und er war nebenan.

Der Kopierer lief immer noch, obwohl das Papier längst ausgegangen war, sein sirrendes Geräusch brannte sich in ihren Kopf. Irgendwer nahm ihr den piependen Telefonhörer aus der Hand. Dann wurde erneut telefoniert. Man warte auf einen Sonderermittler aus Belgrad, hieß es, das sei ein politischer Mord. Es könne dauern, bis der Ermittler hier sei, eine Anreise per Flugzeug sei kriegsbedingt nicht möglich, und auf dem Landweg müssten Umwege gefahren werden, die UÇK operiere verstärkt, überall seien Hinterhalte und Anschläge zu befürchten. Die Kriminalpolizei von Priština könne nicht viel tun, außer den Tatort zu sichern. Man dürfe Amra zwar nicht nach Hause schicken, aber bis zum Eintreffen des Sonderermittlers dürften gut zehn, zwölf Stunden vergehen. Ob sie sich nicht bis dahin irgendwo hinlegen wolle?

Hinlegen? Amra zuckte mit den Schultern. Sie wollte gar nichts mehr. Ihr Willen war wie ausgeknipst, da waren nur noch

Leere und im Hirn das unauslöschliche Bild ihres Chefs mit einer Kugel im Schädel.

Irgendwer brachte sie zu Kovačs Sofa am Fenster, dort, wo er des Öfteren nach dem Mittag sein Nickerchen zu machen pflegte. »Ausreichend Schlaf, Amra«, hatte er gern gesagt, »ausreichend Schlaf ist wichtig für das analytische Denken.« Davon hatte er nun mehr als genug. Schlaf bis in die Ewigkeit.

Während die Spuren vorläufig gesichert und die allmählich eintreffenden Kollegen aus der Redaktion wieder nach Hause geschickt worden waren, hatte Amra teilnahmslos an die Decke gestarrt. Wie im Wachkoma, aus dem sie erst von einem älteren, hageren Herrn in einem abgewetzten Mantel geweckt wurde, der ihr seinen zerfledderten Dienstausweis vor die Nase hielt und sich als Chefermittler Branko Stanković vorstellte.

Da war es bereits achtzehn Uhr, die Sonne stand schon tief und schien schräg ins Zimmer, während sich auf der unberührten Leiche von Kovač am Kopierer die ersten Fliegen sammelten.

»Sie haben den Toten gefunden?«

»Ja.« Amra setzte sich auf. Ihr Haar war verwühlt. Offenbar hatte sie doch geschlafen.

»Wann?«

»Heute Morgen, so gegen sieben.«

»Wieso so früh? Dienstbeginn ist doch für die Redaktion erst um«, Stanković blätterte in seinem kleinen Notizblock, »acht Uhr.«

»Wir haben die Nacht durchgemacht.«

Der Sonderermittler hob fragend die buschigen Augenbrauen.

»Wir haben an einem Artikel gearbeitet.«

»Nur Sie und«, Stanković deutete in Richtung des Archivs, »er?«

»Ja.« Amra schluckte. »Wir haben den Beginn der Sperrstunde verpasst, und dann haben wir einfach weitergearbeitet.«

»Kann ich den Artikel mal sehen?«

Von mir aus, dachte sie, das ist jetzt sowieso egal. Der Artikel würde ohnehin nicht veröffentlicht. Niemals. Dafür würden die schon sorgen. Amra deutete mit einer kurzen Kopfbewegung zum Schreibtisch. »Bitte.«

Stanković erhob sich und ging, während er eine Lesebrille aus der Innentasche seines Mantels nestelte, zum Schreibtisch. »›Schlachtfeld Kosovo:‹«, las er laut vor, »›der kriminelle Krieg‹.« Wieder sah er Amra an. »Sollte das heute erscheinen?«

Amra nickte.

Stanković setzte sich seufzend hinter den Schreibtisch, nahm die Blätter zur Hand und las sie sich sorgfältig durch. Das dauerte einige Minuten. Dann ließ er die Blätter wieder sinken und sah Amra über den Rand seiner Lesebrille hinweg an. »Ein gefährlicher Text, Amra.« Offenbar hatte er durch die Verfasserangaben auf ihren Namen geschlossen. »Wer wusste noch davon?«

»Nur Kovač und ich«, antwortete sie leise, »wir haben die übrigen Kollegen alle nach Hause geschickt.«

»Die Fotos gehören dazu?« Er hatte die Bilder auf dem Schreibtisch gefunden und sah sie sich nacheinander an.

»Ja.«

»Mhm«, machte er und legte die Fotos wieder weg. »Warum Sie, Amra?«

Sie verstand nicht gleich.

»Nun, Sie sind jung.« Stanković wippte nachdenklich in Kovačs Sessel auf und ab. »Es gibt weit erfahrenere Kollegen hier in der Redaktion, wie mir scheint. Warum wurden gerade Sie für den Artikel ausgewählt?«

»Weil es meine Story ist. Die Fotos habe ich gemacht.«

»Ah.« Stanković nickte beeindruckt. Er wollte noch etwas sagen, als jemand hereinkam. Offenbar ein Mediziner in der Uniform der Sonderpolizei, denn er klärte den Ermittler über die Todesursache auf.

»Das war ein aufgesetzter Schuss. Wie eine Hinrichtung.«

»Ich habe das Loch im Hinterkopf gesehen, Grigić«, erwiderte Stanković, »und die gefesselten Hände.«

»Die Kugel ist im Schädel stecken geblieben. Das deutet auf die Benutzung eines Schalldämpfers hin. Und auf ein kleines Kaliber. Wir würden die Leiche dann gern abtransportieren.«

»Gut«, nickte Stanković, »machen Sie das!« Er suchte in seinem Mantel nach der Rolle Pfefferminzdrops, die er immer bei sich hatte, seitdem er sich das Rauchen abgewöhnt hatte, und steckte sich einen davon in den Mund. Dann bot er Amra die Rolle an. »Wollen Sie auch?«

»Nein danke.«

Stanković steckte die Drops wieder ein. Er gähnte, denn auch in Belgrad waren Bomben gefallen, sodass er kaum zum Schlafen gekommen war. Man sah ihm an, dass er keine Lust mehr hatte. Dass ihn alles nervte, dieser verdammte Krieg, die ganze Gewalt im Land, und seine Ehe war wahrscheinlich auch im Eimer. Stanković machte ein Gesicht, als würde er sich jeden Augenblick eine Kugel in den Kopf schießen wollen, damit dieser ganze Mist endlich ein Ende hatte.

»Wo waren Sie denn heute Morgen?«

»Ich wollte Wasser holen. Damit wir Kaffee machen können.«

»Während der Sperrstunde?«

»Die war gerade vorbei. Kovač stand am Kopiergerät, und ich bin los. Zur Zisterne, weil das Wasser abgestellt war.« Amra spürte, wie ihr erneut die Tränen in die Augen stiegen. »Da waren schon viele Menschen. Ich musste mich anstellen und warten. Und danach bin ich noch zum Bäcker.«

»Wann sind Sie wieder hier gewesen?«

»So gegen sieben. Das hab ich doch schon gesagt …« Amra fing an zu weinen. »Der Kopierer lief noch, und ich hab erst Kaffee gemacht … Dann bin ich ins Archiv und … da hab ich ihn gesehen …«

»Tot.«

»Ja, natürlich tot, sonst wären Sie ja nicht hier, oder?« Sie versuchte, sich zu beruhigen, und wischte sich die Tränen mit einem Taschentuch aus dem Gesicht. »Entschuldigung.«

»Schon gut.« Stanković sah sich erneut die Bilder an. »Haben Sie, als Sie von hier weggingen, die Haustür wieder abgeschlossen?«

»Nein. Aber man braucht trotzdem einen Schlüssel, um reinzukommen, die Tür hat ja von außen keine Klinke.«

»Und sie war noch verschlossen, als Sie vom Bäcker zurückkamen?«

Amra nickte. »Es war alles so, wie ich es verlassen hatte. Sonst hätte ich doch gleich nachgesehen, ob etwas nicht stimmt.«

»Und auch sonst ist Ihnen nichts aufgefallen?«

»Nein.«

Stanković seufzte lange und sah auf die Fotos. »Woher wussten Sie, dass ein Anschlag auf den Grenzpass von Morina geplant war?

»Davon wusste ich nichts.«

»Aber Sie waren vor Ort, als es passierte.«

»Ja.«

»Was wollten Sie dort?«

»Herausfinden, wie die Separatisten ihre Waffen über die Grenze schmuggeln«, antwortete Amra. »Und bei meinen Recherchen hatte ich zufällig ein Gespräch mitgehört, dass in Morina etwas geplant war.«

»Was für ein Gespräch?«

»Ein Kneipengespräch hier in Priština. Ich saß zufällig am Nebentisch, und die Typen haben ziemlich laut geredet. Ich hielt das erst für ein Gerücht, die Leute reden ja dauernd irgendwelchen Müll. Aber dann bin ich der Sache trotzdem nachgegangen.« Sie starrte Stanković fragend an. »Aber warum interessiert Sie das überhaupt? Sollten Sie sich nicht besser um den Mord an Kovač kümmern?«

»Aber genau das mache ich.« Der Sonderermittler erhob sich und ging langsam auf Amra zu. »Haben Sie die Behörden über das Gespräch informiert? Haben Sie der Polizei Meldung gemacht, dass am Pass von Morina etwas geplant sein könnte?«

»Nein, ich …«

»Dann muss ich Sie vorläufig festnehmen, Amra!«

»Was?« Sie glaubte, sich verhört zu haben. Das konnte doch nicht sein!

»Sie sind dringend verdächtig, fahrlässig den Tod von sieben Grenzsoldaten verursacht zu haben.«

»Das meinen Sie nicht im Ernst!« Amra war entsetzt. »Ich habe die doch nicht erschossen!«

»Sie hätten es aber verhindern können. Wenn Sie die Behörden rechtzeitig informiert hätten. Das haben Sie jedoch, um Ihrer reißerischen Story willen, unterlassen. Und dafür werden Sie sich vor Gericht verantworten müssen, Amra.«

»Sie sind verrückt!«

»Es ging Ihnen nur um Ihren Artikel«, bekräftigte Stanković vorwurfsvoll und winkte zwei uniformierte Sonderpolizisten herein, »das Leben der Grenzsoldaten, alles junge Familienväter, war Ihnen dabei völlig egal.«

»Das stimmt nicht«, rief Amra fassungslos, »um Gottes willen! Was reden Sie da!«

»Nehmen Sie sich einen Anwalt. Sie werden nach Belgrad überstellt.« Er gab den Sonderpolizisten einen Wink. »Festnehmen!«

»Das kann nicht sein«, schrie Amra, ließ sich aber widerstandslos Handschellen umlegen, »sind denn jetzt alle irre geworden? Das kann echt nicht sein!«

Und dann wurde sie aus dem Raum geführt und unten vor dem Haus in einen mit laufendem Motor wartenden Wagen gesetzt, der sofort davonfuhr.

44 DEN BESUCH IM FRAUENHAUS am Fraenkelufer hätten wir uns sparen können. Der Hinweis auf Gesine Lehmann war vom Sozialamt gekommen. Zwar war diese Gesine im sächsischen Schkeuditz geboren, aber sie hatte ebenfalls eine gewisse Ähnlichkeit mit der toten Lumpenjule. Zudem war sie vor drei Tagen spurlos aus dem Frauenhaus verschwunden und hatte ihre beiden Kinder allein dort zurückgelassen.

Genau deshalb waren wir hier, doch Gesine Lehmann war inzwischen ins Frauenhaus zurückgekehrt, grün und blau geschlagen zwar, aber springlebendig und erstaunlich furchtlos. »IschwolldsnochemolversuchnmidmemMonn«, erklärt sie uns, »dowolldschdeGinnernischgleischdabeihomm. OberdrOldedrüschtimmornovolldruff. Olswörnüschtgewäsn. Undnubünschwiedorhior.«

Junge, Junge, dieses Sächsisch ist vielleicht eine Sprache! Ich verstehe kein Wort. Aber egal, Gesine Lehmann lebt und fällt damit glücklicherweise als unsere Tote aus.

Vom Fraenkelufer aus ist es nicht weit bis zur Hermannstraße. Ein reiner Routinebesuch, um den Secondhandladen abzuklären. Er besteht nur aus einem Ladenraum mit einem kleinen Nebengelass und ist vollgestopft mit altem Plunder. Neben gebrauchten Kleidungsstücken auf dicht stehenden Metallständern und unzähligen, lose in große Plastiktruhen geworfenen Schuhpaaren gibt es auch reich verzierte Wasserpfeifen, Kugelschreiber und Füller, VHS-Videokassetten mit längst vergessenen Filmen, vorsintflutliche Fotoapparate, Telefone, Tabakdosen, Gartenzwerge und sonstigen Krempel, den keine Sau braucht. Ich frage mich, wie solche Läden überleben können.

Der Besitzer, ein flinker, sympathischer Perser mit dem Namen Ahmad Pairavi, kann sich natürlich an die Käuferin des Moncler-Daunenmantels erinnern, und das liegt nicht nur an ihren auffälligen Augen.

»Sie hatte gar keine Geld«, erzählt er und wedelt betroffen mit den Armen, »aber wollte Mantel! Ist alter Mantel, natürlich, aber trotzdem kostet. Gute Marke, echtes Daunenfutter, Moncler. Ich sage, du kannst haben Mantel, aber du musst mir geben etwas dafür. Wenn du hast kein Geld, vielleicht Uhr? Schmuck?« Er schüttelt mit dem Kopf. »Und was gibt sie mir: Umschlag!« Er ist noch immer völlig außer sich. »Großes Umschlag. Ich sage, was ist drin in diese Umschlag. Sie sagt, sehrrr wichtig, sehrrr – immer mit diese rollende ›R‹ – sehrrr wichtig, aber mir nicht sagt, was drin ist in diese Umschlag.«

Pairavi schlägt die Hände über dem Kopf zusammen und seufzt. »Aber sie hat so schöne Augen! Ich liebe schöne Augen. Noch niemals gesehen soo schöne Augen. Und deshalb ich sage, gut, ich nehme diese Umschlag. Darf ich mal gucken, was drin in diese Umschlag? Und sie, nein, du nicht gucken, du nehmen Umschlag, so wie ist, und einschließen. Sehrrr wichtig.« Er rollt das »R« sehr gekonnt und gleichzeitig auch die Augen. »Ich sage, ich soll Umschlag einschließen, sie sagt, ja, ganz gut einschließen, sehrrr wichtig, hast du keine Safe? Ich sage, ich nur arme Krämer, ich keine Safe. Aber ich habe Schließfach!«

Pairavi öffnet eine Tür in der rückwärtigen Wand seines kleinen Ladens. Sie führt in eine kleine Kammer, von der links und rechts Schließfächer abgehen.

»Ich leihen für Pfand«, erklärt er uns, »die Leute bringen Dinge und kriegen Geld, und ich schließen Dinge hier ein, und wenn Leute zurückgeben Geld, kriegen Dinge wieder. Ganz einfache Geschäft. Ich ihr also sagen, du hast schöne Augen, wir schließen Umschlag hier ein, gut? Und sie sagt, wir schließen Umschlag ein, aber du geben mir Schlüssel. Ich sagen, wo ist da Pfand? Und sie sagen, ich kann nicht holen Umschlag, wenn ich Schlüssel habe und du bist nicht da. Dann Laden zu.« Wieder verdreht er die Augen und seufzt. »So schööne Augen! Ich schließen ein Umschlag und geben ihr Schlüssel. Und Mantel! Und kein Geld. Sie ist gegangen und nie wiedergekommen.«

»Um welches von diesen Schließfächern handelt es sich denn?« Hünerbein füllt mit seinem Körperumfang fast die ganze Kammer aus.

»Diese hier.« Pairavi zeigt es ihm. »Nummer zwölf.«

Hünerbein bückt sich etwas und sieht sich das Schloss an. »Und Sie haben keinen zweiten Schlüssel dazu?«

Pairavi bedauert. »Aber wir können aufbrechen«, schlägt er vor, »mit eine kleine Brecheisen.«

»Das brauchen wir nicht.« Ich ziehe den kleinen Bartschlüssel hervor, den die Tote um den Hals trug und der zu klein war für die Fächer im Bahnhof Zoo. »Darf ich mal?«

Hünerbein schiebt sich aus der Kammer, sodass ich rein kann. Ich stecke den Schlüssel ins Schloss von Nummer zwölf, und siehe da: Das Schließfach lässt sich öffnen. Ein brauner Umschlag ist drin, A4-Größe, und so prall gefüllt, dass der Falz keine Falte mehr zeigt. Aber womit?

»Haben Sie eine saubere dünne Plastiktüte?«

Pairavi hat und bringt sie mir sofort. In Ermangelung eines Handschuhs ziehe ich mir die Plastiktüte über die rechte Hand, um keine Fingerabdrücke zu hinterlassen. Dann hole ich den Umschlag vorsichtig aus dem Schließfach und bin erstaunt über das Gewicht. Was zum Teufel ist da drin?

Ich lege den Umschlag auf den Ladentisch und sehe Hünerbein fragend an. »Öffnen?«

»Öffnen«, sagt der und reicht mir sein Taschenmesser. »Aber vorsichtig.«

Ich schneide den Umschlag an der Oberseite auf, dort, wo er zugeklebt ist. Dann hebe ich ihn etwas an und schütte den Inhalt auf den Ladentisch. Es sind Scheine. Bündelweise Fünfhundert- und Tausendmarkscheine.

»Na, sieh einer an«, knurrt Hünerbein erstaunt. »Von wegen, die hatte kein Geld.«

Auch Pairavi hat riesengroße Augen bekommen. »Dann können Sie jetzt Mantel zahlen! Moncler, gute Marke, beste Qualität, ich machen Sonderpreis für Sie …«

»Später«, erwidert Hünerbein. »Die Kohle ist bis auf Weiteres vom Staat beschlagnahmt. Wiederschaun!«

»Einhundertfünfzigtausend Mark«, fasst Hünerbein später im Büro zusammen, als das Geld gezählt und der Umschlag zwecks Sicherung etwaiger Fingerabdrücke der Kriminaltechnik übergeben worden ist. »Das ist viel Geld für jemanden, der auf der Straße lebt.«

Das ist auch viel Geld für jemanden, der nicht auf der Straße lebt, denke ich und versuche, die heutigen Erkenntnisse zu klären. »Also: Wir haben eine osteuropäische Tote, die sich zuletzt in der Obdachlosenszene verborgen hat, um zwei Männern zu entkommen, die offenbar hinter ihr her sind.«

»Die offenbar hinter ihrem Geld her sind«, verbessert mich Hünerbein. »Ist doch klar!«

»Aber warum haben sie es dann jetzt nicht?« Mir ist das völlig unverständlich. »Die schnappen sich die Frau, weil sie an die Kohle wollen, und bringen sie dann um, ohne zu wissen, wo das Geld ist? Das haut doch nicht hin!«

»Vielleicht hat sie denen ein falsches Versteck genannt?«

Na, ich weiß nicht. »Angenommen, ich werde von zwei Typen gestellt, die mich umzubringen drohen und unbedingt wissen wollen, wo mein Geld ist. Erzähle ich denen dann was Falsches?«

»Kommt drauf an.« Hünerbein wirft sich auf seinen Bürostuhl, dass es kracht.

»Oder schweige ich lieber«, fahre ich fort, »weil ich annehmen muss, dass mich die Typen umbringen, wenn sie zu haben glauben, was sie wollen?«

»Du bist unter Druck«, wirft Hünerbein ein, »du hast Schiss. Du willst die Situation sofort beenden. Also erzählst du denen irgendwas, nur damit sie dich in Ruhe lassen.«

»Und warum haben sie ihr nicht einfach den Schlüssel abgenommen? Immerhin trug sie den ja um den Hals.« Was, wie ich finde, ein ziemlich eindeutiges Zeichen dafür ist, dass es sich wohl um einen wichtigen Schlüssel handeln muss.

»Die Kerle konnten nicht wissen, dass sie einen Schlüssel um den Hals hat«, erwidert Hünerbein. »Sie hatte ja einen dicken Wollpullover an. Der Schlüssel war darunter verborgen.«

Wie auch immer: Die Typen haben das Geld nicht bekommen. »Dann werden sie es wohl noch suchen, oder?«

Hünerbein nickt. »Und vielleicht sollten wir genau da ansetzen.«

45 ES WAR EIN GRAUER APRILVORMITTAG, und die Bäume ließen ohnehin kaum Licht durch. Im Wetterbericht hatten sie Regen angekündigt, aber noch war es trocken, doch so dunkel, dass der Herr im grauen Mantel im Schatten der kleinen Tannenallee kaum zu sehen war.

Meyer erkannte ihn erst auf den zweiten Blick. Der Mann wartete am Fuße des Luisen-Mausoleums auf einer Parkbank und hatte die aktuelle BILD neben sich gelegt.

»Sie sehen schlecht aus«, begrüßte ihn der Mann im grauen Mantel.

»Ich hab schon besser geschlafen«, antwortete Meyer. Die heutige Parole passte wie die sprichwörtliche Faust aufs Auge.

Der Herr im grauen Mantel erhob sich von der Bank, nahm die BILD-Zeitung und reichte sie ihm.

»ASI-MORD AM SCHLEUSENKRUG:«, titelte das Blatt in gewohnt reißerischer Manier, »WER KENNT DIESE FRAU?« Darunter war ein Bild der toten Kontaktperson abgebildet. Es war offenbar noch direkt am Fundort der Leiche gemacht worden.

»Ich hatte befürchtet, dass etwas schiefgegangen ist«, murmelte Meyer betroffen und gab dem Herrn die Zeitung zurück. Dann stieg er die Stufen zum Mausoleum hoch. »Kommen Sie!«

Er führte ihn zum Sarkophag der Königin Luise und zog den Pass aus dem Spalt unter dem marmornen Deckel. »Sie hat ihn nicht abgeholt.«

»Sie hatten die Verantwortung«, regte sich der Herr im grauen Mantel auf, »wie konnte das passieren?«

»Ich weiß es nicht.« Meyer rieb sich müde die Augen. »Wir hatten die Übergabe normal und reibungslos abgewickelt, aber …«

»Normal?« Der Herr im grauen Mantel rang um Fassung. »Ich persönlich habe mich für die Sicherheit der jungen Frau verbürgt. Nur deshalb konnte diese Aktion überhaupt stattfinden. Weil ich mein Wort gegeben habe!« Er war außer sich. »Wie stehe ich jetzt da? Ich hatte Ihnen doch gesagt, dass die Sicherheitsvorkehrungen in Belgrad lausig waren, weil man derzeit nicht so ohne Weiteres aus Jugoslawien herauskommt. Es herrscht Krieg, und Sie ziehen das normal durch? Ohne Netz und doppelten Boden?«

»Herrgott, ich weiß, dass da unten Krieg herrscht«, brüllte Meyer zurück. »Deshalb diese Operation! Oder nicht?« Er atmete tief durch. »Wir wissen beide, dass wir ein großes Rad drehen«, setzte er ruhiger hinzu, »und wir wussten von Anfang an, dass das immer mit enormen Risiken verbunden ist. Nicht nur für uns beide, sondern für alle, die darin involviert sind.«

»Und wie soll es jetzt weitergehen?« Der Herr im grauen Mantel stützte sich auf den Sarkophag. »In Belgrad gibt es Leute, die wollen jetzt Köpfe rollen sehen.«

»Belgrad!« Meyer winkte verächtlich ab. »Bei allem Respekt, aber die Lage ist derzeit nicht so, dass Belgrad noch etwas zu melden hätte.«

»Wir schlagen uns besser als gedacht«, erwiderte der Herr im grauen Mantel nicht ohne Stolz. »Finden Sie das nicht?«

»Doch, doch«, gab Meyer zu. »Dass die jugoslawische Armee so tapfer standhält, hätten zumindest die Amerikaner nicht erwartet.«

»Idioten«, schnaubte der Herr im grauen Mantel. »Als hätten die aus Vietnam nichts gelernt. Es kommt immer auf die Moral der Truppe an, nie allein auf die Kampfkraft.«

»Einer NATO-Invasion mit Bodentruppen werden Sie dennoch nicht standhalten können«, sagte Meyer, »nicht ohne die Unterstützung russischer Truppen. Die machen Sie platt, und womöglich entsteht daraus ein Weltkrieg. Deshalb sind wir hier, nicht wahr?«

Der Herr im grauen Mantel ging wieder vor die Tür, um sich eine Zigarette anzustecken. Dann sah er sich noch einmal die Titelseite der BILD-Zeitung an. »Was meinen Sie? Wer steckt dahinter? Die Amerikaner?«

»Eher die Russen«, antwortete Meyer. »Da sind so ein paar Kerle aufgetaucht. Und das sind bestimmt keine Amis.«

»Die können gekauft sein«, der Herr im grauen Mantel legte die Zeitung weg, »unterschätzen Sie die CIA nicht!«

Meyer lachte kurz auf. Als wenn er jemals andere Geheimdienste unterschätzt hätte. Herrgott noch mal, er war kein Anfänger! Für wie blöd hielt ihn der Graumantel eigentlich? Am liebsten hätte er ihm jetzt einen Vortrag über anständige Agentenführung gehalten. Zum Beispiel darüber, dass man Kontaktpersonen nicht in fremde Länder schickt, wenn sie die Sprache dort nicht perfekt beherrschen. Vor allem, wenn man wem auch immer sein Wort für deren Unversehrtheit gegeben hat. Na, wer war hier der Anfänger, hä? Wer?

Ja, in Meyer brodelte es mächtig. Das konnte er gar nicht ab, wenn ihn jemand für einen Anfänger hielt. Denn das war er nicht, im Gegenteil. Ein Kerl wie er konnte seine Fehler durchaus sehr gut allein analysieren, da brauchte er keine Belehrungen, schon gar nicht von so einem dahergelaufenen SDB-Mann im grauen Mantel.

Meyer schnaubte innerlich, ließ sich aber nichts anmerken. Das gehörte dazu, wenn man Profi war. Da musste man auch mal einstecken können. Zähne zusammenbeißen und durch.

»Was sind das denn für Kerle?«, erkundigte sich der Herr.

»Bitte?« Meyer hatte nicht zugehört.

»Sie sprachen gerade von Kerlen, die hier aufgetaucht seien.«

»Ja«, nickte Meyer lässig. »Die haben versucht, mich zu observieren, aber ich hab sie jedes Mal abhängen können.«

»Und wie kommen Sie darauf, dass es Russen sind?«

»Keine Russen«, widersprach Meyer, »Ostblock, schätze ich. Alte Sowjetrepubliken.«

»Können Sie die beschreiben?«

»Nicht wirklich, dafür waren sie zu weit weg. Einer von ihnen hatte einen Vollbart. Und er trug eine Baseballmütze.«

»Vielleicht Spezialkräfte?« Der Herr im grauen Mantel trat seine Zigarettenkippe aus. »Hatte Abchijakow nicht mal so eine Eliteeinheit befehligt? Fallschirmspringer?«

»Das macht jetzt Iwaschow«, sagte Meyer und rieb sich nachdenklich den Nacken. »Ich habe gestern sowohl Simmons als auch Abchijakow direkt auf diese Sache angesprochen. Habe gedroht, die ganze Sache platzen zu lassen.«

»Und?«

»Nichts«, antwortete Meyer. »Ich hatte nicht den Eindruck, dass sie etwas wissen.«

»Das kann gespielt sein.«

»Ja.« Meyer nickte. »Aber zumindest Abchijakow kenne ich gut aus meiner aktiven Zeit beim MfS. Der Mann ist ein gnadenloser Haudegen. Aber er weiß in der Regel gut, wann er die Füße stillhalten muss.«

»Und Simmons?«

»Der ist schwer einzuschätzen«, sagte Meyer. »Ich halte ihn für einen Feigling.«

»Ein Feigling? In dieser Position?« Der Herr im grauen Mantel lachte kopfschüttelnd auf. »Ausgeschlossen!«

»Wenn es für ihn eng wird, gibt er klein bei«, bekräftigte Meyer, »so habe ich ihn bislang jedenfalls erlebt. Aber das kann natürlich auch seine Masche sein.«

Der Herr im grauen Mantel schwieg nachdenklich und ging unter den dunklen Tannen auf und ab.

Meyer setzte sich auf die Stufen zum Mausoleum und nahm die Zeitung, die der Graumantel auf das Sims neben dem Eingang gelegt hatte.

»ASI-MORD AM SCHLEUSENKRUG: WER KENNT DIESE FRAU?« Im Artikel wurde beschrieben, dass die Mordkommission den Fall übernommen habe, sich die zuständigen Kriminalbeamten Hünerbein und Knoop jedoch bislang bedeckt hielten, genau wie der Leiter der M1 beim LKA, Palitzsch. Kein Kommentar, habe es geheißen, um die laufenden Ermittlungen nicht zu gefährden.

Sieh an, dachte Meyer, der Dieter ist da dran. Das war doch mal ein Ansatzpunkt.

»Haben Sie schon mal daran gedacht, dass wir es hier möglicherweise mit einer dritten Kraft zu tun haben?« Der Herr im grauen Mantel stand jetzt am anderen Ende der Tannenallee, seine Stimme hallte in den hohen Bäumen wider.

»Und wer sollte diese dritte Kraft sein?«

»Albaner. UÇK.«

»Warum sollten die eine eigene Aktion starten?«, fragte Meyer. »Das wäre riskant. Zumal sie eingebettet sind in die NATO-Operation.«

»Albaner sind Hitzköpfe«, erwiderte der Herr im grauen Mantel und kam wieder zum Mausoleum zurück, »die wollen immer durch die Wand, selbst wenn man ihnen die Tür aufhält.« Er lächelte. »Und es wäre nicht das erste Mal, dass sie eigenmächtig eine Aktion starten.«

46 ES WAR EINE SCHIER ENDLOSE Fahrerei über unbefestigte Nebenstraßen und Schlaglochpisten. Mehr als einmal musste der Wagen Kontrollpunkte der Armee passieren, stundenlanges Warten im strömenden Regen, bevor es endlich weiterging. Und die ganze Zeit saß ein junger freundlicher Soldat Amra gegenüber, der sie bewachen sollte und doch nur reden wollte. Immer wieder versuchte er, ein Gespräch anzufangen.

»Regen ist gut«, sagte er zum Beispiel. »Solange dichte Wolken über uns sind, greifen sie nicht an. Die müssten dann tiefer fliegen, und das trauen die sich nicht, weil sie Angst haben um ihre teuren Kampfbomber.«

Aber Amra reagierte nicht. Trotzig wandte sie den Blick ab, und als er sie fragte, was sie glaube, wer den Kovač umgebracht habe, schnauzte sie zurück: »Keine Ahnung! Warst du's?«

Worauf er versicherte, dass er Kovač stets für einen bedeutenden Journalisten gehalten und seine Zeitung SLOBODA LIRI sehr geschätzt habe. »Das ist eines der lesenswertesten Blätter in ganz Jugoslawien, finde ich. Mit sehr guten politischen Essays und Analysen. Insofern ist es mir eine Ehre, Sie als Mitarbeiterin von Kovač nach Belgrad begleiten zu dürfen.«

Machte der Kerl Witze? Sie war verhaftet worden, und das bestimmt nicht aus Spaß.

»Sie werden sehen, es wird sich alles fügen«, sagte der Soldat und lächelte sie an. »Die NATO kann unsere Häuser zerstören, aber nicht unsere Herzen.«

»Wir werden umgebracht«, gab sie zurück, »noch nicht gemerkt? Sie töten uns. Alle!«

Gegen Mittag des nächsten Tages erreichten sie die Stadt. Die Schäden der Luftangriffe offenbarten sich erst auf den zweiten Blick. Doch Amra spürte schnell, dass die Hauptstadt insgesamt schwerer getroffen worden war als Priština. Sämtliche Brücken über die Save waren zerstört, und eine stinkende Wolke lag über Belgrad, dass einem die Augen tränten und normales Atmen kaum noch möglich war.

»Um Himmels willen«, keuchte Amra entsetzt, »was ist das? Chemische Kriegführung?«

»Sie bombardieren jede Nacht das Chemiekombinat von

Pančevo«, erklärte der Soldat. »Die Dämpfe ziehen fast immer über die Stadt. Am schlimmsten ist es früh am Morgen.«

Am Terazije wurde demonstriert. Tausende von Menschen, viele junge Familien und Studenten darunter. Überall wehte die blau-weiß-rote Flagge Jugoslawiens, und es herrschte trotz der ätzenden Luft fast so etwas wie Volksfeststimmung mit Hüpfburgen, Imbiss-Ständen und Kinderkarussells. Rockbands spielten und die Symphoniker. Ein trotziges Aufbegehren gegen den Krieg.

Friedenstauben wurden in den Himmel geschickt, Mädchen hatten sich Zielscheiben aus Pappe oder Stoff vor die Körper gebunden, schwarze Fadenkreuze auf weißem Grund und der Aufschrift »TARGET«. Und immer wieder sah man Transparente und Spruchbänder. »WHY?« Es war stets die gleiche Frage. »NATO: WHY DO YOU WANT TO KILL US?«

Auch das Innenministerium hatte schon ein paar Treffer abbekommen.

»Gleich in der ersten Nacht«, wie der Soldat erzählte. »Da war der Luftkrieg noch keine halbe Stunde alt.«

Die Fahrstühle funktionierten nicht mehr, und teilweise war der Putz in großen Brocken von den Wänden gefallen. Amra wurde die Treppen hochgeführt bis in den fünften Stock und dann einen langen Flur entlang.

Am Ende gab es ein kleines Zimmer, karg eingerichtet mit nur einem Tisch, auf dem ein Aschenbecher stand, sowie zwei Stühlen. Einziger Schmuck im Raum war ein Strauß staubiger Strohblumen auf der Fensterbank.

Immerhin, dachte Amra.

Das Fenster selbst war vergittert, und die Tür hatte einen Knauf, sodass sie sich von innen nicht öffnen ließ.

»Ich muss Sie jetzt allein lassen«, entschuldigte sich der Soldat und nahm ihr die Handschellen ab. »Wenn Sie etwas brauchen …«

»Danke«, unterbrach sie ihn schroff, »ich bin wunschlos glücklich.«

»Ja dann«, der Soldat lächelte bedauernd, »auf Wiedersehen.«

Die Tür wurde geschlossen, auf dem Flur entfernten sich die Schritte.

Wie still es war. Durch das geschlossene Fenster drangen kaum Geräusche von draußen, obwohl unten auf der Kreuzung normaler Verkehr war. An der Hauswand gegenüber hing vor blau-weiß-rotem Hintergrund ein überlebensgroßes Porträt des Präsidenten. Mit dem typisch arroganten Blick sah Slobodan Milošević auf sein Volk herab.

»Na, Slobo«, fragte Amra leise, »wer hat uns diesmal in die Scheiße geritten?«

Sie setzte sich auf einen der Stühle und lehnte sich mit geschlossenen Augen an die Wand. Jetzt erst merkte sie, wie kaputt sie eigentlich war und wie müde. Aber schlafen konnte sie nicht. Dafür war zu viel passiert. Wahrscheinlich würde sie nie mehr ruhig schlafen können.

Nach einer Stunde oder zwei waren wieder Schritte auf dem Flur zu hören. Sie näherten sich rasch, dann schloss es an der Tür, und Sonderermittler Branko Stanković kam herein.

»Was?« Erstaunt sah Amra auf. »Sie?«

»Ja.« Er legte seinen Mantel ab und warf einen Aktenordner auf den Tisch. »Ich.«

»Sie müssen mir direkt gefolgt sein!«

»Na ja, nicht ganz.« Er blätterte die Akten durch, notierte etwas und schien beschäftigt. »Willkommen zu Hause, Amra.«

»Sie wissen, dass ich …?«

»Aber natürlich. Sie sind von hier aus nach Priština geschickt worden, um diesen Kovač im Auge zu behalten.« Er gähnte ausgiebig. »Das nenne ich mal weit über das Ziel hinausgeschossen.« Er schob ihr eine Fotografie zu.

Auf dem Foto war das bis auf die Grundmauern zerstörte Redaktionsgebäude von SLOBODA LIRI zu sehen. Wie nach einer Explosion. Auch die Polizeiwagen, die davor standen, waren beschädigt worden.

»Was ist passiert?«, fragte Amra.

»Eine Bombe«, antwortete Stanković, als wäre das so normal

wie ein Hagelschauer. »Sie war im Erdgeschoss platziert, in dieser Buchhandlung. Offenbar hätte sie schon am Morgen detonieren sollen, der Zeitzünder war auf sieben Uhr gestellt, aber nicht losgegangen. Erst als unsere Sprengstoffexperten den Zünder entschärfen wollten, ging das verdammte Ding hoch.«

»Und das soll ich Ihnen glauben?«

»Nein.« Stanković sah sie nur kurz an. »Sie können es auch lassen.«

»Was wollen Sie von mir?« Amra verstand überhaupt nichts mehr. »Bin ich jetzt verhaftet oder nicht?«

»Gäbe es denn dafür einen Grund?«

»Nein.«

»Na, sehen Sie.« Stanković klappte den Ordner zu und schob ihn etwas beiseite. »Und doch sind Sie offiziell festgenommen.«

»Und inoffiziell?«

»Sitzen Sie bei mir.« Stanković wühlte in seinem Mantel, den er achtlos über die Stuhllehne geworfen hatte, und fingerte seine Pfefferminzrolle heraus. »Möchten Sie einen Drops?«

»Immer noch nicht, danke.« Sie fuhr sich durch die dunklen Haare. »Ich verstehe überhaupt nicht mehr, was los ist.«

»Ja, die Situation ist verworren«, pflichtete Stanković ihr bei, »und schwer zu durchschauen. Selbst für Fachleute wie mich.« Er lutschte auf seinem Bonbon herum. »Aber natürlich sind Sie mit Ihrer Recherche im Kosovo so ziemlich allen Beteiligten dort schwer auf die Füße getreten. Daran kann kein Zweifel bestehen. Und dann wollen Sie das auch noch veröffentlichen!«

Stanković legte sich die Hände vor das Gesicht und sah durch die gespreizten Finger hindurch.

»Haben Sie wirklich geglaubt, dass Sie damit durchkommen? Jetzt haben Sie alle gegen sich: die UÇK genauso wie die Regierung. Und die Amerikaner. Sogar die Russen.«

»Wieso die Russen?« Amra strich sich erstaunt eine Haarsträhne aus der Stirn. »Was haben die denn damit zu tun?«

Stanković schwieg hinter seinen gespreizten Fingern und lutschte gedankenverloren auf seinem Drops herum.

»Na los! Erklären Sie's mir!« Amra beugte sich ungeduldig

vor. »Dass die Amis und diese Idioten von der UÇK sauer sind, verstehe ich ja. Aber warum unsere Regierung? Und warum die Russen?«

»Keine Idee?«

»Keine.«

»Ah, enttäuschen Sie mich nicht, Amra! Warum die Regierung Sie weghaben will, ist relativ einfach.«

»Ich weiß es nicht, verdammt!«

»Statt diesen Kovač auszubremsen, setzen Sie noch einen drauf und fahren nach Morina«, sagte Stanković unbewegt hinter seinen Händen. »Um Fotos zu machen, wie unsere Grenzer über den Haufen geschossen werden. Und dann wollen Sie diese Bilder veröffentlichen! In einer Zeitung, die auch auf Albanisch erscheint und von einem Rugova-Anhänger wie Kovač geleitet wird!«

Er nahm die Hände vom Gesicht und tippte sich gegen die Stirn.

»Was glauben Sie, wie das in der Regierung ankommt? Oder bei der Armee? Wehrkraftzersetzung ist dafür gar kein Ausdruck mehr. Wir sind im Krieg, Mädchen! Sie können froh sein, dass Sie von der Militärpolizei nicht gleich erschossen worden sind, als die Sie in Gjakova festgesetzt hatte. Schon allein aus Rache für vier tote Grenzsoldaten. Aber die haben sich so viel Naivität nicht vorstellen können und sich vermutlich auch davon beeindrucken lassen, dass Sie fürs Innenministerium arbeiten.«

Er stand auf und trat, die Hände jetzt in den Hosentaschen, ans Fenster.

»Standpauke vorbei?«, fragte Amra nach einer Weile etwas kleinlauter.

»Fürs Erste.«

»Ich wollte nur dokumentieren, dass wir angegriffen werden«, verteidigte sie sich, »von außen. Dass wir nicht nur einen inneren, sondern auch einen äußeren Feind haben. Nämlich die Amerikaner, die die Separatisten nach Kräften unterstützen.«

»Aber das weiß doch jeder«, regte sich Stanković auf, »die ganze NATO greift uns an. Glauben Sie, die UNO geht dazwischen, nur weil Sie so einen Artikel in Ihrem Käseblatt veröffentlichen? Das wird da draußen nicht gelesen in der Welt, sondern nur in Priština, im Kosovo! Mit so einem Artikel spielen Sie dem inneren Feind in die Hände, machen ihn stark, verstehen Sie, rein psychologisch gesehen.«

Amra biss sich auf die Lippen. »Und die Russen? Was habe ich denen getan?«

»Nun, das hat jetzt mehr mit den Drogengeschäften des Udar Brahimi zu tun. Die Sie ja auch so nett aufgedeckt haben, mit Ihren Fotos aus Gjakova!«

»Aber Brahimi macht seine Geschäfte doch mit den Amerikanern.«

»Richtig«, antwortete Stanković. »Bloß, woher hat er die Drogen, mit denen er seine Waffen einkauft? Was meinen Sie, Amra? Ob er die im Garten anbaut? Wohl kaum.«

»Sie meinen …?« Amra holte tief Luft. »Warum sollten die Russen das tun?«

»Nicht die Russen, Amra. Einige Russen.« Stanković setzte sich ihr wieder gegenüber. »Da gibt es Leute, die sich nach dem Zusammenbruch des Sowjetreiches politisch arg in die Ecke gedrängt fühlen. Die mal wieder klare Kante zeigen wollen. Und denen so ein kleiner Konflikt im Kosovo ganz gelegen kommt, um daheim ihr politisches Süppchen zu kochen. Ganz abgesehen davon, dass sich jetzt prima die Gelegenheit bietet, auch außenpolitisch Stärke zu zeigen. Die NATO greift Jugoslawien an? Prima, sehen wir ihr beim Scheitern zu! Und wenn sie Bodentruppen schicken, sagen wir: ›*Cmon!*‹ Denn Kriege in Europa hat Russland bislang immer gewonnen.«

»Okay. Dann habe ich also in ein Wespennest gestochen«, stellte Amra fest, doch das war für Stanković nur eine fahrlässige Untertreibung.

»Ich würde sagen, Sie haben einen Vulkan ausbrechen lassen.«

»Und jetzt?«

»Das ist die Frage, Amra: Was machen wir jetzt mit Ihnen?« Er lehnte sich zurück und ließ sie nicht mehr aus den Augen. »Und was machen wir mit Ihren Informationen?«

Amra schwieg. Was sollte sie auch dazu sagen? Sie hatte keine Ahnung.

Draußen brach allmählich die Nacht herein, doch Stanković schaltete kein Licht ein.

»Wird es heute wieder einen Angriff geben?«, fragte sie.

»Sicher. Die kommen immer, wenn es dunkel wird«, nickte er und seufzte. »Es müsste gleich losgehen.«

»Dann sollten wir vielleicht besser runtergehen?« Immerhin war das hier eine staatliche Behörde. Zivile Einrichtungen versuchte die NATO ja zu schonen, auch wenn es ihr nur bedingt gelang. Aber ein Innenministerium? Man sah dem Gebäude ja an, dass es schon einmal Ziel geworden war.

Amra hatte den Gedanken kaum zu Ende gedacht, als draußen die Sirenen losheulten. Fliegeralarm!

Und trotzdem sagte Stanković: »Nein, Amra, wir werden eben nicht runtergehen.« Er pulte schon wieder einen Bonbon aus seiner Pfefferminzrolle. »Im Gegenteil: Wir werden die Bomber heute sehnsüchtig erwarten.«

»Was?«

»Und wir werden beten, dass sie auch das Innenministerium angreifen!«

Der Kerl musste völlig verrückt geworden sein.

»Was reden Sie da!« Amra bekam es mit der Angst.

Ganz im Gegensatz zu Stanković, der eine Todessehnsucht zu haben schien.

»Heute soll es mal richtig krachen hier drin«, sagte er lächelnd, »es ist ja ein großes Gebäude. Da können ein paar Treffer nicht schaden. Ein bisschen Chaos, ein paar Trümmer, ordentlich Staub.« Er sah sie an und hielt ihr die Pfefferminzrolle hin. »Denn anders kriege ich Sie hier nicht raus, Amra! Wollen Sie jetzt vielleicht doch einen Drops?«

Mit zitternden Händen griff Amra zu.

47 »WER HAT DAS AN DIE PRESSE durchgestochen?« Mit hochrotem Kopf kommt Kriminaloberrat Dr. Edmund Palitzsch ins Büro gestürmt und knallt uns die aktuelle BILD auf den Tisch. »ASI-MORD AM SCHLEUSENKRUG:«, ist die superfette Titelzeile, »WER KENNT DIESE FRAU?«.

»Wie kommen die an das Opferfoto, hä? Was ist das für eine Sauerei?«

Mich irritiert, dass der Kriminalrat sich ausschließlich mir zuwendet bei seiner Brüllerei.

»Na, Ihre Frau ist doch Journalistin, Knoop! Was hat das zu bedeuten?«

»Mit Verlaub, Chef«, beschwichtige ich ihn, »aber meine Frau schreibt für eine Zeitung.«

»Und«, fragt er und schlägt bei jedem Wort mit der flachen Hand auf die BILD. »Was! Ist! Das?«

»Ein Comic«, antworte ich so ruhig wie möglich, »ein Comic für Erwachsene. Viele Bilder, wenig Worte.«

»Und eines der Bilder ist von uns.« Er ist wirklich völlig außer sich. »Wir haben ein Leck, verdammt noch mal!«, regt er sich auf, »so eine Meldung kann die gesamten Ermittlungen torpedieren!«

»Na, wer weiß«, lässt sich Hünerbein vernehmen, »vielleicht hilft's ja auch.«

»Ach, Sie wissen doch, wie das ist!« Palitzsch läuft aufgeregt im Raum umher. »Jetzt melden sich wieder Tausende von Leuten mit irgendwelchen Aussagen, an denen nichts dran ist!«

»Außer vielleicht der alles entscheidende Hinweis«, erwidert Hünerbein und setzt sich sofort einem Verdacht aus.

»Stecken Sie etwa dahinter?«

»I wo«, verwahrt sich der Kollege, »Sie wissen doch, mein Verhältnis zur BILD ist so ambivalent – das wird nichts mehr!«

Vor einigen Jahren hatte das Blatt ihn mal als »FETTSACK VOM DIENST« bezeichnet, seitdem lehnt Hünerbein jeden Kontakt zu Pressevertretern im Allgemeinen und zur BILD im Besonderen kategorisch ab.

»Ach du lieber Gott!« Palitzsch hat das Geld entdeckt. Wir hatten es auf das Bord unter der Pinnwand gelegt, an der wir unsere

Ermittlungsansätze darzustellen pflegen. »Dürfte ich erfahren, was das hier soll?«

»Das sind hundertfünfzigtausend Mark«, erkläre ich ihm und setze rasch, damit er keinen Herzinfarkt erleidet, hinzu: »Die hatte die Tote vor ihrem Ableben bei einem Krämer und Pfandleiher in der Hermannstraße deponiert.«

»Aber das kann hier nicht so offen rumliegen, Knoop! Das muss sicher verwahrt und eingeschlossen werden.«

»Das wird es, sobald der Umschlag, in dem die ganze Kohle drin war, aus der KT zurück ist.« Hünerbein greift zum Telefon. »Ich kann ja mal hören, wie weit die damit sind.«

»Und wer sind diese Männer?« Palitzsch betrachtet die vergrößerten Standbilder der Überwachungsvideos an der Pinnwand.

»Die haben sich mehrfach nach der Toten erkundigt«, erläutere ich ihm, »diese Fotos stammen aus der Zentralen Aufnahmestelle für Flüchtlinge in Marienfelde. Eine gewisse Mirca Sković aus Oharovac hatte einen dieser Männer als Commander Udar identifiziert. Wir wissen allerdings noch nicht, wer genau das sein soll.«

»Morgen, Jürgen«, beginnt Hünerbein lautstark zu telefonieren, »wie weit seid ihr denn mit dem Umschlag?«

Um ihn zu übertönen, muss auch ich meine Stimme erheben: »Mirca Sković selbst ist aus der Zentralen Aufnahmestelle kurz nach diesen Aufnahmen spurlos verschwunden, und offenbar haben die Männer in der Stadt nach ihr gesucht. So zum Beispiel auch in einem Obdachlosenprojekt nahe dem Alexanderplatz. Zudem …« Ich muss noch lauter werden, weil Hünerbein begeistert »NA, DAS IST 'N DING, DER KOMMT DOCH AUS DEM HARTENECK-FALL« in den Hörer brüllt, und setze ebenfalls schreiend fort: »… ZUDEM PASST DIE BESCHREIBUNG DES COMMANDER UDAR AUCH AUF DEN FAHRER DES ROSA FAHRRADES, DER VON DEN ZEUGINNEN HOLMES UND KALLWEI AM TATORT GESICHTET WURDE!«

»Ein rosafarbenes Fahrrad …« Mareike Basler tritt mit einer Aktenkladde ins Büro, um sich sofort eifrig unserer Lautstärke anzupassen. »EIN ROSAFARBENES FAHRRAD WURDE ÜBRIGENS AM VORTAG VON EINER LIANE DANNEN ALS GE-

STOHLEN GEMELDET«, ruft sie mit heller Stimme, »IN UNMITTELBARER NÄHE ZUM TATORT AM HARDENBERGPLATZ!«

»Und warum schreit ihr alle so?« Hünerbein hat den Hörer wieder aufgelegt und sieht uns verblüfft an.

»Keine Ahnung«, ich zucke mit den Schultern, »wisst ihr's?«

»Wie war das mit dem Fahrrad?« Palitzsch sieht Mareike Basler fragend an.

»Also das wurde am Montag, dem 12. April, bei der Polizeiwache Bahnhof Zoo als gestohlen gemeldet«, sie schaut in ihrer Kladde nach, »und die Besitzerin gibt an, dass sie das Rad gegen einundzwanzig Uhr dreißig kurz unabgeschlossen vor dem McDonald's-Restaurant abgestellt hatte, um sich einen Burger zu holen. Sie war wohl höchstens eine Minute in dem Restaurant. Doch als sie wieder rauskam …«

»… war das Rad weg«, beendet Palitzsch nachdenklich den Satz und sieht mich an. »Und am darauffolgenden Tag taucht es wieder auf, womöglich mit diesem Udar als Fahrer? Was ergibt das für einen Sinn?«

Gute Frage, finde ich, vor allem, wenn man bedenkt, dass in der Zwischenzeit der Mord passiert ist.

»Gehen wir die Sache noch mal durch: Zwei Männer kommen in die Flüchtlingsunterkunft von Marienfelde und werden von der aus Oharovac stammenden Mirca Ković als Verbrecher beschimpft. Den Bärtigen mit dem Basecap identifiziert sie als Commander Udar. Wenig später verschwindet sie spurlos aus der Unterkunft und taucht dort nicht wieder auf.«

»Dann ist doch davon auszugehen«, wirft Palitzsch ein, »dass diese Mirca unsere Tote ist.«

»Nicht ganz.« Hünerbein schlägt seine Notizen auf. »Es gibt noch zwei weitere Frauen, die aus dem Lager in Marienfelde verschwunden sind: eine Eugenija Rogina aus Minsk und eine Slava Posanska aus dem ukrainischen Lemberg. Auch die haben Ähnlichkeit mit unserer Toten.«

»Aber ist das nicht normal, dass aus solchen Aufnahmelagern Leute verschwinden«, erkundigt sich Mareike Basler, »zum Beispiel, wenn ihre Asylersuchen abgelehnt werden?«

»Schon. Nur dass Eugenija Rogina gute Chancen auf Anerkennung ihres Asylantrags hatte und das Bleiberecht von Mirca Skovič gerade um ein Jahr verlängert wurde. Beide hatten demnach keinen Grund, spurlos zu verschwinden.«

Das Telefon läutet, und Hünerbein, der dem Apparat direkt gegenübersitzt, geht ran. Vorsichtshalber drücke ich mir den Zeigefinger an die Lippen, damit nicht wieder alle drauflosbrüllen.

»Guten Morgen, Professor Dr. Graber«, freut sich Hünerbein dröhnend, »haben Sie doch noch was für uns?«

Er sieht uns begeistert an und flüstert: »Der Totengräber«, als hätte er eben nicht lautstark durch den Raum gebrüllt, wer dran ist.

»Ja, ich verstehe! – Gut! – Nein, haben wir leider nicht. Kann aber noch kommen. – Danke, Professor, vielen Dank!«

Er legt wieder auf und sieht uns mit gewichtiger Miene an. »Die haben eine fremde DNA an der Toten ausgemacht. Unter den Fingernägeln. Eine sogenannte Mischspur. Wenn wir jetzt eine Vergleichsspur hätten, könnte man das miteinander abgleichen.«

»Eine Vergleichsspur?« Palitzsch wackelt verständnislos mit dem Kopf. »Was für eine Vergleichsspur?«

»Einen Tatverdächtigen«, helfe ich ihm auf die Sprünge, »wenn wir einen Tatverdächtigen hätten, könnte Graber dessen DNA mit der Mischspur unter den Nägeln der Toten vergleichen. Und dann hätten wir entweder einen Täter oder nicht.«

»Wir haben aber noch nicht mal einen Tatverdächtigen«, stellt Hünerbein fest, »und da beißt sich eben die Katze in den Schwanz!«

»Wieso?« Was ist das denn für ein Vergleich?

»Wieso, weiß ich auch nicht.« Hünerbein lehnt sich zurück, und an seinem Gesicht sehe ich, dass er noch etwas loswerden will.

»Damaschke hat die Fingerabdrücke vom Umschlag genommen«, sagt er schließlich gedehnt, »also da, wo das Geld drin war.«

»Ja? Und?« Dass der Kerl es immer so spannend machen muss.

»Na, es gibt eine unbekannte Spur, vermutlich von unserer Toten. Und es gibt eine weitere Spur, die wir schon in der Datenbank haben. Und jetzt haltet euch mal alle schön fest!« Er macht eine Spannungspause und grinst vor allem mich fett an. »Sie stammt von einem etwas zwielichtigen Herrn, der derzeit im Harteneck-Fall von Beylich und Matuschka eine Rolle spielt.«

»Ach«, macht Palitzsch erstaunt und nestelt an seiner Krawattennadel. »Dann hängen diese beiden Fälle miteinander zusammen?«

»Na, ob die direkt zusammenhängen, weiß ich nicht.« Hünerbein erhebt sich und stellt sich nachdenklich vor die Pinnwand. »Aber es gibt eine Querverbindung.«

»Hast du denn einen Namen zu den Fingerabdrücken?«

»Na klar«, antwortet Hünerbein und wendet sich vor allem an mich. »Ich hoffe, du sitzt gut, Sardsch?«

Bestens, denke ich. »Warum?«

»Weil die Fingerabdrücke auf dem Geldumschlag zweifellos von einem Meyer, Siegbert, stammen. Wir haben den in der Datenbank, weil er ja schon mal rechtskräftig verurteilt war. Veruntreuung zum Nachteil der Bundesrepublik.«

»Ist das nicht dieser Gutachter von der Baustadträtin?«, fragt Palitzsch, »dieser Cornelia Schmidt-Harteneck?«

»Der Geschäftsführer der DOMIZIL-Immobiliengesellschaft«, präzisiere ich tonlos und sinke tiefer in meinen Stuhl, »und auch der Ex-Mann meiner Frau.«

»Dann haben Sie eine direkte Verbindung zu dem?«

Was heißt direkt? »Wir sehen uns ab und zu.«

Im Hintergrund beginnt schon wieder das Telefon zu klingeln. Diesmal nimmt Mareike Basler ab.

»Na, dann befragen Sie den Mann, Knoop! Der wird ja wissen, wem er so viel Geld in die Hand drückt, oder?«

»Das ist wohl anzunehmen.«

»Eben.« Palitzsch macht einen sehr zufriedenen Eindruck. »Und dann dürfte sich wohl auch die Identität unserer Toten endlich klären.«

»Slava Posanska hat sich im hessischen Schwalmstadt gemeldet«,

Mareike Basler legt den Hörer auf die Gabel zurück, »die fällt also als Möglichkeit aus.«

»Bleiben noch Eugenija Rogina oder Mirca Ković.« Hünerbein holt sein Portemonnaie heraus. »Nimmt jemand Wetten an? Ich bin für die Ković. Sardsch, was ist mit dir?«

Was soll mit mir sein? Ich bin einigermaßen erstaunt und ringe um Fassung, was sonst?

Und ich frage mich, warum der gute Siggi schon wieder überall seine Finger drinhaben muss.

48 KEINE HALBE STUNDE SPÄTER gleite ich mit dem Fahrstuhl vom Parkhaus aus direkt hoch in das exquisite Penthaus über der Nürnberger Straße, in dem die DOMIZIL-Immobiliengesellschaft ihren Sitz hat.

Viel Glas und Chrom empfängt mich, der herrliche Ausblick über die City West mit dem Europa-Center, der Gedächtniskirche und dem KaDeWe, sowie eine blutjunge, aufreizend kurvenreiche und sehr blonde Empfangsdame im knappen Business-Look, deren enge Satinbluse tief blicken lässt.

»Herr Knoop, wunderbar! Le Chef erwartet Sie bereits. Wenn Sie mir kurz folgen mögen?«

Aber natürlich will ich das. Ich muss grienen: Le Chef, soso.

Und schon stöckelt sie im extrakurzen Rock, der ihren anmutigen Knackarsch umspannt, und auf superlangen Beinen vor mir her, dass mir ganz schwummrig wird.

»Bitte sehr, Herr Knoop!« Sie öffnet mir eine Tür und strahlt mich an. »Möchten Sie etwas trinken? Kaffee, Tee oder vielleicht ein Gläschen Champagner?«

»Äh! Wie schaut's aus mit Bier?«

»Radeberger Pilsner, Wernesgrüner oder Budweiser?«

»Ich nehme das Budweiser, danke.«

»Gern, Herr Knoop. Setzen Sie sich und fühlen Sie sich ganz wie zu Hause! Le Chef ist gleich für Sie da!«

Ich sehe auf die schwarzen Rolf-Benz-Ledersofas um mich herum, schnappe mir eines dieser stylischen Hochglanzmagazine, die auf die Glastische drapiert sind und wahre Lebensart, edle Kunst und noch mehr Stil vermitteln wollen, und lasse mich schließlich nieder.

Junge, Junge! Ich fühle mich wie ein Fremdkörper. Alles ist so perfekt, so komplett staubfrei und derart blitzblank, dass ich mir wie ein Stück Dreck vorkomme, obwohl ich geduscht habe. Aber in solchen Räumen kann man als Mensch nur verlieren. Das ist hier ausschließlich fürs Auge gemacht. Leben muss man woanders.

»Na, Dieter?« Schon kommt Siggi herein. »Tut mir leid, dass ich dich hab warten lassen, aber da war so ein dämlicher Anrufer, der ließ sich nicht abwimmeln.« Er wirft sich auf eines seiner Benz-Sofas und legt die Füße auf den Glastisch. »Geht's wieder um die Schmidt-Harteneck?«

»Nicht ganz, aber es ist dienstlich, ja.«

»Dachte ich mir, sonst würdest du hier nicht so unangemeldet auftauchen.« Siggi lächelt. »Aber das trifft sich ganz gut, denn ich hätte dich sonst auch aufgesucht.« Er senkt den Kopf und fügt hinzu: »Dienstlich.«

»Ach! Tatsächlich? Und wie fangen wir jetzt an? Wer wird zuerst dienstlich?«

»Ladies first!«

»Dann solltest du beginnen.«

»Geschenkt!« Siggi besieht sich nachdenklich seine sorgsam manikürten Fingernägel. »Ich hab gelesen, ihr seid an einem Mordfall dran. Eine Leiche am Schleusenkrug.«

»Das ist richtig.« Sieh an, er kommt auch ohne mich zur Sache.

»Da bräuchte ich ein paar Informationen.«

»Inwiefern?«

»Todeszeitpunkt, Todesart.«

»Hast du was damit zu tun?«

»Quatsch, Dieter! Wie kommst du darauf?« Er wendet sich ab, da seine supersexy Sekreteuse gerade das Bier hereinbringt und formvollendet einschenkt.

»Zum Wohl, Herr Knoop! Lassen Sie es sich schmecken!«

Alter Schwede! Ich warte, bis sie den Raum wieder verlassen hat, dann bricht es aus mir heraus: »Heilige Scheiße, wo hast 'n diese Wahnsinnsgranate aufgetrieben?«

»Uni. Du, die rennen dir da die Bude ein für 'n Praktikum.«

Ich fasse es nicht. »Das heißt, du musst die noch nicht mal anständig bezahlen?«

»Doch, doch! Aber es bringt mich nicht um …« Er atmet geräuschvoll durch die Nase. »Und Cheryl ist wirklich gut. *Very tough!* Ich überlege, ob ich sie fest übernehmen soll.« Schon wechselt er wieder das Thema. »Also erzähl mal! Was ist da passiert am Schleusenkrug?«

»Siehste, und das ist der Unterschied zwischen dir und mir: Ich darf so was amtlich fragen. Du nicht.«

»Mensch, Dieter, jetzt spann mich nicht so auf die Folter! Ich muss wissen, was da los war.«

»Warum?«

Er macht ein Gesicht, das aussagt, dass er darüber unmöglich reden kann.

»Okay, dann werde ich mal amtlich, Siggi: Du stehst im Tatzusammenhang. Wir haben deine Fingerabdrücke eindeutig zuordnen können.«

»Wo?«

»Du bist dran: Wer ist die Tote? Und in welcher Beziehung hast du zu ihr gestanden?«

»In keiner.«

»Es sieht aber schwer danach aus, dass du ihr Geld gezahlt hast«, entgegne ich, »viel Geld. Einhundertfünfzigtausend Mark. Wofür?«

»Dieter, das ist wirklich eine ziemlich komplizierte Geschichte, das kann ich dir unmöglich …«

»Die Frau ist ermordet worden, Siggi«, unterbreche ich sein Geschwafel. »Also: Wofür hat die so viel Geld bekommen?«

»Das war ein geheimer Deal«, gibt er schließlich kleinlaut zu.

»Ein geheimer Deal?« Super! Damit kann ich jetzt richtig was anfangen. »Kannst du dich vielleicht ein bisschen deutlicher ausdrücken?«

»Erzählst du mir dann auch, was sie mit der Frau genau angestellt haben?«

»Was wer mit der Frau angestellt hat?«

»Wenn ich das wüsste, würde ich nicht fragen.« Siggi schluckt schwer und sieht mich dann dramatisch an. »Das hat die Kleine nicht verdient. Die sollte nicht sterben, glaub mir. Da ist irgendwas total in die Hose gegangen.«

»Geht's auch genauer? Wofür hat die so viel Geld bekommen? Und warum?«

»Es ging um Informationen für eine geheimdienstliche Operation«, sagt er nach einer Weile. »Eine ziemlich große Sache. Mehr kann ich dazu nicht sagen, tut mir leid.«

»Es tut dir leid?« Bestimmt trudelt sich mein Blutdruck wieder in höheren Bereichen ein. »Eine junge Frau ist brutal ermordet worden, und du willst nichts dazu sagen? Wir können das Gespräch auch gern ganz offiziell in der Dienststelle fortsetzen, Siggi. Ich nehme dich vorläufig fest!«

»Ist ja gut«, sagt er, obwohl gar nichts gut ist. »Ich suche ja nach Wegen, deine Fragen zu beantworten. Ich bin da in einer Zwickmühle.« Zerknirscht sieht er mich an. »Ich darf die Geheimhaltung nicht verletzen, verstehste?

Siggi, der kleine Ost-James-Bond. Nur: »Du bist nicht mehr bei der Stasi.«

»Meine Fähigkeiten sind nach wie vor gefragt.«

»Klar. Man hilft, wo man kann, was?« Mir reicht's. Ich erhebe mich. »Na los! Wir gehen!«

»Wohin?«

»In die Dienststelle«, antworte ich streng, »dort wirst du vernommen. Ich kann hoffentlich auf Handschellen verzichten?«

»Spinnst du?«

»Du giltst als tatverdächtig, Siggi!«

»Jaja, nun komm mal wieder runter!« Er bedeutet mir, mich wieder zu setzen. »Ganz in Ruhe, Dieter! Ich rede ja mit dir.«

»Fein.« Ich setze mich wieder. »Wer ist die Tote?«

»Ich weiß es nicht.«

»Du weißt es nicht?« Ich weiß, dass mein Blutdruck gerade

ungeahnte Höhen erreicht. »Du hast jemandem hundertfünfzigtausend Mark gegeben und weißt nicht, wem? *Bullshit*, Siggi!«

»Sie hatte wichtige Informationen. Dafür hat sie das Geld bekommen. Ich wollte nicht, dass sie stirbt, Dieter, im Gegenteil: Ich habe ihr sogar einen neuen Pass besorgt. Damit sie unauffällig aus dem Land kommt.« Er greift sich in die Sakkotasche und wirft ein nagelneues französisches Reisedokument auf den Tisch. »Aber die waren ihr wohl schon zu dicht auf den Fersen. Sie hat den Pass nicht mehr abholen können.« Angespannt sieht er mich an. »Dass sie tot ist, habe ich erst heute Morgen aus der Zeitung erfahren. Da wurde auch dein Name genannt. Deshalb will ich ja mit dir reden, Dieter. Kapier doch!« Jetzt greift er tatsächlich nach meiner Hand und drückt sie. »Auch ich bin im Visier. Ich muss Vorkehrungen treffen und deshalb en détail wissen, was sie mit der Kleinen angestellt haben!«

»Sie wurde gefesselt ins Wehr hinter der Schleuse geworfen.« Ich ziehe meine Hand weg und sehe mir den Pass an.

Auf dem Lichtbild erkenne ich die schönen, fast violett schimmernden Augen. Dazu ein hübsches Gesicht, es lächelt leicht. »Julika Pomorze Rubin«, lese ich, geboren 1975 in Poznań, wohnhaft in Paris.

Fragend sehe ich auf. »Eine Polin?«

»Eine Serbin aus dem Kosovo«, erwidert er, »der Pass ist gefälscht, wie gesagt.«

Eine Serbin aus dem Kosovo, das könnte passen. »Ihr Name war nicht zufällig Mirca Sković? Aus Oharovac?«

»Keine Ahnung, schon möglich«, antwortet er nervös. »Sie war eine Kontaktperson. Da fragt man nicht nach dem Namen. Wir identifizieren uns per Code.«

Ich muss unfreiwillig grinsen. »007 in Aktion, was?«

»Dieter, die Sache ist ernst: Wurde sie vorher gefoltert? Sind Namen erpresst worden?«

»Herrgott, Siggi …«

»Ich muss das wissen, Dieter!« Er wirkt ziemlich aufgebracht. »Es geht hier um Leben und Tod. Und ich muss auch an Susanne denken!«

Allmählich dämmert mir, dass er wirklich um sein Leben fürchtet. Dass das kein irres Spiel von ihm ist. Immerhin ist dieses Mädchen tot, und er steckt da irgendwie mit drin. Was ist passiert? Hat er diesmal übertrieben mit seinen Agentenspielchen? Hat er sich zu weit vorgewagt? Bis er das Gleichgewicht verlor?

Mein Hirn rotiert. Ich starre auf das Lichtbild. »Woher habt ihr das Foto?«

»Welches Foto?«

»Das Passbild, Siggi! Der Pass ist falsch, das Bild aber echt. Wo habt ihr das Foto gemacht?«

»Gar nicht«, erwidert er, »wir haben das Bild aus ihrem echten Pass genommen.« Er zeigt mir den Stempelabdruck. »Schon allein deswegen. Bei Fälschungen gilt immer, je weniger Fake, desto besser. Also nimmt man alles, was sich original noch gebrauchen lässt.«

Wunderbar, dann kriege ich ja doch noch raus, wer das Mädchen wirklich ist. »Wie war denn ihr richtiger Name?«

»Ich sage doch, ich weiß es nicht!«

»Wieso nicht? Du hast ihr den Pass abgenommen. Da stand der Name doch drin.«

»Ich habe nicht drauf geachtet, Mann!«

Macht nichts. »Leg einfach den echten Pass neben den falschen hier auf den Tisch, und alles ist gut.«

»Den hab ich nicht hier. Der ist …« Er ringt mit sich und reibt sich angespannt den Nacken. »Hör zu, Dieter! Du und ich, wir sind doch Profis. Jeder auf seinem Gebiet, du verstehst schon. Ich würde gern unsere Kräfte bündeln, aber dafür musst du mir eines versprechen!«

»Ja?«

»Meine Männer sind tabu. Mach einfach nur deine Arbeit und vergiss den Rest, okay?«

»Ich kümmere mich ausschließlich um den Mord.«

Siggi sieht mich lange an. »Gut«, sagt er dann, »ich vertraue dir.« Er steht auf, strafft seine Jacke. »Wir müssen zu Erwin.«

»Erwin?«

»Nach Hohenschönhausen. Wir nehmen meinen Wagen.« Er öffnet die Tür und bittet mich raus. »Du lernst jetzt eine der letzten Koryphäen kennen, Dieter. Einen wahren Meister.« Er dreht sich kurz zu seinem als Sekretärin verkleideten Model um. »Wir sind kurz weg, Cheryl!«

Ach ja, Cheryl!

Natürlich gönne ich mir noch mal die belebende Aussicht auf die dargebotenen Reize, bevor ich Siggi mit einem stillen Seufzer in den Fahrstuhl folge.

49 DIESMAL WAR ES EINER DER SCHWERSTEN Angriffe auf Belgrad. Die ganze Stadt bebte unter gewaltigen Explosionen, riesige Rauch- und Feuersäulen stiegen auf, Flakbatterien bellten ohne Unterlass. Eine dieser Fliegerabwehrkanonen musste direkt auf dem Gebäude des Innenministeriums stationiert sein, denn einer Perlenschnur gleich fielen unablässig leere Geschosshülsen am Fenster vorbei und verschwanden in der Tiefe.

Gegenüber hatte das überlebensgroße Plakat des jugoslawischen Präsidenten Feuer gefangen. Funkenstiebend löste sich das Antlitz von Slobodan Milošević in Flammen auf.

Dann wurde Amra der Boden unter den Füßen weggerissen. Staub und Putz rieselten von der Decke, das ganze Gebäude schien zur Seite wegzukippen.

»Okay, jetzt«, rief Stanković und packte sie am Arm. Auf diesen Augenblick schien er gewartet zu haben, denn er schrie: »Das ist die Gelegenheit! Raus hier, schnell!«

Er zerrte sie über den Flur, doch das Haupttreppenhaus brannte lichterloh. Stanković wollte weiter und schrie sie an, doch sie war wie erstarrt.

War das der freie Himmel über ihr? Das war doch nicht möglich. Und dennoch: Dichte Qualmwolken waberten an einzelnen Sternen vorbei und verdeckten zeitweise den Vollmond, der seltsamerweise an einer Stelle stand, wo vorhin noch mindestens sechs Stockwerke gewesen waren. Eine gewaltige Detonation hatte sie, genau wie das Dach, komplett weggerissen.

»Wir müssen hinten runter«, brüllte Stanković in den Lärm aus zusammenbrechenden Mauern, heulenden Sirenen und weiteren Explosionen hinein.

Hektisch stieß er Amra vor sich her, vorbei an brennenden, halb herausgerissenen Türen, umgestürzten Wänden und herabhängenden, bizarr verformten Stahlträgern. Sie stolperten über herumliegendes Geröll, zerschlagene Computermonitore und zerborstene Aktenschränke zu einem weiteren Treppenhaus, das zwar von bläulichem Rauch erfüllt, aber relativ unversehrt war.

»Nicht einatmen«, befahl ihr Stanković, »Luft anhalten, bis wir unten sind, klar?«

Das Zeug konnte man ohnehin nicht einatmen. Amra hustete erstickt und hatte das Gefühl, ihre Lunge würde implodieren.

»Ganz ruhig«, wiederholte Stanković und schob sie die Stufen herunter, »nicht einatmen. Wir haben es gleich geschafft.«

Und dann waren sie endlich draußen und rannten über Schutt und Trümmer durch eine Stadt im Ausnahmezustand.

Noch immer fielen Bomben, noch immer gab es Explosionen, und trotzdem rückten schon die Feuerwehren aus, um zu retten, was zu retten war, heulten Ambulanzen blaulichternd durch die Straßen, formierten sich die Retter.

Stanković zerrte Amra zu einem am Straßenrand geparkten Wagen. »Reinsetzen, schnell!«

»Wohin bringen Sie mich?«

»Das merken Sie schon noch.« Er startete den Wagen, knallte sich ebenfalls ein Blaulicht aufs Dach und orgelte durch die Stadt.

An der Makenzijeva brannte ein großes Wohnhaus. Die Scheiben des Bekleidungsgeschäfts im Erdgeschoss waren zerborsten. Überall lag Glas auf der Straße herum, große Scherben und winzige Splitter. Sie glitzerten im Nachtlicht wie Kristalle.

»Warten Sie hier!« Stanković stoppte den Wagen und stieg aus. Er kletterte durch die verwüsteten Auslagen und über herumliegende Schaufensterpuppen ins Innere des Ladens und leuchtete dort eine Weile mit seiner Taschenlampe herum. Offenbar suchte er etwas, denn es dauerte einen Moment. Dann kam er wieder heraus und warf ein paar Kleidungsstücke auf den Rücksitz des Wagens. »Ich kenne Ihre Kleidergröße nicht«, sagte er dazu, »aber ziehen Sie sich um!«

»Hier? Im Auto?«

»Ich gucke schon nicht«, erwiderte er, »ich bin mit dem Fahren beschäftigt!«

Und schon bretterte er halsbrecherisch weiter, während Amra im schaukelnden Fond alle Mühe hatte, sich erst aus- und dann wieder anzuziehen. Ihre Kleider waren völlig verdreckt und teilweise zerfetzt. Die waren wirklich nicht mehr zu gebrauchen.

Stattdessen hatte ihr Stanković frische Unterwäsche, ein paar Jeans, einen neuen Wollpullover und eine gefütterte Jacke mitgebracht, eine Art dunkelblauen Fliegerblouson mit Webpelzkragen, der etwas zu groß war. Unterwäsche und Jeans passten dagegen perfekt. Dieser Stanković schien ein gutes Auge zu haben.

»Sind Sie endlich fertig?«, erkundigte er sich ungeduldig.

»Jetzt ja«, antwortete sie.

»Dann kommen Sie nach vorn und schnallen Sie sich an! Ich will Ihnen sagen, wie es jetzt weitergeht!«

Amra kletterte etwas umständlich auf den Beifahrersitz. »Und wie geht es weiter?«

Stanković sah sie von der Seite her an und lächelte. »Steht Ihnen gut!«

Wobei nicht ganz klar war, ob er den Fliegerblouson meinte oder die Jeans oder ihr gesamtes neues Outfit.

»Das war doch perfekt«, freute er sich und schlug begeistert aufs Lenkrad. »Besser hätte es doch gar nicht kommen können.«

»Sie bluten«, erwiderte sie. »Sie müssen zum Arzt.«

»Ach, das ist nur ein kleiner Kratzer.« Beiläufig wischte er das Blut von der Stirn, als wäre es Schweiß. »Wichtig ist, dass ich Sie herausgeschleust habe. Das wäre ohne diesen Luftangriff gar nicht möglich gewesen, verstehen Sie? Es gab genug Leute, die Sie hinter Gittern sehen wollten, ausgebremst, verurteilt. Sie können der NATO dankbar sein!«

Er bog auf eine nachtdunkle Landstraße ein und gab Gas.

»Und wie kommen Sie aus der Sache raus?«

»Ach, das biege ich schon hin.« Er strich ihr eine Haarsträhne aus dem Gesicht. »Sie waren eben clever. Ein abgebrühtes Mädchen. Hat den Treffer im Ministerium genutzt, um mir durch die Lappen zu gehen.«

»Warum tun Sie das alles?« Amra starrte durch die Windschutzscheibe in die Nacht. »Das machen Sie doch nicht aus reiner Menschenliebe.«

»Täuschen Sie sich nicht, Amra!« Er griff hinter sich und gab ihr ein großes Kuvert. »Aber Sie haben recht: Natürlich werden Sie noch gebraucht.«

Sie öffnete das Kuvert. Der Artikel befand sich darin, »SCHLACHTFELD KOSOVO«, dazu die zusammengefaltete Original-Druckformatvorlage und ihre Fotos vom Überfall auf den Grenzposten und von den seltsamen Männern im Motel von Gjakova.

»Es gibt durchaus Leute, die sich für Ihre Arbeit interessieren, Amra«, erklärte Stanković. »Das war mir sofort klar, als ich Ihr Fax aus Priština erhielt. Brisante Informationen, hochinteressant. Nur sollten sie nicht an die Öffentlichkeit.«

»Dann war doch nicht alles falsch?«

»Sagen wir, wir machen das Beste draus.« Er rumpelte jetzt mit dem Wagen über eine unbefestigte Straße. Links und rechts Hügel, Felder, einzelne Gehöfte. Und der riesige Mond in sternenklarer Nacht.

»Wo fahren wir hin?«

»Zur Grenze«, antwortete Stanković und nestelte an seiner Pfefferminzrolle herum. »Sie wollten doch, dass Ihr Artikel ins Ausland gelangt.« Er schaute ihr auffordernd ins Gesicht. »Dann sollten Sie ihn auch selbst dorthin bringen, nicht wahr?« Er hielt ihr die Rolle hin. »Wollen Sie ein Pfefferminz?«

50 »DUCK DICH WEG«, zischt Siggi, als wir in seinem pompösen A8 das Parkhaus verlassen wollen, »mach schon!«

»Wieso?«

»Ich muss noch ein paar Verfolger loswerden. Also runter mit dir!« Schon drückt er mich halb in den Fußraum hinein und gibt Gas. Dabei bin ich noch nicht mal angeschnallt.

Der Motor heult auf, die Reifen sirren, und ich werde in rasanter Kurvenfahrt hin und her geschleudert. Mehrfach stoße ich mir den Kopf an der Türverkleidung mit den Boxen des Bose-Soundsystems. Aus dem Fußraum bläst mir die Klimaanlage weich vorgefilterte, angenehm temperierte Luft entgegen, und trotzdem ersticke ich fast.

Endlich lässt er von mir ab. »Kannst wieder hochkommen. Ich glaube, es ist weg.«

»Was?«

»Das Taxi«, erklärt Siggi und fädelt sich zügig in den Verkehr am Lützowplatz ein. »Die sind immer im Taxi hinter mir her.«

»Wer?« Ich versuche, meine Atmung wieder unter Kontrolle zu bringen. »Was für ein Taxi?«

»Wenn ich wüsste, wer die sind, wär das Problem gelöst«, Siggi schaut konzentriert auf den Verkehr, »so gut wie jedenfalls.« Er rast die Straße des 17. Juni hinunter auf das Brandenburger Tor zu. »Ich wollte nicht, dass sie dich sehen. Die müssen ja nicht wissen, dass ich mir polizeiliche Hilfe geholt habe.«

»Ich bin in Zivil«, entgegne ich, »woher sollen die wissen, dass ich ein Bulle bin?«

»Hast du 'ne Ahnung.« Siggi schüttelt den Kopf ob meiner Naivität. »Wenn das auch Profis sind, und davon ist auszugehen, haben die das in zwei Minuten gecheckt.«

»Was für Profis sollen das denn sein?«

»Keine Ahnung. Vielleicht der FSB. Oder die CIA.«

Bitte nicht. »Du erzählst mir jetzt nicht im Ernst, dass die CIA hinter uns her ist?« Der Kerl hat sie doch nicht mehr alle!

»Könnten auch Albaner sein.« Siggi lacht auf. »Ja! So dämlich, wie die sich anstellen, sind es bestimmt Albaner.«

»Was hast du denn mit den Albanern am Hut?«

»Nichts direkt. Eigentlich will ich nur Ruhe da unten.« Er kurvt, ziemlich gewagt, wie ich finde, zwischen ein paar Velotaxis und Fahrrad-Rikschas auf der Karl-Liebknecht-Straße herum, bevor er am Park-Inn-Hotel auf die Karl-Marx-Allee wechselt und wieder Gas gibt. »Aber im Kosovo gibt es jede Menge Typen, die an Ruhe derzeit nicht interessiert sind und deshalb …«

»Findest du nicht, dass es langsam mal an der Zeit ist, mich in die Geheimnisse deiner Agententätigkeit einzuweihen?« Ich stecke mir eine Zigarette an und lasse das Seitenfenster ein wenig herunter. Nikotinfrei halte ich Siggis Fahrstil nicht aus. »Immerhin hast du dir jetzt staatliche Hilfe geholt. Da könnten ein paar Details hilfreich sein.«

»Die bleiben aber dann bei dir.«

»Mal sehen.« Ich sehe ihn an. »Solange nicht noch jemand ermordet wird, kann ich schweigen.«

Und dann erzählt mir Siggi eine Räuberpistole, die es in sich hat: Weil er den Krieg im Kosovo beenden will, hat er einen hochrangigen CIA-Agenten und einen einflussreichen russischen Militär gekapert …

»Gekapert? Was heißt ›gekapert‹?«

»Ich hab sie entführen lassen!«

»WAS?« Ich fasse es nicht!

»Beruhige dich, die sind schon wieder frei«, erklärt er mir und biegt in die Mollstraße ein. »Die arbeiten jetzt für mich. Ich hab sie umgedreht, verstehst du?«

Nee. »Wie das?«

»Ich hab sie an den Eiern, Dieter! Wenn die nicht spuren, fliegt denen ihre eigene Vita um die Ohren. Die haben natürlich alle Dreck am Stecken, wie üblich in diesem Geschäft. Man muss halt nur wissen, wo die Schwachstellen sind.«

»Verstehe. Und du hast dir diese Informationen hundertfünfzigtausend Mark kosten lassen.«

»Na, schau einer an! Du bist ja ein richtiger Blitzmerker.« Wir brettern die Landsberger Allee hoch. »Da geht es um illegale Drogengeschäfte, mit denen Waffen finanziert werden. Ganz heißes Zeug. Wenn das rauskommt, rollen ein paar Köpfe, davon kannst du mal ausgehen. Kein Wunder, wenn da so mancher nervös wird.«

Ich starre durch die Windschutzscheibe. »Ist deine Kontaktperson deshalb umgebracht worden?«

»Möglich«, antwortet Siggi. »Das Problem war der Pass. So was dauert ein paar Tage. Ich hatte ihr empfohlen, so lange in die Obdachlosenszene abzutauchen.«

Dem ist sie gefolgt, überlege ich nachdenklich, aber es hat ihr wohl nichts genutzt.

»Und ich vermute mal stark«, so Siggi weiter, »dass sie ihr vorher noch ein paar Infos abgepresst haben, die zum Problem werden könnten.«

»Für dich?«

»Ja«, nickt er. »Manchmal hab ich eine Scheiß-Angst, Dieter. Da geht mir der Arsch echt auf Grundeis.«

»Warum lässt du die Bombe nicht hochgehen, Siggi?«

»Da hängt so viel von ab«, antwortet er, »und solange ich nicht hundertprozentig weiß, wer die Hintermänner sind …« Er sieht mich dankbar an. »Na, ich bin froh, dass wir jetzt zusammenarbeiten.«

»Das wird nicht dauerhaft sein«, versichere ich, doch ihm genügt wohl zunächst die vorübergehende Kooperation.

»Im Übrigen: Wir sind da.« Siggi stoppt den Wagen vor einem Plattenbau an der Plauener Straße.

Erwin Schuchardt wohnt in einer kleinen Dreizimmerwohnung, die ihm noch vom Ministerium für Staatssicherheit zugewiesen wurde, als »Prämie für meine hervorragende Tätigkeit in der Abteilung Technische Dienste«, wie er stolz erzählt, bevor er mich augenzwinkernd einer kurzen Sichtprüfung unterzieht. »Und Sie sind jetzt wirklich so 'n richtiger Wessi, ja? Volles Rohr Klassenfeind?«

»Der ist sogar halber Amerikaner«, pflichtet Siggi bei, »sein Vater war Sergeant bei der US-Army.«

»Schlimmer geht's nicht, wie? Na, trinken wir erst mal einen.«

Der olle Erwin bietet mir einen Platz in seinem Wohnzimmer

an, das wie aus der DDR-Zeit gefallen wirkt, aber dennoch sehr gemütlich ist. Wenig später steht eine Flasche Schilkin-Wodka auf dem Tisch. Dann wird getrunken: einer zur Begrüßung, ein zweiter, weil man auf einem Bein nicht stehen kann, und ein dritter auf die Völkerfreundschaft.

»So, Genossen«, sagt Erwin anschließend und sieht uns unternehmungslustig an. »Was kann ich für euch tun?«

»Es geht noch mal um den falschen Pass, Erwin.«

»Wieso? Ist damit was nicht in Ordnung?«

»Doch, prima«, versichert Siggi, »das war allererste Ware, wie immer. Doch leider waren wir zu spät.«

»Eine nasse Sache?«

»Buchstäblich, Erwin. Die haben die Kontaktperson im Landwehrkanal gefunden.«

»Wie einst die Rosa Luxemburg.« Der alte Mann genehmigt sich noch einen Wodka. »Verdammte Reaktionäre! Immer die gleiche Masche, was?«

»Wir werden die Täter natürlich zur Verantwortung ziehen«, setze ich hinzu, »deshalb bin ich hier.«

»Er leistet sozusagen Amtshilfe«, erklärt Siggi, »obwohl es unser Ministerium ja nicht mehr gibt.«

»Leider«, meint Erwin, »war ja doch ’ne schöne Zeit damals. Kannste dich noch an den Carney-Fall erinnern? Das war ’n Coup!« Er strahlt mich an. »Der war auch Sergeant bei den Amis. Da haben Ihre Leute echt in die Röhre geguckt.«

Er spricht damit die Affäre um US-Sergeant Jeff Martin Carney an, der für die DDR direkt aus der Radaranlage der Air Force in Marienfelde spioniert hat. Als er in die USA zurückverlegt wurde, musste er 1985 in einer nicht ganz unspektakulären Aktion über Mexiko herausgeholt werden. Von Erwin kamen damals die gefälschten Papiere.

»Ja, das waren noch Zeiten«, sinniert er lächelnd, »da wusste man noch, wofür man lebt.«

»Um die Täter zu fassen«, komme ich wieder auf den Grund unseres Hierseins zurück, »müssen wir natürlich die Identität der Toten feststellen.«

»Wir brauchen den Klarnamen«, ergänzt Siggi.

»Wie wollt ihr das rausfinden?« Erwin winkt ab. »Da müsstet ihr an die Akten ran. Im Ministerium.« Er stockt und sieht Siggi an. »War die nicht Serbin? Haben wir da überhaupt einen Vorgang zu?«

»Vorläufig reicht uns der alte Pass«, erkläre ich behutsam.

»Den habe ich schon geschreddert«, erklärt der olle Erwin. »Da ist nichts mehr übrig.«

Mist. Ich könnte in den Teppich beißen!

»Ich schreddere die alten Papiere immer gleich. Schon aus Sicherheitsgründen. Tut mir leid.«

»Schon gut«, murmelt Siggi, »war 'n Versuch.«

»Aber die hatte noch so einen anderen Dienstausweis«, meint Erwin, »der steckte hinten im Pass mit drin. Ein Dokument, das ich noch nicht kannte. Deshalb habe ich das aufgehoben. Um mir eine genaue Vorlage zu machen. Man weiß ja nie.« Er geht zur Tür. »Ich gucke gleich mal, wo ich das Ding habe.« Er tapert aus dem Raum, und ich schöpfe wieder Hoffnung.

»Psst«, zischt Siggi unvermittelt. Er steht am Fenster und sieht auf die Straße hinunter. »Meine Schatten sind wieder da.«

»Wer? Deine Verfolger?« Ich erhebe mich ebenfalls, trete neben ihn. »Wo?«

»Das Taxi schräg gegenüber«, raunt er, »an der Grünanlage. Siehst du?«

Und ob ich sehe. Ein Fahrer sitzt im Taxi, zwei Männer sind ausgestiegen und rauchen. Sie haben Ähnlichkeit mit den Typen, die auch auf den Überwachungsbändern der Zentralen Aufnahmestelle in Marienfelde sind. Einer der Männer trägt Vollbart und hat ein Basecap auf dem Haupt.

Volltreffer! Den sollten wir uns nicht entgehen lassen. Es ist zwar nicht ungefährlich, aber: »Die könnten wir uns schnappen, Siggi.«

»Wann?«

»Jetzt. Interessiert?«

»Absolut.«

Der Mann ist ein echter Abenteurer. Die Sache ist ziemlich riskant, aber das kann ihn nicht schrecken. Fast beginne ich ihn zu mögen.

»Du musst den Lockvogel machen«, sage ich leise. »Und wir brauchen einen zweiten Wagen.«

»Erwin hat noch seinen alten Trabi«, antwortet er genauso leise, »vielleicht leiht er ihn uns.«

»Ich hab den Ausweis.« Polternd kommt der alte Mann ins Zimmer zurück und hält triumphierend ein Dokument hoch. »Ist alles kyrillisch, aber …« Er schaut sich den Ausweis noch einmal genau an, bevor er ihn mir gibt. »Wenn mich nicht alles täuscht, dann scheint das so was wie ein Betriebsausweis zu sein. Für eine Zeitung in Priština. SLOBODA LIRI.«

51 STANKOVIC HATTE AMRA über die grüne Grenze ins rumänische Timişoara gebracht. Es lag nur knapp drei Stunden von Belgrad entfernt, sodass sie dort noch vor Einbruch der Dämmerung eintrafen. Im Westen der Stadt befand sich Cioca, ein kleiner privater Flugplatz, auf dem ein einmotoriges, älteres Flugzeug wartete, von dem Amra später erfuhr, dass es sich wohl um eine Cessna 206 handelte.

»Nicht ganz neu, aber robust«, erklärte Stanković. »Vor allem hat das Flugzeug den Vorteil, dass es auch auf unbefestigten Pisten landen kann.« Unruhig sah er auf die Uhr und stellte Amra dann dem Piloten vor, der an seiner Maschine lehnte und sichtlich entspannt eine Zigarette rauchte.

»Das ist Henri«, Stanković sprach es französisch aus, »er wird Sie in Sicherheit bringen, Amra. Tja, und ich …« Wieder sah er auf die Uhr. »… ich muss jetzt schleunigst zurück nach Belgrad. Bevor man mich dort vermisst.« Er umarmte sie. »Also, ich bin spät dran. Viel Glück!«

Dann trat er zurück, hob noch einmal die Hand, trabte zu seinem Wagen zurück und fuhr davon.

Amra wandte sich dem Piloten zu. »Haben Sie auch einen Nachnamen, Henri?«

»Ach was, der tut nichts zur Sache«, lachte der Pilot und trat seine Kippe aus, »je weniger wir voneinander wissen, desto sicherer für uns beide. Nennen Sie mich einfach Henri.«

Dann fragte er sie, ob sie noch einmal auf die Toilette wolle, an Bord gebe es leider keine und man habe gut vier Stunden Flug vor sich. Die Cessna sei zwar robust, aber nicht besonders schnell.

Amra nahm das Angebot gern an, denn sie hatte das dringende Bedürfnis, sich zu waschen.

»Sie können sogar duschen, wenn Sie wollen.« Henri lachte wieder. »Lassen Sie sich Zeit, wir haben hier keinen festen Flugplan.«

Zwanzig Minuten später war das Flugzeug in der Luft. Henri erläuterte kurz die Route und nahm Kurs auf Děčín. Das lag nahe der deutschen Grenze an der Elbe, und es gab dort eine kleine, verlassene Militärpiste, auf der man problemlos landen konnte. Zwar sei Tschechien seit knapp einem Monat Mitglied der NATO, doch Henri sei die Strecke seither noch gut zehnmal hin- und hergeflogen, da habe es noch keine Probleme gegeben. »Aber irgendwann werden die ihren Radar dort auch modernisiert haben, sodass man es dann nicht mehr so einfach unterfliegen kann. Dann müssen wir uns Ausweichpisten suchen.« Er lächelte sie an. »Oder uns wie ein Tarnkappenbomber unsichtbar machen.«

Eine Stunde später, über den weiten Ebenen der ungarischen Puszta, packte er seine Proviantpakete aus und bot Amra ein Bier an. Er selbst blieb beim Wasser. Das war gut. Amra machte das Bier so müde, dass sie kurze Zeit später eingeschlafen war und erst im Landeanflug auf die versteckte Militärpiste in der Nähe von Děčín wieder erwachte.

Von dort aus war es ein ziemlicher Fußweg in die Stadt. Landschaftlich reizvoll, doch Amra hatte keinen Blick für die Berge. Sie war gespannt und aufgeregt. Und sie freute sich auf Deutschland. Da war er endlich, der ersehnte Westen. Wie es dort wohl weitergehen würde?

Zunächst brachte Henri sie zum Elbhafen von Děčín, wo ein

Flussraddampfer aus Dresden lag, der vornehmlich deutsche Ausflügler gebracht hatte. Am frühen Nachmittag wollte er wieder ablegen, um in die sächsische Landeshauptstadt zurückzufahren.

Henri drückte dem Kapitän fünfhundert Mark in die Hand und der ein Auge zu. Vorsichtshalber musste sich Amra im Maschinenraum verstecken, aber auf der Strecke wurde ohnehin nie kontrolliert.

Außerdem gab Henri Amra einen Zettel mit, auf dem das weitere Vorgehen stichpunktartig notiert war, sowie eine Bahnfahrkarte von Dresden nach Berlin, die drei Tage Gültigkeit hatte.

In Dresden angekommen, nahm Amra den ersten Zug, den sie bekommen konnte, und war noch am selben Abend in Berlin.

Wahnsinn! Berlin!

Hier sollte sie eine Adresse aufsuchen, Wallstraße 85, direkt am Kupfergraben gelegen, aber nicht ganz einfach zu finden für jemanden, der kaum Deutsch sprach und außerdem ortsunkundig war.

Da Amra am Ostbahnhof angekommen war, entschied sie sich, den einfachsten Weg zu nehmen. Der Bahnhof befand sich gegenüber der East Side Gallery, einem von Künstlern bemalten Mauerrest direkt an der Spree. Da der Kupfergraben ein Seitenarm des Flusses war, lag es nahe, einfach dem Lauf der Spree Richtung Stadtzentrum zu folgen.

Amra machte sich auf den Weg. Es goss in Strömen, aber das war ihr völlig egal. Sie war in Berlin, hier war das Wetter egal, die jungen Menschen tanzten, und eine Weile tanzte Amra mit.

Ab der Schillingbrücke wurde gebaut, und Amra folgte der Holzmarktstraße, die endlos war und laut. Autos spritzten durch Pfützen, viele Lastwagen donnerten vorbei und auch Busse. Doch Amra wusste nicht, welchen Bus sie nehmen sollte. Die Fahrpläne an den Haltestellen waren ihr ein großes Rätsel und obendrein stets mit irgendwelchen kryptischen Zeichen und Graffiti beschmiert, was das Verständnis nicht eben erleichterte. Wenigstens konnte sie sich an den Stadtplänen orientieren, die überall öffentlich aushingen, und so wandte sie sich an der Alexanderstraße nach links, lief über die Jannowitzbrücke und gleich wieder rechts in die Wallstraße hinein.

Auch die war recht lang, aber schmal und ruhig gelegen. Fast idyllisch, vor allem am Köllnischen Park, wo die Berliner Bären lebten.

Dahinter wurde gebaut und saniert, fast der ganze Straßenzug war eingerüstet.

Berlin ist eine Baustelle, dachte Amra und erinnerte sich an einen deutschen Film mit einem ähnlichen Titel, den sie vor einem Jahr in einem Belgrader Kino gesehen hatte. Darin ging es zwar hauptsächlich um Liebe und diese typisch deutschen Seinsfragen, aber nachdem sie den Film gesehen hatte, mit englischen Untertiteln, nahm sie sich fest vor, Berlin unbedingt einmal zu besuchen. Jetzt war sie hier und die Stadt tatsächlich eine einzige große Baustelle.

Prachtvolle Geschäftshäuser aus der Gründerzeit wurden restauriert und grundsaniert, seltsam orangefarbene Rohre überspannten die Straße, und an einigen Fassaden sah Amra Einschusslöcher. Vierundfünfzig Jahre nach dem Krieg hatte die Stadt noch immer ihre Wunden.

Und jetzt zerstören sie Belgrad, dachte sie. Wie lange würde es dauern, bis sich Jugoslawien von diesem neuen Krieg erholt hätte?

Hinter der Roßstraße wurde es wieder ruhiger, und rechter Hand erhoben sich mehrere marode, einst sicher sehr prächtige Geschäftshäuser, die teilweise dem Verfall preisgegeben waren. Wie alte italienische Palazzi standen sie direkt am Wasser, ein morbider Ort, voller Romantik, fast venezianisch. Und eines davon war die Wallstraße Nummer 85.

Stimmte die Adresse? Amra zog den Zettel aus ihrer gefütterten Fliegerjacke hervor, verglich die Zahlen und nickte unmerklich. Sie war am Ziel.

Beeindruckt ging sie die Stufen zum hölzernen Tor hinauf und drückte eine schwere schmiedeeiserne Klinke herunter. Der Raum dahinter war so groß wie ein Ballsaal, mit bodentiefen Fenstern, hohen Säulen und einer stuckverzierten Galerie, dazu gab es verschwenderische Deckenmalereien, von denen großflächig die Farbe blätterte.

Irgendwo hier sollte ein Telefon sein, so stand es zumindest auf Amras Zettel, ein Telefon, von dem aus sie eine Berliner Nummer anrufen sollte. Stanković hatte sie ihr eingeschärft, die durfte sie sich nicht aufschreiben, das war eine Nummer, die, wie er sich ausgedrückt hatte, »ausschließlich im Gedächtnis sichtbar bleiben sollte«.

Aber wo war das Telefon?

Amra ging in den nächsten Raum, ein weiterer Saal direkt am Wasser, nur ohne Galerie. Und auch kein Telefon.

Dann glaubte sie, ein Geräusch gehört zu haben, wie eine knarrende Diele.

»Hallo«, rief sie und stand ganz still. »Ist da wer?«

Keine Antwort. Draußen heulte der Wind um das Gebäude, der Regen pladderte gegen die hohen Fenster.

Plötzlich klingelte ein Telefon. Es hallte in den hohen, verblichenen Räumen nach, der Ton schien aber von oben zu kommen, aus den oberen Stockwerken.

Amra nahm immer zwei Stufen auf einmal und fand sich in einem Zimmer wieder, dessen bodentiefe, bogenförmige Fenster auf eine große Terrasse hinausgingen. Sie standen offen, es regnete herein. Und das Telefon klingelte, ein alter Apparat aus Bakelit, er stand mitten im Zimmer auf dem Boden. Doch als Amra sich hinhockte, um den Hörer abzunehmen, verstummte das Klingeln.

Amra wartete einen Moment. Dann nahm sie den Hörer ab und wählte die Nummer, die nur das Gedächtnis sah. Nach dem dritten Klingeln nahm am anderen Ende jemand ab, sagte aber nichts.

»Der Adler ist gelandet.« Das war der Code für ihre Ankunft in Berlin.

»Parkplatz Radrennbahn«, antwortete eine Stimme. »In einer Stunde.«

Amra legte den Hörer nachdenklich wieder auf die Gabel. Parkplatz Radrennbahn, dachte sie, und keine weitere Erläuterung dazu. Das musste bedeuten, dass es in Berlin nur eine Radrennbahn gab, die entsprechend einfach zu finden war, auch wenn ihr eine Stunde für diese Riesenstadt doch arg knapp bemessen vorkam.

Sie wollte sich gerade erheben, als sie unvermittelt den kalten Lauf einer Waffe an ihrem Hinterkopf spürte.

»Hände hoch, Süße!«

Amra erstarrte.

Das war Serbisch, sie wurde hier eindeutig von Landsleuten bedroht.

»Was wollt ihr?«

»Hände hoch, hab ich gesagt!«

Jemand schlug ihr den Lauf der Waffe so hart an den Kopf, dass ihr für einen kurzen Moment ganz weiß vor Augen war. Zitternd nahm sie die Arme hoch.

»Aufstehen und ganz langsam umdrehen, Süße. Keine falsche Bewegung.«

Sie tat wie ihr geheißen. Jetzt wusste sie, was die Leute meinten, wenn sie sagten, »dass einem das Blut in den Adern gefriert«. Denn vor ihr standen zwei Männer. Ein jüngerer, den sie noch nie gesehen hatte. Den anderen kannte sie aus dem Motel in Gjakova: Es war Udar Brahimi.

»Na, Süße«, fragte er hämisch, »dachtest du, du bist entkommen? Die Annahme war falsch.«

Amra stiegen die Tränen in die Augen. Das konnte doch nicht sein! Sie war in Berlin, verdammt. Was machte dieser Kerl hier? Der gehörte doch zu seinen Separatisten in den Kosovo.

Nicht heulen, dachte sie verzweifelt, heul bloß jetzt nicht los! Den Gefallen darfst du ihm nie tun.

Tapfer starrte sie ihn an. »Was wollen Sie von mir?«

»Frag nicht so blöd! Das weißt du genau!« Udar ließ die Waffe sinken und betrachtete den Lauf. »Denkst du, wir lassen uns von einer Nutte verarschen?« Er spuckte ihr verächtlich vor die Füße. »Du bist das Letzte, Süße! Eine Verräterin. Weißt du, was in Albanien mit Verrätern geschieht?« Er lächelte böse. »Wir haben da dieses schöne Prinzip der Blutrache.«

»Nur dass ich keine Verräterin bin«, gab sie mit noch immer

erhobenen Händen zurück, und ihre Stimme zitterte leicht, »denn dafür hätte ich ja mal auf eurer Seite stehen müssen. Aber ihr Albaner seid es einfach nicht wert.« Und jetzt spuckte sie ihm vor die Füße. »Dreckskerle!«

»Siehst du, was hab ich gesagt«, wandte sich Udar spöttisch an seinen jüngeren Kompagnon, der schweigend und ohne sich zu rühren, neben ihm stand. »Diese Hure mag uns nicht.«

»Hält sich wohl für was Besseres«, sagte der Junge, ohne eine Miene zu verziehen.

»Meinst du?« Udar blickte Amra an. »Vielleicht ist sie das ja. Willst du mal nachschauen?«

Der Junge machte einen Schritt auf Amra zu, packte sie an der Jacke und bekam sofort einen beherzten Tritt in des Mannes empfindlichstes Stück.

Amra konnte nicht anders, das war bei ihr ein reiner Reflex. Hundertmal trainiert. Jaulend wollte der Junge in die Knie gehen, doch sie hatte ihn schon an den Schultern gepackt und stieß ihn auf Udar zu.

Der machte einen Schritt zur Seite und richtete blitzschnell wieder die Waffe auf Amra.

»Keine Bewegung«, schrie sie gellend und wich zum Fenster zurück, »keine Bewegung, sonst seid ihr beide tot!«

Dabei hatte sie keine Waffe. Wie sollten Udar und sein Kumpel da sterben, wenn sie sich bewegten?

Dennoch war Udar für einen Augenblick irritiert. Für eine Zehntelsekunde dachte er, dass sie vielleicht Helfer hatte, für eine Zehntelsekunde sah er nach hinten, aber da war natürlich niemand, und diese Zehntelsekunde reichte Amra für den Sprung auf die Terrasse.

Udar schoss sofort scharf, doch Amra war zwischen den Fenstern in Deckung gegangen. Und den Moment, den Udar brauchte, um ebenfalls auf die Terrasse zu gelangen, nutzte Amra, um sich in die Tiefe zu stürzen.

Klatschend landete sie im trüben Wasser des Kupfergrabens. Und es war kalt, furchtbar kalt!

Udar beugte sich mit gezogener Waffe über die Brüstung und

schoss erneut, doch Amra war schon unter den Anleger getaucht. Morsche Holzplanken direkt am Haus, die von zwei moosbewachsenen Backsteinpfählen gehalten wurden.

Zitternd klammerte sie sich mit den Fingern am Mauerwerk fest und wartete ab.

Wenig später hörte sie die Albaner herunterkommen. Amra tauchte ab und halb in einen alten unterirdischen Abwasserkanal hinein. Sie hielt die Luft an, wagte nicht, auszuatmen, weil sonst die Luftblasen sie verraten würden. Dumpf hörte sie durchs Wasser die Schritte der beiden auf den morschen Holzplanken, dann beugte sich ein Kopf herab und sah unter den Anleger.

Hastig verbarg sich Amra ganz im Abwasserkanal. Ihre Ohren rauschten, der Druck in ihrem Kopf und ihrer Lunge stieg. Lange würde sie das so nicht mehr aushalten. Sie zählte innerlich bis fünf, wagte aber nicht, aufzutauchen. Sie wollte noch einmal bis fünf zählen, kam aber nur bis drei. Länger konnte sie nicht, sie musste hoch und Luft schnappen, anders ging es nicht. Prustend tauchte sie aus dem Wasser auf und stieß sich den Kopf an den Planken des Anlegers.

Waren die Typen noch da?

Sie klapperte mit den Zähnen, denn das Wasser war im April noch viel zu kalt. Sie musste raus hier, bevor sie es aus eigener Kraft nicht mehr schaffte.

Also los! Vorsichtig kam sie unter dem Anleger hervor und sah sich nach allen Seiten um. Udar und sein jüngerer Kumpel waren nirgends zu sehen. Es war überhaupt niemand zu sehen. Was am Regen liegen mochte, da blieben die Menschen lieber zu Hause.

Amra klammerte sich am Anleger fest und versuchte, sich daran hochzuziehen. Aber sie war schon zu schwach. Die Kälte hatte ihre Muskeln gelähmt, sie konnte sich kaum noch bewegen.

Verzweifelt biss sie die Zähne zusammen, versuchte es mit aller Kraft, stützte sich gleichzeitig mit den Füßen an den Backsteinpfählen ab und konnte sich so etwas aus den Fluten ziehen. Da die gefütterte Fliegerjacke sich so schwer mit Nässe vollgesogen hatte, musste sie einen Moment warten, bis das Wasser etwas abgeflossen war. Dann schaffte sie es endlich auf das morsche, moosbewachsene Holz des Anlegers, legte sich erschöpft auf den Rücken und blieb so atemlos einige Minuten liegen. Der Regen pladderte auf sie herab.

Scheiße, dachte sie, so eine gottverdammte Scheiße! Was hatte Udar hier in Berlin zu suchen?

Sie rappelte sich etwas auf, sah nach den Unterlagen. Die waren noch da, aber wie alles völlig durchnässt.

Egal, dachte Amra, das trocknet wieder. Das trocknet. Irgendwann!

Nur mühsam kam sie auf die Beine. Sie musste sich an der Hauswand abstützen.

Bewegung, dachte sie zähneklappernd, ich muss mich bewegen. Das hilft gegen die Kälte und die Nässe. Taumelnd wie eine Betrunkene lief sie los.

Weiter, trieb sie sich an, immer weiter.

Ich muss zur Radrennbahn. Zum Parkplatz an der Radrennbahn!

52 DER TRABANT 601 ist ein recht uriges Gefährt. Purismus pur. Es gibt noch nicht mal eine Tankanzeige, und schalten muss man mit einer Art Krückstock. Dazu macht der Zweitakter einen Lärm wie ein altersschwaches Maschinengewehr. Ich hoffe nur, dass er keine Ladehemmung bekommt, und bin zunehmend schweißgebadet, während ich versuche, mit dieser Kiste an Siggi und dem Taxi dranzubleiben.

Denn das ist nicht so einfach, wenn man nur sechsundzwanzig PS unter der Motorhaube hat. Solange wir nur durch die Stadt gegurkt sind, ging es zwar, da bin ich bei jeder Ampel immer wieder zu denen aufgeschlossen. Aber jetzt fahren wir die AVUS hinunter. Die 1921 gebaute »Automobil-Verkehrs- und Übungsstraße« führt rund neun Kilometer schnurgerade durch den Grunewald und gilt als die erste Autobahn der Welt. Zwar habe ich das Gaspedal bis zum Anschlag durchgedrückt, aber bei etwas über neunzig Sachen geht dem Trabi die Puste aus. Da war mein Moped ja damals besser frisiert. Das schaffte hundertzehn Stundenkilometer, wenn auch nur bergab.

Junge, Junge, warum rasen die denn so! Als wenn es kein Morgen gäbe. Ich kann das Taxi kaum noch sehen. Dabei habe ich Siggi eingeschärft, ja langsam zu fahren. Was für den natürlich eine enorme Herausforderung ist. Außerdem fürchtet er, mit allzu defensiver Fahrweise Verdacht bei den Verfolgern zu wecken. Die sind ja nun schon einige Tage hinter ihm her und wissen, wie rasant er normalerweise unterwegs ist.

Auch nahmen wir an, dass die Typen im Taxi es merkwürdig finden könnten, wenn Siggi nicht wie üblich versucht, mit wilden Manövern seine Verfolger abzuhängen. Deshalb soll ich ja mit dem Trabi dranbleiben. Damit wir immer wissen, wo die Kerle sind, und ich Siggi per Handy jederzeit die Koordinaten durchgeben kann. So taucht er dann, nachdem er uns erfolgreich abgehängt hat und etwas Zeit verstrichen ist, plötzlich und ganz unverhofft »rein zufällig« wieder vor der Nase seines Taxischattens auf, und die Verfolgung kann weitergehen. Das haben wir jetzt schon zweimal gemacht, es hat mich Zigtausende von Nerven gekostet, aber ganz gut geklappt.

An der Abfahrt Spanische Allee fährt Siggi rechts raus und stoppt auf dem Rastplatz Grunewald. Was ist denn jetzt los? Das war so nicht abgesprochen!

Er steigt aus dem Wagen und verschwindet im Burger King. Ist der Kerl jetzt völlig irre geworden? Hat er Hunger? Oder nur zu starke Nerven?

Das Taxi hat etwas abseits Stellung bezogen, neben der Tanke. Und ich tuckere über den Parkplatz und halte neben dem Hotel, wage aber nicht, den Motor auszuschalten, aus Furcht, ihn nicht schnell genug wieder starten zu können, wenn es weitergeht.

Ein Wahnsinn ist das alles. Atemlos wische ich mir den Schweiß von der Stirn. Am meine Blutdruckwerte will ich gar nicht denken.

Die Typen vom Taxi sind ausgestiegen und behalten den Burger King im Visier. Nach einer Weile löst sich der Fahrer aus der

Gruppe, geht quer über den Parkplatz und verschwindet ebenfalls im Burger King. Wahrscheinlich checkt er, ob der Laden noch einen zweiten Ausgang hat.

Wohl nicht, denn wenig später kommt er wieder raus und macht eine Geste, die wohl so was wie »Entspannt euch, Leute« bedeutet, »der Typ ist nur kacken gegangen«.

Ich recke den Hals. Sitzt Siggi wirklich auf dem Klo?

Zweimal klopfen irgendwelche Tramper an meine Seitenscheibe, die ich dann jedes Mal quietschend runterkurbeln muss. »Nein, ich fahre nicht auf die A 2 und auch nicht Richtung Nürnberg.«

Die dritte Tramperin ist gar keine Tramperin, sondern eine energische Verfechterin des Umweltschutzes. Mit scharfem Ton und in die Seite gestemmten Händen fordert sie mich auf, umgehend »meinen elenden Stinker auszumachen«, sonst hole sie die Polizei.

Als ich entgegne, dass das nicht nötig sei, und ihr meinen Dienstausweis vor die Nase halte, lässt sie das nicht gelten. Echte Polizisten würden schließlich keinen Trabi fahren, und überhaupt sei es eine Sauerei, dass ich es wage, »mit diesem gescheiterten Versuch ostzonalen Automobilbaus auch knapp zehn Jahre nach dem Mauerfall noch derart die Gegend zu verpesten«.

Sieh an, sieh an, denke ich, es gibt sie noch, die kalten Krieger. Und es werden immer mehr. Bald steht eine ganze Gruppe von aufgebrachten Bürgern um mich herum, die empört versuchen, mich zum Abschalten meines Zweitakters zu bewegen. Selbst die Typen vom Taxi schauen schon herüber.

Gut, ich will nicht weiter auffallen und mache mein Gefährt schließlich aus. Jetzt erst merke ich, dass tatsächlich eine blaue Abgaswolke über dem Rastplatz steht. Aber das kann nicht nur mein Trabant gewesen sein. Es gibt ja noch genug andere Autos hier.

»Det nennt der Auto«, winkt einer lachend ab. Und dann steigen sie alle wieder in ihre pompösen SUVs und kraftvollen Dieselfahrzeuge, in ihre Audis und VWs, in Volvos und Toyotas und dampfen selbstgerecht und mit dem guten Gefühl, einen energischen Beitrag gegen die grassierende Umweltverschmutzung geleistet zu haben, davon. Bravo, Mitbürger! Ihr seid ganz groß!

Achtung, Konzentration! Siggi verlässt den Burger King und geht auf seinen Audi zu.

Umgehend nehmen auch die Typen im Taxi wieder Platz.

Und ich würge am Zündschlüssel herum, »spring an, Karre, spring bitte, bitte an«, der Anlasser jault wie eine Katze beim Koitus, während Siggi und das Taxi bereits vom Platz rollen, »bitte, spring an, liebe Rennpappe, spring endlich an!«. Rennpappe – den Begriff scheint er zu mögen, denn der Motor knattert munter drauflos. Auf geht's, mit Getucker und Gemisch, ich bin wieder im Spiel!

Siggi fegt jetzt den Wannseebadweg hinunter und das Taxi hinterher. Mit etwas Abstand, dafür aber umso engagierter, röhre ich hinterher.

Siggi fährt am Wannseebad vorbei durch den südlichen Grunewald auf die Inselstraße zu. Hier ist der Name Programm, denn das ist die einzige Straße auf der Wannseeinsel Schwanenwerder und mit Abstand die teuerste Berlins. Hier leben Filmstars und Industrielle in Villen mit riesigen Parkgrundstücken direkt am Wasser, und die Inselstraße führt einmal an all den prachtvollen Anwesen vorbei, um dann genau dort zu enden, wo sie beginnt: an der einzigen Zufahrt zur Insel, einer schmalen Brücke über das Fließ zwischen dem Berliner Yachtclub und der Seglervereinigung von 1903.

Siggi fährt vorneweg, dann folgt das Taxi, dessen Insassen noch genauso lange ahnungslos sind, wie die Inselstraße Länge hat, und als Letzter komme ich.

Als Siggi nach Rundung der Straße die Brücke wieder erreicht, stellt er sich vollbremsend quer. Kein Durchkommen mehr möglich. Das Taxi stoppt. Dahinter ich. Das war's!

Lässig lehne ich am Trabi und will gerade so etwas wie »Polizei, bitte alle mal aussteigen zur Personenüberprüfung« rufen, als plötzlich scharf geschossen wird. Sofort gehe ich in Deckung. Auch Siggi duckt sich weg. Die wollen sich echt den Weg freischießen, ich fasse es nicht! Hastig greife ich zum Funkgerät, um ein »Hünerbein, wo seid ihr?« reinzubellen, da knallen auch schon die Blendgranaten, und die roten Ziellaserpunkte des im Waldhang oberhalb von Yacht- und Segelclub in Stellung gegangenen SEKs wabern durch den Nebel und fixieren sich auf den Körpern der Anvisierten. Sie haben keine Chance.

Der Taxifahrer erkennt es zuerst. »Nicht schießen!«, ruft er verzweifelt, »ick bin nur der Kraftfahrer!«

»Isch Asyl«, ruft der Zweite und nimmt ebenfalls die Hände hoch.

Nur der bärtige Commander Udar versucht, sich mit einem beherzten Sprung über das Brückengeländer in den Wannsee zu retten, und verstaucht sich dabei böse den Fuß. Leider ist das Wasser hier nur einen halben Meter tief.

Er wird entwaffnet, genau wie sein Kompagnon, und dann abgeführt. Selbst der Taxifahrer muss erst mal mit aufs Revier, obwohl er höchstwahrscheinlich harmlos ist.

Wenig später steht der schnaufende Hünerbein neben mir, verteilt Zigaretten und findet, dass das ein ziemlich gelungener Zugriff war, obwohl er immer noch nicht weiß, wen wir jetzt genau verhaftet haben.

»Anfänger«, antwortet Siggi gelassen, »ganz blutige Anfänger.«

53 ANGESICHTS DER JÜNGSTEN EREIGNISSE hat Kriminaloberrat Dr. Edmund Palitzsch alle, wie er es ausdrückt, »Gewerke zum Meeting gebeten, damit wir mal ein Update haben«.

Während ich noch darüber nachdenke, wie man die neudeutschen Vokabeln »Meeting« und »Update« mit dem altmodischen Wort »Gewerke« in einen Satz pressen kann, ohne dabei Durchfall zu bekommen, hat der Chef schon das alleinige Augenmerk auf mich gerichtet.

»Bitte, Herr Kollege Knoop, Sie sind dran!«

»Ich? Wieso?«

»Sie wollten uns ins Bild setzen.«

Von Wollen kann zwar keine Rede sein, aber es macht Sinn. Ich erhebe mich, nicke den Anwesenden zu und stelle mich vor den Overheadprojektor. »Wir haben hier ein paar Folien vorbereitet, um die bisherigen Ermittlungsergebnisse anschaulich zu machen …«

Ich werde unterbrochen, da Mareike Basler mit gerötetem Gesicht in den Besprechungsraum gepoltert kommt. »Oh, 'tschuldigung, bin ich zu spät?«

»Sie kommen gerade richtig«, beruhige ich sie.

»Es ist nur«, sie schlägt ihre Kladde auf, »weil sich eine Margarethe Zeidler-Jessen bei uns telefonisch gemeldet hat. Das ist die Leiterin der Zentralen Aufnahmestelle für Flüchtlinge und Asylbewerber …«

»… in Marienfelde«, unterbreche ich sie, da wir das ja wissen. »Und? Was hat Frau Zeidler-Jessen mitgeteilt?«

»Da sind die zwei Frauen wieder aufgetaucht, die offenbar verschwunden waren.« Mareike liest aus ihrer Kladde vor: »Eugenija Rogina aus Minsk hat sich glücklich aus Düsseldorf gemeldet. Angeblich hat sie vor ein paar Monaten einen Herrn Dr. Thorsten Baselitz kennengelernt, der zu diesem Zeitpunkt wegen eines Kongresses für plastische Chirurgie in Berlin weilte. Die Rogina ist nun der Meinung, dass dieser Dr. Baselitz der Mann ihres Lebens ist, will ihn möglichst sofort heiraten und erwartet wohl auch bereits ein Kind von ihm …«

»Das ist schön, Mareike«, muss ich sie erneut unterbrechen, weil es völlig unwichtig ist, ob und von wem diese Eugenija nun schwanger ist. Hauptsache, sie lebt und beschäftigt nicht weiter die Polizei. »Was ist mit Mirca?«

»Mirca Skovič«, wieder guckt sie in die Kladde, »aus dem Kosovo. Die hatte hier zwar ein vorläufiges Bleiberecht, ist jetzt aber nach Norwegen, Stavanger, weitergezogen, weil sie dort Verwandte hat.«

Und weil sie womöglich einen Schreck bekommen hat, dass Typen wie dieser Udar hier in Deutschland frei herumlaufen, denke ich.

»Danke, Mareike, für die Informationen.« Ich wende mich wieder meinen Folien zu. »Die Identität der Toten aus dem Schleusenwehr ist mittlerweile geklärt. Es handelt sich hierbei«, ich lege eine Folie auf, die Erwins kyrillischen Ausweis zeigt, nicht aber ein Foto, was mich stutzig macht. Fragend sehe ich auf: »Wo ist denn das Passbild?«

»Bei den Dias!«, zischt Hünerbein.

Stimmt, wir haben ja noch einen Diaprojektor. Ich schalte ihn ein und fahre fort: »Es handelt sich bei der Toten also um eine Milicević, Amra, geboren am 23.07.1975 in Belgrad. Bislang wissen wir, dass sie im Rahmen ihres Journalistikstudiums ein praktisches Jahr in Priština, Kosovo, bei der dort erscheinenden Zeitung SLOBODA LIRI absolviert hat und dabei wohl an brisante Informationen gekommen ist.« Ich sehe auf. »Wir kennen ja alle die Lage im Kosovo. Die Situation ist so angespannt, dass auch die Bundeswehr dort im Rahmen einer humanitären Intervention eingesetzt wird …«

»Pah«, ruft Hünerbein und erntet einen finsteren Blick vom Kriminaloberrat, »humanitäre Intervention! Ich fasse es nicht!«

Einige der Anwesenden klatschen, und der Blick von Palitzsch verdüstert sich zur Nacht. »Können wir bitte sachlich bleiben? Danke!«

»Gern: Also offenbar ist die Milicević im Kosovo im Rahmen ihrer journalistischen Recherchen an Informationen gelangt, die dort unten lebensgefährlich sind, weshalb sie sich illegal nach Deutschland abgesetzt und in der Obdachlosenszene Zuflucht gesucht hat.«

Ich lege eine zweite Folie auf und wechsele das Dia. Es zeigt eines der Überwachungsbilder aus Marienfelde.

»Zur selben Zeit tauchten auch diese Männer in Berlin auf. Sie waren, das legen diverse Zeugenaussagen nahe, auf der Suche nach dem späteren Opfer. Es handelt sich hierbei um die Kosovoalbaner Udar Brahimi und dessen jüngeren Bruder Imre aus Prizren. Die Zeuginnen Kallwei und Holmes, die die Leiche der Milicević im Schleusenwehr entdeckt haben, geben übereinstimmend an, am Tatort eine Person auf einem rosa Fahrrad gesehen zu haben, die nach Beschreibung zu Udar passt. Das Fahrrad …«, erneut wechsele ich das Dia, um selbiges Gefährt zu zeigen, »… verschwand am Abend zuvor an der McDonald's-Filiale Hardenbergplatz und wurde gegen einundzwanzig Uhr dreißig bei der Polizeiwache Bahnhof Zoo als gestohlen gemeldet.« Ich sehe auf. »Gibt es Fragen bis hierher?«

»Was ist mit den Informationen aus dem Kosovo?«, erkundigt sich Jürgen Damaschke. »Sind die irgendwo aufgetaucht?«

»Dazu komme ich jetzt.« Ich nehme den Daunenmantel, der gereinigt auf dem Tisch zur Präsentation bereitliegt, und zeige ihn herum. »Dieser Mantel wurde vom späteren Opfer in einem Secondhandladen gekauft. Da die Milicević aber angeblich kein Bargeld bei sich hatte, einigte sie sich mit dem Besitzer des Ladens darauf, ein Päckchen als Pfand zu hinterlassen. Bei der Überprüfung des Ladens stellte sich heraus, dass das Päckchen einhundertfünfzigtausend Deutsche Mark enthielt …«

Ein Pfiff und anerkennendes Geraune im Saal sowie die Worte: »Von wegen kein Bargeld.«

»… was uns zu der Annahme veranlasst«, setze ich meinen Vortrag fort, »dass die Milicević ihre im Kosovo gesammelten Informationen hier an interessierte Kreise für ebendiese Summe verkauft haben muss.«

»Doll« findet das der Kriminaloberrat. »Wissen wir, was das für Informationen waren?«

Jetzt muss ich lügen, denn ich hatte Siggi ja versprochen, ihn und seine wilde Agentengeschichte aus dem Fall herauszuhalten. »Nein«, antworte ich daher, ohne mit der Wimper zu zucken, »dazu ist uns leider nichts bekannt.«

»Aber es gab doch Fingerabdrücke auf dem Geldpaket«, widerspricht Damaschke, »und wir hatten doch auch eine Personalie dazu.«

»Genau, diesen Immobilienmann von der Harteneck«, erinnert sich nun auch der Kriminaloberrat, »wie hieß er noch? – Müller oder Meyer, nicht wahr?« Er sieht mich an. »Waren Sie nicht irgendwie verwandt mit dem, Knoop?«

Mist, denke ich, jetzt muss ich voltieren. »Das ist richtig«, pflichte ich ihm lächelnd bei, »und mit seiner Hilfe ist es uns deshalb auch gestern gelungen, die Brahimi-Brüder festzunehmen. Wir haben von beiden eine DNA-Probe genommen und an die Rechtsmedizin geschickt, damit die das abgleichen können. Alles Weitere werden die Vernehmungen ergeben. Das war's, vielen Dank.«

Mein Blick geht rüber zu Damaschke und Palitzsch, aber beide insistieren nicht weiter. Erstaunlich. Offenbar hat mein kleiner rhetorischer Taschenspielertrick gewirkt.

Zwei Stunden später sind die Dolmetscher eingetroffen, und die Brahimi-Brüder können in die Vernehmungsräume gebracht werden. Sie müssen getrennt vernommen werden, und natürlich schnappt sich Hünerbein den aus seiner Sicht »einfacher zu händelnden« Imre, während ich mich mit diesem Commander Udar herumschlagen muss.

Das ist ein Arschloch erster Güte, wie ich finde, und er tut alles, um diesen Eindruck weiter zu vertiefen. Das Einzige, was er über seinen Dolmetscher mitteilen lässt, ist, dass er keine Aussage machen wird und auf sofortige Freilassung pocht.

Ich weise ihn darauf hin, dass dies schon deshalb nicht möglich sei, weil er sich einer einfachen Polizeikontrolle durch Schusswaffengebrauch entziehen wollte.

Darauf fragt er zurück, ob es normal sei, dass einfache Polizeikontrollen in Deutschland mit einem Sondereinsatz in der Hinterhand durchgeführt würden? Dieser überzogene Einsatz habe ihn psychisch völlig traumatisiert. Daher fühle er sich nicht vernehmungsfähig.

Und ich bin erst mal draußen. Wenigstens so lange, bis ihm ein Arzt die Vernehmungsfähigkeit attestiert hat.

Auch Hünerbein beklagt sich später am Kaffeeautomaten bitter: »Alles, was ich frage: Er sagt immer nur: ›Asyl‹. Nichts anderes. ›Asyl, Asyl, Asyl.‹ Ich kann es nicht mehr hören!«

Erst als am späten Nachmittag die DNA-Analysen aus der Rechtsmedizin vorliegen, kommt Bewegung in die Sache. Und plötzlich sind auch die Brahimi-Brüder wieder zu einer Aussage bereit. Denn die Mischspuren unter den Nägeln der Leiche weisen genügend Merkmale auf, die mit den bei den Brüdern genommenen DNA-Proben identisch sind. Damit gibt es stichhaltige Indizien, mit denen die Staatsanwaltschaft eine Klage wegen gemeinschaftlichen Mordes vorbereiten kann.

Hünerbein will jetzt lieber diesen Udar vernehmen, weil er das Wort »Asyl« nicht mehr hören mag. Also tauschen wir die Vernehmungsräume, und ich sitze kurz darauf nicht nur dem kleinen Bruder Imre und dessen Dolmetscher gegenüber, sondern auch einem aalglatten Anwalt, der sich adelig Felix von der Au nennt und es sofort mit einem Deal versucht.

»Wenn mein Mandant vollumfänglich gesteht, was spränge dabei für ihn heraus?«

»Fünfzehn Jahre«, antworte ich, obwohl dieser Felix von der Au natürlich genau weiß, was gemeinhin bei gemeinschaftlich begangenem, vorsätzlichem Mord für ein Strafmaß gefordert wird. »Da ist er bei guter Führung vielleicht nach zehn Jahren draußen.«

»Genau darüber will ich mit Ihnen sprechen.« Felix von der Au belehrt mich erst einmal darüber, dass er eine Anklage wegen vorsätzlich begangenen, gemeinschaftlichen Mordes vor Gericht in der Luft zerfetzen würde. »Weil Sie das nicht beweisen können.« Er nimmt mich vertraulich am Arm. »Kommen Sie! Mein Mandant ist kooperativ. Er wird gestehen. Aber nicht mehr, als er wirklich getan hat. Und am Ende wird es nicht einmal zur Beihilfe zum Mord reichen.«

»Ja, wenn das so ist«, bleibe ich unbeeindruckt, »was wollen Sie dann von mir? Warum besprechen Sie das dann nicht direkt mit der Staatsanwaltschaft?«

»Das werde ich«, erwidert Felix von der Au mit Bestimmtheit, »wenn Sie vor Gericht ein gutes Wort für meinen Mandanten einlegen.«

»Das kommt ganz auf die Aussage Ihres Mandanten an.« Ich will das Tonband für die Aufzeichnung einschalten, doch der

Anwalt hindert mich daran, indem er seine Hand auf meine legt. Als hätte er ein Schäferstündchen mit mir geplant.

»Mein Mandant hat kein Motiv für die Tat, vergessen Sie das nicht«, gibt er zu bedenken.

Und er hat damit nicht ganz unrecht. Wenn ich Siggi weiterhin aus dem Fall heraushalten will, gibt es wirklich kein Motiv.

Aber das Tonband ist noch abgeschaltet, noch wird nichts, was in diesem Raum besprochen wird, protokolliert.

»Würden Sie bitte meine Hand loslassen?«

»Natürlich.« Felix von der Au zuckt regelrecht zusammen. »Entschuldigen Sie!«

»Kein Problem.« Ich lehne mich betont gelassen zurück. »Ich frage mich, wie Sie darauf kommen, dass Ihr Mandant kein Motiv für die Tat gehabt hätte? Es sind immerhin einhundertfünfzigtausend Mark für Informationen gezahlt worden. Informationen, die die Rolle Ihres Mandanten im Kosovo schwer belasten können. So sehr, dass es ihn dort Kopf und Kragen kosten wird.« Ich beuge mich wieder vor und sehe diesem Felix von der Au tief in die wasserblassen Augen. »Was glauben Sie, warum Ihr Mandant so eindringlich Asyl einfordert? Weil das Leben hier so schön ist?« Ich schüttle den Kopf. »Oder weil er bei seinen Brüdern im Kosovo keine zwei Tage überleben würde.«

»Wovon reden Sie?« Der Anwalt ist plötzlich gar nicht mehr aalglatt.

»Von illegalen Drogengeschäften«, erwidere ich. »Von den Verbindungen Ihres Mandanten zum organisierten Verbrechen. Verbindungen, die nicht nur den Unabhängigkeitskampf der Kosovoalbaner diskreditieren, sondern auch ihre Verbündeten. Und deshalb musste Amra Milicević sterben.«

»Das können Sie beweisen?«

»Das können wir beweisen.« Notfalls muss Siggi eben doch vor Gericht aussagen. »Wollen Sie immer noch einen Deal?«

Felix von der Au überlegt einen Moment und sieht dabei tatsächlich sehr nachdenklich aus. »Was schlagen Sie vor?«

»Ich will wissen, wie das Mädchen umgekommen ist«, erwidere ich. »Und zwar hier und jetzt. Im Gegenzug wäre ich bereit, die Beweise und Zeugen zu den dubiosen Drogenschäften Ihres Mandanten zurückzuhalten. Plädieren Sie auf politischen Mord! Dann gibt's am Ende auch Asyl.«

Der Anwalt zieht sich mit seinem Mandanten und dem Dolmetscher zu einer Besprechung zurück, und ich stehe wieder am Kaffeeautomaten.

Wenig später kommt Hünerbein hinzu. »Wie läuft's?«, erkundigt er sich.

»Mal sehen.« Ich lasse mir eine Zigarette von ihm geben. »Die bereden sich gerade.«

»Bei mir auch.« Hünerbein inhaliert tief. »Dieser Udar macht jetzt einen auf Kämpfer. Sein Anwalt behauptet, der Tod von Amra Milicević wäre die Folge einer Kriegshandlung gewesen und deshalb nicht als Mord einzustufen. Tote wären in Kriegen nun mal unvermeidbar. Selbst wenn es sich um Zivilisten handelt.«

»Nur dass wir hier in Deutschland keinen Krieg führen«, antworte ich. »Es wird wohl auf politischen Mord hinauslaufen.«

Hünerbein nickt. »Ja. Und das wäre nicht das Schlechteste.«

»In Ordnung«, sagt Imres Anwalt Felix von der Au, als ich wenige Minuten später mit vier Pappbechern Kaffee und einem Aschenbecher zurück ins Vernehmungszimmer komme. »Mein Mandant wird ein Geständnis ablegen.

»Dann mal los.« Ich drücke den Aufnahmeknopf des Tonbandgerätes. »Wir starten das Protokoll. Es ist der 16. April 1999 um genau achtzehn Uhr fünfundvierzig.« Aufmunternd sehe ich Imre an. »Sie können jetzt sprechen.«

54 IMRE SAGT AUS, dass die Geschichte der Albaner im Kosovo seit Jahrhunderten von Ausbeutung und Unterdrückung geprägt gewesen sei. Erst, so Imre, seien sie von den Osmanen unterjocht worden, später von den Serben, die heute die Belgrader Zentralregierung dominierten. Jeder wisse, wie brutal die nationalistische Regierung unter Slobodan Milošević die Autonomiebestrebungen Sloweniens, Kroatiens und Bosnien-Herzegowinas niederzuschlagen versucht habe. Ein fünfjähriger blutiger Bürgerkrieg mit Zigtausenden Toten sei die Konsequenz dieser rücksichtslosen Politik gewesen.

Die Erfahrungen gerade der muslimischen Brüder und Schwestern in Bosnien und die Erkenntnis, dass eine staatliche Autonomie und die Loslösung des Kosovo aus Jugoslawien mit friedlichen Mitteln nicht zu erreichen sei, habe seit 1994 zum Aufbau der »Ushtria Çlirimtare e Kosovës«, der Befreiungsarmee des Kosovo, kurz UÇK, geführt. Mit dem Ziel, den verzweifelten Kampf der albanischen Bevölkerungsmehrheit des Kosovo um Freiheit, Demokratie und Gleichberechtigung militärisch zu unterstützen und die Zivilbevölkerung vor den Übergriffen der Serben zu schützen. Diese Auseinandersetzung sei jetzt mit Unterstützung der NATO in ihre finale Phase getreten und werde, wie alle Kriege, mit unerbittlicher Härte von allen Seiten geführt.

So viel zur Einführung, denke ich, nun komm mal zum Punkt, Imre!

Er selbst, Imre Brahimi, stehe genau wie sein Bruder Udar als Mitglied der UÇK an vorderster Front in diesem Kampf und habe am eigenen Leibe erleben müssen, wie sich Amra Milicević aktiv in das Kriegsgeschehen eingemischt habe. So sei sie Ende März, getarnt als harmlose Wintersportlerin, in Gjakova aufgetaucht, einer von friedliebenden Albanern und ihren Familien bewohnten Kleinstadt, und habe eine Autopanne vorgetäuscht, um ihren Aufenthaltsort anschließend heimlich an die serbisch-nationalistischen Streitkräfte zu verraten.

In der Folge sei Gjakova von der jugoslawischen Armee buchstäblich dem Erdboden gleichgemacht worden. Hunderte von Zivilisten, Frauen, Kindern, Alten hätten dabei ihr Leben verloren, ihr Hab und Gut und ihre Heimat, während Amra Milicević von der jugoslawischen Luftwaffe abgeholt und nach Priština gebracht worden sei, um dort in ihrem Hetzblatt SLOBODA LIRI weiter

Stimmung gegen den gerechten Kampf der Albaner zu machen. Insofern sei sie eine klassische Kriegsgegnerin gewesen, die es auszuschalten galt.

»Wie sind Sie darauf gekommen, Ihren Kampf ausgerechnet in Deutschland fortzusetzen?«, frage ich. Und: »Woher wussten Sie, dass sich Amra Milicević in Berlin aufhält?«

Wie in jedem Krieg werde auch der Konflikt um das Kosovo an verschiedenen Fronten geführt. Und jetzt, wo sich das Blatt zu Ungunsten der Serben entwickle, versuchten auch in Belgrad einige Leute, sich rechtzeitig mit den neuen politischen Verhältnissen zu arrangieren. »Wir haben einen Anruf erhalten«, übersetzt der Dolmetscher.

»Einen Anruf? Von wem?«

»Das wissen wir nicht. Er kam aus dem Belgrader Innenministerium. Es hieß, dass die Milicević nach Berlin unterwegs sei. Mit Informationen, die dort propagandistisch gegen uns ausgeschlachtet werden sollten.«

»Und?«

»Es ist eine Menge Geld geflossen. Dollars auf ein Schweizer Konto. Danach bekamen wir den genauen Aufenthaltsort der Milicević in Berlin. Aber sie ist uns im letzten Moment noch entwischt, sodass wir erst einige Nachforschungen anstellen mussten.«

Unter anderem in Marienfelde und der Obdachlosenszene, denke ich.

»Ein Tipp hat uns wieder auf ihre Spur gebracht.«

»Von wem kam der Tipp?«

»Der nannte sich … – Wie?« Der Dolmetscher muss noch einmal nachfragen.

»Mat-ze«, antwortet Imre.

»Matze«, wiederholt der Dolmetscher. »Der wusste, wo die Milicević schlief. Wir haben ihm zwei Flaschen Schnaps gegeben, und dann wussten wir es auch.«

»Tiergarten«, nicke ich, »der Viadukt am Bahnhof Zoo.«

»Wir haben sie uns geschnappt und wollten wissen, wo die Informationen sind. Aber sie wollte es uns nicht sagen.«

»Und dann haben Sie sie umgebracht?«

»Wir haben sie zu dem Wehr hinter der Schleuse gebracht und sie im Wasser untergetaucht. Wir mussten wissen, wo diese Informationen sind.«

Felix von der Au unterbricht an dieser Stelle die Einlassungen Imres und seines Dolmetschers und betont noch einmal, dass es sich um kriegswichtige Informationen in einem internationalen Konflikt gehandelt habe.

»Aber sie wollte uns nicht sagen, wo diese Informationen sind. Hat behauptet, sie hätte sie längst weitergeleitet.«

Ja, denke ich, an Siggi. Das war die Wahrheit.

»Und irgendwann war sie tot.« Imre sei darüber verwundert gewesen, andere Gefangene würden eine solche Wassertortur viel länger aushalten. Andererseits hätte die Milicević, da sie diese kriegsentscheidenden Informationen bestens kannte und diese auch mündlich hätte weitergeben können, ohnehin sterben müssen. »Sie war ein Mitwisser.«

»Ich denke, das reicht.« Der Anwalt stoppt Imres Redefluss mit einer raschen, energischen Handbewegung. Dann sieht er mich an. »Oder haben Sie noch Fragen?«

Ich überlege: Wie gerecht kann ein Kampf noch sein, wenn er mit allen Mitteln geführt wird, um jeden noch so barbarischen Preis?

Wer das Gute erzwingen will, wird immer zum Schuldigen. Das ist eine Erkenntnis, die so alt ist wie die Menschheit selbst. Aber wir lernen nichts daraus. Seit Jahrhunderten kämpfen wir immer weiter, für oder gegen was auch immer. Bis uns der letzte Rest Anstand abhandengekommen ist.

Plötzlich klopft es, dann wird die Tür aufgerissen.

»Verzeihen Sie!« Mit Leichenbittermiene tritt Palitzsch neben mich, beugt sich etwas herunter und raunt mir ins Ohr: »Wir müssen reden, Knoop. Jetzt!«

»Ich bin gleich wieder da«, erkläre ich Imre, seinem Dolmetscher und dem Anwalt hastig und folge Palitzsch hinaus vor die Tür.

Hünerbein steht schon im Gang und macht ein Gesicht wie eine wütende Bulldogge.

»Was ist los«, frage ich, »gibt's ein Problem?«

»Die Macht nicht mit uns ist«, knurrt Hünerbein im Yoda-Sprech. »Das Imperium schlägt zurück.«

»Das US-Außenministerium interveniert«, erklärt Palitzsch gewichtig. »Wir müssen diese Brahimi-Brüder sofort freilassen.«

»Wieso? Was haben denn die Amerikaner damit zu schaffen?«

»Es heißt, Udar und Imre Brahimi seien wichtige Verbündete im Rahmen der Operation Allied Force.« Palitzsch zupft sich nervös am Ohrläppchen. »Die werden wohl an der Front gebraucht.«

»Tja, Pech für die Amis«, erwidere ich, »diese wichtigen Verbündeten sind derzeit leider verhindert. Sie müssen sich hier erst wegen gemeinschaftlichen Mordes verantworten.«

»Knoop, Sie verstehen mich nicht«, entgegnet Palitzsch streng. Und Hünerbein sekundiert: »Viel zu lernen du noch hast.«

»Die Staatsanwaltschaft wird nicht gegen die zwei ermitteln. Es geht hier immerhin um unsere Bündnispflichten«, erklärt Palitzsch etwas zu hochtrabend, wie ich finde, »um unsere Verlässlichkeit als Mitglied der NATO. Und um unsere Rolle in der Welt!«

»So viel zur Unabhängigkeit der Justiz.« Ich kann es kaum glauben, doch die Realität holt mich rasch ein. Und zwar in Gestalt zweier drahtiger Typen in schicken amerikanischen Uniformen, die zackig auf uns zukommen und uns – *»Nice to meet you, gentlemen«* – nacheinander die Hände schütteln.

Dann wird Palitzsch unmissverständlich klargemacht, dass er jetzt genug Zeit gehabt habe, uns unwesentliche Polizeibeamte von der Notwendigkeit der Maßnahme zu überzeugen, die Zeit dränge. Beide sehen gleichzeitig auf die Uhr, es wirkt wie einstudiert. Schließlich wollen sie wissen, wo sich die Brüder Brahimi befänden.

»Glauben Sie mir, Knoop: Mir geht es auch nicht gut dabei«, versichert mir der Kriminalrat noch, bevor er vollends einknickt und die Herren US-Amerikaner zu den Brahimis vorlässt.

Keine dreißig Sekunden später ziehen die triumphierend an uns vorbei in die Freiheit.

Nur der aalglatte Felix von der Au hat nichts begriffen.

»Kompliment, Herr Knoop«, bedankt er sich bei mir, »das ging ja fix. Immerhin, Sie halten Wort. Fein, dass es noch verlässliche Partner gibt.«

Oder verarscht der mich?

55 DER NÄCHSTE TAG ist Samstag, der 17. April 1999.

Während in Jugoslawien erneut Bomben fallen, Bundesaußenminister Joschka Fischer in Hamburg zum vierten Mal heiratet (es wird auch diesmal nicht seine letzte Ehe sein) und Hünerbein heute bei uns zu Hause den Babysitter spielt, hat Siggi zu seinem fünfzigsten Geburtstag geladen.

Wir sitzen im minimalistisch und zen-artig eingerichteten Udagawa in der Feuerbachstraße auf dem Fußboden vor einer riesigen Platte mit Maki-Rollen, Sushi und Yakitori-Spießen. Dazu dampfende Schüsseln mit Miso-Suppe, Becher mit Sake und natürlich Sapporo-Bier.

Monika hat darauf bestanden, dass wir uns Kimonos kaufen, um authentisch rüberzukommen, aber Siggi und seine Susanne tragen ganz normale Alltagskleidung, sodass zumindest ich mich ziemlich overdressed fühle und unwohl obendrein. Ich bin den Schneidersitz nicht gewohnt, dauernd schlafen mir die Füße ein, auch beherrsche ich den Umgang mit Stäbchen nicht. Ständig fällt mir etwas auf den Boden, und roher Fisch ist sowieso nicht mein Ding. Zudem monologisiert sich der gute Siggi schon den ganzen Abend durch die Tagespolitik, dabei ist die schon in den Nachrichten enttäuschend genug.

»Die Grünen müssen völlig durchgeknallt sein. Waren das nicht mal alles Hippies? Krötentunnelverfechter und Hanfpulloverträger? Pazifisten? Galten die nicht über zwanzig Jahre lang als linke Spinner, als Chaoten, als Umweltromantiker? Was ist da passiert, zum Teufel noch mal? – Was?«

Zu meiner Rechten hockt Enzo, der Patron aus dem L'Emigrante, mit gequälter Miene. Auch er ist nicht so für japanisches Essen und hat daher Antipasti aus der eigenen Küche mitgebracht, von denen er heimlich nascht. Herrliche Crostini, Focaccia, Arancini, einfach wunderbar! Ab und zu bietet er mir davon an.

»*Sì*, greife nur zu, Signor Commissario! Bevor wir uns verderben die Magen mit all diese Soja und rohe Fisch.«

Ich frage mich, warum wir überhaupt hier sind.

»Hatte Siggi nicht ursprünglich bei dir einen Tisch bestellt?«

»Ah no«, erwidert Enzo und hebt verbittert die Arme, »er wollte etwas Besonderes für seine fünfzig! *L'erba del vicino è sempre più verde.* Nachbars Kirschen sind immer die süßesten. Da sitzen wir nun.«

»Aber er war doch neulich noch bei dir«, insistiere ich, »um einen Tisch zu bestellen!«

»No, no«, wiegelt Enzo ab, »da ging es um etwas ganz anderes.«

»Um was?«

Enzo wiegt das Haupt. So als müsse er gleich über eine heikle Sache sprechen. »Wir hatten eine *cooperazione*. Er brauchte meine Leute.«

»Deine Leute? Wofür?«

»Signor Commissario! Du bist nicht im Dienst. Also frage nicht, sondern iss!« Er drückt mir eine *mozzarella caprese* in die Hand.

»Bei der SPD wundert mich das nicht, die hatten ja schon 1914 den Kriegskrediten zugestimmt«, schwadroniert Siggi derweil. »Aber die Grünen? Was ist da passiert, Dieter?«

Woher soll ich das wissen? Bin ich ein Grüner?

»Haben die sich das Hirn so zugekifft, dass sie den Pulverdampf nicht mehr sehen? Oder sind das nur übergeschnappte Moralisten?« Resigniert sieht Siggi in die Runde und genehmigt sich einen Schluck Reiswein. »Ich fürchte, beides. Prost!«

»Due aquile non tengono compagnia«, meint Enzo dazu und erhebt sich umständlich. »Entschuldigt mich. Ich muss mir mal vertreten die Beine.«

Was meint er damit? *Zwei Adler können nicht zusammenleben?* Ich stehe ebenfalls auf und folge Enzo hinaus vor die Tür.

»Also«, frage ich ihn draußen, »was war das für eine Kooperation? Was soll das mit den beiden Adlern?«

»Es gibt Probleme mit Albanern«, sagt Enzo nach einer Weile. »*Accidenti,* große Probleme. Scheiß-Krieg! Überall *militari, americani,* NATO, *cazzo*! Meine Lieferwege sind kaputt deswegen. Stattdessen übernehmen die Albaner.«

Ich nehme stark an, dass er von seinen kriminellen Geschäften spricht, Drogenhandel, Geldwäsche, Spielhallen, was weiß ich, denn es gibt in ganz Berlin kein einziges albanisches Restaurant.

»Willst du damit sagen, sie machen dir Konkurrenz?«

»*Sono cazzi miei,* Signor Commissario«, regt sich Enzo auf. »Sie verkaufen schlechte Ware, sie verderben die Preise, *porca Madonna*! Sie führen sich auf wie die Herren der Welt! Und jetzt haben diese *tagliagoli* auch noch diese *tutto* bekloppten Amis zum Freund und führen Krieg. *No*, das ist nicht gut.« Er schüttelt den Kopf. »*Contro la forza la ragion non vale.* Wo Gewalt herrscht, schweigt Vernunft. Wir mussten eingreifen.«

»Wie?«

»Nun, dein Schwager hatte gute Informationen …«

Siggi ist nicht mein Schwager, aber egal.

»… und eine *cazzata. Totalmente pazzo*, aber so verrückt, dass es schon wieder gut war, *va bene*?«

Nee. Ich verstehe kein Wort.

»*Attento!* Wir nehmen wichtigen Russen, und wir nehmen wichtigen Ami und setzen sie an eine Tisch. *Il vino scioglie la lingua ed apre i cuori.* Guter Wein löst Zunge und öffnet Herzen. Mal sehen, ob es klappt!«

Moment mal: »Ihr habt Siggi dabei geholfen, den CIA-Agenten und diesen Russen zu entführen?« Ich fasse es nicht.

»*Per conoscere un furbo ci vuole un furbo e mezzo*«, antwortet Enzo sibyllinisch, »um einen Gauner zu erkennen, brauchst du anderthalb.«

Wohl wahr, denke ich, aber: Wer starke Feinde hat, braucht auch gute Freunde.

»Ah! Sieh, wer kommt!« Enzo wendet sich ab und deutet begeistert zur Straße: »*Questa è la piccola figlia*, das ist die kleine

Tochter, aah!« Und schon tapert er mit ausgebreiteten Armen auf eine sehr hübsche junge Frau zu. »*Ciao bellezza, bellissima* Melanie!«

»Melanie?« Meine Älteste! Ich kann es kaum glauben. »Oh mein Gott, Melanie!«

Fast hätte ich sie nicht erkannt, so braun gebrannt ist sie. Und ihre Haare hat sie zu Hunderten von Zöpfen geflochten, langen, mit Perlen verzierten Braids, die ihr fast bis zur Hüfte reichen.

»Gut siehst du aus!«

»Und du erst!« Natürlich lacht sie über den Kimono. »Bist du auf dem Asia-Trip, oder kommst du gerade aus der Wanne?«

Haha! Sehr witzig. Wir fallen uns in die Arme. Meine Älteste! So eine Überraschung!

»Ich wollte schon viel früher hier sein«, erzählt sie, »aber wegen dieses Scheiß-Krieges im Kosovo musste der Flieger einen Riesenumweg machen. Na ja, jetzt bin ich hier!« Sie sieht sich um. »Wo ist denn unser Geburtstagskind?«

Na, das hätte ich mir denken können. Sie ist wegen Siggi hier. Fast bin ich ein wenig eifersüchtig.

Aber das lasse ich mir nicht anmerken.

Epilog

Am 9. Juni 1999 wird auf einem Militärflugplatz im mazedonischen Kumanovo ein Abkommen unterzeichnet. Danach wird die Provinz Kosovo weiterhin Bestandteil der Bundesrepublik Jugoslawien bleiben. Die Regierung in Belgrad muss ihr aber weitgehende Autonomierechte einräumen. Armee und serbische Polizeieinheiten müssen sich binnen elf Tagen vollständig aus dem Kosovo zurückziehen. Stattdessen soll eine Friedenstruppe unter UN-Mandat, die sogenannte KFOR, in die Provinz einrücken und den Friedensprozess überwachen.

Von einem Annex B ist keine Rede mehr, und noch am Abend des 9. Juni werden die Luftangriffe der NATO auf das jugoslawische Staatsgebiet eingestellt.

Zwei Tage später übernehmen zweihundert russische Fallschirmjäger handstreichartig den Flughafen von Priština und sind somit noch vor den UN-Einheiten in der Stadt. US-NATO-Oberbefehlshaber Wesley Clark befiehlt seinem Kommandanten vor Ort, dem britischen General Mike Jackson, die Russen um jeden erdenklichen Preis zu stoppen. Jackson verweigert diesen Befehl mit den Worten: »Ich werde wegen Ihnen nicht den dritten Weltkrieg beginnen.«

Daraufhin bekommen die Russen einen Platz in vier Sektoren des KFOR-Kontingents, und der Krieg um das Kosovo ist beendet.

Siggi Meyer wird noch Jahre später behaupten, »den europäischen Frieden gerettet« zu haben und dass es vor allem seiner »Berliner Intervention« zu verdanken sei, dass dieser Konflikt so rasch beigelegt werden konnte.

Im September 1999 bezieht Jacques Martin Lefèvre aus Montreal eine sehr schöne Jugendstilvilla in Berlin-Grunewald. Seine regelmäßig abgehaltenen Kunstsalons in der »Weißen Villa« werden bald ein Geheimtipp in der Stadt, und so mancher junge Avant-gardist wäre nie bekannt geworden ohne die Hilfe des frankokanadischen Mäzens, der übrigens ebenfalls hartnäckig behauptet, Anteil an der Beendigung des Kosovokonfliktes gehabt zu haben.

Nur die zwei Personen, die wirklich wissen müssten, was passiert ist, Geoffrey Allister Simmons und Vsevolod Abchijakow, haben sich dazu nie wieder geäußert.

Udar Brahimi steigt zu einem führenden Vertreter der neuen kosovarischen Autonomiebehörde auf, bevor er bei einem mysteriösen Autounfall im Spätherbst 1999 ums Leben kommt.

In der Folge flüchtet sein Bruder Imre nach Deutschland und bittet in Berlin um Asyl. Doch zuvor wird er wegen Beihilfe zum Mord zu acht Jahren Gefängnis verurteilt, von denen er vermutlich fünf Jahre absitzen muss.

Hünerbein und ich werden zum Harteneck-Fall verdonnert, um Beylich und Matuschka zu unterstützen.

Viel gibt's da nicht zu tun, weder findet sich nach zwölf Jahren eine Tatwaffe, noch können wir andere stichhaltige Beweise für eine Täterschaft der Gattin nachweisen.

Seit Cornelia Schmidt-Harteneck die RMS Queen Elizabeth Two im Hafen von Hongkong verlassen hat, fehlt von ihr jede Spur.

Mal heißt es, sie halte sich weiter in der ehemaligen britischen Kronkolonie auf, dann will sie wer auf Samoa in der Südsee gesehen haben. Oder in der Karibik. Dann wieder an der Copacabana von Rio de Janeiro.

Wie auch immer: Genaues weiß man nicht. Doch wenn man den Gerüchten glaubt, führt die ehemalige Berliner Baustadträtin jetzt ein ausschweifendes Strandleben unter südlicher Sonne und ist so jedem polizeilichen Zugriff entzogen.

Das gibt mir die Gelegenheit, den Blutdruckmesser noch einmal unter entspannteren Bedingungen auszuprobieren. Diesmal ist es kein teures Gerät aus der Raumfahrt, nein. Nach den Erfahrungen mit mir hat die Ärztin nur noch ein koreanisches

Billigteil spendiert, das für häufige Fehlmessungen und Ausfälle bekannt ist. Aber ich habe ja Zeit. Stundenlang wandele ich mit gestrecktem Arm durch den Heinrich-Lassen-Park und warte auf das »ssst« und »ffft« der Manschette. Die Ärztin wird ein ganz vorbildliches Tagesprofil meines Blutdruckes bekommen. Versprochen. Das bin ich ihr schuldig.

Und in der Schweiz lebt in einem kleinen Chalet hoch über dem Lago Maggiore ein gewisser Branko Stanković sehr gut von seinem Reichtum.

Niemand weiß, dass dieser Mann früher Sonderermittler im Belgrader Innenministerium war, niemand weiß, wie er zu seinem Geld gekommen ist.

Manche Leute im Ort vermuten hinter vorgehaltener Hand, er sei ein skrupelloser Waffenhändler, andere meinen zu wissen, er habe geraubte Kunst verschoben. Aber das sind nur Gerüchte.

Tatsache dagegen ist, dass Branko Stanković jedes Jahr am 12. April nach Berlin fliegt. Er wird dort durch den Tiergarten gehen, bei jedem Wetter, versunken in Erinnerungen und Gedanken.

Vielleicht ist er in Trauer, denn er hat immer eine weiße Rose dabei. Und am Abend dieses Tages sieht man ihn regelmäßig auf der Freiarchenbrücke hinter dem Schleusenkrug stehen.

»Жао ми je«, sagt er dann leise, bevor er seine Rose ins tosende Wasser des Wehres wirft. *»Жао ми je, Амра.«*

Es tut mir leid, Amra.

Es tut mir so leid.

Oliver G. Wachlin
WUNDERLAND
Broschur, 336 Seiten
ISBN 978-3-89705-588-9

»Mit viel Feingefühl ist Wachlin an die Ausarbeitung seiner Protagonisten und deren Leben herangegangen und hat es geschafft, zwei Schicksale aufzuzeigen, die in der damaligen Zeit so hätten verlaufen können.« www.media-mania.de

»Amüsant kriminelle ›Wendekomödie‹. Original, originell, gefühlsecht.« www.berlinkriminell.de

Oliver G. Wachlin
TORTENSCHLACHT
Broschur, 304 Seiten
ISBN 978-3-89705-766-1

»Oliver Wachlin kreiert pünktlich zum Jubiläum seine Persiflage auf die Wende, einen köstlich närrischen Tanz ums Goldene Kalb, hier ›Tortenschlacht‹ genannt.« www.berlinkriminell.de

»Spannend, humorvoll und immer wieder überraschend – insofern kein Krimi der üblichen Art.« Antenne Brandenburg

www.emons-verlag.de

Oliver G. Wachlin
GRENZWÄRTS
Broschur, 320 Seiten
ISBN 978-3-89705-906-1

»Sprachlich versierte, auch humorvolle Darstellung mit viel Zeitgeist und Lokalkolorit. Breite Empfehlung.« ekz

Oliver G. Wachlin
KREUZBERG
Broschur, 304 Seiten
ISBN 978-3-95451-023-8

»Ein atmosphärisch dichter Krimi.« rbb 88,8

»Wachlin hat einen fulminanten Berlin-Roman geschrieben, voller Rhythmus, Atem und Seele. Ihm gelingt, was nur wenigen gelingt: Er fesselt nicht nur, er hilft zu erfassen. Das nenne ich Literatur.«
krimi-couch